宋代家书研究

张小花 ◎ 著

中国社会科学出版社

图书在版编目（CIP）数据

宋代家书研究 / 张小花著 . —北京：中国社会科学出版社，2023.4
ISBN 978 - 7 - 5227 - 1595 - 7

Ⅰ.①宋…　Ⅱ.①张…　Ⅲ.①书信—文化研究—中国—
宋代　Ⅳ.①I207.62

中国国家版本馆 CIP 数据核字（2023）第 047997 号

出 版 人	赵剑英
责任编辑	安　芳
责任校对	张爱华
责任印制	李寡寡

出　　版	中国社会科学出版社
社　　址	北京鼓楼西大街甲 158 号
邮　　编	100720
网　　址	http://www.csspw.cn
发 行 部	010 - 84083685
门 市 部	010 - 84029450
经　　销	新华书店及其他书店

印　　刷	北京明恒达印务有限公司
装　　订	廊坊市广阳区广增装订厂
版　　次	2023 年 4 月第 1 版
印　　次	2023 年 4 月第 1 次印刷

开　　本	710×1000　1/16
印　　张	19
字　　数	295 千字
定　　价	98.00 元

序　言

　　家书是家人之间传递信息交流情感的重要媒介。在我国漫长的古代社会，由于交通不便、通信手段的限制，家人一旦身处两地，情感信息的交流就主要依赖家书，而家书由于承载着浓厚的亲情就显得格外珍贵。杜甫的"烽火连三月，家书抵万金"（《春望》）写出了战乱岁月亲人对于家书的殷切期盼；张籍的"洛阳城里见秋风，欲作家书意万重"（《秋思》）写出了家书寄寓的万种情思；杜牧的"远梦归侵晓，家书到隔年"（《旅宿》）则由家书传递的不易传写出盼望家人信息的急切心情；戴复古的"为问行人多少喜，燕山南畔得家书"（《回至涿州》）写出了在边远之地得到家书的无限欣悦。类似的诗作佳句历代多有，较为典型地反映出家书在古人情感世界的重要性，值得特别予以关注研讨。即就作家个体研究而言，家书的探研亦不可或缺。苏轼在《跋欧阳家书》中针对"欧阳文忠公与其弟侄家书"由衷感叹："凡人勉强于外，何所不至，惟考之其私，乃见真伪。"可以这样认为，历代的家书，为全方位深层次多角度研究一代文学、研究具体的文学家提供了一个独特的切入点。由是之故，早在 1990 年，屈守元、皮朝纲、詹杭伦三先生就编辑出版了《华夏家书》；张志烈先生也有《东坡书简散文的艺术美》《从海南书简看东坡居儋心态》数篇文章专论东坡书简（包括家书），导夫先路。

　　由于长期从事古代文学传统文化的教学研究，所以屡屡关注古人家书及其相关研究，适逢张小花同学硕士毕业工作数年后再到兰大文学院深造，有鉴于宋代家书相对薄弱的研究现状，我们师徒几经协商，议定以"宋代家书研究"为张小花博士论文论题。

　　之所以把"宋代家书研究"的论题交付张小花，也源自我对张小花的了解。她本科原本在兰大外国语学院英文系学习，出于对古代文学的爱好，在选修了两门文学院开设的全校公选课后，确定了自己学业的发展方向。而后以优异成绩考入文学院攻读唐宋文学专业的研究生，毕业以后到高校工作。就我对其多年的了解，认定这是一位明理重情的年轻人。2015 年，我们师徒四人一起参加苏轼研究会年会，赴会前，她把家里的一切安排的十分妥帖，其贤妻良母式的家庭观念，令其两位师姐赞叹不已，不断向我述说。我私自以为，一个对于家庭有责任心的人，一个具有孝悌慈爱之心的人，对于家庭家书，对于家国情怀，一定会有较为深入细致的认知。我对于她完成自己的博士论文满怀期待。

斗转星移，数载寒暑，张小花在古代文学的书山学海中爬梳剔抉，撷英集萃，得其意时，至忘寝食。辛勤耕耘终有收获，张小花交出了一份令人满意的博士学位论文。其博士论文匿名送审，三位评审专家三个"A"评，对其论文给予了充分肯定。

张小花的博士论文是我比较欣赏的，导师为自己学生的著述作序，为避免偏爱溢美之嫌，在此摘录一位外审专家的评语对论文之优长予以客观评说：

家书作为古代尺牍的一种，在宋代得到了长足的发展，本文在吸收前人成果的基础上，对宋代家书进行全方位的研究，选题很有文化价值和学术意义。作者的功夫体现在以下几个方面：一是对宋代尺牍以及家书的留存资料做了细致的文献整理，按照写作对象和内容分别列表，以表格的形式展现宋代尺牍及家书的全貌。二是以宋代家族文化为背景，就两宋现存的 583 篇家书进行深入研究，认真考察宋代家书的整体风貌和成就，梳理宋代家书发展史总结宋代家书在中国古代家书史上的地位。三是认真探讨宋代家书的史料价值和文学价值，认为宋代家书涉及家族成员的诸多信息，对于了解作者的个人经历和家族信息都有很大帮助，能够补充史料之不足。由于家书的私密性和真实性，士人在写家书时，往往能突破文体和思想的限制而随意挥洒，创作出许多文学意味浓厚的作品。论文结构严谨，对家书内容的分类研究很到位，引证资料翔实，文字通顺明快，是一篇具有较高水平的博士学位论文。

在对论文充分肯定的基础上，外审专家也提出了建设性的修改意见，张小花认真吸取专家建议，对于论文进行修正补充，是为呈现在读者面前的《宋代家书研究》。且企望张小花在兰州交通大学进行教学科研工作之余，能有后续系列研究成果问世。

可能是由于年纪大了，闻知诸弟子著述出版，往往比当年自己出版第一本研究论著还要高兴。得知张小花的博士论文即将由中国社会科学出版社出版发行，快慰之余，欣然命笔，言不尽意，权以为序，且企望张小花后续有系列研究成果问世。

庆振轩（兰州大学教授，博导）

2023 年 1 月

目　录

绪　论

第一节　选题缘起

长期以来，中国古代文学研究多以宏大叙事为主，有关宋代文学的宏观课题已经被诸多学者全方位多角度详细研究，然而散落在大事件周围的微小细节依然被偏重宏观研究的视角忽略。同时，历代文化名人多是抽象出来的概念化形象，他们日常生活中的点滴记录也往往被贴上道德、人品、气节等标签，原生态的日常生活和人之常情等细节则被遮蔽起来。传统的主流文学历来重视家国天下、道德性命、文人情怀的书写，轻视甚至忽视日常生活，一则认为其琐屑不足为取，再则不知记录，久而忘之，造成文人真实生活情态的缺失。正如刘咸炘在《文学述林·传状论》中云："汇传多以辅史乘，止载大端；小说止以供燕闲，惟取奇事；余亦大抵详于高行，而略于庸德；详于国政，而略于家常。一则蔽于习见，以为琐事不足称；一则不知记录，久而忘之也。"①

家书无疑就是这一被掩盖和遮蔽的缺失部分，比起主流文体，家书难免琐碎、细小，不成体系，也很难吸引研究者的注意力。但家书中的细节为社会生活研究和权利下移提供了重要的立足点，正如福柯所言："任何细节都不是无足轻重的，这与其说是由于它本身所隐含的意义，不如说是由于它提供了权利所要获取的支点。"② 对于宋代

① 王水照：《历代文话》第十册，复旦大学出版社 2007 年版，第 9777 页。
② ［法］米歇尔·福柯：《规训与惩罚》，刘北成、杨远婴译，生活·读书·新知三联书店 2003 年版，第 158 页。

家书的研究有助于我们更好地认识宋代社会生活和家庭生活演变的心理动因和心理支撑。历史的发生和文学史的构建除了依靠我们熟知的诸多宏大事件，从某种程度上来说更多的是借助于细节的不断推动，借助于渗透到日常生活中看似微不足道却具有诸多隐形意义的细枝末节。从这个意义上说，宋代文人家书中的日常生活，吃穿住行，喜怒哀乐，同样具有意义，我们应予以必要的关注。邓小南教授在《宋代政治史研究的"再出发"》一文中提出：

> 问题意识与专题研究往往成为引领学术持续发展的生长点……就学术取向而言，学者间固然有注重史料考证与侧重宏观架构的不同，但归根到底，只有建立在过细考订基础上的研究，才会有真正开阔的前景。资料的再发掘，再解决，思维方式的调整，对于"常识"、"定论"的再重现，是"再认识"的核心内容……研究者瞩目的不仅包括"非常"，也包括"正常"，包括"日常"，不仅注意突出更革，也注意迂回曲折或是平缓演进。[①]

从这一新的视角来讲，以往认为庸常琐屑的日常生活就具有了重要意义。它与文人士大夫的一切活动有着深层次的联系，只有在日常生活中，每个人存在的社会关系总和才能以完整的形态展现出来。家书是宋代士人日常生活的重要组成部分，对它的研究有助于发现宋代文学中被我们忽视的诸多问题。

书简、尺牍是中国古代士人之间进行信息传递和情感交流的重要工具，留存于世的数量也蔚为可观，但是历来却并不被大多数学者重视。与诗词文赋等主流文体相比较，书信难免琐碎、零散，是文人一时挥翰之作，被列为末艺。但尺牍作为文体的一种，在内容、形式、修辞等方面都有其自身的特点，保存了重要的文献史料。同时其独特的书法艺术、使用纸笺、印章题记等，又使其具有重要的文物收藏价值。

家书是尺牍的一个重要组成部分。作为家族成员之间交换信息、

---

① 邓小南：《宋代政治史研究的"再出发"》，《历史研究》2009 年第 6 期。

沟通思想的主要手段，家书相比一般的私人书信，由于特定的受读对象，为文比较随意，更易倾吐真情，因而能更深刻和真实地展现个人和家族的风貌。家书是作者最真实内心世界的缩影，其私密性往往更能体现无所避忌、畅所欲言、直言无隐的特点，能够充分体现作者书写时真实的情感状态和内心世界。苏轼所谓："凡人勉强于外，何所不至，惟考之其私，乃见真伪。"[1] 相对于私人书简，家书的可信度和参考价值更高，作为探求作者内心世界的桥梁和纽带，其作用不可忽视。

宋代家书中反映的丰富内容具有十分重要的文学价值与史料价值。由于家书的私密性和真实性，能深刻地反映文人的内心世界和社会文化生活。士人在写作家书时能突破很多文体和思想上的限制，随意挥洒，创作出许多文学意味浓厚的作品，为后人传颂。宋代家书中往往会涉及家族成员的诸多信息，例如身世、情感、交游、教育、为学、为官等内容，真实可靠，对于了解作者的个人经历和家族信息有很大帮助，能够补充史料之不足。家书中所记录的作者生平事迹，家族姻亲之间的交往信息对于后人编订年谱、研究作家的交游状态、分析作者的创作思想和心态提供了丰富资料。其次，一些特殊身份的士大夫在重大政治事件或历史时期所写的家书，记载了当时社会政治、军事、思想等方面的重要信息。一些政治家的家书内容被史家所采录、裁剪，用作当时重大历史事件的佐证。一些文化家族内部成员切磋学问的家书则记录了彼此之间论辩交流的过程，为研究宋代学术史的发展流变提供了依据。而一些重要思想家和文学家所创作的家书，则记录了宋代思想文化的革新历程，他们的学术思想通过家书得以保存。宋代文人的墓志铭、行状、笔记小说中记载了很多宋人的家书内容，用以说明作者的生平经历或人格操守。此外，一些文人还在家书中记录了当时朝廷和社会的各种礼仪风俗，对于了解宋代社会生活和家庭生活有重要的借鉴意义。

前人很早就注意到了家书作品的价值和意义，但对家书的关注往往混同于尺牍、书、启等文体的宏观研究之中，很少有专门、系统的

---

[1]　苏轼：《跋欧阳修家书》，孔凡礼点校：《苏轼文集》，中华书局2008年版，第2185页。

研究论述。学术界对于宋代家书的研究目前基本上处于起步阶段，有待全面深入研究的必要。本书对于认识宋代家书的整体价值，从内部分析宋代家族文化的传承发展、士人生活情态等方面有着重要意义。同时，从实际意义来说，宋代家书所揭示的亲情文化，其中涉及的治家理念、家庭教育思想、优秀家风传承等内容，对于今天的家庭生活仍具有重要的借鉴意义。

第二节　研究内容

本书以宋代家书为研究对象，在两宋历史文化大背景下，全面考察宋代家书的整体风貌和成就，梳理宋代家书发展史，总结宋代家书在中国古代家书史上的地位，正确定位其价值。主要研究内容如下。

一　家书的界定及宋前家书史概述

"家书"一词最早见于西汉孔安国的《尚书·序》，其中写道："及秦始皇灭先代典籍，焚书坑儒，天下学士逃难解散，我先人用藏其家书于屋壁。"[1] 此处"家书"指家藏书籍。"家书"的书信含义最早见于曹丕《典论·太子》："上书自陈，欲繁辞博称，则父子之间不文也；欲略言直说，则喜惧之心不达也。里语曰：'汝无自誉，观汝作家书。'言其难也。"[2] 此处"家书"的意义已经比较明确，指家人之间的往来书信。但"家书"的概念历来比较宽泛，限于中国古人的家族观念比较复杂，目前为止，还没有哪一部著作或哪一篇论文对此问题作出较为科学的、令人较为信服的定义。家书作为特殊的一种书信文体，是家庭成员之间的一种文字交流方式。家庭是以血缘亲情关系为基础而形成的社会组织，包括同一血统的几辈人，家庭是家族的组成部分，密不可分。因此本书所讨论的家书，是就家族成员之

---

① （汉）孔安国著，李学勤主编：《十三经注疏·尚书正义》，北京大学出版社 1999 年版，第 11 页。

② （清）严可均辑：《全上古三代秦汉三国六朝文》第三册，河北教育出版社 1997 年版，第 90 页。

间对等往来的私人书信而言，其受读对象明确为同一家族或宗族内部成员，不涉及上下级、师友弟子、朋友之间的一般性书信。明确了家书的范围，需要梳理宋前家书的发展过程，才能正确定位宋代家书的地位和价值。

二　全面考察宋代家书的整体风貌

本书对 583 通宋代家书的内容做横向和纵向分类。家书就受读对象可分为父子家书、夫妻家书、兄弟家书、其他家族成员家书。就内容可分为平安家书、诲学家书、家族事务家书、时政评论家书、谈学论艺家书、遗书。对这些内容，从宏观入手归纳总结其中的共同之处；从微观入手进行个案研究，深入观照不同家族和个人在处理家族事务和重要事件中的不同选择，分析在特定的历史背景下不同阶层士人的心态变化及应对方式的异同。

三　考察宋代家书的艺术特色和文体特征

宋代家书与两汉家书、魏晋南北朝家书、唐代家书在艺术风格上有明显的区别。两汉书信关注个人的情感抒发，褚斌杰先生在《中国古代文体概论》中写道："我国的书牍文完全脱离公牍的性质，而成为个人交流思想感情、互相交往的工具，当始于汉代。"[1] 魏晋南北朝时期，思想进一步解放，促进了书信的继续发展。在这个文学自觉的时代，人们不仅关注书信的实用价值，更将目光转向了书信的文学性，遣词用典，造句整饬，放言畅怀。刘勰在《文心雕龙》中云："魏之元瑜，号称翩翩；文举属章，半简必录，休琏好事，留意词翰；抑其次也。嵇康绝交，实志高而文伟矣；赵至叙离，乃少年之激切也。至如陈遵占辞，百封各意；祢衡代书，亲疏得宜，斯又尺牍之偏才也。"[2] 很多家书情真意切、文采出众，这不仅大大拓展了家书的内容，更增加了抒情色彩。南北朝时期，受时代风气的影响，书信逐渐走向骈化，家书受其影响，注重遣词用典，造句整饬，字句两两相

---

[1]　褚斌杰：《中国古代文体概论》，北京大学出版社 1990 年版，第 387 页。
[2]　（梁）刘勰撰，范文澜注：《文心雕龙注》，人民文学出版社 1958 年版，第 456 页。

对，音韵声律和谐，此类家书首推鲍照的《登大雷岸与妹书》。唐代家书寥寥无几，这一时期的古文运动直接影响了散文的创作，书信也开始摆脱骈俪，由骈而散，笔力逐渐走向雄健，平淡朴实之风成为主流。

宋代家书的突出特点是浅显平直，明白晓畅，笔触细腻，情感真挚。"家书形成以口语为主的风格，始于北宋。"① 宋代家书相比于前代，实用性和随意性特点进一步强化，抒情写景的装饰性效果大幅度减少，甚至近乎绝迹。平安家书大多篇幅短小，寥寥数笔，重在传递信息，表现出明显的重复性和相似性特征。诲学家书和教子家书大多篇幅较长，谆谆告诫，情真意切，行文简洁流畅，文笔优美。同时比较家书与亲情诗词的异同，分析不同的文体形式对情感表达和信息传递的异同。

四 分析宋代家书所承载的亲情文化对家族延续的重要作用

家庭是社会的基础，对成员的凝聚力和影响力基于血缘亲情，家书承载的亲缘文化对于家族的延续和发展壮大具有重要作用。家书中反映出的家族文化对研究家族史、家学、家风的形成及发展演变具有重要意义。家书是家学、家风传承的重要媒介，有助于我们了解家族成员之间互动的过程，从内部把握宋代家族传承与发展的轨迹。中国古代的家族文化是在特定的社会伦理、家学传统、社会政治经济条件的共同作用下产生和发展的。对于当时士人的思想、品行、行为模式的形成至关重要。士人所处的时代政治、学术文化等社会背景也影响着他们对家族未来的安排和调整。这些内容在家书中都有集中的体现。

五 分析宋代家书中所反映的士人生活情态

宋代家书的内容涉及家庭生活和社会生活的各个方面，我们可以从中深入了解宋代士人的生活情态。通过对家书的认真分析，可以很好地梳理宋代家族的婚姻财产、经济活动、衣食住行、养生送死、教

---

① 赵树功：《中国尺牍文学史》，河北人民出版社 1999 年版，第 13 页。

育娱乐、养生保健等内容。它们围绕家庭的运转和延续而展开，彼此联系、相互影响，成为一个不可分割的整体。同时，家庭生活的展开并不是漫无目的随意而行的，而是受到一定思想观念的支配，是一种有目的的活动。家庭思想观念不论是对家族内部，还是对整个社会都具有十分重要的意义。经济条件、制度规范、社会风气的变化，必然导致家庭生活方式与内容的变化。家庭是社会的构成基础，家庭的演变与社会文化的变迁息息相关。因此，士人的生活情态必须被置于特定的历史文化背景下加以考察。本书将从家书入手，揭示宋代不同时期家庭制度、伦理规范、日常生活等方面与其他社会文化现象之间相互作用、协同变迁的关系。

六　家书作者群体个案研究

由于家书的分散性和琐碎性，要深入挖掘家书的文献价值，有必要进行个案研究。因此本书将以家书中涉及的家族文化、学术思想传播以及重大政治事件为切入点，重新发掘家书的文献价值和史料价值，以个案研究带动综合研究。在个案研究尚未深入时，我们对这些重要问题的判断仍然以印象式的方式出现，不仅流于肤浅，而且颇显片面，与实际情况相差较远。只有在加强个案研究的基础上，才能带动以至深化主体研究。结合作者所处的历史政治背景，分析不同时期、不同地域、不同身份的作家群体对社会生活和精神世界的不同诉求。以苏轼、黄庭坚家书为主要研究对象，分析文学家群体的家书特点，及其家书对文学思想起到的交流和传播作用；以吕祖谦、陆九渊、吕大钧、阳枋为例，着重分析理学家群体的家书在家族学术思想传播和交流过程中的特点和作用，这对研究宋代家族史和学术思想的流变都有重要的借鉴意义。通过个案研究，家书的真实面貌才能呈现在读者眼前。

七　宋代特殊"家书"样式研究

家人之间的书面文字交流除了书信，还有许多其他形式，以家训、家诫、字说、字序、各类铭文、题跋的方式与家人交流情感的现象非常普遍，同时，以物代书、以诗代书、以词代书、以画代书等方式也值得关注。尽管它们不能算作严格意义上的书信，但却承载着传递信息和交流情感的任务。在某种程度上可以作为家书的补充资料，为本书的研究提供一定的借鉴和依据，因此有必要对这些特殊形式的"家书"予以关注。

以上就是本书的研究内容，既有对宋代家书面貌的整体观照，又有对具体作品深入细致的个案分析，通过宏观与微观相结合的研究方法，力求全面揭示宋代家书的文学价值和史料价值。

第三节　学术史回顾

目前学术界对于宋代家书的专门研究尚处于起步阶段，大多是在对宋代书信作品进行研究时有所涉及，未能认识家书的整体价值和意义，与宋代家书的数量和价值相比，对于家书的整体研究还远远不够。

家书的发展与书信的演变密不可分，因此其研究基本囊括在书信的研究之中。早在20世纪80年代中期，褚斌杰先生在《中国古代文体概论》中就对书信这一文体的含义、缘起和特征进行了关注。赵树功先生的《中国尺牍文学史》是第一部专门研究尺牍书简的文学史，也是迄今为止书信文学史上唯一一部通史专著，具有里程碑式的重大意义。其中第四章专章论述宋代尺牍，共分五节，第一节概述宋代尺牍特点；第二节介绍欧阳修与李之仪的尺牍；第三节介绍苏轼尺牍；第四节介绍黄庭坚尺牍；第五节涉及朱熹、孙觌、陈亮、方岳、文天祥五位南宋名家的尺牍创作。通多尺牍剖析作者的心理变化，细致入微。对"平民化、大众化"的家书及特点进行了介绍，尽管涉及的篇目不多，但开创之功不言而喻。杨庆存《黄庭坚与宋代文化》一书第九章第三节对黄庭坚书简及其特点作了简要分析。陈湘琳《欧阳修的文学与情感世界》第五章从欧阳修的家书入手分析面向内心世界的欧阳修，重点解析其慈父形象对子侄和整个家庭的影响。

结集于宋代的《欧苏手简》共收录欧阳修和苏轼尺牍书简约259篇，其中收录欧阳修书简122篇，家书3篇；苏轼书简137篇，家书

2篇，① 书前有金朝文人杜仁杰所撰序言。有关此书的一些问题，国内学者进行了编者、版本等诸多方面的考证。如祝尚书先生的《〈欧苏手简〉考》和张志华的《南宋的诗文选本研究》对此书的编者进行了研究考订，但朱刚在《关于〈欧苏手简〉所收欧阳修尺牍》一文中对编者提出了不同意见。② 这些研究对于我们了解欧阳修、苏轼的书信非常有益。遗憾的是，限于资料的匮乏，学者对于欧苏家书并没有予以重视。

相对于专著，近二十年有关宋代尺牍、书信的整体研究不断增多，出现了一系列的单篇论文和博士及硕士学位论文，涉及的范围也越来越广。但关注的人物依然集中在苏轼、黄庭坚、李之仪、欧阳修、王安石、米芾等尺牍大家或书法名家身上，主要从尺牍的版本系年、艺术特色、思想内容、书法鉴赏等方面一一展开，家书也往往被涉及或分析。

金传道的博士学位论文《北宋书信研究》是第一篇全面论述宋代书信的博士学位论文。论文分上下两编，上编梳理了北宋以前书信文体的流变过程，统计了北宋书信的整体数量并概述了北宋书信的价值，并指出"家书的私密性相较于私人书信，可信度更高，研究价值更大"③。下编为个案研究，集中分析了欧阳修、苏洵、苏轼、黄庭坚等人的尺牍书简。其中第六章从欧阳修治平四年（1067）在亳州期间写给长子欧阳发的三通家书入手，指出欧阳修在亳州处理并不繁多的政务之时，大部分精力都放在了关心家人的健康状况和家庭生计上，决心一年后致仕归颍。第九章比较了苏轼和黄庭坚尺牍的异同，

---

　① 由于《欧苏手简》版本的不同，所收录书简有数量上的差别。流传到日本后，刻于正保二年（1645）的《欧苏手简》（正保本）共收录欧阳修、苏轼书简259篇，其中欧阳修书简122篇，苏轼书简137篇；刻于天明元年（1781）的《新刻欧苏手简》共收录欧阳修、苏轼书简277篇，其中欧阳修122篇，苏轼155篇；流传到朝鲜的《欧苏手简》共收录书简264篇，其中欧阳修书简124篇，苏轼书简140篇等。详见夏汉宁《〈欧苏手简〉校勘》，中山大学出版社2014年版，第16页。

　② 朱刚指出："祝尚书先生把《欧苏手简》的序言的作者杜仁杰认作此书的编者，我以为不够妥当。杜氏只写了序言，序中并未交代他自己是编者。真正的编者，应该生活在周必大编订欧集流行之前，或者难以获得周氏编订本的地区（如宋金对峙时期的北方）。"详见朱刚《关于〈欧苏手简〉所收欧阳修尺牍》，《武汉大学学报》（社会科学版）2013年第3期。

　③ 金传道：《北宋书信研究》，博士学位论文，复旦大学，2008年，第39页。

涉及一些家书篇目，但数量不多。

张圆培的硕士学位论文《宋代家书研究》① 是有关宋代家书的全面研究，文章共统计出两宋家书 470 多通，概括了家书的写作内容和艺术特点，对北宋和南宋家书的思想文化内涵进行了比较分析，最后一章分析了苏轼和吕祖谦的家书特色。开创之功不言而喻，但家书文献统计不足，很多问题论述不够深入，有待进一步研究的必要。

此外，近十几年出现了十数篇有关宋代书信研究的硕士学位论文，研究的对象集中在苏轼身上。如崔丽的《苏轼尺牍研究》② 重点探讨苏轼尺牍的艺术特色、审美特征等；马明玉的《苏轼贬谪期间书信研究》③ 深入到苏轼书信中反映出的贬谪期间的精神世界和创作心态；杨银娥的《苏轼书信研究》④ 第四章从家书的视角探讨苏轼对亲情的珍视。李红叶的《岂意残年踏朝市，有如疲马畏陵陂——从尺牍文看元祐时期苏轼的创作心态》⑤ 从真情流露的尺牍文着手，探究苏轼元祐时期在忧谗畏讥的背景下创作心态的复杂及改变，并由此引发艺术风格的转变。王桂林的硕士学位论文《苏轼尺牍研究》⑥ 考察了苏轼尺牍的思想内容和艺术特色，认为苏轼的尺牍饱含淑世济民的思想感情，行文圆美流畅、平淡自然；表达幽默谐谑、真诚坦率；语言简洁生动、比喻贴切；从文体特征来看，苏轼的尺牍具有实用性、开放性和随意性的特点。这些成就推动尺牍向散文化、个性化和文学化的方向发展，使尺牍具有了文学审美价值。

除了苏轼外，研究者对于宋代书信的研究主集中在王安石、黄庭坚、李之仪等尺牍名家或大家身上。刘梦初《王安石书信艺术论略》⑦ 认为王安石书信内容之丰富、特色之显著，足可为一代之代

---

① 张圆培：《宋代家书研究》，硕士学位论文，西北大学，2019 年。
② 崔丽：《苏轼尺牍研究》，硕士学位论文，西南师范大学，2002 年。
③ 马明玉：《苏轼贬谪期间书信研究》，硕士学位论文，延边大学，2011 年。
④ 杨银娥：《苏轼书信研究》，硕士学位论文，暨南大学，2014 年。
⑤ 李红叶：《岂意残年踏朝市，有如疲马畏陵陂——从尺牍文看元祐时期苏轼的创作心态》，《湛江师范学院学报》2006 年第 2 期。
⑥ 王桂林：《苏轼尺牍研究》，硕士学位论文，重庆师范大学，2007 年。
⑦ 刘梦初：《王安石书信艺术论略》，《湖北民族学院学报》1993 年第 4 期。

表。胡昌健《黄庭坚谪巴蜀年谱诗文尺牍文物考证》① 考察了黄庭坚自绍圣二年（1095）至建中靖国元年（1101）谪居巴蜀期间的行迹和所作部分诗文、尺牍的情况，对此前的有关记载和研究多有辨证，廓清了一些史实，极有价值，其中也涉及少量家书篇目。

　　以上论文都在研究宋代书信时把家书作为部分内容单独论述，或涉及相关作家的家书作品。目前有关宋代家书的单篇论文有李立臣、刘少坤的《浅析苏轼家书的三种互动》② 和刘欣、吕亚军的《宋代家书中的诲学思想研析》。③ 除此之外，一些学者在研究历代家书时往往会涉及宋代部分，只言片语，一笔带过，如李辉的硕士学位论文《家书的审美之维》④ 围绕家书这一文体，以美学的观点，梳理了家书的起源与历史流变，阐释了家书的审美特征，探讨家书的未来，填补了家书审美研究的空白。蒋明宏《家书中的教育智慧》⑤ 论述了家书的教育功能，并通过具体事例探讨了家书的教育内涵。冯夏夏《中国传统家书主体思想研究》⑥ 以《颜氏家训》《曾国藩家书》和《傅雷家书》为主要研究对象，探讨了修齐治平的儒家文化思想在家书中的反映。由于清代家书的繁盛，学者对家书的研究也多集中于此。如徐德勇的硕士学位论文《〈曾国藩家书〉主体思想研究》⑦ 梳理了家书文化的发展历史，指出曾国藩以理学为宗，同时又不废汉学，博通诸子百家，兼容并蓄，为他经邦纬国、修身齐家奠定了坚实的思想基础；陈文捷硕士学位论文《〈梁启超家书〉德育思想研究》⑧ 概括了梁启超德育思想的内容，主要包括个人修身、家庭和谐、职业规划和社会道德等。这些论文往往简单概述中国古代家书的历史，对于宋代家书只是在梳理中一笔带过。宋代家书的诸多问题尚缺乏深入分析，

　　① 胡昌健：《黄庭坚谪巴蜀年谱诗文尺牍文物考证》，《文献》2002 年第 1 期。
　　② 李立臣、刘少坤：《浅析苏轼家书的三种互动》，《科学大众》2007 年第 4 期。
　　③ 刘欣、吕亚军：《宋代家书中的诲学思想研析》，《太原师范学院学报（社会科学版）》2009 年第 3 期。
　　④ 李辉：《家书的审美之维》，硕士学位论文，山东师范大学，2010 年。
　　⑤ 蒋明宏：《家书中的教育智慧》，《教育理论研究》2014 年第 2 期。
　　⑥ 冯夏夏：《中国传统家书主体思想研究》，硕士学位论文，内蒙古科技大学，2016 年。
　　⑦ 徐德勇：《〈曾国藩家书〉主体思想研究》，硕士学位论文，青岛大学，2009 年。
　　⑧ 陈文捷：《〈梁启超家书〉德育思想研究》，硕士学位论文，西南大学，2014 年。

有待于进一步深入研究的必要。

第四节　研究思路及方法

从目前有关宋代书信和家书的研究成果与现状可以看出，一些学者已经初步认识到宋代书信的价值和研究的必要性，但对家书的价值依然没有明确的概念，研究成果也十分有限，远远不能与宋代家书的成就相称。因此，本书必须要采取全新的研究思路与方法，既要归纳总结宋代家书的整体面貌和价值，又要深入探讨每一封家书作品的内涵和与之相关联的人物事件，将整体研究与个案研究有机地结合起来。

一　研究思路

本书研究的整体思路是：第一，明确家书的概念，界定家书的范围，梳理宋前家书的发展脉络，分先秦、两汉、魏晋南北朝、唐代四个时段，简要概括每个时段家书在题材内容和艺术表现手法等方面的特点，作为研究宋代家书的参照。第二，对 583 通宋代家书逐一阅读，制定简明目录，概括两宋家书的发展动态，以展示宋人家书的整体风貌及艺术特征。第三，从家书作品入手，深入分析其中承载的亲缘文化对宋代家族传承和发展的重要作用，以及家书中所反映的宋人生活情态、教育和治家理念。第四，进行家书作者群体的个案研究，以学术思想传播和政治事件为切入点，以期更加深入具体地把握宋人家书的细节特征。

二　研究方法

第一，文献分析法。全面占有原始资料，搜集整理宋代所有家书作品，为论文所用；另一方面及时跟进学界关于书信、尺牍、家书的研究现状和最新成果，以供参考借鉴。

第二，文学史、文化史、家族史研究相结合。宋代家书作为宋代散文作品中的内容，与当时的家族发展、文学思想、政治主张、教育理念等诸多方面都有深刻的内在联系。本书不仅要考察宋代家书的具体内容和整体面貌，也要研究这些内容之间的相互关联，从而总结出家书在宋代文学史中的价值及影响。

第三，整体研究与个案研究相结合。要全面认识宋代家书的价值，首先必须从不同时期、不同作者的具体作品入手，采取个案研究的方式，深入分析其内容、风格、思想等方面的变化，从而全面认识宋代家书的特色。

总之，本书立足于宋代家书，以文献为基础，重新认识被忽略的家书价值。以全新的视角深入解读隐藏在日常生活之中的文人情怀和和士人生活情态。并以个案研究为突破口，发掘家书的史料价值和文学价值。

第一章 家书的界定及宋前家书史概述

书信作为人际交往的书面语言载体，记录着历史和时代的变化，蕴含着民族的精神信仰和处事智慧。家书更是承载亲情和传递家族信息的重要媒介，在家国一体的中国古代社会发挥着重要作用。在研究宋代家书之前，有必要对其范围加以界定，要界定家书的范围，首先要对古人观念中的"家族""宗族""家人"等基本概念加以梳理。

第一节 古人对"家族""宗族""家人"概念的界定

中国古代社会历来奉行家国一体的思想，以宗法血缘为基础，以家庭为基本单位，家族是其核心组成部分。家族一词最早出自《管子·小匡》："公修公族，家修家族。使相连以事，相及以禄，则民相亲矣。"① 家族是以具有血缘关系和婚姻关系的亲属子女组成的共同生活单位，"是同一个男性祖先的子孙，若干世代相聚在一起，按照一定的规范，以血缘关系为纽带结合而成的一种特殊的社会组织形式"②。从中可以看出形成家族的三个必要条件，血缘关系、婚姻关系和共同生活。

由"家族"而延伸到"宗族"的概念，则着重强调了男性血缘关系的重要性，《礼记·大传》云："同姓从宗，和族属。异性主名，治际会，名著而男女有别。其夫属乎父道者，妻皆母道也；其夫属乎

---

① 姜涛：《管子新注》，齐鲁书社 2006 年版，第 180 页。
② 徐扬杰：《宋明家族制度史论》，中华书局 1995 年版，第 1 页。

子道者，妻皆妇道也。"①"同宗""同族""族党""族人"等相似的词语所指的内涵是大致相同的。随着宗族的绵延不绝和发展壮大，根据尊卑嫡庶和血缘关系的远近又有了"大宗""小宗"之别。《礼记·大传》对此做了明确的解释：

> 庶子不祭，明其宗也，庶子不得为长子三年，不继祖也。别子为祖，继别为宗，继祢者为小宗。有百世不迁之宗，有五世则迁之宗。百世不迁者，别子之后也。宗其继别子之所处者，百世不迁者也。宗其继高祖者，五世则迁者也。宗祖故敬宗，敬宗，尊祖之义也。②

由此可见，在中国古人的观念中，"宗是一个排除了女系的亲属概念，即总括了由共同祖先分出来的男系血统的全部分支"③。中国古代传统的人伦道德观和家国一体观都建立在这样的思想基础之上。"上治祖、祢，尊尊也。下治子、孙，亲亲也。旁治昆弟，合族以食，序以昭穆，别之以礼仪，人道竭矣……圣人南面而治天下，必自人道始矣。"④ 宗族观念的建立是为了阐明人道关系之重要，而人道关系的基础是血缘亲情关系。中国古代社会推崇祖先崇拜，正所谓"国之大事，在祀与戎"⑤。"宗族"观念在后世逐渐清晰起来，它所反映的正是一种祭祀与被祭祀的关系。"处于应祭祀同一祖先的地位的人在社会性的意义上就是同宗者。"⑥ 推而广之，儒家社会所有的人伦关系都可以被由亲到疏、由近及远地纳入这一系统中。在中国古代士人最看重的君臣、父子、兄弟、夫妇、朋友这五种最基本的人伦关系中，"有三种是家族关系。其余两种，虽然不是家族关系，也可以按照家族来理解。君臣关系可以按照父子关系来理解，朋友关系可以按

---

① （清）孙希旦：《礼记集解》，中华书局 2015 年版，第 910 页。
② （清）孙希旦：《礼记集解》，中华书局 2015 年版，第 914 页。
③ ［日］滋贺秀三：《中国家族法原理》，商务印书馆 2014 年版，第 26 页。
④ （清）孙希旦：《礼记集解》，中华书局 2015 年版，第 905 页。
⑤ 郭丹、程小青译注：《左传》，中华书局 2012 年版，第 974 页。
⑥ ［日］滋贺秀三：《中国家族法原理》，商务印书馆 2014 年版，第 28 页。

照兄弟关系来理解"①。从"宗族"观念出发，古人所谓的"治"，即建立礼仪制度以别其尊卑上下、亲疏厚薄之关系，人伦关系的明确和稳定是避免社会发生残酷内斗，维持国家长治久安的基础，因此，"圣人南面而治天下，必自人道始"才会成为中国古代历朝统治者的共识。

由此可见古人对"家"的重视，"家"在中国古人的观念中有狭义与广义之别，狭义上的"家"与"户"通用，一般指具有血缘关系，共同维持生计的生活共同体；广义上的"家"，则指"由同一个祖先分家而来的总称为一族的叫一家，因而亦称为同宗，又叫作一家子"②。这与上文所说的"家族""宗族"观念一致。"人和土地是中国古代农业家族的两根支柱。"③ 在这样的观念中，家族人口的繁衍和财产的积累意味着家族的发展壮大，反之则意味着家族的衰败没落。因此，"同居共财"的生活方式成为社会传颂的佳话和政府旌表的典范。以这样的概念出发，父子、兄弟、夫妇、族人以及整个宗族中的每一个成员都构成了"家人"关系。随着时间的变迁和家族的发展，家庭成员虽然分支众多或析产别居，甚至四散迁徙，但由血缘亲情所形成的家族依然具有强大的凝聚力，"家"的观念根深蒂固，"家人"关系并不以地域的远近和时间的推移而转变。

以"家族""宗族"观念来考虑亲属关系，并不意味着中国古代社会只有同宗、同族之人才构成日常社会生活中的亲戚关系。"宗""族"观念代表的是基于男性血统所产生的亲属关系，而女系血统及妻族的娘家或女儿的婆家等非本宗的亲戚关系则被称为"外家""姻家"或"外姻"。"外家"和"本家"在中国古人的观念中是被严格区分的，这从反映男系和女系亲属的称呼中就可以清晰洞见。伯、叔、子、侄、孙、族侄、族孙、伯母、叔母、婶、侄女、孙女等称谓是称呼"本宗"亲属，而外祖、外祖母、舅、舅母、外甥、外甥女、外孙、外孙女等称谓是称呼"外姻"亲戚。"同姓不婚、异姓不养"

① 冯友兰：《中国哲学简史》，北京大学出版社 1985 年版，第 27 页。
② ［日］滋贺秀三：《中国家族法原理》，商务印书馆 2014 年版，第 58 页。
③ ［日］滋贺秀三：《中国家族法原理》，商务印书馆 2014 年版，第 60 页。

是中国古代社会逐渐形成的规则。这一由两姓缔结婚姻所形成的亲戚关系构成了中国古人人际关系网络中的重要组成部分。尽管姻亲关系在社会生活和家庭生活中的亲密度可能比"本族""本家""族人"之间的亲密度更高，但却依然被认为是"外人""外家"。区分"本家"和"外家"是界定本书研究对象的基础，因此，上文才会不厌其烦花费笔墨区分上述几个概念的不同。

第二节　家书概念和范围的界定

中国古人对"家族""宗族""家人""姻亲"等不同概念的不同理解，是界定家书范围的基础。"家书"一词最早见于西汉孔安国的《尚书·序》，其中写道："及秦始皇灭先代典籍，焚书坑儒，天下学士逃难解散，我先人用藏其家书于屋壁。"① 此处"家书"指家藏书籍，并没有今天书信层面的含义。书信意义上的"家书"一词最早出现在曹丕的《典论·太子》："上书自陈，欲繁辞博称，则父子之间不文也；欲略言直说，则喜惧之心不达也。里语曰：'汝无自誉，观汝作家书。'言其难也。"② 曹丕在这篇文学批评中指出家书写作之难，因为家书是亲人之间传递信息和交流情感的媒介，"繁辞博称"或"略言直说"似乎都不能准确地传达内心想要表达的思想情感。一直以来，家书的概念都比较宽泛，家人之间的往还书信毫无疑问被归入家书，但是一些教育子侄的训诫、家规，家人之间互相唱和的诗词、文章等也被一些学者归入家书。到目前为止，还没有哪一部著作或哪一篇论文对此问题作出较为明确的、令人信服的界定。

家书作为书信文体的一种形式，是建立在家庭成员之间的一种文字交流方式。在统计宋代家书的整体概况之前，有必要对研究对象的范围作一清晰的界定。众所周知，中国古人是最重视家庭观念和宗族观念的民族，家国一体的思想深入人心，对于家族的重视在漫长的世

---

① （汉）孔安国著，李学勤主编：《十三经注疏·尚书正义》，北京大学出版社 1999 年版，第 11 页。

② （清）严可均辑：《全上古三代秦汉三国六朝文》第三册，河北教育出版社 1997 年版，第 90 页。

界文明史上都是罕见的。中国人以血缘亲情的远近亲疏形成家庭伦理
关系，这一观念源自儒家"爱有差等"的思想。因此，古人在确定
家庭关系时非常注重男性直系血缘关系的远近。尽管从秦汉时期就有
了"核心家庭"的观念，即一般由夫妻与其有血缘关系的子女所组
成的小家庭，但是在传统观念中，人们还是把"家"与"家族"等
同起来，即通常由三代至五代之内的有直系血缘关系的成员组成的大
家庭，这些家族成员就成为"家人""族人"。宋代家书的主要研究
对象就是这些家族成员之间交流往来的书信文本。尽管古人善于将人
世间的一切关系泛化为家庭关系，如吕祖谦在《舍人官箴》中说：
"事君如事亲，事官如事兄，与同僚如家人，待群吏如奴仆，爱百姓
如妻子。处官事如家事，然后为能尽吾之心。"① 但是若将家书的外
延无限延展，势必影响研究对象的严谨性与准确性。因此，尽管古人
的家族观念中还有"外家""姻家""乡党""乡人"等概念，但他
们与家族男性祖先和成员之间由于没有直系血缘关系或血缘关系太过
疏远，因此并不是古人严格意义上的"家人"。所以，为了保证研究
的准确与严谨，本书的研究对象仅限于严格意义上的"家人"之间
的书信，即三代至五代家族内部成员之间的往来书信文本。这样做尽
管大大缩小了研究范围，舍弃了许多宝贵的文献资料和研究内容，但
却是根据实际情况做出的必然之举。众所周知，宋人的家族大多数非
常庞大，家族成员众多，与之相关的姻亲关系必然极其复杂。一个家
族往往与数个乃至十数个"外家""姻家"等其他家族形成错综复杂
的婚姻关系。要将两宋时期 749 位有书信传世文人的姻亲关系一一梳
理，找出他们之间的来往书信并进行分类整理是一个浩大的工程量，
在有限的时间内几乎难以完成。鉴于上述两个原因，本书的研究对象
明确为宋代文人家族或宗族内部成员之间的往还书信，即家族内三代
至五代与作者男性祖先有直系血缘关系的成员，姻亲、乡党、朋友、
故旧、师生、门生、同僚等其他人员的往来书信都不包括在内，但这
些资料并非弃置不顾，而是将其作为家书研究的重要补充和佐证。同
时，根据具体文人的生长经历，对一些特殊书信也做了特别对待。有

---

① （宋）吕祖谦：《吕祖谦全集》第二册，浙江古籍出版社 2017 年版，第 336 页。

些文人自小随母改嫁，生活在继父家庭，虽与之没有血缘关系，但在情感和法律上都认同父子关系，他们之间来往的书信可以被纳入家书范围，范仲淹与其继父家庭的书信即是如此。此外一些文人自幼丧父，随母生活在外家，与母亲的娘家人不仅在血缘上极其亲近，且感情深厚，远远超越了父系亲族，他们之间的来往书信也可以被纳入家书范畴。其次，宋人文集中还有一些作者本人替家人、父母、兄弟、子侄写给长官、同僚、亲朋好友的书信，虽然某些涉及家族事务，但这些代写的书信毕竟不是家书，因此也只能被排除在家书之外。再次，宋代书信中有一部分婚书，是为家中子孙后辈们举行求亲、纳币、请期等礼节时所作的程式化书信体文书，虽然涉及家庭生活中的重要事务，但同样不能算作严格意义上的家书，因此也需要排除在外。

在这样的层层筛选和排除之后，本书根据两宋文人的文集、别集、宋人笔记小说，史书资料、《全宋文》、海外新发现的宋代文献资料、网络新出现的各种宋人书法作品、学者有关宋代书信研究结果等文献资料，共收集到宋代家书作品583篇，涉及作者109人。相较于两宋时期三万六千多篇的书信总量，现存的家书仅仅是沧海一粟，大量的家书随着时间的流逝由于各种原因散佚了。再加上正统的文学观念影响，学者普遍对家书不重视或刻意忽略，诸多原因造成了宋代家书研究分外苍白的现状。家书的文学价值和史料价值长期以来得不到应有的重视，隐藏在家书中的诸多问题都有待于进一步的发掘和探索，这是本书研究的目的和价值所在。

第三节　宋前家书发展史概述

中国古代的家书经历了一个由随意为之到逐步规范化、程式化的发展过程，从战国时期的第一封家书到宋代家书的繁荣局面，经历了一千多年的历史。在各个不同的历史时期，家书呈现出不同的特色与风貌。

一 战国时期第一封家书

目前中国历史上发现的第一封家书是 1975 年 12 月湖北省云梦县城关西郊睡虎地四号墓出土的两件秦简，分别为 11 号和 6 号木简，两面均有文字。经过云梦秦墓竹简整理小组整理，释文首次发表于《湖北云梦睡虎地十一座秦墓发掘简报》① 中，经过再次整理出版的《云梦睡虎地秦墓》一书中也列出了这两件竹简的释文。其中用 < > 注出了原有错字，用□表示缺字，用……表示残缺字数。11 号秦简正面释文摘录如下：

> 二月辛巳，黑夫、惊敢再拜问中，母毋恙也？黑夫、惊毋恙也。前日黑夫与惊别，今复会矣。黑夫寄益就书曰：遗黑夫钱，母操夏衣来。今书节 < 即 > 到；母视安陆丝布贱，可从为禅裙襦者，母必为之，令与钱偕来。其丝布贵。徒 < 以 > 钱来，黑夫自以布此。黑夫等直佐淮阳，攻反城久，伤未可智 < 知 > 也，愿母遗黑夫用勿少。书到皆为报，报必言相家爵来未来，告黑夫其未来状。闻王得苟得。

11 号秦简背面释文，可辨识者共计 108 字：

> 毋恙也？辞相家爵不也？书衣之南军毋……不也？为黑夫、惊多问姑姊、康乐孝须 < 婴 > 故术长姑外内……为黑夫、惊多问东室季须 < 婴 > 苟得毋急也？为黑夫、惊多问婴记季事可 < 何 > 如？定不定？为黑夫、惊多问夕阳吕婴、里阎诤丈人得无恙……矣。惊多问新负 < 妇 >、婴得毋恙也？新负勉力视瞻丈人，毋与……勉力也。②

---

① 湖北孝感化区第二期亦工亦农文物考古训练班：《湖北云梦睡虎地十一座秦墓发掘简报》，《文物》1976 年第 9 期。

② 《云梦睡虎地秦墓》编写组：《云梦睡虎地秦墓》，文物出版社 1981 年版，第 25 页。

6 号秦简正面释文，可辨识者共计 88 字：

> 惊敢大心问衷，母得毋恙也？家室外内同……以衷，母力毋恙也？与从军，与黑夫居，皆毋恙也……钱衣，愿母幸遣钱五、六百，绔布谨善者毋下二丈五尺。……用垣柏钱矣，室弗遗，即死矣。急急急。惊多问新负、婴皆得毋恙也？新负勉力视瞻两老……

6 号简背面释文，可辨识者共计 81 字：

> 惊远家故，衷教诏婴，令毋敢远就若取新<薪>，衷令……闻新地城多空不实者，且令故民有为不如令者实……为惊视祀，若大发<废>毁，以惊居反城中故。惊敢大心问姑姊，姑姊子产得毋恙？……新地入盗，衷唯母方行新地，急急。①

这两件云梦秦简家书是世界上现存最早的家书实物，史料价值弥足珍贵，其中透露出的信息非常丰富。从这封木简家书中可以了解战国末期秦王嬴政统一六国时的许多宝贵信息。据云梦秦简记载，墓主人"喜"，生于秦昭王四十五年（前 262），历任安陆御史、安陆令史、鄢令史、治狱鄢等低级官吏，他在秦王政三年（前 244）、四年（前 243）和十三年（前 234）曾三次从军，参加过多次战斗，亲身经历了秦始皇统一六国的整个过程。从这两封宝贵的木牍家书可知，书简的作者"黑夫"和"惊"是兄弟俩，从他们能够读写的事实可见其受过一定的文化教育，与目不识丁的普通民众有一些区别，可能在军队中担任一定的职位。家中还有一个兄弟"衷"，这也证实了秦律中三丁抽二的征兵制。结合相关的史料，有学者考证出秦简家书中所写的"佐淮阳，攻反城久"乃秦王政二十三年（前 224）昌平君反秦于淮南之后，王翦于翌年率军平叛的战事，这是秦灭楚之战的最后阶段。但从家书中可知，反城久攻不下，说明楚国抵抗

---

① 《云梦睡虎地秦墓》编写组：《云梦睡虎地秦墓》，文物出版社 1981 年版，第 26 页。

十分顽强。① 在这样激烈的灭国战争中，作为普通将校和士兵的"黑夫"与"惊"处境艰难。在朝不保夕的情况下，他们写信向家中的母亲请求给他们寄送钱和衣服，可见生活状态的艰苦。频繁地问及家中亲人，嘱托妻子照顾老人，嘱咐兄弟教导自己年幼的女儿，身在战争中的士兵对家人的挂念如在眼前。通过这封沉睡千年的木牍家书，我们可以一窥战国末期秦国普通士兵和百姓的生活状态，从中了解有关战争、法律的诸多信息，意义十分重大。

除第一封实物家书之外，先秦时期还有极少数记载于各种文献中保存下来的"家书"，共六篇，分别为《尚书》记载的周文王《诏太子发》；《说苑》记载的周成王《伯禽告》；《说苑》记载的鲁国大夫季孙行父所作《戒子》；《吕氏春秋》《列子》《淮南子》等书共同记载的楚国大夫蒍敖《将死戒其子》；《韩诗外传》所载晋国赵鞅所作《自为二书牍与二子》；记载于《搜神记》的宋国韩凭妻何氏所作《密遗夫韩凭书》。虽然这几封"家书"中有些不能被算作严格意义上的家书，如《伯禽告》，据文献记载，此书是周成王封伯禽为鲁王时的当面告诫之词，但从文辞来看，不排除事先书面准备的可能。除韩凭妻的家书之外，其他几篇都是天子或大夫所作，内容大多是教诲告诫之辞，只有寥寥数语，语言简短凝练，如赵鞅的《自为二书牍与二子》只有十二字："节用听聪，敬贤勿慢，能能勿贱。"② 体现了战国时期的文风特点。这些家书能够被文献记录并得以保存下来得益于作者的身份和地位。

二 两汉家书

两汉时期随着社会的发展和信息交流的需要，书信数量日益增多，笔者查阅相关文献资料，共搜集到两汉家书 67 篇，其中西汉 16 篇，东汉 51 篇。有 10 篇是女性所写，西汉 1 篇，东汉 9 篇。仅从数量的变化就可以看出家书的巨大发展。此外，家书内容也更加丰富，

---

① 辛德勇：《云梦睡虎地秦人简牍与李信、王翦南灭荆楚的地理进程》，《出土文献》2014 年第 00 期。

② （清）严可均：《全上古三代秦汉三国六朝文》第一册，河北教育出版社 1997 年版，第 140 页。

涉及国事讨论、家族延续、丧葬安排、教育子孙、夫妻情感等内容。褚斌杰先生在《中国古代文体概论》中写道："我国的书牍文完全脱离公牍的性质，而成为个人交流思想感情、互相交往的工具，当始于汉代。"[①] 此时的家书在文辞上虽崇尚质朴，但却十分注重遣词造句，刻意为之的痕迹显而易见，足见两汉时期的文人士大夫对家书写作的重视。此时家书关注的重点是家庭教育和个人情感的抒发。

两汉时期保存下来的家书大多是帝王将相或著名文士的作品，其写作对象可分为三类，分别是"与子书""夫妻家书"和"与其他家族成员书"。父子家书的内容主要集中在两个方面，其一为教子诲学，其二为安排自己的身后事；"夫妻家书"的内容几乎无一例外全部为夫妻情感交流；"与其他家族成员家书"则基本上都是讨论国事或家族在特殊事件中的应对策略，这类家书的保存基本上有赖于史书的记载。

汉高祖刘邦写给太子刘盈的《手敕太子》，痛悔自己当初轻视文人的错误，告诫太子勤奋读书，尊敬文士，以国家为重，任人唯贤，同时还要求他尊敬萧何、曹参等开国元勋。刘邦还写道："吾生不学书，但读书问字而遂知耳。以此故不大工，然亦足自辞解。今视汝书，犹不如吾。汝可勤学习，每上疏宜自书，勿使人也。"[②] 严父形象跃然纸上。此外东方朔的《诫子书》、孔臧的《与子琳书》、刘向的《戒子歆书》、杨贵的《病且终令其子》、尹赏的《临死戒诸子》、陈咸的《令李业诣狱养病教》等都是教子家书，其中有关修身齐家、读书学习、为人处世的智慧被后人传颂至今。

东汉传世的家书中遗书占很大部分，如张霸《遗命诸子》、崔媛《遗令子实》、朱宠《遗令》、范冉《遗命敕子》、张奂《遗命诸子》、李固《临终敕子孙》、梁商《病笃敕子冀等》、马融《遗令》、郑玄《戒子易恩书》、崔瑗《遗令子寔》、司马徽《诫子书》等，都是临终时写给子孙的遗书。遗书在东汉的大量出现是一个值得关

---

①　褚斌杰：《中国古代文体概论》，北京大学出版社 1990 年版，第 387 页。

②　（清）严可均：《全上古三代秦汉三国六朝文》第一册，河北教育出版社 1997 年版，第 249 页。

注的现象，遗书中的内容集中在两个方面，其一为告诫后代如何明哲保身的生存原则；其二要求子孙不得在葬事上奢靡浪费，力行薄葬的丧葬准则。

梁商弥留之际给梁冀的遗书《病笃敕子冀等》中告诫道：

> 吾以不德，享受多福。生无以辅益朝廷，死必耗费帑藏，衣衾、饭含、玉匣、珠贝之属，何益朽骨？百僚劳扰，纷华道路，只增尘垢。虽云礼制，亦有权时。方今边境不宁，盗贼未息，朝廷用度，常若不足，岂宜重为国损。气绝之后，载至冢舍，即时殡殓，敛以时服，皆以故衣，无更裁制。①

梁氏家族在东汉末年以外戚身份擅权一时，梁商临终时节葬的遗命或许出于真心，甚至在遗书结尾叮嘱道："孝子善述父志，不宜违我言也。"② 但能否得到儿子梁冀的执行则不得而知。从上文中可知当时丧葬仪式的烦琐和巨大花费，梁冀这样的掌权者由国家负担其父的丧葬费用，必然给国家和百姓带来沉重的负担。而一些底层官吏或贫寒之家，如此巨大的费用必然是整个家族的经济重担。除此之外，他们主张节葬也有其时代风潮的影响。

> 富贵盈溢，未有能终者。吾非不喜荣势者，天道恶满而好谦，前世贵戚皆明戒也。保身全己，皆明戒也。——樊宏《戒子》③

> 吾前后仕进，十要银艾，不能和光同尘，为谗邪所忌。通塞，命也；始终，常也。但地底冥冥，长无晓期，而复缠以纩绵，牢以钉密，为不喜耳。幸有前窀，朝殒夕下，措尸灵床，幅

---

① （清）严可均：《全上古三代秦汉三国六朝文》第二册，河北教育出版社 1997 年版，第 227 页。
② （清）严可均：《全上古三代秦汉三国六朝文》第二册，河北教育出版社 1997 年版，第 227 页。
③ （清）严可均：《全上古三代秦汉三国六朝文》第二册，河北教育出版社 1997 年版，第 263 页。

巾而已。奢非晋文，俭非王孙，推情从意，庶无咎吝。——张奂
《遗命诸子》①

　　东汉末年家书中这两项内容反映出鲜明的时代特征，也揭示了当时士人对人生价值和生存态度的思考。东汉末期外戚与宦官交替掌权，在争夺权势的过程中，无数显赫一时的人物身死族灭。生命的脆弱和命运的无常让士人不得不保持与政治相对疏离的态度，对于家族的重视逐渐超越了对皇权的关注。因此在遗书中无不要求子孙后代戒骄戒躁、小心谨慎、明哲保身，对于富贵权势采取审慎的态度，以保持家族的延续和传承为主要目标。同时东汉时期无数权臣宦官争相夸耀豪奢富贵，厚葬之风盛行。这些士人力行薄葬的自发行为不仅是为了抵制奢靡之风，也在某种程度上是对当时黑暗现实的反抗。此外，厚葬引来的一个恶果即是盗墓的猖獗，上至皇陵，下至普通士大夫坟墓的盗掘皆因墓中大量昂贵的随葬品。三国时期魏文帝文德皇后在《止孟武厚葬其母》中指出："自丧乱以来，坟墓无不发掘，皆由厚葬也。"② 这是当时士人提倡节葬的另一重要原因，但却被许多学者忽略。

　　其余则多是劝诫子侄修身、为学、处事等教诲家书，如郑玄《戒子益恩书》，冯衍《与妇弟任武达书》。东汉马援的《诫兄子严敦书》是一篇历代传颂的规范子侄言行的教导家书：

　　　　吾欲汝曹闻人过失如闻父母之名，耳可得闻，口不可得言也。好论议人长短，妄是非正法，此吾所大恶也，宁死，不愿闻子孙有此行也。汝曹知吾恶之甚矣，所以复言者，施衿结缡申父母之戒，欲使汝曹不忘之耳。

　　　　龙伯高敦厚周慎，口无择言，谦约节俭，廉公有威。吾爱之重之，愿汝曹效之。杜季良豪侠好义，忧人之忧，乐人之乐，清

---

　　① （清）严可均：《全上古三代秦汉三国六朝文》第二册，河北教育出版社 1997 年版，第 613 页。

　　② （清）严可均：《全上古三代秦汉三国六朝文》第三册，河北教育出版社 1997 年版，第 133 页。

浊无所失。父丧致客，数郡毕至。吾爱之重之，不愿汝曹效也。效伯高不得，犹为谨敕之士，所谓刻鹄不成尚类鹜者也。效季良不得，陷为天下轻薄子，所谓画虎不成反类狗者也。讫今季良尚未可知，郡将下车辄切齿，州郡以为言，吾常为寒心，是以不愿子孙效也。①

　　这篇家书是东汉名将马援在远征交趾期间听闻兄长之子"并喜讥议，轻通侠客"②，担忧他们的品德行为，不远万里写信劝诫。从这封家书中可见战国时期行侠仗义的行为在东汉尽管依然有流风余韵，但是儒家谦逊节俭的品德已经被大多数士人接受，甚至连常年征战的名将也不例外。马援的这封家书不仅是对子侄教育的重视，更反映出他多年为将，尽管功勋卓著却依然小心翼翼，谨慎畏祸的忧惧心态。"画虎不成反类犬"也成为流传千古的成语。与此相类似的还有张奂的《诫兄之子》："闻仲祉轻傲耆老，侮狎同年，极口恣意。当崇长幼，以礼自恃。闻敦煌有人来，同声相道，皆称叔时宽仁。闻之且喜且悲。喜叔时得美称。悲汝得恶论。"③张奂听闻人们对两个侄儿截然相反的评价，对此"且喜且悲"，写信规劝"仲祉"，因其"早失贤父"，④自己不得不担负起教诲他们的责任，在家书的结尾，张奂引经据典，谆谆告诫侄儿，"年少多失，改之为贵"⑤。

　　东汉时期存留的九封女性家书中有五封是有关教育的内容，分别是杜泰姬的《教子》和《戒诸女及妇》、杨礼珪《敕二妇》、李文姬《敕弟燮》、陈惠谦《戒兄子伯思》。这些家书中的教育内容主要涉及勤俭持家和修身之道。如杜泰姬的《教子》："中人情性，可上下也，

---

① （清）严可均：《全上古三代秦汉三国六朝文》第二册，河北教育出版社 1997 年版，第 172 页。

② （南朝·刘宋）范晔：《后汉书·马援列传》，中华书局 1965 年版，第 844 页。

③ （清）严可均：《全上古三代秦汉三国六朝文》第二册，河北教育出版社 1997 年版，第 613 页。

④ （清）严可均：《全上古三代秦汉三国六朝文》第二册，河北教育出版社 1997 年版，第 613 页。

⑤ （清）严可均：《全上古三代秦汉三国六朝文》第二册，河北教育出版社 1997 年版，第 613 页。

在其检耳。若放而不检，则入恶也。"① 杨礼珪的《敕二妇》："常言圣贤必劳民者，使之思善。不劳则逸，逸则不才。"② 可见，勤与俭已经成为当时社会的共识，女性也以此教育家中后辈。此外，度辽将军张亮妻陈惠谦所写的《戒兄子伯思》极为引人注目："君子疾末世而名不称，不患年不长也。且夫神仙愚惑，如系风捕影，非可得也。"③ 陈惠谦此书当是针对"伯思"求仙访道，冀求长生的行为而发。陈惠谦虽为闺中妇女，却见识不凡，认为神仙之说纯属愚弄世人，君子当以显身扬名为要，不可惑于"系风捕影"之事，空耗岁月。杜泰姬的《戒诸女及妇》是一篇有关女性怀孕、生产、育儿时的指导意见："吾之妊身，在乎正顺。及其生也，思存于抚爱。其长之也，威仪以先后之，（礼）［体］貌以左右之，恭敬以监临之，勤恪以劝之，孝顺以内之，忠信以发之，是以皆成，而无不善。"④ 这是家书中极其罕见的内容，生育和教育后代是古代女性生活中的重要大事，只是这样的内容在后来的家书中难得一见。

此外，两汉时期的家书中还透露出家族和个人在险恶政治环境中的生存状态，王莽篡位时所立太子王临的《与母书》即是这种情境下所写："上于子孙至严，前长孙、中孙年俱三十而死。今臣临复适三十，诚恐一旦不保中室，则不知死命所在！"⑤ 王临此信被王莽发现后受到猜疑，由此引发一连串事件，最终王临被废除太子之位，贬为统义阳王，自杀而死。帝王之家的亲情往往与权力斗争纠缠在一起，酿成一幕幕人伦惨剧。

除此之外最引人注目的就是夫妻家书，两汉夫妻家书中极少涉及家族事务，多是夫妻二人的情感交流。这类内容呈现出两个极端，或

---

① （清）严可均：《全上古三代秦汉三国六朝文》第二册，河北教育出版社 1997 年版，第 898 页。

② （清）严可均：《全上古三代秦汉三国六朝文》第二册，河北教育出版社 1997 年版，第 898 页。

③ （清）严可均：《全上古三代秦汉三国六朝文》第二册，河北教育出版社 1997 年版，第 899 页。

④ （清）严可均：《全上古三代秦汉三国六朝文》第二册，河北教育出版社 1997 年版，第 899 页。

⑤ （清）严可均：《全上古三代秦汉三国六朝文》第一册，河北教育出版社 1997 年版，第 819 页。

为伉俪情深，琴瑟和鸣，或为夫妻反目，恩断情绝。这时期有司马相如与卓文君的夫妻家书，以及窦玄妻的《与窦玄书》，还有东汉末年著名诗人夫妻秦嘉、徐淑二人互诉离别衷肠的家书。

西汉著名的文学家司马相如和卓文君的爱情故事流传千古，为人称道。但是婚后二人的幸福生活并没有贯穿始终。后来"相如将聘茂陵女为妾，卓文君作《白头吟》以自绝，相如乃止"①。司马相如在另有所爱之后，卓文君写下了《诀别书》：

> 春华竞芳，五色凌素，琴尚在御，而新声代故！锦水有鸳，汉宫有木，彼物而新，嗟世之人兮，瞀于淫而不悟！朱弦断，明镜缺，朝露晞，芳时歇，白头吟，伤离别，努力加餐勿念妾，锦水汤汤，与君长诀！②

卓文君在信中批评司马相如喜新厌旧，炫惑于新人外表，不顾二人之间的感情，"瞀于淫而不悟"行径。坚决不能忍受背叛和欺骗，决定与之长诀。从这封家书可以看出卓文君独立的女性意识，处处透露出不愿依附男性，把握自己命运的主张和意愿。同时也可以看出当时的女性地位相对较高，在婚姻中也享有较大程度的自由。正是这种追求独立人格和生命价值的精神特质吸引并影响了司马相如，他在接到信后回心转意，写信给卓文君，表达对她不离不弃的感情。

> 五味虽甘，宁先稻黍？五色有灿，而不掩韦布。惟此绿衣，将执子之釜。锦水有鸳，汉宫有木。诵子嘉吟，而回予故步。当不令负丹青，感白头也！③

司马相如用五味与五色来形容新人，用稻黍与韦布来形容卓文君。认为尽管五味甘美，五色灿烂，却无法取代稻黍和韦布的地位。

---

① （汉）刘歆：《西京杂记》卷三，中国书店 2019 年版，第 18 页。
② 贺复徵编：《文章辨体汇选》卷二百五十，上海古籍出版社 1987 年版，第 195 页。
③ （清）严可均：《全上古三代秦汉三国六朝文》第一册，河北教育出版社 1997 年版，第 462 页。

表示绝不相负，与之携手白头的决心。

而汉代窦玄的妻子就没有那么幸运了。窦玄形貌绝异，天子以公主妻之。窦玄妻不可避免地面临被弃的命运。她写给丈夫的《与窦玄书》完全是另外一副心情，充斥着被抛弃的悲痛和愤怒：

> 弃妻斥女敬白窦生：卑贱鄙陋，不如贵人。妾日已远，彼日已亲。何所告诉？仰呼苍天。悲哉窦生！衣不厌新，人不厌故。悲不可忍，怨不自去。彼独何人，而居我处！①

这封家书中既有对窦玄喜新厌旧、不念旧情的伤心绝望，也有对公主夺走自己丈夫的愤怒与不甘，这样的遭遇的确令人同情。从这篇家书的写作水平来看，窦玄妻应该出身名门，受过良好的教育，但依然不能避免被弃的命运，而且在丈夫休妻之后除了悲痛和愤怒，并没有卓文君的坚决和独立，可见二人性格的差异。

从这些家书可知汉代休妻之事时有发生，东汉冯衍的《与妇弟任武达书》几乎是一篇离婚宣言。他在信中痛斥妻子"既无妇道，又无母仪"②的失德行为，历数妻子的种种过恶，"以白为黑，以非为是，造作无端，妄生首尾"，"继嗣不育"，"嫉妒"，"暴虐奴婢"等令人无法忍受的行为。③甚至在信中写道："不去此妇，则家不宁；不去此妇，则家不清；不去此妇，则福不生；不去此妇，则事不成。"④足见其休妻的坚决。至于妻子是否如冯衍所描绘的这般不堪，限于史料匮乏，后人不得而知。但冯衍曾两度休妻，这在当时是比较少见的现象，足见冯衍性格中的某些偏执之处。从这些宝贵的家书可知，古代的家庭生活并非如士人所期望或描绘的一般慈爱祥和，

---

① （清）严可均：《全上古三代秦汉三国六朝文》第二册，河北教育出版社1997年版，第900页。

② （清）严可均：《全上古三代秦汉三国六朝文》第二册，河北教育出版社1997年版，第203页。

③ （清）严可均：《全上古三代秦汉三国六朝文》第二册，河北教育出版社1997年版，第203页。

④ （清）严可均：《全上古三代秦汉三国六朝文》第二册，河北教育出版社1997年版，第203页。

也充满了各种矛盾冲突，暴露出种种伤痛甚至丑陋，而女性的婚后生活几乎完全仰仗于丈夫对自己的认可，这些复杂的现象集合体才是家庭生活的全貌。

东汉末年秦嘉、徐淑夫妻二人的互答家书是文学史上的重要作品。秦嘉（134—164），字士会，东汉汉阳郡平襄（今甘肃通渭县）人，① 桓帝时为郡吏，岁终为郡上计簿使赴洛阳，被任为黄门郎。后病死于津乡亭。秦嘉赴洛阳时，徐淑因病还家，未能面别。秦嘉客死他乡后，徐淑拒绝兄长将她再嫁的主张，守寡终生。秦嘉、徐淑二人都有很高的文学素养，他们有五言诗流传。二人不仅夫妻情深，而且是文学上的知音。

秦嘉在洛阳任职时写给妻子徐淑的信中倾诉了自己在他乡的愁苦不乐，以及对妻子的担忧和思念，他遣人去家乡接妻子，希望她能同来洛阳，以慰相思。

> 不能养志，当给郡使，随俗顺时，黾勉当去，知所苦故尔，未有瘳损，想念悒悒，劳心无已，当涉远路，趋走风尘，非志所慕，惨惨少乐。又计往还，将弥时节，念发同怨，意有迟迟，欲暂相见，有所属讬，今遣车往，想必自力。——《秦嘉与妻书》②

秦嘉信中的内容比较丰富，但概括起来有二：一是对自身仕途的不满，因为不是自己心中所愿；二是对妻子不能同行的郁闷。从中可见秦嘉性格上的柔弱和对妻子的眷恋，徐淑应该是深知丈夫的心思，因此答书曰：

> 知屈珪璋，应奉岁使，策名王府，观国之光。虽失高素皓然之业，亦是仲尼执鞭之操也。自初承问，心原东还，迫疾惟宜抱叹而已，日月已尽，行有伴例。想严庄已办，发迈在近。谁谓宋

---

① 秦嘉生平、籍贯学者均有不同意见，现根据温虎林《秦嘉、徐淑生平著作考》（《甘肃高师学报》2007 年第 3 期）一文明确其生卒年与出生地。

② （清）严可均：《全上古三代秦汉三国六朝文》第二册，河北教育出版社 1997 年版，第 631 页。

远，企予望之，室迩人遐，我劳如何。深谷逶迤，而君是涉，高山岩岩，而君是越，斯亦难矣。长路悠悠，而君是践，冰霜惨烈，而君是履。身非形影，何得动而辄俱，体非比目，何得同而不离。于是咏萱草之喻，以消两家之恩，割今者之恨，以待将来之欢。今适乐土，优游京邑，观王都之壮丽，察天下之珍妙，得无目玩意移，往而不能出耶。——《答夫书》①

徐淑因病不能前往，因此在回信中鼓励丈夫以事业为重，不要惧怕途中的风霜艰险，利用在都城任职的机会，"优游京邑，观王都之壮丽，察天下之珍妙"。同时也安慰秦嘉，暂时的分离是为了将来更好的相聚。此信辞采华美，情感真挚，文笔高妙，是两汉家书中的精品。秦嘉在接到徐淑的信后，又写一信，表达对妻子不能前来与自己相聚的失望：

车还空反，甚失所望，兼叙远别，恨恨之情，顾有恨（怅）然。间得此镜，既明且好，形观文彩，世所希有，意甚爱之，故以相与。并宝钗一双，好香四种，素琴一张，常所自弹也。明镜可以鉴形，宝钗可以耀首，芳香可以馥身，素琴可以娱耳。——《重报妻书》②

在妻子不能前来之时，秦嘉"甚失所望"，因此辗转托人带去书信和送给妻子的礼物，足见他对妻子的深情和思念。徐淑在收到书信和礼物后，回信道：

既惠音令，兼赐诸物，厚顾殷勤，出于非望。镜有文彩之丽，钗有殊异之观，芳香既珍，素琴益好，惠异物于鄙陋，割所珍以相赐，非丰恩之厚，孰肯若斯。览镜执钗，情想仿佛，操琴

---

① （清）严可均：《全上古三代秦汉三国六朝文》第二册，河北教育出版社 1997 年版，第 900 页。

② （清）严可均：《全上古三代秦汉三国六朝文》第二册，河北教育出版社 1997 年版，第 631 页。

咏诗，思心成结。敕以芳香馥身，喻以明镜鉴形，此言过矣，未获我心也。昔诗人有飞蓬之感，班婕妤有谁荣之叹，素琴之作，当须君归，明镜之鉴，当待君还。未奉光仪，则宝钗不列也；未侍帷帐，则芳香不发也。——《妻又报嘉书》①

徐淑在信中感谢丈夫的深情厚谊，同时也用《诗经·卫风·伯兮》中"首如飞蓬""谁适为容"的典故表达自己在丈夫走后无心梳妆打扮的情绪，而且约定等到丈夫回家夫妻团聚之时再弹琴览镜、列钗焚香。

从这四封往返家书中可见秦嘉、徐淑夫妻二人感情的真挚和深沉，同时也能窥见东汉时期女性对于情感表达的庄重典雅。夫妻二人琴瑟和鸣，诗文赠答、互诉衷肠，将彼此视为知己。这是中国古代理想的夫妻形象，因此受到历来文人的歌颂和称赞。

夫妻家书是古代家书史上极为罕见的现象，两汉之后的夫妻家书少之又少。不仅女子写给丈夫的家书难得一见，哪怕是丈夫写给妻子的家书也数量稀少。这并非由于后代女子的文化水平下降，反而随着教育的普及，后代女子受教育的机会大大增加，文学素养也不断提高，出现了东晋谢道韫，唐代薛涛、鱼玄机，宋代李清照等众多的才女。她们都有相应的诗词文集传世，但没有家书作品存世，造成这一现象的原因是多方面的，这将在后文详细述及。

三　魏晋南北朝家书

三国两晋时期是战争频繁的时代，也是文学自觉的时代。三国时期家书现存 44 篇，两晋现存 98 篇，共 142 篇，数量较之两汉时期大大增多，且内容上有了更大的拓展。很多家书辞采华丽，对仗工整，显示出极高的艺术成就。

魏晋时期的家书内容集中在国事和教子两个方面，反映了战争对家族和士人的深层影响。彼时，国家权利掌握在世家大族手中，他们

---

① （清）严可均：《全上古三代秦汉三国六朝文》第二册，河北教育出版社 1997 年版，第 900 页。

的家书往往具有双重性质，既是家人之间的交流，更是朝臣之间的国事论争。吴国后期的托孤大臣诸葛恪在《与弟公安督融书》中向兄弟祖露面对孙权驾崩、新君即位时期对国事的担忧，心中"忧惭惶惶，所虑万端"①。因其弟"所在与贼犬牙相错"，不仅告诫他"整顿军具，率厉将士，警备过常，念出万死"。而且考虑到当时的特殊情况，刻意提醒他"犹恐贼虏闻讳，恣睢寇窃。边邑诸曹，已别下约敕，所部诸将，不得妄委所戍，径来奔赴"②。庾翼写给兄长庾冰的两封家书都是关于国事的讨论，庾亮少子庾和写给庾翼的《谏叔父翼徙镇襄阳书》也是如此。这封信写于庾翼起兵北伐后赵之时，他在信中劝说叔父："进据襄阳，耀武荆楚，且田且戍，渐临河洛，使向化之萌怀德而附，凶愚之徒畏威反善，太平之基，便在于旦夕。"③ 庾翼虽听从侄子的建议进驻襄阳，但北伐也以失利告终。在此不讨论当时的时势，只就家书来说，战争和国事是三国两晋家书的主要内容。这是其他时代比较少见的现象，由此可见，家书是反映时代社会风貌的一面镜子。

在这样的时代氛围中，家族子弟的行为不仅是个人的事，更是关乎整个家族的兴衰，受到士人的重视。吴国潘濬在《疏责子翥》中写道：

　　吾受国厚恩，志报以命。尔辈在都，当念恭顺，亲贤慕善，何故与降虏交，以粮饷之？在远闻此，心震面热，惆怅累旬。疏到，急就往使，受杖一百，促责所饷。④

这是潘濬写给儿子潘翥的家书，信中责备儿子与降臣隐蕃结交。

① （清）严可均：《全上古三代秦汉三国六朝文》第三册，河北教育出版社 1997 年版，第 626 页。
② （清）严可均：《全上古三代秦汉三国六朝文》第三册，河北教育出版社 1997 年版，第 626 页。
③ （清）严可均：《全上古三代秦汉三国六朝文》第四册，河北教育出版社 1997 年版，第 392 页。
④ （清）严可均：《全上古三代秦汉三国六朝文》第三册，河北教育出版社 1997 年版，第 641 页。

隐蕃为当时名流，许多人都与之交结。潘濬听闻儿子与之交往却大怒，甚至责罚儿子"受杖一百"。后来隐蕃谋反被诛，时人皆服其明。从这封家书中可知当时世家大族与人交往时的种种顾虑，这也是那个时代的普遍现象。无怪乎曹魏中山王曹衮在《令世子》中告诫儿子"与其守宠罹祸，不若贫贱全身"①。

在这样的社会环境中，亲情虽不免受到权利斗争的挤压和摧残，但依然不能断绝亲人之间的关心。魏明帝在《与陈王植手诏》中关切地问候曹植："望颜色瘦弱何意耶？腹中调和不？今者食几许米，又啖多少肉？见王瘦，吾甚惊，宜当节水加餐。"② 曹睿对曹植的关怀当是发自内心，尽管身处帝王之家，面临着争夺最高权力的威胁，却依然无法泯灭亲人之间的血缘亲情。

教育子侄是三国时期家书的另一个重要内容，诸葛亮《诫子书》中"静以修身，俭以养德""淡泊明志""宁静致远"③ 等已经成为千古传诵的教子名言。魏国刘廙的《戒弟伟》是一篇有关交友之道的家书，他先对兄弟说明："交友之美，在于得贤，不可不详。而世之交者，不审择人，务合党众，违先圣人交友之义，此非厚己辅仁之谓也。"④ 之后针对兄弟的交友对象，劝说道："吾观魏讽，不修德行，而专以鸠合为务，华而不实，此直撹世沽名者也。卿其慎之，勿复与通。"⑤ 刘廙对兄弟朋友的人品提出质疑，劝诫他与之断交。李暠则以西凉国主的身份对诸子教以治国之道，他在《手令诫诸子》中写道："动念宽恕，审而后（与）[举]，众之所恶，勿轻承信，详审人，核真伪，远佞谀，近忠正。蠲刑狱，忍烦扰，存高年，恤丧病，勤省案，听讼诉。刑法所应，和颜任理……赏勿漏疏，罚勿容

① （清）严可均：《全上古三代秦汉三国六朝文》第三册，河北教育出版社1997年版，第202页。
② （清）严可均：《全上古三代秦汉三国六朝文》第三册，河北教育出版社1997年版，第102页。
③ （清）严可均：《全上古三代秦汉三国六朝文》第三册，河北教育出版社1997年版，第562页。
④ （清）严可均：《全上古三代秦汉三国六朝文》第三册，河北教育出版社1997年版，第345页。
⑤ （清）严可均：《全上古三代秦汉三国六朝文》第三册，河北教育出版社1997年版，第345页。

亲。耳目之间，知外患苦，禁御左右，勿作威福。"① 他还亲自书写诸葛亮和应璩的奏谏教育诸子，认为"周、孔之教尽在中矣。为国足以致安，立身足以成名"②。由此可见，不同的家族、不同的身份地位，他们对子孙的教育内容也不尽相同，这充分说明了当时家庭教育的等级差异。

尽管当时许多士人在家书中留下了经典的教子格言，但同时也认识到了家庭教育的困难。魏文帝曹丕在《诫子》中指出了父母在子女教育中存在的护短行为："父母于子，虽肝肠腐烂，为其掩避，不欲使乡党士友闻其罪过。"③ 教育子女是为了家族后代的发展，但是家庭教育不同于师友的地方在于亲情，父母对子女的爱不仅体现在循循善诱或严厉督责，还体现在为其掩盖过失。因为掺杂了情感的因素，教育往往会表现出言行不一致的情况，教育的理想和实际行为之间存在着一定的差距。这是对待古代的教子家书时需要注意的地方，不能将家书中的教子格言等同于家庭教育的全部内容。

身处动荡不安、战争频繁的时代，文人对于生命易逝的感叹也更加深刻，他们更加关注自己内心的感受。"中国士人的感情层次仿佛丰富起来了，从早期的粗线条，变成了细线条；那个被经学僵化了的内心世界已经消失，成为了过去。"④ 思想的进一步解放促进了书信的继续发展。人们不仅关注书信的实用价值，更将目光转向了尺牍的文学性，遣词用典，造句整饬，放言畅怀。刘勰在《文心雕龙》中对当时的书简名家进行了品评："魏之元瑜，号称翩翩；文举属章，半简必录；休琏好事，留意词翰；抑其次也。嵇康绝交，实志高而文伟矣；赵至叙离，乃少年之激切也。至如陈遵占辞，百封各意；祢衡代书，亲疏得宜，斯又尺牍之偏才也。"⑤ 这段评论中列举了许多尺

---

① （清）严可均：《全上古三代秦汉三国六朝文》第五册，河北教育出版社1997年版，第1630页。

② （西凉）李暠：《写诸葛亮训诫应璩奉谏以勖诸子》，（清）严可均：《全上古三代秦汉三国六朝文》第三册，河北教育出版社1997年版，第1630页。

③ （清）严可均：《全上古三代秦汉三国六朝文》第三册，河北教育出版社1997年版，第81页。

④ 罗宗强：《魏晋南北朝文学思想史》，中华书局1996年版，第17页。

⑤ （梁）刘勰撰，范文澜注：《文心雕龙注》，人民文学出版社1958年版，第456页。

牍大家，如孔融、应璩、嵇康、祢衡等人。曹丕称赞阮瑀和孔融的书信作品，即使是半成品也要将其记录下来。应璩喜好作书，非常重视措辞修饰，名望仅在阮瑀、孔融之后。嵇康《与山巨源绝交书》，心志高洁，文辞瑰丽；赵至叙离别的《与嵇茂齐书》，少年意气，激昂慷慨；西汉陈遵口授书信百封，一气呵成，毫无重复；祢衡为黄祖代笔，远近亲疏，恰当得体。

之后刘勰又仔细分析了各式各样书信的写作目的："详总书体，本在尽言，言所以散郁陶，托风采，故宜条畅以任气，优柔以怿怀；文明从容，亦心声之献酬也。"① 实际上就是通过书信交流吐露心声，以消解心中郁闷，寄托牵挂情怀。所以，书信的写作需要一线贯穿，使受书者心情愉悦，促进致书者和受书者情感的交流。

魏晋时期很多家书情真意切、文采出众，这不仅大大拓展了家书内容表达的深度，更增加了抒情色彩。此时的尺牍作品抒情性强，个性化明显，文采从质朴趋于华美，开始注重对偶、用典、藻饰，有骈体化的倾向。

建安时期留给后人的家书数量不多，最主要的家书作品为应璩的《与从弟君苗君胄书》，此文构思精巧，以大段的描写来再现往昔兄弟相聚的快乐时光，以此反衬自己在京都"块然独处"的孤寂，试看此段描写：

> 登芒济河，旷若发蒙，风伯扫途，雨师洒道，案辔清路，周望山野。亦既至止，酌彼春酒，接武茅茨，凉过大夏。扶寸肴修，味逾方丈，逍遥陂塘之上，吟咏菀柳之下，结春芳以崇佩，折若华以翳日，弋下高云之鸟，饵出深渊之鱼。②

此节文辞优美，句式整齐，对仗工整，文句虚实结合，既有与亲人登山饮酒的快乐，又有夸饰与亲人在一起的洒脱不羁，情景交融，

---

① （梁）刘勰撰，范文澜注：《文心雕龙注》，人民文学出版社1958年版，第456页。
② （清）严可均：《全上古三代秦汉三国六朝文》第三册，河北教育出版社1997年版，第301页。

极富感染力。之后描写自己的怀才不遇和人生短暂的惆怅，也有可观之处。

　　历观前后，来人军府，至有皓首，犹未遇也。徒有饥寒骏奔之劳，俟河之清，人寿几何？且宦无金张之援，游无子孟之资，而图富贵之荣，望殊异之宠，是陇西之游，越人之射耳。①

　　相对上段文势的奔放活泼，这一节则显得内敛而深沉，作者对自己的"不遇"感慨万千，一句"俟河之清，人寿几何"的反问掀起了情感的波澜，既有对自己遭遇的不甘，又有万分无奈。而最后一句近于牢骚之语，实则是对亲人的告诫，希望他们不要重蹈覆辙，轻易踏入官场，向往逍遥自在的生活。此书通过快乐与寂寥的对比，表达对亲人的殷切希望，确为"文质俱佳"之作。

　　南北朝时期，受时代风气影响，书信逐渐走向骈化，注重遣词用典，造句整饬，字句两两相对，音韵声律和谐，此类家书首推鲍照的《登大雷岸与妹书》。宋文帝元嘉十六年（439）秋，鲍照去江州就职途中，写下了这封传颂千古的优美骈文家书。鲍照运用生动的笔触、夸张的语言，将他登大雷岸远眺四方时所见的景物绘声绘色地描写出来，高山大川，风云鱼鸟，构成一幅雄伟奇崛、秀美幽洁的图画。同时也写了自己的离家旅思和路途劳顿，融情于景，充满了抒情气息。

　　夕景欲沈，晓雾将合，孤鹤寒啸，游鸿远吟，樵苏一叹，舟子再泣。诚足悲忧，不可说也。风吹雷飙，夜戒前路。下弦内外，望达所届。②

　　家书结尾还不忘叮嘱妹妹保重身体，无须为自己担忧：

---

　　① （清）严可均：《全上古三代秦汉三国六朝文》第三册，河北教育出版社1997年版，第301页。
　　② （清）严可均：《全上古三代秦汉三国六朝文》第六册，河北教育出版社1997年版，第449页。

　　寒暑难适，汝专自慎，夙夜戒护，勿我为念。恐欲知之，聊
书所睹。临涂草蹙，辞意不周。①

　　这封家书因文笔优美为人称颂，南北朝时期文人对辞采的重视程
度从中可见一斑，连最随意的家书写作都如此精心为之。此信逞才炫
技的目的不言而喻，家人之间的交流倒在其次。但也并非所有的家书
都是如此，依然有一些不脱书信本质的家书，尽管也注重文辞，但传
递信息和思想情感交流依然是家书写作的主要目的。

　　魏晋南北朝是门阀士族发展壮大的时期，皇权和朝代的更替在许
多士人心中并没有家族利益重要。《颜氏家训》也毫不隐讳地写道：
"自春秋以来，家有奔亡，国有吞灭，君臣固无常分矣。"② 家族的利
益是世家大族首要关心的问题，如何保持家族的权势地位在他们心中
至关重要。家族的兴衰荣辱关系着每一个成员的前途和命运，个人的
仕途沉浮同样影响着家族的发展。因此这一时期出现了著名的《颜氏
家训》，从修身、齐家、为学、为人、做官等诸多方面为后世子孙提
出了具体要求，培养后继人才是维持家族声望的根本。魏晋南北朝时
期的家书中时时透露出维持家族利益的信息。

　　南齐王僧虔在《诫子书》中指导儿子学习玄学的过程和需要注意
的事项，因记录了当时的清谈之风和所谈论的内容，历来受到学者的
重视。

　　见诸玄志为之逸，肠为之抽，专一书，转诵数十家注，自少
至老，手不释卷，尚未效粗言。汝开《老子》卷头五尺许，未知
辅嗣何所道，平叔何所说，马、郑何所异，《指例》何所明，而
便盛于麈尾，自呼谈士，此最险事。投令袁令命汝言《易》，谢
中书挑汝言《庄》，张吴兴叩汝（言）《老》，端可复言未尝看
耶？谈故如射，前人得破，后人应解，不解即输赌矣。且论注百

――――――――――――

　　① （清）严可均：《全上古三代秦汉三国六朝文》第六册，河北教育出版社1997年
版，第449页。

　　② （北齐）颜之推：《颜氏家训·文章》，中华书局2007年版，第140页。

氏，荆州《八裴》，又《才性四本》，《声无哀乐》，皆言家口实，如客至之有设也。汝皆未经拂耳瞥目。岂有庖厨不修，而欲延大宾者哉？……汝曾未窥其题目，未辨其指归。六十四卦，未知何名；《庄子》众篇，何者内外；《八裴》所载，凡有几家；《四本》之称，以何为长。而终日欺人，人亦不受汝欺也。①

　　这是南齐王僧虔写给长子王慈的家书。这封家书的史料价值弥足珍贵，其中记载了东晋至南朝时期清谈之风的盛行，已经成为当时社会和家族活动中的一件大事。同时还记载了玄学家们清谈所使用的材料，除士人熟知的《老子》《庄子》《易经》等著作外，还有《八裴》《才性四本》《声无哀乐》《指例》等书。从这封家书中可知，到南朝宋齐梁陈时期，谈玄已经成为一种智力游戏。正如王僧虔所言，是相当于士大夫"博""射"游戏的一种。因为清谈所依仗的是丰富的学养和超人的智力，因此当时的高门名士以清谈的胜负来品评家族子弟的优劣，并且关系到了门第的升沉荣辱。"或有身经三公，蔑尔无闻；布衣寒素，卿相屈体。或父子贵贱殊，兄弟声名异。何也？体尽读数百卷书耳。"② 因此王僧虔在信中叮咛告诫长子督促兄弟们勤学苦读。"犹捶挞志辈，冀脱万一，未死之间，望有成就者。"③ 这封家书深刻地反映了当时的时代风尚，社会思潮和家族的发展决定了对子弟教育内容的取舍。此信可作为家书史料价值的证据之一。

　　此外，王僧虔还在《与兄子俭书》中记录了他遣人去北朝寻找中原失传音乐的努力：

　　　　古语云："中国失礼，问之四夷。"计乐亦如。符坚败后，东

---

① （梁）萧子显：《南齐书》卷三十三，《王僧虔传》，中华书局1996年版，第59819页。

② （清）严可均：《全上古三代秦汉三国六朝文》第六册，河北教育出版社1997年版，第706页。

③ （清）严可均：《全上古三代秦汉三国六朝文》第六册，河北教育出版社1997年版，第706页。

晋始备金石乐，故知不可全诬也。北国或有遗乐，诚未可便以补中夏之阙，且得知其存亡，亦一理也。但《鼓吹》旧有二十一曲，今所能者，十一而已。意谓北使会有散役，得今乐署一人粗别同异者充此。①

王僧虔写信给侄儿说明自己遣乐官往北朝搜集中原音乐的原因，记录了南北朝时期文化艺术交流的方式，可以作为当时南北融合的注解之一。

同时，南北朝时期的一些家书还记录了当时文人名士的生活方式，带有鲜明的时代特征。刘宋著名的教育家雷次宗在《与子侄书》中写自己"玩心坟典，勉志勤躬，夜以继日。爰有山水之好，悟言之欢，实足以通理辅性"②。他将自己不慕权势，以读书为乐的生活志向表露无遗，甚至达到了"乐以忘忧，不知朝日之晏矣"③的地步。

陈朝陈暄在《与兄子秀书》中则是针对侄儿不赞成自己常年饮酒的生活方式所发，他在这封家书中毫不避讳自己嗜酒的爱好。对侄儿说道："吾有此好，五十余年。昔吴国张长公，亦称耽嗜。吾见张时，伊已六十，自言引满大胜少年时。吾今所进，亦多于往日。老而弥笃，唯吾与张季舒耳。吾方与此子交欢于地下，汝欲笑吾所志耶！"陈暄并不以自己年老为意，反而因酒量渐长而自豪，以饮酒为乐，五十年不改。并且在后文直接袒露胸臆："汝以饮酒为非，吾不以饮酒为过。"④嗜酒放诞是魏晋名士的风尚，对后世影响深远，陈暄当也是其中之一。

情感交流也是南北朝家书中值得注意的内容之一，这一时期出现了少量充满家人温情的家书。如梁武帝在《敕太子进食》中写道：

---

① （清）严可均：《全上古三代秦汉三国六朝文》第六册，河北教育出版社 1997 年版，第 705 页。

② （清）严可均：《全上古三代秦汉三国六朝文》第六册，河北教育出版社 1997 年版，第 288 页。

③ （清）严可均：《全上古三代秦汉三国六朝文》第六册，河北教育出版社 1997 年版，第 288 页。

④ （清）严可均：《全上古三代秦汉三国六朝文》第八册，河北教育出版社 1997 年版，第 156 页。

"（间）［闻］汝所进过少，转就赢瘵。我比更无余病，正为汝如此，胸中亦圮塞成疾。故应强加馔粥，不使我恒尔悬心。"① 尽管身为帝王，梁武帝在家书中依然不脱慈父的形象，为太子的身体健康担忧，以致自己"圮塞成疾"。只是这类家书仅限于身份地位极高的统治者阶层，一般士人的作品很难被保存下来，因此难以窥见当时普通士人的一般家书面貌。

总之，风格多样，文学色彩浓厚是魏晋南北朝家书的突出特点。这一时期的家书数量和质量上都有了明显的进步，文学自觉对家书的影响显而易见。

四　唐代家书

唐代家书寥寥无几，据学者统计，现存唐代书信469篇，其中家书只有13篇。② 但笔者查阅相关资料，共发现唐代家书22篇，如表1-1所示：

表1-1　　　　　　　　　　　现存唐代家书

序号	作者	家书
1	唐太宗	《赐太子》 《诫吴王恪书》 《两度帖》
2	唐高宗	《诫吴王元婴书》 《与叔书》
3	唐玄宗	《与宁王宪等书》 《又致宁王灵座手书》
4	萧瑀	《临终遗子书》
5	盛彦师	《与弟书》
6	骆宾王	《与亲情书》二篇
7	姚崇	《示子》

① （清）严可均：《全上古三代秦汉三国六朝文》第七册，河北教育出版社1997年版，第50页。
② 王凤玲：《唐代书信研究》，博士学位论文，武汉大学，2009年，第23页。

序号	作者	家书
8	杨慎名	《临终与姊》
9	李华	《与弟莒书》 《与表弟卢复书》 《与外孙崔氏二孩书》
10	萧颖士	《与从弟评事书》
11	李观	《报弟兑书》
12	吕温	《上族叔齐河南书》 《上族兄皋请学春秋书》
13	李翱	《寄从弟正辞书》
14	元稹	《诲侄等书》

比起魏晋时期留存的家书，唐代家书不仅数量大大减少，书信的文学艺术魅力也逊色许多。造成这一现象的原因是多方面的，尽管唐代社会的流动性较之前代有所加强，但诗歌的繁荣在一定程度上替代了书信的功能，成为文人之间文字交流的主要形式。其次，中唐时期的古文运动直接影响了散文的创作，书信也开始摆脱骈俪，逐渐向散体化发展，笔力走向雄健，平淡朴实之风成为主流。

从上文列表来看，唐代现存家书主要集中在帝王和文学家之中，由于作者特殊的身份和地位，他们的书信作品也理所当然受到后世的重视，家书的传世也得益于此。

唐太宗在征辽东时写给李治的《两度帖》流露出深深的父子之情：

> 两度得大内书，不见奴表，耶耶忌欲恒死，少时间忽得奴手书，报娘子患，忧惶一时顿解，欲似死而更生，今日已后，但头风发，信便即报。耶耶若少有疾患，即一一具报。今得辽东消息，录状送，忆奴欲死，不知何计使还，具。耶耶，敕。①

---

① 《宋拓淳化阁帖》卷一，上海古籍出版社 2017 年影印本。

唐太宗征战在外，牵挂家中儿孙，因久不得家书而担忧。当收到儿子的书信得知他一切无恙之后，忧惶顿解，似死而生。而且要儿子只要头风病发作，就要赶紧写信告知自己，自己若患病也会告知儿子。并且把辽东得到的新消息抄录给他，让他在千里之外也能随时知道父亲的消息。结尾表达了对儿子深深的思念和牵挂。《两度帖》透露出唐太宗对儿子李治的关心，表现出千古帝王内心情感细腻的一面。

初唐四杰之一的骆宾王在离开家乡很久后写下的《与亲情书》，表达了远离家乡的游子对故乡亲人的思念。

> 某初至乡间，言寻旧友，耆年者化为异物，少壮者咸为老翁。山川不改旧时，邱陇多为陈迹。感今怀古，抚存悼亡，不觉涕之无从也。询问子侄，彼亦凋零，永言伤情，增以悲恸。虽死生之分，同尽此途，而存亡之情，岂能无恨？终朝展接，以申阔怀。取此月二十日栖桐成礼，事过之后，始得可行。祗叙尚赊，仰系何极？各愿珍勖，远无所诠。①

这是骆宾王在母亲离世后前往故乡奔丧时写给亲人的家书，信中叙述了回乡后的所见所闻，山河依旧，人事已非，母亲辞世，子侄凋零，增添了他心情的悲痛和无奈。再想到自己少年成名，却仕途蹭蹬，多年漂泊在外，依然壮志难酬，使作者不由得感叹人世无常。整封书信朴实无华又不失凝重苍凉，处处显露出骆宾王出众的文学才华和悲痛深沉、抑郁难伸的复杂情感。

杨慎名兄弟三人遭李林甫陷害被灭门，他在临终时所写的《临终与姊》字字血泪，充满了悔恨与对姐姐的担忧："拙于谋运，不能静退。兄弟并命，惟姊尚存。老年孤茕，何以堪此！"② 即使在生命的尽头，杨慎名牵挂的依然是留在人世的亲人。

---

① （清）董诰：《全唐文》，上海古籍出版社1990年版，第2000页。

② （明）王世贞编：《尺牍清裁》卷五十，美国哈佛大学燕京图书馆藏中文古籍善本影印本。

而唐代大诗人元稹的《诲侄等书》是他被贬之时写给子侄的书信，教诲告诫和情感交流是其中的主要内容。

告仑等：吾谪窜方始，见汝未期，粗以所怀，贻诲于汝。汝等心志未立，冠岁行登，能不自惧？吾不能远谕他人，汝独不见吾兄之奉家法乎？吾家世俭贫，先人遗训常恐置产怠子孙，故家无樵苏之地，尔所详也。吾窃见吾兄，自二十年来，以下士之禄，持窘绝之家，其间半是乞丐羁游，以相给足。然而吾生三十二年矣，知衣食之所自，始东都为御史时。吾常自思，尚不省受吾兄正色之训，而况于鞭笞诘责乎？

吾尚有血诚，将告于汝：吾幼乏岐嶷，十岁知方，严毅之训不闻，师友之资尽废。忆得初读书时，感慈旨一言之叹，遂志于学。是时尚在凤翔，每借书于齐仓曹家，徒步执卷，就陆姊夫师授，栖栖勤勤其始也。若此至年十五，得明经及第，因捧先人旧书，于西窗下钻仰沉吟，仅于不窥园井矣。如是者十年，然后粗沾一命，粗成一名。及今思之，上不能及乌鸟之报复，下未能减亲戚之饥寒，抱衅终身，偷活今日。故李密云："生愿为人兄，得奉养之日长。"吾每念此言，无不雨涕。

汝等又见吾自为御史来，效职无避祸之心，临事有致命之志，尚知之乎？吾此意虽吾兄弟未忍及此，盖以往岁忝职谏官，不忍小见，妄干朝听，谪弃河南，泣血西归，生死无告。不幸余命不殒，重戴冠缨，常誓效死君前，扬名后代，殁有以谢先人于地下耳。

呜呼！及其时而不思，既思之而不及，尚何言哉？今汝等父母天地，兄弟成行，不于此时佩服诗书，以求荣达，其为人耶？其曰人耶？

汝等出入游从，亦宜切慎。吾生长京城，朋从不少，然而未尝识倡优之门，不曾于喧哗纵观，汝信之乎？[1]

---

[1] （清）董诰：《全唐文》卷六百五十三，上海古籍出版社1990年版，第6635页。

这是元稹在贬谪时对家中子侄的交代告诫之词，信中回顾了自己家贫读书的艰难历程，为官不顾生死、直言谏诤的原则，用自己的亲身经历勉励子侄勤学苦读，早日成名，壮大门户，告慰家中父母。这封信中元稹对自己的奋斗经历虽不乏溢美之词，但鉴于当时的社会风气，也不难理解。此外，元稹此书感情真挚，语短情长，与中唐时期古文运动倡导者吕温和李翱的家书有天壤之别。

初盛唐时期的家书还不脱骈体化的倾向，但到了中唐，很多家书表现出散体化的特点，显示出古文运动对书信体文学的影响。如吕温的《上族叔齐河南书》：

> 以文章而言，则先进为后进之官也。亦宜正褒贬，别雅郑，宣六义，合三变，以修其官。使后进之徒，靡然向风，然知方，能者劝，不能者止。于是乎文章之可见也。①

吕温是中唐时期著名的诗人和文学家，为推动古文运动的发展做出了突出贡献。这是吕温在进士及第后给叔父进献自己诗文时所写，信中表达了自己不以科举中第为目的，而是要"潜心道艺，穷六籍之统纪，尽三变之形容，使学通天人，文正雅俗，然后抗衡当代"②的伟大志向。这在他的另一封家书中写得更加详细：

> 儒风不振久矣。某生于百代之下，不顾昧劣，凛然有志，翘企圣域，莫知所从。如仰高山，临大川，未获梯航，而欲济乎深，臻乎极也。凡学之道，严师为难，师资道丧，八百年矣……小子狂简，实有微志，蕴童蒙求我之愿，立朝闻夕死之誓，所与者不唯鸿硕之老，博洽之士，与我同志者则为吾师。与兄略言其志也。③

---

① （清）董诰：《全唐文》卷六百二十七，上海古籍出版社 1990 年版，第 6331 页。
② （清）董诰：《全唐文》卷六百二十七，上海古籍出版社 1990 年版，第 6331 页。
③ （唐）吕温：《上族兄皋请学春秋书》，（清）董诰：《全唐文》卷六百二十七，上海古籍出版社 1990 年版，第 6332 页。

在这封近 1200 字的长信中，吕温首先表达了对长达八百年间儒学不振的痛心，接着历数从战国到秦汉，再到魏晋时期儒学衰微的原因。之后当仁不让地提出振兴儒学的目标。要振兴儒学，必先振兴师道。吕温批评了魏晋时期以尊师重道为耻的风气，提出访求博学之士、不拘一格、转益多师的求学途径。从中可以看出中唐古文运动的宗旨和追求。吕温提出复兴儒家思想和师道不仅是文化思潮方面的变革，而且有着深刻的社会历史原因。安史之乱后的中唐时期，藩镇横行、国势衰颓，要想拯救江河日下的大唐国运，吟咏性情的诗赋和出世逃避的佛道都非最佳选择，只能依靠重建儒家道统，讲究伦理与实践精神的师徒授受之法成为实现这一目标的手段。因此吕温在信中列举了儒家经典的"六艺"之学，并且对《诗经》《尚书》《礼记》《乐》《易经》《春秋》的教化作用做了总结。书信结尾，以自信的口气向族兄请教，并请求他为自己介绍名师。

这两封家书除了它的史料价值外，文学价值也值得重视。吕温是中唐时期颇有名望的诗人和文学家，也是推动古文运动发展的重要人物，他的文章境界阔大，条理顺畅，这两封家书也体现了他的文风。

同一时期的李翱也是古文运动的重要推动者，在从弟参加科举落第后，他写下了《寄从弟正辞书》对其进行劝勉，让从弟不要为穷达所遇忧虑，把追求圣人之道看作为学的第一要务：

> 知尔京兆府取解，不得如其所怀，念勿在意。凡人之穷达所遇，亦各有时尔，何独至于贤丈夫而反无其时哉，此非吾徒之所忧也。其所忧者何？畏吾之道未能到于古之人尔。其心既自以为到，且无谬，则吾何往而不得所乐，何必与夫时俗之人，同得失忧喜，而动于心乎……贵与富，在乎外者也，吾不能知其有无也，非吾求而能至者也，吾何爱而屑屑于其间哉。仁义与文章，生乎内者也，吾知其有也，吾能求而充之者也，吾何惧而不为哉。汝虽性过于人，然而未能浩浩于其心，吾故书其所怀以张汝，且以乐言吾道云尔。[1]

---

[1] （清）董诰：《全唐文》卷六百三十六，上海古籍出版社 1990 年版，第 6421 页。

　　这封家书鲜明地体现了李翱的文学观，作为韩愈的学生和古文运动最有力的推动者之一，李翱接受并践履了韩愈"文以载道"的观念，倡导古文的宗旨是为了复兴儒家之道。他在信中还写道："夫性于仁义者，未见其无文也；有文而能到者，吾未见其不力于仁义也。由仁义而后文者性也，由文而后仁义者习也，犹诚明之必相依尔。"①这就是李翱的文道观，仁义为本，文章为次。并且在信中提出了"文非一艺"的主张，认为孔孟之文是"仁义之辞"，后人能从文章看到圣贤的内心世界，因此，为学以穷究圣人之道为目的，不能把精力放在学习文辞等末艺上。此信首尾呼应，一气呵成，充分体现了李翱高超的古文写作功底。

　　唐代家书尽管在数量上大幅度减少，但是在内容上较之前代却更加丰富复杂，而且在写作手法上也出现了由骈文向散体化过渡的发展趋势。

　　古人对"家族""宗族""家人"等概念的界定是本书明确家书概念和范畴的基础。对宋前家书史的梳理和整体关照有助于更好地确定宋代家书的发展和变化，以及在家书史上的地位和价值。

---

① （清）董诰：《全唐文》卷六百三十六，上海古籍出版社 1990 年版，第 6421 页。

第二章　宋代家书繁荣的原因及整体面貌

两宋时期是书信尺牍的兴盛期，也是家书发展史上的转折期。无论在数量和写作内容、艺术风格上，宋代家书都有了与前代迥然相异的特色。

第一节　宋代家书繁荣的原因

造成宋代家书繁荣这一现象的原因是多方面的。宋朝是中国封建社会的变革转型时期，在政治、经济、文化、思想、科技、社会生活、家庭观念等方面都出现了一系列的变化，这些内容或多或少都在家书中有所反映，造就了宋代家书内容异彩纷呈的特点。同时，宋代科举制度也催生了一大批文化家族，他们或以政治声望影响数代，如苏州范氏、三槐王氏等；或以文学成就扬名当世，如眉州苏氏、南丰曾氏等；或以思想创新赢得声誉，如陆九渊、陆九韶兄弟，吕祖谦、吕祖俭兄弟等。在这些家族内部，父子兄弟子孙共学是普遍现象，家书是家族成员之间互相切磋讨论、交流思想的重要手段。这些因素共同促成了宋代家书的丰富内容。此外，宋代家书的繁荣与宋代社会城市经济的发展、发达的交通网络、完善的驿递制度、士人崇尚交游的社会风气以及重视书简尺牍的写作和收藏是分不开的。

一　宋代社会的流动性加强

宋代经济变革的影响十分深远，是宋代社会生活和家庭生活发展变化的基础。"不立田制、不抑兼并"的土地政策使国家不再对土地买卖实施干预，放弃之前历代施行的土地国有，中央分配的原则，允许并放任土地成为商品自由流通买卖。大量失去土地的农民沦为佃农或自由人，进入城市谋生，促进了城市经济的发展。宋代商品经济繁荣，出现了世界上最早的纸币，海外贸易发达，商贸税收成为南宋财政收入的重要来源。城市经济不断发展，坊市界限被打破，市民阶级兴起。这些因素必然进一步加剧了社会的流动性。两宋时期人员往来之密，所到足迹之广，达到了空前的程度，不但唐代之前的社会无法与之相比，就是后来的明清两代也望其项背。尺牍、书信成为出门在外者互相传递信息、交流情感的主要手段，家书也迎来了它的繁荣发展时期。

科举制在宋代完善并成熟，之后成为中国近千年封建王朝的人才选拔机制，一大批由平民阶层出身的文人士子进入政坛。在两宋320年间，共举行科举考试118次，平均约每隔三年一次，登科人数共计十万之众。[1] 科举考试分为解试、省试、殿试三级，每科参加州郡、开封府、国子监的发解试和礼部主持的省试的士子人数众多。《宋史·选举志》记载："嘉祐二年，待试京师者恒六七千人。"[2] "宣和六年，礼部试进士万五千人。"[3] 按照宋代每科少则三百，多则七八百人的中举人数，录取率不足10%。大量落第的举子或滞留京城以备来年再考，或四处求学，或多次不中之后干谒谋食，或回乡耕读，他们构成了宋代社会流动群体中的重要一支。而高中者进入仕途则免不了转徙各地为官，远离家乡亲人，家书成为这些宦游在外、羁旅漂泊文人与家人联系的纽带和心灵慰藉。这是造成宋代家书数量庞大的主要原因。

二　交通便利，书信传递速度加快

宋代商品经济的发达和人口的大规模流动促进了水陆交通运输的发展，北宋以开封、洛阳、杭州、成都等大城市为中心，南宋以杭

---

① 龚延明：《宋登科记考·序言》，江苏教育出版社2009年版。
② （元）脱脱：《宋史·选举志一》，中华书局2014年版，第3615页。
③ （元）脱脱：《宋史·选举志一》，中华书局2014年版，第3623页。

州、成都、泉州、广州等大城市为中心，构成了以区域中心城市向次一级城市和市镇扩张的区域性网络交通体系。黄河、长江、淮河及其众多的支流，以及沟通南北的大运河是当时人们出行和商品流通的首选途径。四通八达的交通网络不仅为宋人的出游提供了便利，也是书信迅速流通的必要条件之一。

同时，中国是世界上最早建立政府通信体系的国家之一，也是最成功的运用邮递制度高效快速传递文书信件的国家之一。早在先秦时期，就出现了官方设置的传递文书机构，被称为"邮"，汉代改"邮"为"驿"，统称为"邮驿"，之后历代沿用。通信机构和管理系统日益完善，传递文书的速度也大大加快。"古代的邮驿系统，主要有两个功能，一是通信功能，以传递官方文书为主，其目的是实现地方情况和国家政令的上传下达。二是迎送和运输功能，主要是为公务出差的官员和外国使者提供路途的食宿服务，有些驿站还负责官物运输。"① 到了宋代，邮驿制度在前代的基础上发生了重大的变革，"在全国范围内建立一套较为健全的递铺制度，专门负责传递公文；驿馆则专门负责接待官员食宿。即驿递分离，通信功能和迎送功能分由两个系统来完成"②。这一转变反映了宋代社会对文书传递效率的要求大大提高。北宋时期，在全国范围内建立了一套国家通信机构——"递"，又称"递铺"。沈括在《梦溪笔谈》中记载："驿传旧有三等，曰步递、马递、急脚递。急脚递最遽，日行四百里。"③ 递铺中负责传递文书的人员由当地厢军充任，称为"铺兵"，各地递铺的铺兵配置不一，根据地方大小和需要传递的文书多寡，平均每铺五到十五人不等。步递由铺兵步行传送公文，速度较慢，主要传送一般文书，日行二百里；马递由铺兵骑马传递公文，速度较快，传递紧急公文，日行三百里；急脚递由铺兵骑马飞递，传递非常紧急的文书，日行四百里。④ 除此之外，在战争期间，为了传递紧急军事机要文书，国家还专门设置一些更为高效快捷的传递制度。如北宋神宗熙宁年

① 张锦鹏：《南宋交通史》，上海古籍出版社 2008 年版，第 227 页。
② 张锦鹏：《南宋交通史》，上海古籍出版社 2008 年版，第 228 页。
③ （宋）沈括撰，胡道静校注：《新校正梦溪笔谈》，中华书局 1957 年版，第 125 页。
④ 张锦鹏：《南宋交通史》，上海古籍出版社 2008 年版，第 231—233 页。

间，"又有'金字牌急脚递'，如古之羽檄也。以木牌朱漆黄金字，光明眩目，过如飞电，望之者无不避路，日行五百余里。有军前机速处分，则自御前发下，三省、枢密院莫得与也"①。南宋初期由于战事紧急，创制斥堠铺和摆铺，传递紧急军事公文，此外"又有檄牌，其制有金字牌、青字牌、红字牌。金字牌者，日行四百里，邮置之最速递也；凡赦书及军机要切则用之，由内侍省发遣焉。乾道末，枢密院置雌黄青字牌，日行三百五十里，军期急速则用之。淳熙末，赵汝愚在枢筦，乃作黑漆红字牌，奏委诸路提举官催督，岁校迟速最甚者，以议赏罚。其后尚书省亦踵行之，仍命逐州通判具出入界日时状申省。久之，稽缓复如故。绍熙末，遂置摆铺焉"②。由此可知，尽管政府一再设立各种制度和法令保证文书的及时传递，但是稽缓的弊病在两宋时期一直没有得到有效的改善。杨时在靖康二年（1127）所写的《上高宗皇帝书》中就曾指出这一弊病带来的严重问题："急脚递于法日行五百里，则千里外二日可至，岂有虏人数万，行数千里，而朝廷不知乎？此斥堠不明，帅臣失职，无甚于此者，法令不行故也。"③出现这种问题的原因是多方面的，除杨时所指出的"斥堠不明，帅臣失职"外，地方官时常挪用或扣发铺兵衣粮，导致铺兵逃走的情况十分普遍，人手缺乏必然影响文书的及时送达。此外，官员也时常利用铺兵递送自己的私人信件，或在公文中夹带，这必然增加了铺兵的额外工作，使正常的公文无法按期送达。

如欧阳修在与长子欧阳发的家书中数次提到利用"急脚"传递家书与物品，治平四年（1067），"今日写下发信黄颍等信，欲行次，得先差急脚子回来书，知汝与新妇、二孙各安，兼知婆孙藏府已较，举家欣喜，更不别写书……如恐勾当忙时，更不用令王昌来作生日。只遣宅前兵士二人随急脚子来可也。急脚子回时，于张永寿处觅些止泻和气药，要与翁孙吃"④。熙宁四年（1071），欧阳修给长子欧阳发

---

① （宋）沈括著，胡道静校注：《新校正梦溪笔谈》，中华书局1957年版，第125页。
② （元）脱脱：《宋史》卷一百五十四《舆服六》，中华书局2014年版，第3595页。
③ （宋）杨时撰，林海权校理：《杨时集》，中华书局2018年版，第15页。
④ 欧阳修：《与大寺丞发书》，[日]东英寿考校，洪本健笺注：《新见欧阳修九十六篇书简笺注》，上海古籍出版社2014年版，第111页。

的家书中写道："初六日，姚都官行，令急足随去，附书并酒，计昨日已到也。"① "近两步阙押卖药人去，有书。续又专遣急足送绵衣去，有书。计皆已到。"② 从这些家书中可知，欧阳修不仅用"急脚递"捎带家书，还顺便寄送药、酒、绵衣等物品。

元丰五年（1082），苏轼在给好友陈慥的信中写道："侯马铺行，奉书未达。"③ 马铺，即马递，苏轼托侯姓铺兵送信给陈慥，尽管马递属于官方递送公文和物品的驿站，但依然不乏私人利用各种亲朋好友的关系私用的情况。绍圣年间，苏轼被贬惠州期间与断交四十二年之久的表兄兼姐夫程之才冰释前嫌，重修旧好，程之才对苏轼照顾有加，经常利用当地的铺兵为苏轼送信送物。绍圣三年（1096），苏轼写给程之才的信中提道："郡中急足有书，并顾掾寄碑文，达否？"④ "惠州急足还，辱手教……宠示《诗域醉乡》二首，格力益清茂。"⑤ 除利用急足互相传递私人信件之外，苏轼还托程之才利用职务之便，在公文中夹带家书。如绍圣二年（1095），苏轼给程之才的信中写道："宜兴一书，烦为入一皮角递。儿子辈开岁前皆入京受差遣，此书告为便发，庶速得达也。不罪不罪。"⑥ 苏轼当时被贬广东惠州，长子苏迈、次子苏迨寓居江苏宜兴，相隔几千里，通信不便。利用程之才担任广东提刑之便为自己传递家书，不仅节省了送信的财力人力，还可以保证书信的安全迅速抵达。苏轼在给程之才的信中还提到曾利用"皮筒"给被贬筠州的苏辙递送家书。"皮筒"与"皮角递"为何物，文献中并无记载。但从信中"庶速得达"等字眼可推知，大约是为了防止私拆或损毁信件所特制的投递之物，传递的必然是极其珍贵或机密的文书之类，若非高级官员，必然费用昂贵。苏轼借助

① （宋）欧阳修：《与大寺丞发书七》，《欧阳修全集》，中华书局2001年版，第2535页。

② （宋）欧阳修：《与大寺丞发书十》，《欧阳修全集》，中华书局2001年版，第2537页。

③ （宋）苏轼：《与陈季常二十首之十二》，《苏轼文集编年笺注》第7册，巴蜀书社2011年版，第65页。

④ （宋）苏轼：《与程正辅七十五首之十五》，《苏轼文集编年笺注》第7册，巴蜀书社2011年版，第141页。

⑤ （宋）苏轼：《与程正辅七十五首之二十一》，《苏轼文集编年笺注》第7册，巴蜀书社2011年版，第148页。

⑥ （宋）苏轼：《与程正辅七十五首之四十七》，《苏轼文集编年笺注》第7册，巴蜀书社2011年版，第176页。

程之才之权力，在这样高级别的"特快专递"中夹带家书，看来并非个例。绍圣三年（1096），苏轼给程之才写信时，顺带给长子苏迈写了一封家书，在信中恳请程之才，"今有一书与迈，辄已作兄封题，乞令本司邸吏分明付之"①。苏轼将家书封面写程之才之名，托程之才收到后交付属下转寄给苏迈。从欧阳修、苏轼等人的这些书信可知，他们或者利用自己的职务之便，或转托做官的亲友，用官方驿递传递私人信件和物品，这种假公济私的行为应当是十分普遍的现象。此处暂且不从法律制度或道德层面对此进行评论，只就家书的流通来说，它的确起到了重要的促进作用。

除公使私用之外，一般家书的传递经常由专门差人或托亲友相熟之人顺便捎带。如宇文虚中（1079—1146，字叔通）在南宋建国之初出使金国被扣留，给家人的书信中写道："一行百人，今存者十二三人。有人使行，可附数千缗物来，以救难厄。昨有人自东北来，太上亦须茗药之属。"② 这封家书写于绍兴二年（1132）九月，"太上"指宋徽宗，当时已被金人掳至五国城。在宋金两国战事紧张的特殊时期，宇文虚中依然能通过南宋出使金国的使臣顺便捎家书和钱物，传递消息。孙觌（1081—1169，字仲益）在靖康年间因替金人草拟降表被贬归州时，在家书中不止一次提及亲友专门派人去探望或送信，如"声问不相闻，忽复徂暑，使临枉诲"③。"吴门人还，又枉手诲。"④ "专使持书"⑤，"比蒙专介贬赐诲访"⑥。从"使""专使""专介"等字眼中可见亲友是派遣或雇用专人不远千里递送书信和物品，亲情的重要性在此凸显出来，尽管孙觌卖国求荣，但家人对他的关心照顾依旧。杨万里（1127—1206，字廷秀）在《得寿仁寿俊二子涂中家书》一诗中写道："急呼两健步，为我致渠侧。"⑦ "健步"

① （宋）苏轼：《与程正辅七十五首之十七》，《苏轼文集编年笺注》第7册，巴蜀书社2011年版，第144页。

② （宋）宇文虚中：《与家人书》，《全宋文》卷三三五三，第156册，第128页。

③ （宋）孙觌：《与五九兄提举帖二》，《全宋文》卷三四六六，第160册，第156页。

④ （宋）孙觌：《与叔诣内翰兄帖三》，《全宋文》卷三四五九，第160册，第34页。

⑤ （宋）孙觌：《与宗寿侄帖》，《全宋文》卷三四五八，第160册，第51页。

⑥ （宋）孙觌：《与内翰兄帖一》，《全宋文》卷三四五五，第159册，第470页。

⑦ （宋）杨万里撰，辛更儒笺校：《杨万里集笺校》，中华书局2012年版，第623页。

指专门替人送信送物的善走之人，这是有经济实力雇用他们的家庭传递家书的主要途径。

通过国家设置的驿递机构夹带，通过亲友熟人顺便捎带，以及派遣专人递送等方式，家书得以在宋代迅速广泛流通。宋代在全国范围内建立的水陆交通网络和驿递制度的完善，保证了公私文书、信件的及时传递，这是造成宋代家书繁荣的又一重要因素。

三 尺牍创作与收藏蔚为大观

随着宋代社会流动性的加强和水陆交通的便利，"举世重交游"①成为社会风尚，家族成员、姻亲戚里、师生同年、同僚属官、世交乡贤、方外隐逸等各色人员，无不成为宋代文人交游的对象。书信是文人之间互通消息、交流情感、讨论学术、议论时政的主要手段。书信的写作格式在唐代基本定型，宋代书信体式承袭前代规模，但是更加生活化、口语化。甚至有文人专门从事尺牍书简的写作，出现了一大批尺牍名家，如欧阳修、苏轼、黄庭坚、李之仪、孙觌等。他们的书信作品被专门编辑成册，印刷出版，供人传阅学习，成为普通文人写信时的参照范本。如《圣宋千家名贤表启翰墨大全》《翰苑新书》《启劄渊海》《欧苏手简》《山谷老人刀笔》等尺牍书简合集纷纷问世。而当时的文人也大都把自己与别人往来的书信编入文集。据学者考证，《宋史·艺文志》《直斋书录解题》《遂初堂书目》等文献中记载北宋文人有刀笔、尺牍、简札等合集共 11 种，分别为丁谓《丁晋公刀笔》一卷；宋祁《宋景文刀笔集》，卷数不明；杨亿《杨文公刀笔集》十卷；刘筠《中山刀笔集》二卷；李祺《刀笔集》；欧阳修《欧阳公刀笔集》；苏轼《东坡刀笔集》；何郯《何圣从刀笔》；孙觌《内简尺牍》十卷；以及诸家书信合集《渔阳刀笔》《名臣赞种隐君书启》《宋贤启状集》。② 宋人将这些名家书启结集流通，透露出当时文人对这些应用文体的重视，希望通过学习与模仿，掌握与不同身份的官员、同僚、亲朋之间的通信格式、语言技巧等知识，这是宋代文

---

① （宋）范质：《戒儿侄》，《全宋诗》第 1 册，第 47 页。
② 金传道：《北宋书信研究》，博士学位论文，复旦大学，2008 年，第 45 页。

人士大夫晋身之术的重要内容之一。

朱弁（1085—1144，字少章）在《曲洧旧闻》中记录了当时士人对书简写作的重视：

> 旧说欧阳文忠公虽作一二十字小简，亦必属稿，其不轻易如此。然今集中所见，乃明白平易，反若未尝经意者，而自然尔雅，非常人所及。东坡大抵相类，初不过为文采也。至黄鲁直，始专集取古人才语以叙事，虽造次间，必期于工，遂以名家。二十年前士大夫翕然效之，至有不治他事而专为之者，亦各一时所尚而已。方古文未行时，虽小简亦多用四六。而世所传《宋景文公刀笔集》，虽平文而务为奇险，至或作三字韵语，近世盖未之见。①

从这则笔记史料可知，尺牍、书信的重要性使得像欧阳修、苏轼、黄庭坚等文学家在写信时也一丝不苟，"虽造次间必期于工"。有了这些文章大家的示范作用，士大夫翕然效之，"至有不治他事而专为之者"，以至于当时的许多文人甚至以工尺牍为名。如《宋史·李之仪传》记载："之仪能为文，尤工尺牍，轼谓'入刀笔三昧'。"②可见宋代书信的繁荣和艺术成就之高。

除此之外，还有许多尺牍合集出自作者家人后辈之手。最著名的当属范仲淹后人珍藏刊刻其尺牍书简。范仲淹八世孙范文英于元顺帝至元三年（1337）重刻《范文正公尺牍》，在《岁寒堂刊文正公尺牍跋》中云："先《文正公尺牍》，旧刊于郡庠，岁久漫漶。今重命工锓梓，刊置家塾之岁寒堂，期与子孙世传之。"③据笔者统计，范仲淹书信今存世150篇，其中家书40篇，占书信总量的四分之一强，这得益于范氏后人对祖先书简的珍藏、刊刻、流通。这样的例子不胜枚举，这才有了两宋时期共流传下来近四万篇书信作品和近六百通家书。

---

① （宋）朱弁：《曲洧旧闻》，中华书局2002年版，第215页。

② （元）脱脱：《宋史》卷三百四十四，《李之纯传附》，中华书局1977年版，第10941页。

③ （宋）范仲淹：《范仲淹全集》，凤凰出版社2004年版，第1420页。

"早起流传下来的那些非正式书信，之所以受人称赞，不是因为其内容，而是因为其书法。毫无疑问，书法在促进保存北宋非正式书信方面起到过一定的作用。"① 宇文所安的这一论断符合我国书法作品收藏和流传的历史现象。宋代是尺牍书法创作的黄金时期，宋人书法"尚意"的艺术特色使其在中国书法绘画史上占有重要的历史地位。作为信息传递媒介的尺牍书信，也从最初信息沟通交流的实用性，逐渐演变上升为书法艺术性的展示。书简、尺牍的相对私密性保证了写作时的自由度和灵活度，使得作者可以毫无拘束、尽情挥洒，反而能在自然状态下发挥出书法家的功力，往往创作出一些独具艺术魅力的书法精品，受到时人的追捧和后世的珍藏。

今天流传下来的宋人书法作品大多是尺牍、书信，如苏轼的《人来得书帖》《江上帖》《渡海帖》《致季常尺牍》等；黄庭坚的《致天民知命大主簿尺牍》《致景道十七使君尺牍并诗册》《崇德姨母帖》等；米芾的《致伯充防御尺牍》《致窦先生尺牍》《致临沂使君尺牍》；蔡襄的《致知府舍人尺牍》《澄心堂帖》；刘正夫的《佳履帖》；韩绛的《致留守司徒侍中》；张即之的《比留空山帖》；朱熹的《致会之知郡尺牍》；陆秀夫的《致义山尊兄长尺牍》等，其中有不少是家书作品。岳珂（1183—1243，字肃之）将家中所收藏的自晋唐至南宋的书法作品编为《宝真斋法书赞》一书，并在《蔡忠惠家书帖赞》中写道："家书正所以寄情之真，徒得观笔力之神，又以见公之褆身。予汇而藏，以警夫人。"② 写出了当时文人收藏家书的艺术审美动因。

综上所述，宋代家书的繁荣得益于宋代社会的近代化倾向，都市经济发达，社会流动性加快，人员往来密集，通过书信传递信息的需求大大增加。宋代交通发达，邮寄制度的完善加快了书信的传递速度，缩短了流通时间。宋代官方建立的驿递制度和民间出现"健足"等专门负责递送钱物、书信的雇员，也保证了家书的迅速传递。宋人对书启尺牍

---

① ［美］宇文所安编：《剑桥中国文学史》，刘倩译，生活·读书·新知三联书店2013年版，第516页。

② （宋）岳珂：《宝真斋法书赞》卷九，中华书局1985年版。

的写作更加重视，文人士大夫对于书法艺术的追求和收藏了也催生了一大批专门从事尺牍创作的文人，许多尺牍书法精品引起了文人收藏家的喜爱和珍视。这些因素的共同作用造成了宋代家书繁荣的局面。

第二节　宋代家书的整体风貌

家书从出现到繁荣经历了漫长的发展过程，至宋代蔚为大观，无论从数量和质量上较之前代都有了很大的发展。笔者查阅《全宋文》、宋人文集、宋代笔记、《宋史》《续资治通鉴长编》、海外新发现宋代文献，以及目前有关宋代书信和家书的各类研究资料，共搜集宋代家书583篇，内容丰富，风格多样。宋代家书的内容涉及士人家庭生活和社会生活的各个方面，不同时期、不同地域的家书中所反映的内容不尽相同。要了解宋代家书的整体数量，首先要对两宋时期的书信总量作一具体详细的统计。

一　宋代书信整体概况

宋代流传至今的书信数量颇为壮观，本文根据《全宋文》并参考两宋文人文集，统计出两宋时期有书信传世的作家共749人，书信作品36804篇。其中北宋书信10890篇[1]，南宋书信共25914篇。其中现存书信最多的50位文人情况如下表：

表2-1　　　　　　　宋代现存书信最多的50人

序号	作者	书信数量	文献出处	备注
1	朱熹	2095	《全宋文》卷5465—5617	南宋
2	苏轼	1688	《全宋文》卷1886—1930	北宋
3	孙觌	1627	《全宋文》卷3428—3474	南宋
4	黄庭坚	1229	《全宋文》卷2281—2306	北宋
5	周必大	1176	《全宋文》卷5076—5116	南宋
6	李刘	1096	《全宋文》卷7266—7303	南宋

[1]　金传道：《北宋书信研究》，博士学位论文，复旦大学，2008年，第30页。

序号	作者	书信数量	文献出处	备注
7	强至	877	《全宋文》卷 1432—1453	北宋
8	晁公遡	854	《全宋文》卷 4678—4697	南宋
9	欧阳修	746	《全宋文》卷 697—714，《新见欧阳修九十六篇书简笺注》	北宋
10	方岳	601	《全宋文》卷 7884—7906	南宋
11	刘克庄	559	《全宋文》卷 7537—7654	南宋
12	方大琮	583	《全宋文》卷 7366—7396	南宋
13	李之仪	498	《全宋文》卷 2409—2420	北宋
14	杨万里	498	《全宋文》卷 5294—5317	南宋
15	陈著	483	《全宋文》卷 8095—8109	南宋
16	宋祁	455	《全宋文》卷 502—514	北宋
17	文天祥	369	《全宋文》卷 8303—8313	南宋
18	李刚	346	《全宋文》卷 7293—7303	南宋
19	吕祖谦	327	《全宋文》卷 5870—5880	南宋
20	李廷忠	323	《全宋文》卷 6447—6458	南宋
21	释道璨	320	《全宋文》卷 8073—8077	南宋
22	黄榦	304	《全宋文》卷 6536—6550	南宋
23	刘宰	300	《全宋文》卷 6822—6836	南宋
24	陆九渊	263	《全宋文》卷 6127—6144	南宋
25	王安石	260	《全宋文》卷 1388—1397	北宋
26	陈宓	259	《全宋文》卷 6954—6962	南宋
27	洪适	247	《全宋文》卷 4729—4737	南宋
28	王炎	245	《全宋文》卷 6095—6106	南宋
29	李曾伯	244	《全宋文》卷 7844—7857	南宋
30	郑刚中	244	《全宋文》卷 3896—3904	南宋
31	孙应时	241	《全宋文》卷 6582—6590	南宋
32	毕仲游	237	《全宋文》卷 2393—2399	北宋
33	张栻	236	《全宋文》卷 5722—5732	南宋
34	陈渊	227	《全宋文》卷 3294—3302	南宋
35	王十朋	219	《全宋文》卷 4620—4627	南宋
36	魏了翁	219	《全宋文》卷 7068—7083	南宋

续表

序号	作者	书信数量	文献出处	备注
37	许景衡	218	《全宋文》卷 3090—3096	南宋
38	李刚	216	《全宋文》卷 3726—3745	南宋
39	汪应辰	210	《全宋文》卷 4768—4775	南宋
40	沈与求	197	《全宋文》卷 3856—3863	南宋
41	韦骧	168	《全宋文》卷 1432—1453	北宋
42	蔡襄	168	《全宋文》卷 1009—1023	北宋
43	李新	157	《全宋文》卷 2883—2890	南宋
44	华镇	156	《全宋文》卷 2640—2648	北宋
45	王迈	155	《全宋文》卷 7445—7453	南宋
46	王之望	154	《全宋文》卷 4359—4367	南宋
47	范仲淹	150	《全宋文》卷 380—384	北宋
48	陆游	149	《全宋文》卷 4926—4932	南宋
49	释宗杲	149	《全宋文》卷 3927—3937	南宋
50	张孝祥	148	《全宋文》卷 5695—5700	南宋

从上面的这张统计表中可以看出，两宋时期流传下来的书简数量非常庞大。而这 50 位士人的书信作品共计 22890 篇，占两宋书信总量的 62%。在这 50 人中，北宋文人只有 12 位，他们的书信合计 6632 篇，占前 50 位文人书信量的 29%，占整个两宋书信总量的 18%。南宋文人 38 位，他们的书信合计 16258 篇，占前 50 位文人书信总量的 71%，占整个两宋书信总量的 44%。从统计表中可以看出很多信息，首先，两宋时期有书信传世的作家共 749 人，这 50 位尺牍大家只占其中的 0.07%，但他们的书信加起来却占两宋书信总量的 62%，说明现存书信主要集中在他们身上。其次，南宋时期书信的数量大大超过北宋，这从一个侧面反映出南宋时期的士人的交流情况比北宋要更加活跃，交游圈的范围也更加广泛，社会的流动性和自由度也更高。

从作者的身份来看，这 50 位作家中有文学家、政治家、理学家、书法家，绝大多数是集多重身份于一身的复合型人才，这也是两宋士人的整体特点。他们的书信作品之所以存世较多，正是得益于这样的多重身份和他们在文坛、政坛以及思想界的重要地位和影响力。如北宋的苏轼、黄庭坚、欧阳修、王安石、李之仪、毕仲游，南宋文人孙觌、晁公遡、方岳、陆游、张孝祥、王十朋等都是当时的文坛领袖或大家；朱熹、陆九渊、吕祖谦、张栻、黄榦等人则是南宋著名的理学家；或为有名的政治家，如王安石、李刚、郑刚中、周必大等。他们都是当时文学、思想、政治领域举足轻重的人物，与志同道合者互相谈论学问、艺术等问题，来往辩难蔚然成风。因而他们的书信具有非常重要的学术价值，受到后人的重视，得以编纂成集流传后世。除此之外，还有以书法名世的著名书法家，除米芾之外，苏轼、黄庭坚、蔡襄三位书法家的书信均在前50之列，这与他们的书法作品受到世人喜爱珍视，得以保存有着极大的关系。

　　从表2-1中还可以看出两宋时期学术风气和交游风尚的流变。北宋时期的书信尺牍集中在文学领域，主要围绕欧阳修、苏轼、黄庭坚及其交游圈展开，三人之间除了互相书信往还之外，还与当时的文学家群体展开交流，如李之仪、毕仲游等人都是苏门学士。而南宋时期的书信大多集中在思想领域，既有南宋三大学派宗师朱熹、陆九渊、吕祖谦，又有湖湘学派的张栻，以及他们的门人黄榦、陈宓、陈著等人，其他的书信大家也多是这些人的学术讨论对象或交游对象。南宋文学家的书信尽管流传数量也很多，如周必大、刘克庄、杨万里、陆游等人传世的书信数量也不少，但此时已退居次要地位。从中可以看出学术思潮的重心已经从北宋时期的文学领域转移到了思想领域。此外，一些特殊人物的书信传世数量之多还透露出其他的信息，如孙觌（1081—1169，字仲益）身处两宋之交的历史大变局中，后人因其人品卑劣并不重视其文学作品。但由于他"诗文颇工，尤长于四六"，① 并以八十九岁高龄而终，所以他流传下来的书信作品依然多达1627篇。除孙觌外，李刘（1175—1245，字公甫）也是南宋初的四六大家，《四库全书》收录其作品集《梅亭四六》四十卷，其中绝大多数是笺启尺牍，《全宋文》共收录其书信作品1096篇，足以说明其交游之广和其作品受后人重视程度之深。孙觌、李刘同为北宋末

---

① 《四库全书总目·鸿庆居士集》，中华书局1965年版，第1356页。

南宋初的四六文大家，他们的书信作品受到当时文人的追捧和模仿，揭示出骈文在北宋欧阳修所倡导的诗文革新运动之后依然有强大的影响力。且他们的书启类作品多用四六文程式，使事用典，属对精切，成为许多文人争相效仿的范本。以至于引起朱熹的强烈不满，不止一次批评南宋初的骈文风气。这一现象与北宋晚期的文学思潮密不可分，限于本书的研究范围，对此问题不再展开论述。

书信主要的目的是传递信息、交流情感，这是古人生活中的重要内容。从以上的统计和分析中可以看出，宋代士人交流的重心从北宋的文学领域转移到了南宋的思想领域，这也从一个侧面印证了两宋学术风气的转变。因此可以得出一个被许多研究者忽略的结论，书信是学术思想交流和传播的重要途径。家书的这一作用将在后文专章论述。

二 宋代家书数量统计

从上文宋代书信数量的大致分析中可以得出一个显而易见的结论，现存书信大多是重要历史人物的作品，普通文人的书信很难被保存流传下来。宋代文人实际写作的书信数量应该远远超出三万六千多封的现存量，这种情况在家书中更加明显。相较于两宋 3 万多篇书信，583 篇家书可谓微乎其微。但这并非因为文人写作家书数量少，而是散佚情况严重。大量的家书都由于各种原因被丢弃，或因涉及敏感信息，或遭遇特殊政治事件被人为毁弃，或因古人的文学观念在编纂文集时被刻意遗漏，这就造成了今天学者普遍对家书的忽略和不重视。也成为宋代家书在学术研究方面十分苍白的主要原因。

宋代家书的写作对象包括了家庭中所有的人伦关系，父子、夫妻、子侄、祖孙，以及其他家族成员。笔者将两宋家书按照写作对象和内容分别列表，以便一览无余地了解每一位作家的家书情况。为统计方便，所有文献只标记出《全宋文》所在卷号，不再一一标明作者文集、别集、史书、笔记资料或后人编辑的尺牍合集等出处。有少数几篇家书作品《全宋文》并未收录，需要特别加以说明，分别为：欧阳修的四封家书出自日本学者东英寿《新见欧阳修九十六篇书简笺注》；宋太宗《手诏戒元僖等》出自《续资治通鉴长编》卷21；富弼

《儿子帖》、司马光《宁州帖》出自 2008 年复旦大学金传道的博士学位论文《北宋书信研究》附录部分。

表 2-2　　　　　宋代家书写作对象分类统计表

序号	写作对象 / 作者	父母	妻	子孙	兄弟	其他成员	家书合计	文献出处
1	宋太宗			1			1	《续资治通鉴长编》卷 21
2	柳开				2	1	3	《全宋文》卷 122
3	韩亿			2			2	《全宋文》卷 277
4	杨亿			1			1	《全宋文》卷 297
5	杜衍				1		1	《全宋文》卷 318
6	王曾	1					1	《全宋文》卷 318
7	范仲淹			6	16	18	40	《全宋文》卷 384
8	晏殊				2		2	《全宋文》卷 398
9	胡宿		1				1	《全宋文》卷 465
10	黄注					1	1	《全宋文》卷 480
11	贾昌朝			1			1	《全宋文》卷 481
12	包拯			1			1	《全宋文》卷 547
13	富弼	1					1	《北宋书信研究》附录
14	欧阳修			20	7	4	31	《全宋文》卷 714
15	邵雍			1			1	《全宋文》卷 987
16	蔡襄	2		2	8	6	18	《全宋文》卷 1020
17	韩维	1			1	5	7	《全宋文》卷 1066—1068
18	周敦颐					2	2	《全宋文》卷 1073
19	王回				1		1	《全宋文》卷 1515
20	范宗韩				1		1	《全宋文》卷 1527
21	吕陶				1		1	《全宋文》卷 1604
22	吕大钧				3		3	《全宋文》卷 1704
23	蒋之奇				1		1	《全宋文》卷 1705

续表

序号	写作对象／作者	父母	妻	子孙	兄弟	其他成员	家书合计	文献出处
24	钱勰				3		3	《全宋文》卷1793
25	司马光			1		2	3	《全宋文》卷1215，《古书画过眼要录》（晋隋唐五代宋书法）
26	苏轼			7	54	12	73	《全宋文》卷1920—1930
27	唐坰			2			2	《全宋文》卷1663
28	章惇					1	1	《全宋文》卷1797
29	黄庭坚			1	12	75	88	《全宋文》卷2281—2305
30	曾布				3		3	《全宋文》卷1836
31	朱长文				1		1	《全宋文》卷2024
32	曾肇			1	1		2	《全宋文》卷2380
33	米芾	2				5	7	《全宋文》卷2599
34	杨时				6		6	《全宋文》卷2678
35	薛绍彭					3	3	《全宋文》卷2777
36	陈瓘	1	2	1		1	5	《全宋文》卷2784
37	刘焘					1	1	《全宋文》卷2789
38	宗泽					1	1	《全宋文》卷2796
39	张读					1	1	《全宋文》卷2862
40	刘义仲					1	1	《全宋文》卷2870
41	张孝纯			5			5	《全宋文》卷2879
42	孙昭远			1			1	《全宋文》卷3014
43	尹焞			1			1	《全宋文》卷3053
44	罗从彦			1			1	《全宋文》卷3060
45	米友仁		2				2	《全宋文》卷3082
46	徐俯	1					1	《全宋文》卷3143
47	胡安国			2	1		3	《全宋文》卷3143
48	叶梦得					2	2	《全宋文》卷3181

序号	写作对象 作者	父母	妻	子孙	兄弟	其他成员	家书合计	文献出处
49	刘锜					2	2	《全宋文》卷3220
50	陈渊				1	1	2	《全宋文》卷3300
51	李光			1			1	《全宋文》卷3317
52	宇文虚中	3			1		4	《全宋文》卷3353
53	郑毅				1		1	《全宋文》卷3400
54	王庭珪	1					1	《全宋文》卷3400
55	孙觌				24	7	31	《全宋文》卷3443
56	朱敦儒					2	2	《全宋文》卷3502
57	边知章				1		1	《全宋文》卷3504
58	蒋璨	1					1	《全宋文》卷3804
59	赵鼎			1			1	《全宋文》卷3811
60	陈东	1					1	《全宋文》卷3834
61	郑刚中			1	1	14	16	《全宋文》卷3904
62	洪皓	1					1	《全宋文》卷3926
63	吴说					6	6	《全宋文》卷3970
64	查许国			1			1	《全宋文》卷4009
65	邓肃			1			1	《全宋文》卷4014
66	张浚			2			2	《全宋文》卷4134
67	杨补之					1	1	《全宋文》卷4149
68	刘子翚			1			1	《全宋文》卷4260
69	吴璘				1		1	《全宋文》卷4296
70	胡铨			2	1	6	9	《全宋文》卷4309
71	王刚中				1		1	《全宋文》卷4384
72	王十朋				2		2	《全宋文》卷4627
73	林光朝				6	1	7	《全宋文》卷4652
74	蒋芾					1	1	《全宋文》卷4670
75	员兴宗					4	4	《全宋文》卷4839
76	洪迈					1	1	《全宋文》卷4915
77	范成大				2	3	5	《全宋文》卷4981

续表

序号	写作对象　作者	父母	妻	子孙	兄弟	其他成员	家书合计	文献出处
78	何耕			1			1	《全宋文》卷5003
79	杨万里			1	1		2	《全宋文》卷5317
80	朱熹			7		1	8	《全宋文》卷5617
81	张孝祥			1	3		4	《全宋文》卷5700—5702
82	薛季宣					1	1	《全宋文》卷5787
83	杨震仲			1			1	《全宋文》卷5803
84	蔡元定			3			3	《全宋文》卷5817
85	舒璘			1			1	《全宋文》卷5849
86	吕祖谦				19		19	《全宋文》卷5878
87	陈傅良			1			1	《全宋文》卷6036
88	舒邦佐			1			1	《全宋文》卷6082
89	王炎			1			1	《全宋文》卷6099
90	陆九渊				3	6	9	《全宋文》卷6144
91	杨简			3			3	《全宋文》卷6219
92	詹体仁					3	3	《全宋文》卷6353
93	吴琚				3		3	《全宋文》卷6412
94	吕皓			1		1	2	《全宋文》卷6523
95	黄榦			1			1	《全宋文》卷6533
96	大宁夫人			2			2	《全宋文》卷6676
97	崔与之				1		1	《全宋文》卷6681
98	吕祖泰			1			1	《全宋文》卷6774
99	魏了翁					1	1	《全宋文》卷7077
100	方大琮				4	14	18	《全宋文》卷7373—7390
101	张即之					4	4	《全宋文》卷7471
102	阳枋			3		17	20	《全宋文》卷7479—7481
103	王柏					1	1	《全宋文》卷7790

序号	写作对象＼作者	父母	妻	子孙	兄弟	其他成员	家书合计	文献出处
104	方岳					1	1	《全宋文》卷 7895
105	李昴英	5					5	《全宋文》卷 7940
106	陈著				1	10	11	《全宋文》卷 8106—8115
107	史璟卿					1	1	《全宋文》卷 7928
108	文天祥			1	3	1	5	《全宋文》卷 8308—8309
109	王元甲		1				1	《全宋文》卷 8340
	合计	17	9	99	205	253	583	

上面的这张统计表清晰地显示出两宋家书存世的情况，现存宋代家书作品共 583 篇，涉及作者 109 人。只占两宋书信 36084 篇总量的 2%，家书作品只是两宋书信中很少的一部分。这种情况可以说明很多问题，首先是家书散佚情况严重；其次也可以从一个侧面放映出家书在文人心目中的地位；当然家书的私密性也是它无法大范围进入公共空间领域得以流传的一个重要原因。但是，文学作品成就的高低和价值并不以存世的作品数量来衡量，这是学界的通识。因此，不能因为宋代家书只占书信总量的 2%，就因此否定它的重要性和价值。要从具体的家书作品入手去深入分析，才能一一破解家书背后所隐藏的或隐或显的故事和内涵。

家书的写作对象涵盖了家族的所有成员，祖父母、父母、妻子、儿子、侄子、孙子、兄弟、姐妹、伯父、伯母、叔父、叔母、侄孙，以及整个家族的其他成员，如族伯、族叔、族兄、族弟、族侄、族孙等。限于篇幅和各类家书的数量，表 2-2 中只能将这些家族成员大致分为六类，并统计出数量。其中与父母家书 17 篇，占家书总量的 3%；与妻书 9 篇，占家书总量的 2%；与子、孙家书 99 篇，占家书总量的 16%；与兄弟家书 205 篇，占家书总量的 36%；除此之外的其他家族成员共 253 篇，占家书总量的 44%。与妻书最少，仅 9 篇，且这仅存的 9 篇家书也不是单独写给妻子个人的，而是写给所有的家庭成员，妻子仅仅是收信人而已。与父母书和与妻书数量稀少，加起来只占家书总量的 5%。而与兄弟书和其他家庭成员的家书占总量的 80%。从宋代家书的数量统计和分析中反映出宋人家庭成员流动的特点。中国古代的孝道观主张"父母在，不远游"，因此外出做官或谋生的家庭成员在生活安顿下来之后，往往会接父母、妻子、家人团聚，或留下一两位成年男性在祖居之地照顾祖父母、父母及整个家族的生活起居。家族其他成员由于人数众多，相对的家书数量也最多。而就单一的血缘关系来说，兄弟家书的数量最多，这种情况不能仅仅归结于手足之情，也因为家族事务的商议大多是在男性成员之间进行。从家书的写作数量和受书对象分析中可以窥见宋代社会的一些情况。

　　两宋家书作品存量在十篇以上的作家分别是：黄庭坚 88 篇；苏轼 73 篇；范仲淹 40 篇；欧阳修 31 篇；孙觌 31 篇；阳枋 20 篇；吕祖谦 19 篇；蔡襄 18 篇；方大琮 18 篇；郑刚中 16 篇；陈著 11 篇。这十一位作家的家书共 365 篇，占两宋家书总量的 65%。除阳枋外，其他十位均位列前 50 位书信大家之列。这些家书作家大都是著名的文学家，如黄庭坚、苏轼、欧阳修、孙觌；或政治家，如范仲淹、郑刚中；或理学家，如阳枋、吕祖谦、陈著等人；还有书法家，如黄庭坚、苏轼、蔡襄、欧阳修等人。对比前 50 位宋代书信作者的统计表，他们的家书作品在书信中所占的比例如下表：

表 2 - 3　　　　　　　　　重要作家家书与书信数量比较

序号	作者	家书数量（篇）	书信数量（篇）	家书所占书信比例（%）	备注
1	黄庭坚	88	1229	7	北宋
2	苏轼	73	1688	4	北宋
3	范仲淹	40	150	27	北宋
4	欧阳修	31	746	4	北宋
5	孙觌	31	1627	2	南宋
6	阳枋	20	147	14	南宋
7	吕祖谦	19	327	6	南宋
8	蔡襄	18	168	11	北宋

序号	作者	家书数量（篇）	书信数量（篇）	家书所占书信比例（％）	备注
9	郑刚中	16	224	8	南宋
10	方大琮	18	583	3	南宋
11	陈著	11	483	2	南宋
	合计	365	7352	5	

从表 2 - 3 中可以一目了然地看出这些作家的家书作品在他们的书信中所占的比例。这 11 位作者的书信共计 7352 篇，家书作品合计也多达 365 篇，但家书只占书信总量的 5％。总体来说比例很低。这其中北宋作家 5 位，家书共计 250 篇；南宋作家 6 位，家书共计 115 篇。北宋家书的作者虽少，但留存下来的家书作品却远远超过南宋。而南宋的书信总量几乎是北宋的两倍，但家书存世情况却与之相反，个中原因值得深思。黄庭坚、苏轼、欧阳修、范仲淹四人的家书合计 232 通，占两宋家书总量的 40％，可见后人对他们家书作品的喜爱与重视。再从单一的作家入手分析，其中家书占书信比例最高的是范仲淹，他的 40 封家书占书信总量的 27％，超过了四分之一，这从一个侧面反映出范仲淹对家庭的重视程度，也反映出范氏子孙对祖先家书的珍视。这些家书可以从深层次揭示血脉亲情和家风家教在家族传承和发展中的奠基作用。范仲淹首创义庄，使苏州范氏家族绵亘不绝八百余年，祖先的人格魅力和道德示范作用从这些被后人悉心珍藏的家书中可见一斑。其次是阳枋，他的家书占书信总量的 14％；第三位蔡襄，家书占书信总量的 11％。这三位作家的家书在他们书信总量中所占比例都超过了 10％。黄庭坚和苏轼的书信都多达一千多篇，他们的家书尽管留存较少，但依然数量可观，黄庭坚的家书占其书信总量的 7％；苏轼家书占其书信总量的 4％；而南宋中兴名臣郑刚中的家书占其书信总量的 8％。

从上面的统计和分析中可以看出：家书作品存世较多的作家，他们的书信作品存世也较多。但是却不能以此反证出书信数量较多的作家家书作品必然很多，或者是书信存世较少的作家，他们的家书数量就少。例如两宋书信作品存世最多的是朱熹，他的书信多达 2095 篇，但是其留存下来的家书却仅有 8 篇，占其书信总量的 0.4％；方岳的书信总量为 601 篇，其中家书只有 1 篇，仅占 0.1%；南宋著名诗人杨万里的书信共 498 篇，家书仅存 2 篇，占 0.4%，这样的例子不胜枚举。当然，也有许多作者的书信数量很少，但是家书所占的比例却很大，如柳开的书信共 33 篇，家书有 3 篇，所占 9%；北宋政治家曾布现存书信 6 篇，与弟弟曾肇的家书就有 3 篇，占其书信总量的一半；两宋之交的抗金名将吴璘现存书信仅 2 篇，其中一篇即写给兄长吴玠的家书；南宋末年文人李昴英的书信现存共 9 篇，其中家书 5 篇，占 56%；而岳珂母亲大宁夫人现存的作品仅有 2 篇，就是他写给儿子岳珂的两封家书，这也是两宋时期仅存的两封女性家书。若不是其子岳珂将其保存在自己的文集中并写下题跋，我们今天也无法看到这则宝贵的文学资料了。这两封家书透露出宋代女性宗教信仰的诸多细节和问题，是研究宋代佛教信仰在民间传播流布极有价值的参考资料之一。

两宋有书信传世的作家共 749 人，而家书的作者只有 109 人，只占 13%，也就是说有 87% 的书信作者没有家书传世，他们的家书大部分都散佚了。如周必大的书信现存 1176 篇，但是家书却没有留存下来一篇，同样情况的还有李刘、强至、晁公遡、李之仪等人，他们的书信作品都多达七八百篇，李刘的书信甚至超过一千篇，但是他们的家书数量都为零。

苏轼、苏辙兄弟二人的书信和家书情况可以作为典型事例说明这一情况。苏辙在《逍遥堂会宿二首》诗序中写道："辙幼从子瞻读书，未尝一日相舍，既壮，将游宦四方，读韦苏州诗至'安知风雨夜，复此对床眠。'恻然感之，乃相约早退，为闲居之乐。故子瞻始为凤翔幕府，留诗为别，曰：'夜雨何时听萧瑟。'其后子瞻通守余杭，复移守胶西，而辙滞留于淮阳、济南，不见者七年。熙宁十年二月，始复会于澶濮之间，相从来徐，留百余日。"[①] 这两首诗作于熙宁十年（1077），兄弟不相见已七年，此后二人南来北往宦游各地，互相之间诗词唱和酬赠之作多达五百余篇，"对床夜语"也成为兄弟情深的代名词。2017 年清华附小六年级小学生利用大数据分析了苏

---

① （宋）苏辙撰，陈宏天、高秀芳点校：《苏辙集》，中华书局 2004 年版，第 128 页。

轼 3458 首诗词作品，发现其中出现频率最高的词为"子由"，共 229
次。① 可见二人之间深厚的情感和交流的频繁，就二人文字交流的频
率而言，苏轼、苏辙互相往还的家书必然数量庞大。但事实却是，苏
轼写给苏辙的家书仅存十五篇，其中四篇还是从苏辙的文集中辑录而
出，仅存只言片语，而苏辙写给苏轼的家书则连一篇都没有留存下
来。除去党禁、战乱、兵火、时间等各种因素对文献资料的破坏之
外，以二人的文学成就和政治地位而言，出现这样的情况，明显是人
为销毁的结果。这从苏轼被贬惠州时写给表兄兼姐夫程之才的书信就
可见一斑。苏轼在被贬谪惠州期间与断交四十二年之久的程之才冰释
前嫌、重修旧好，在短短一年零三个月的时间里书信往来频繁，写给
对方的书札今存七十五通，所占比例为苏轼惠州所存书信的三分之
一，是与他来往的亲友中书信存留最多的一位。他在给程之才的信中
一再出现"甚密之""看迄，便付火"等字眼。"深不欲言，恐误老
兄事，故冒言，千万密之。与才元言，但只作兄意也。至恳，至
恳。"② "千万密之。若少漏泄，即劣弟居此不安矣……此本乞一详
览，便付火，虽二外甥，亦勿令见。若人知其自劣弟出，大不可，不
可。"③ 这些小心戒惧的叮咛言语反复出现在书信中，反映出苏轼当
时所处政治环境的险恶和他小心戒惧的心理，也从一个侧面反映出家
书保存传世的困难。一旦涉及敏感话题或时政信息，流布出去必然给
自己和整个家族带来祸患，因此刻意销毁家书就成了很多在朝为官者
的共识。苏轼、苏辙二人往来的家书必然也是因为此类原因被他们二
人和家人刻意销毁了。这也解释了为何宋代家书作家群体中政治家人
数偏少，且兄弟子侄同朝为官的大家族中，成员之间互相往还的家书
却寥寥无几。这种情况并不代表宋代文人与政治的疏离，恰恰说明政
治在士大夫生活中所占的重要地位，几乎与他们的生活息息相关，连

---

① 官天泽、徐子昂、王储玉、马梓铭、葛宇轩：《大数据分析帮你进一步认识苏轼》，
搜狐教育网，网址：http://www.sohu.com/a/197449772_507597。

② （宋）苏轼撰，李之亮笺注：《苏轼文集编年笺注》第 7 册，巴蜀书社 2011 年版，
第 157 页。

③ （宋）苏轼撰，李之亮笺注：《苏轼文集编年笺注》第 7 册，巴蜀书社 2011 年版，
第 151 页。

家书的写作与传播都不得不慎重处置。

第三节　宋代家书内容分类统计与概述

尽管 583 篇家书在宋代书信中所占比例仅为 2%，但从中反映出的内容却十分丰富，上至国家大事，如时局变动、战争外交；下至生活百态，如婚丧嫁娶、养生保健，无不在家书中一一呈现。问候家中亲人、通报彼此近况，抒发羁旅在外的思乡情怀、教育家中子侄、切磋学术问题、发表政治见解、安排遗言后事等都是家书中的主要内容。纸短情长的家书反映出宋代家庭和社会生活的各个层面，其中上演着生活百态，也记录着文人的心路历程和家族的发展兴衰。

一　宋代家书内容分类统计

为了一览无余地了解宋代每一通家书的内容情况，本书特意制作了统计表，将每一位作者的家书根据内容进行分类。需要加以说明的是，家书不同于其他文体，往往一封信中涉及很多内容，既有对家族事务的安排，也有对子侄的教育，甚至还会出现对时政的看法和对学术问题的讨论，因此，统计表中最后的合计数字与家书总量会有一定的出入，其合计必然大于家书总量。

表 2 - 4　　宋代家书内容分类统计表

序号	作者＼内容	平安家书	家族事务	情感交流	家庭教育	学术交流	议论时政	遗书
1	宋太宗				1			
2	柳开	1	2	1	1	2		
3	韩亿				2			
4	杨亿							
5	杜衍		1		1			
6	王曾	1						
7	范仲淹	36	36	5	4		2	
8	晏殊	2	2	1				

续表

序号	内容 作者	平安 家书	家族 事务	情感 交流	家庭 教育	学术 交流	议论 时政	遗书
9	胡宿		1					
10	黄注		1	1				
11	贾昌朝				1			
12	包拯				1			
13	富弼	1						
14	欧阳修	20	18	3	4	2	7	
15	邵雍	2			1			
16	蔡襄	15	4	1				
17	韩维	4	2				2	
18	周敦颐	2						
19	王回	1		1			1	
20	范宗韩				1			
21	吕陶	1		1				
22	吕大钧					3		
23	蒋之奇	1						
24	钱勰	3						
25	司马光	2		1	3			
26	苏轼	40	2	15	8	6	2	1
27	唐坰	2						
28	章惇						1	
29	黄庭坚	61	27	14	11	25		
30	曾布	1					3	
31	朱长文		1	1				
32	曾肇	1					1	
33	米芾	10		1				
34	杨时					8	1	
35	薛绍彭	1						
36	陈瓘	4	3		2	2		
37	刘焘	1						
38	宗泽	1	1					

序号	内容\作者	平安家书	家族事务	情感交流	家庭教育	学术交流	议论时政	遗书
39	张读		1					
40	刘义仲		1					
41	张孝纯						5	
42	孙昭远			1				
43	尹焞							1
44	罗从彦				1			
45	米友仁	2	2					
46	徐俯	1						
47	胡安国	1			2			
48	叶梦得	2						
49	刘锜	2						
50	陈渊	1		1	1			
51	李光				1			
52	宇文虚中	4		4				
53	郑毅	1		1			1	
54	王庭珪	1						
55	孙觌	28	20	2			1	
56	朱敦儒	2						
57	边知章						1	
58	蒋璨	1						
59	赵鼎			1				1
60	陈东	1		1				1
61	郑刚中	16	2	1	1			
62	洪皓	1		1			1	
63	吴说	6						
64	查许国							1
65	邓肃				1			
66	张浚							2
67	杨补之	1						
68	刘子翚				1			

序号	内容／作者	平安家书	家族事务	情感交流	家庭教育	学术交流	议论时政	遗书
69	吴璘						1	
70	胡铨	4	2	1	2	4	2	
71	王刚中			1			1	
72	王十朋	1	1					
73	林光朝		2	4				
74	蒋芾	1	1					
75	员兴宗	4		4			4	
76	洪迈						1	
77	范成大	5						
78	何耕				1			
79	杨万里	2	2	2	1			
80	朱熹				8			
81	张孝祥	3			1			
82	薛季宣	1			1	1	1	
83	杨震仲							1
84	蔡元定			1	2			1
85	舒璘			1				
86	吕祖谦					19		
87	陈傅良						1	
88	舒邦佐				1			
89	王炎				1			
90	陆九渊	3			7	6		
91	杨简				3			
92	詹体仁				2	2		
93	吴琚	3						
94	吕皓		2	2				
95	黄榦				1			
96	大宁夫人			2		2		
97	崔与之			1			1	
98	吕祖泰							1

续表

序号	内容＼作者	平安家书	家族事务	情感交流	家庭教育	学术交流	议论时政	遗书
99	魏了翁		1					
100	方大琮	2	6	6		3	8	
101	张即之	3	1					
102	阳枋				2	20	1	
103	王柏		1					
104	方岳	1	2	1				
105	李昂英	5		1				
106	陈著	4	5					
107	史璟卿						1	
108	文天祥		2	4	1			5
109	王元甲				1			
	合计	327	155	89	85	105	51	15

以上是宋代家书内容分类统计表，清晰地反映出宋代家书内容的分类情况，其中平安家书最多，共 327 篇，占 583 篇家书总量的56%。谈论家族事务的家书共 155 篇，占家书总量的 27%；情感交流的家书共 89 篇，占家书总量的 15%；含有家庭教育内容的家书共 85篇，占家书总量的 15%；与家族成员讨论学术内容的家书共 105 篇，占家书总量的 18%；家书中涉及议论时政内容的共 51 篇，占家书总量的 9%；写给家人的遗书仅有 15 篇，占家书总量的 3%。

表 2－4 中的统计数字总和为 827 篇，远远大于两宋家书总量之和 583 篇，出现这一结果是意料之中的。因为家书文本的特殊性，它的内容必然比较琐碎丰富，往往一封家书中涉及很多事情，可能既有家人之间的寒暄问候，报平安；也有对婚丧嫁娶家族事务的具体安排；在对子侄进行谆谆教诲时，也会敞开心扉抒发人生感慨和生命体悟，进行情感交流。北宋诗人孔平仲在《收家书》一诗中形象地描写了家书的多重内容：

早承会稽信，晚接清江使。两地千余里，尺书同日至。既知骨肉安，复得邻里事。丁宁问儿女，委琐及奴婢。开包视封题，亲故各有寄。牛狸与黄雀，路远不易致。东人罕曾识，专享无所遗。岂徒抵万金，鼓腹快异味。①

从这首诗中可知家书内容的丰富，有家中亲人的平安与否，也有邻里之间的琐事，写家书的人不仅询问收信人儿女的情况，甚至还问到家中的奴婢，随同家书一起寄来的还有各种生活用品和食物。纵观两宋近六百封家书，绝大多数家书的内容都不限于某一方面，如范仲淹给写兄长范仲温的家书：

某拜上三哥监薄，伏惟尊体起居万福，某今蒙制恩，擢贰枢府，此盖祖宗之庆，下及世家。累让不允，今月二日已签署勾当。至十二日，蒙恩改参大政，寻面陈利害，已得旨依让，且在西府，不知甚日入京相见。小三郎已就圣节奏得试监薄。诸骨肉各安吉，相次专差人去存问也。互相戒约，勿烦州县。如辄与词讼，必奏乞深行。请三哥指挥儿侄知委。保重保重。——《与中舍书三》②

这封家书写于庆历三年（1043），范仲淹在信中首先向家人告知自己为官的近况。范仲淹因抗击西夏有功被擢升为枢密副使，同年八月又被任命为参知政事，应仁宗皇帝要求上《答手诏条陈十事疏》，开启了"庆历新政"的改革序幕，这就是信中所说的"擢贰枢府"，"蒙恩改参大政"，"面陈利害"等事。之后告诉家人"小三郎就圣节奏得试监薄"之事，是通知家中子侄因为"恩荫"得官。接下来叮嘱兄长范仲温约束子侄家人，不要仗势搅扰州县。这是一封平安家书，主要目的是交流信息，汇报近况。

而杨万里写给长子杨长孺的《与南昌长孺家书》，则长篇累牍，反复陈说。

① （宋）孔文仲、孔武仲、孔平仲：《清江三孔集》，齐鲁书社 2002 年版，第 446 页。
② （宋）范仲淹撰，薛正兴校点：《范仲淹全集》，凤凰出版社 2004 年版，第 589 页。

今月初五日，诚斋老人得大儿南昌令长孺家书，并送至大帅报书，今口占，令幼舆秉笔书之，以告汝曰：

章允至，得汝书，知汝一室长幼安平，二老甚喜。又盥手披读大帅书词，益喜。汝辞行时，谓吾有三子，中男次公，去年最先出仕。今长孺又出仕。次第十月，小男幼舆又出仕。恐吾索居无聊，欲迎侍二老就养官寺，善如汝之请也。

然吾平生寡与，初仕赣掾，庀职一月，有所不乐，欲弃官去。先太中怒挞焉，乃止。后三立朝，三弃官。至江东漕，遂永弃官。是时吾年六十六耳。若日几案吏道，犹可以勉而行也。然决焉舍去，还家待尽。至七十而纳禄，三请而得俞。汝视我平生之出，此心乐否也？

今汝之请，父子之至情，岂不欲相聚之乐？然一出如移山之难，则亦呿然阳应，曰诺而已。汝以为我真从汝乎？今不知此声，奚自而彻于大帅之听乎？大帅报书之中，谓吾若肯来，豫章之草木鱼鸟皆有喜色。汝书中又传大帅面命之词，谓吾若肯来，则西山、南浦皆有光华。有传大帅之意者，许以廪人之继粟，许以客右之殊礼，许以楼船之浮家。吾老弃山林，每谓一生罕逢特达之知己如古人者。乃今忽有之，汝知吾此时之心乐否也！即与汝母谋，祗俟幼舆之官澧浦之后，戒行李，卜吉日，遣人前期白大帅，假舟楫矣。

既而取汝家书旋观之，则有不可者。汝书有"今日作县，真不可为"之词，又有"穷空煎熬，入寡出多"之词，又有"最苦最苦，千悔万悔"之词，又有"雩荣不应，原田尽槁，催科之考，定入下下"之词。今有人尝犯风涛而屡见险者，幸而舍舟登岸矣，入山而居，入林而安矣。一日偶游江皋河滨，复见有一叶之舟，掀舞于冲风骇浪之中，有不掩目而走，悸心而归者乎？今大帅招我以恩书，待我以殊遇，而乃闻汝之言如此，有以异于登岸之人见一叶之危乎？盖家馈我而我不餐，问我而我不应，自此三数日而不宁也。闻其言且然，若遂翩然而东下，就汝而与居，日夕见汝之煎熬，坐卧见汝之愁苦，汝谓吾心乐否也？吾幸而归来九年，优优其休，坦坦其游，进不羡伊周，退不羡巢由。汝今移汝之煎熬，为吾之煎熬，嫁汝之愁苦，为吾之愁苦，而乃愁酒以寿我，愁饭以饴我，愁容愁声以侑我，而曰："此参之养志，贾之去鲜也。"汝谓吾心乐否也？汝欲吾一报果来之期，将以白大帅，吾是以艰于此报也。

《易》曰："安其身而后动。"盖不有所安，不可以动。不有所不去，不可以来。今使汝母不来，而吾独来乎？不可也。今使吾遽与汝母偕来乎？不可也。今使吾暂来而忽去乎？不可也。汝将奚以为吾虑乎哉？汝欲别凿一门，与汝异户而出，固善矣。然自西而北，复自北而南，复自南而东，亦恐反勤两司车骑之迁远，仍恐煎棘除道之劳费也。如之何果来之问，汝更精思之，熟计之。汝有以报吾，而后吾有以报汝也。然大帅知我甚深，爱我甚勤，招我甚虔，终当一往以答此恩意，今未可耳。九月七日，吾付长孺。①

这封家书写于庆元六年（1200）九月，杨长孺时任南昌县令，信中所说"大帅"即张孝伯（1137—?，字伯子），时任江西安抚使，二人共同写信邀请杨万里赴江西，父子相聚。杨万里既感念大帅相知之深，又顾念长子孝顺之情，但却不愿在已经致仕之后舟车劳顿，远赴江西，再入官场。因此写了这封一千多字的长信，向儿子反复陈说自己不愿去江西的原因。这其中除通报家中几个儿子出仕的情况之外，几乎都是在述说自己的心事，交流情感。

这样的例子在宋代家书中不胜枚举，因此才会出现分类统计出的数字远远大于家书总量的结果。

二　宋代家书内容分类概述

两宋家书的内容十分丰富，涉及文人家庭生活和社会生活的方方面面，有必要一一加以分类梳理。

1. 平安家书

从上面的数据可以看出平安家书占到了两宋家书的半数以上，这

---

① （宋）杨万里：《杨万里集笺校》，中华书局2012年版，第2852页。

也反映了家书的主要功能，即问候家人、传递信息、汇报自己和家中的近况，这是家人最关心的内容。家书又称"竹报"，《酉阳杂俎》记载："北都惟童子寺有竹一窠，才长数尺。相传其寺纲维每日报竹平安。"① 南宋词人王质（1127—1189，字景文）在词中写道："相看万里，时须片纸，各报平安。"② 南宋诗人张镃（1153—1221，字功父）的《得家书》诗中写道："北堂萱独雁行疏，旅梦通宵只敝庐。未暇拆封忙唤仆，先将安否问何如。"③ 写出了旅居在外的游子对家人平安的关心和牵挂。李洪（生卒年不详）在《得家书》一诗中这样描写诗人对家人的思念和收到家书时的激动："伤春渺渺独凝眸，黄耳归时暂放愁。跪得双鱼开尺素，别来一日抵三秋。花前块处怜秦赘，泽畔行吟类楚囚。预约鲤庭归省处，清微风送木兰舟。"④ 离家在外的苦楚和孤单寂寞的心绪更衬托出喜得家书时的激动，甚至要"跪开尺素"，之后反复阅读家信，得知家人的近况，在很大程度上缓解了心中的苦闷，预约回家与亲人团聚的日子，更是心情舒畅。整个诗歌所传达出的情感也由一开始的愁绪满怀转变为豁然开朗。这首诗形象地传达出了平安家书的重要性。甚至有许多家书中并无任何实质性的消息，仅仅是作者与家人之间的互相致意。如下列几封平安家书，短短数语，仅是家人之间的问候。

　　阁中孺人郎娘以次一一安佳？道服甚烦留意也。维扬常得安问，骨肉谢问念，附伸意也。璨上。——蒋璨《书简帖》⑤

　　一姐孺人：意不殊前，二十六日晚幸会相过也。敦儒上。——朱敦儒《幸会帖》⑥

---

　　① （唐）段成式撰，方南生点校：《酉阳杂俎续集·支植下》，中华书局1981年版，第287页。
　　② （宋）王质：《眼儿媚·送别》，唐圭璋编：《全宋词》第三册，中华书局2018年版，第2119页。
　　③ 《全宋诗》卷二六八八，第50册，第21650页。
　　④ 《全宋诗》卷二三六六，第43册，第27164页。
　　⑤ 《全宋文》卷三八〇四，第174册，第193页。
　　⑥ 《全宋文》卷三五〇三，第161册，第247页。

一姐孀人久别，喜闻安佳。向寒，更希将爱。家中人都致问。——朱敦儒《将爱帖》①

连获两书，存省甚厚，仍拜雪梨、黄雀之饷，感愧深矣！日审即日寒冽，台候万福。履长，无由称寿，日伫进拜，慰此勤颂。——孙觌《与四二兄内翰帖一》②

百八娘：别来思念不可言。人来，喜安乐，殊慰远怀。我在此安健，正如东坡先生在黄州时，不须忧虑。所寄衣服果子已收到。中都无物可回，猿皮一番与阿仪作戏，若缘作坐蓐，可得两个。——王庭珪《与白八娘》③

刚中启奉德和友侄承务：婶来得书，知日来为展之佳，偕一五嫂孀人，房下郎娘，一二均休，甚慰远怀，且荷不忘也。老婶四月二十六日抵封州，道路安乐，又婶在乡日，凡百荷外护，岂敢忘德？门户事非叔义又不敢烦浼他人，渠亦寒蹇，有可为老叔致力者，幸不惜也。诸弟各计无恙，位下骨肉同庆。此以遣仆，写书稍多，未暇致问。余惟慎爱，以振前业，不宣悉。刚中启奉德和友侄承务，五月十二日。——郑刚中《与德和书一》④

以上几通都是非常简短的平安家书，寥寥数语，长的也不过百字，目的仅仅是问候家中亲人，通报彼此近况，看似没有任何实质性的重要内容，但语短情长，亲切动人，流露出深切的亲情和对家人的关怀。正如南宋文人周弼（1194—1255，字伯弜）在《收家信》诗中所感叹："可怜一纸平安信，不及衡阳雁字多。"⑤ 这样单纯的问候

---

① 《全宋文》卷三五〇三，第161册，第248页。
② 《全宋文》卷三四四六，第159册，第32页。
③ 《全宋文》卷三四〇八，第158册，第174页。
④ 《全宋文》卷三九〇四，第178册，第253页。
⑤ 《全宋诗》卷三一四九，第60册，第37767页。

家书留存下来的较少，但却是家人最关心和重视的内容。胡仲参（生卒年不详）在《得家书》一诗中写出了收到平安家信的喜悦："手剥鳞缄细细看，北堂垂白喜平安。为怜客里多霜雪，寄得衣来正及寒。"[①]

除问候亲人外，汇报自己的近况是平安家书中最重要的内容，也是家人之间最关心的话题。南宋李昴英（1200—1257，字俊明）在进士及第后写给家人的报捷书中充满了喜悦自豪之情：

> 某顿首百拜上覆大人朝议、亚妈孺人：某兹者荷先祖余庆，大人阴骘，省试叨冒第三名。自顾识浅才疏，何足当此，今因捷走报，谨写数字，以实其信。然乡间前此无报三名前之例，必有无厌之求，亦宜权其轻重，多不过为政首可也。恐州县有礼议，大人可谋知亲知谙识者，随时区处，即此报知。他冀精卫寝食，以迓鸿祉。某此来合受推官文林郎出身，乃庙堂送阙，亦候在外，待榜者毕至，方始唱名赐袍笏，圣上御便殿以颁之。仍旧例入局，待注受毕日，七月初必有归期。谨此拜覆，伏乞尊览。某百拜上覆。某烦一哥覆知大人，门径只宜依旧，不必加粉饰，遇某旧亦烦一哥呼名致谢。——《丙戌科过省第一捷书》[②]

金榜题名是宋代每一位读书人的梦想，也是整个家族的荣耀。李昴英在探花及第后马上写家书报喜，又把自己在京城参加殿试的情况一一向家人通报，让家人放心的同时，也生出无限的自豪之情。

平安家书是宋代家书中最主要的内容，出门在外的游子依靠家书传递信息，即使万里之遥也尽可能及时得知家中消息，让亲人知道自己在外的生活状况。在书信往还之中思家的焦虑和对亲人的牵挂担忧都得到了极大的缓解，亲情也在一封封家书中得以传递。

2. 家族事务

两宋家书中与家人商量事务的内容共有 155 篇，占家书总量的四

---

① 《全宋诗》卷三三三七，第 63 册，第 39843 页。
② 《全宋文》卷七九四〇，第 344 册，第 47 页。

分之一。宋代的家族往往成员众多，家族中的大小事宜纷繁复杂，大到婚丧嫁娶、买房置地，小到柴米油盐、寻医问药，都是家书中关注的重要内容。

婚丧嫁娶是古代家庭中最重大的事件。婚姻和两姓之好，不仅是青年男女的人生大事，更关系到两个家族的兴衰荣辱。因此，家书中对于婚事往往表现得十分慎重，而且从娶妻嫁女的大事件中不仅可以窥见一个家族的家风和兴衰，也直接或间接地反映了时代的婚姻风尚。

陈著（1214—1297，字谦之）的家书中涉及婚事的书信就有四封，兹选取其中一封如下：

> 所谓阿妹姻议一节，老我之意，专以待澹如水交，然后分付。近亦有如王修斋之孙、赵光叔之子，见来相求，而老伯母犹以情虽通而地相远为辞。熟知善乡先生之后，固斋之子，有贤祖母如此绝识，扫尽世味，雅欲寻盟于绿窗寂莫之间。诵吾侄书来之语，使我感动。况老我未尝妄与人交，而景正独相得。屡尝话及潘夫人嫁时事，梦想古道，恨寥寥莫续。而今吾侄以纯实恺悌之言行馆于其家，能成其贤祖母之心，子弟皆玉粹而矩正，为之好逑，孰能间之哉？细味清风，真足矣一洗四明富贵之宿尘，而涨小范家欲绮罗而焚至庭之骇浪。况有如吾侄者，只字片言如金石乎，其又奚辞？区区之忱，犹恐其宗族之贵，仆奴之常，以惯见者视酸寒，阳是阴非，浸润所入，机甚危也。更望与其祖母说透。他日伯鸾、德耀自以为可，则吾侄于我家之责尽，我亦无不满之心，岂不卓卓乎快哉。老见近乎而觍缕，然亦不容不然也。或以吾言相入，则是月廿一日之纳采，不敢自外，却望委长孺先数日一报，或启或札，不宜临时以办。姻好虽曰夤缘，要亦尽于人事，此外有悃，见于所与长孺书中，等几照悉。伯信致宗鲁吾侄。——《回侄洙为史氏请婚书二》①

---

① 《全宋文》卷八一〇六，第350册，第384页。

陈著是南宋著名的理学家，对于女儿的婚事非常慎重，面对数家的求婚，最终拒绝相隔较远的两家，而偏向与自己沾亲带故的相熟之人结亲。但依然要求侄儿在婚事上慎重处置，尽量照顾两家老人的心愿。

宋代家书中讨论最多的家族事务是丧葬，这类内容几乎占三分之二以上，有近百封家书涉及此事，远远超过对婚嫁的关注。家书中有关丧葬的内容非常丰富，几乎涵盖了人情冷暖和生活百态。

有听闻亲人去世后的震惊和悲痛，如黄庭坚在母亲去世后写给外甥洪驹父的信中就抒发了深深的哀痛："老舅不孝，天降酷罚，外婆郡太六月初八日弃背。诸孤叩地号天，无所告诉，苦痛烦怨，心肝崩裂，苦痛奈何！日月不居，奄经四七，攀号不逮，忍苦未死，奈何奈何！二十一日，七舅来自汝州，兄弟相持，号痛哀绝，奈何奈何！想吾甥少失所恃，比岁数见外婆，今复永失，当深悲苦。"① 黄庭坚自幼丧父，跟随母亲依附舅氏生活，与母亲的感情至深，在母亲去世后深受打击。他在短短的一百字内，连用"苦痛""号痛""心肝崩裂""奈何"等强烈的字眼，字里行间透露出他内心巨大的悲痛。

而在贬谪中的孙觌面对亲人的接连去世，更是忧恼哀愁，"某谪中哭老妇，比归哭幼女，又闻伯寿承事、信寿提举相继下世，农先叔亦属疾而亡。去家三年，中外之丧凡五。门户之哀，悲恸殆不可忍"②。在面对亲人的去世时，与家人的书信通问不仅是缓解哀痛的方式之一，也是彼此安慰的有效方式。在另一封家书中孙觌安慰承受丧父之痛的侄儿，"罪斥三年，蒙恩北归，闻伯寿承事之讣，惊呼失声。高材达略，拔贫为富，一州之望，遽此云亡，孰不兴叹？况贤子弟笃于孝敬，婴此大故，悲恸奈何！比承上冢，又适有马迹之行，不果致一哀为愧。千万抑哀自厚"③。在哀痛过后，不得不为家人安排丧事，孙觌在另一封家书中表达了妻子去世却因为各种原因不能及时安葬的难过：

---

① （宋）黄庭坚：《与洪甥驹父一》，《全宋文》卷二二九〇，第105册，第175页。
② （宋）孙觌：《与元寿侄帖》，《全宋文》卷三四四六，第159册，第321页。
③ （宋）孙觌：《与七九侄帖》，《全宋文》卷三四五九，第160册，第42页。

　　某向谋宜兴静乐山地，欲葬吴氏，寺僧谓终为人所得，遂乐以见与。夫何诏狱作矣，比章氏殁，又烦冗属梁仲谟甚留意，而舍弟下刀，遂复已矣。欲望兴哀于存没，为挥一纸之书，以此意祷恳詹守，付此介以还。投书之后，当自料理。自县申州，自州申漕，至时兄陪匜过杭，正合浮屠尖之时也。冀曲折一言，幸甚！某仕不知止，自抵严诃，无可言。老妻幼女，何辜至此，独有及时瘗葬，尚能塞区区之哀也。——《与叔诣内翰兄帖二》①

　　由此可见，丧葬大事并非一件容易的事，需要选择葬地、请人写墓铭、安排各项礼仪，因为各种原因迟迟不能下葬的情况极多。在丧葬的规模和花费上也有明显的区别，有的家族营建规模巨大的坟山，安排族人四时祭扫，有的则主张薄葬，反对不顾家庭财力的厚葬之风。

　　陈著在弟弟死后写给侄儿的家书中除了安慰他的丧父之痛，还指导他操办丧事：

　　夏五之三日，忽长孺来，首问吾侄动静，乃知有衰斩之痛。凄其生事，年至七十，亦今之死得其所者矣。然汝于此大事，良不易办，须毁不至病，以求无愧于礼则可。惟是母殡在室而父继之，至此则不容更托故以迟其葬。古者礼称其家，虽敛手足形而窆，礼所许可。为吾侄计，当痛绝世俗之费，但于家后之山，卜其稍稳便包藏去处合葬，砖灰石工费外，一毫不循浮议，只在一月之内能了，是足为孝。——《闻伯求弟死与侄洙》②

　　陈著安慰侄儿不可哀毁过甚，也不要找理由推脱延迟葬事，要他"痛绝世俗之费"，"不循浮议"，力求节俭，在短时间内办完丧事，这才是真正的"孝"。陈著的观点代表了宋代一部分反对厚葬之风的士人观点。

---

① 《全宋文》卷三四五九，第160册，第34页。
② 《全宋文》卷八一〇六，第350册，第385页。

不论是主张薄葬还是厚葬，以阴阳风水之说指导葬事还是遵从儒家礼仪安葬祖先，这些家书都向我们展示了宋人对丧葬的重视，其中蕴含着对祖先的敬畏和对家庭的重视。

家族的绵延兴盛离不开经济财产的支持，古代最重要的家族财产无疑是田地宅舍。尽管宋代的商品经济较之前代非常发达，商业贸易也非常繁荣，但依然仅仅是作为农业经济的重要补充。所以宋代士人在有能力为家族购置财产时，首选依然是田产和房屋。这样做不仅给家族成员的生存和安全提供了必要保障，也是家族培养后继者的必备条件。

北宋宰相晏殊（991—1055，字同叔）在给兄长的家书中祝贺他购置房舍，他在信中写道：

> 知置得宅子，大抵廉白受分为官，须随宜作一生计，且安泊亲属，不必待丰足。常见范应辰率家人持十斋，自云："一则劝其淡素好善，次则减鱼肉之价，聚为生计。"果置得一两好庄及宅地，免于茫然，此最良图。况宦游有何尽期，兼官下不可营私，魏四工部可为戒也。然须内外各且俭啬为先，方可议此。——晏殊《答赞善兄家书》①

从这封家书中可以看出，尽管晏殊身为宰相，但依然秉持宦途有尽、勤俭持家的观念，并不把做官看作一生的依靠，认为置田产宅地才是良图。

婚丧嫁娶和购置产业是封建时代每一个家庭的主要事务，也是家书中重点讨论的话题。这将在后文详细论述。

3. 情感交流

情感交流是宋代家书的另一个主要内容，家书中的情感交流不仅仅是宦游在外的士人对于家乡和亲人的思念这么简单，而且融入了他们对生活的理解，对现实五味杂陈的感受，涵盖了他们在特定的历史语境下对时代文化的主动接受和阐释，体现了宋代官僚士大夫独特的

---

① 《全宋文》卷三九八，第19册，第217页。

审美价值和精神追求。宋代家书中的情感交流体现了当时文人精神世界和情感世界的多样性和复杂性。

离家在外之人最常见的情感自然是对家乡和亲人的思念，宋代家书中这样的情感交流最为真挚动人。黄庭坚在《家诫》中就曾认为"人生饱暖之外，骨肉交欢而已"①。柳开（947—1000，字仲涂）在《报弟仲甫书》中深情地怀念与他分别两地的兄弟："自汝别于吾，迫于今，将岁月矣。朝夕以思于汝，吾心之悬悬也则生吾身，而与汝未尝有是哉！虽得汝来书，纵日万至吾前，未若一见汝之面也。非有江山之阻，使吾不暂安于怀。有名利来，故有暌阔，谁不以通好问，察动静，用慰于心？举世皆然，非独吾于汝也。则每览汝之辞意，而转增吾之悲。复何尝能解吾心之郁陶乎？"②柳开在家书中表达了对弟弟的挂念与关心，亲人分别的悲哀和无奈之情在这封家书中表露无遗。

亲情和家人所构建的温情社会是很多文人失意时的避难所，欧阳修在次子欧阳奕科举失意后写信给他：

> 自闻汝失意，便遣郭顺去接汝，次日又递中附书去。方忧闷次，今日刘玉自京来，得汝八日书，稍知动静。若至颍，见了大哥便先归，则今应已在路。得失常事，命有迟速，汝必会得，应不甚劳心。却是旅中不如意，渐热难行，故未免忧想。若此书到，尚在颍，则且先归，为娘切要见汝，盖忧汝烦恼也。汝切宽心求安。——《与二寺丞奕书》③

欧阳奕，字仲纯，欧阳修次子，为人聪颖质敏，刚正豪爽。从信中可知欧阳奕参加科举未能中第，欧阳修遣人去接儿子，并附带家书，用"得失常事，命有迟速"的常理安慰他，且告知其母亲忧虑儿子烦恼伤身，希望他速归。用亲情化解人生中的失意是古人常用的

---

① （宋）黄庭坚：《黄庭坚全集》，江西人民出版社 2010 年版，第 712 页。
② （宋）柳开：《柳开集》，中华书局 2015 年版，第 98 页。
③ （宋）欧阳修撰，李逸安校点：《欧阳修全集》，中华书局 2001 年版，第 2538 页。

做法，换言之，"就是当自己把身安放在一个人情的磁力场中的同时，也把自己的心（情感）寄托在那里"①。这是宋代家书中最感人的亲情传递。

4. 家庭教育

家庭教育在家书中占有重要的地位，家庭教育的内容很多，概括起来不外乎道德教育、文化教育、职业教育等几个方面。在古人的心目中，道德是一个人的立身根本，是为学为官的基础。所以家书中对于子弟道德品行的教育分外关注。而个人道德的起始是孝悌忠信，因此，家族教育以教育子弟孝亲为始，以读书进学为主，以为官之道结束，涵盖了一生的教育内涵。

范仲淹《告诸子书》写道："吾贫时与汝母养吾亲，汝母恭执爨，而吾亲甘旨未尝充也。今而得厚禄，欲以养亲，亲不在矣，汝母亦已早世。吾所最恨者，忍令汝曹享富贵之乐也。"②范仲淹用"子欲养而亲不待"的遗憾经历告诫子弟孝顺父母，并且连疏远的亲戚也要照顾到，他的理由是：

> 吾吴中宗族甚众，与吾固有亲疏，然吾祖宗视之，则均是子孙，固无亲疏也。苟祖宗之意无亲疏，则饥寒者吾安得不恤也？自祖宗以来，积德百余年，而始发于吾，得至大官。若独享富贵而不顾宗族，异日何以见祖宗于地下，今何颜入家庙乎？——《告子弟书》③

范仲淹站在祖先的角度为亲睦宗族寻求理论支持，这当是他为建立义庄给家族子弟的解释和说明。从中可知范仲淹的家庭意识非常浓厚，尽管他幼年丧父后跟随改嫁的母亲在朱氏家族生活，但强烈的认祖归宗意识依然使范仲淹克服重重障碍重回苏州范氏，并为家族的延续和壮大建义庄、兴义学。这既是道德教化的结果，又反过来强化了

---

① 孙隆基：《中国文化的深层结构》，中信出版集团 2018 年版，第 52 页。
② （宋）范仲淹：《范仲淹全集》，凤凰出版社 2004 年版，第 704 页。
③ （宋）范仲淹：《范仲淹全集》，凤凰出版社 2004 年版，第 704 页。

儒家的伦理道德教育。

　　除孝悌之外，家族子弟立身处世的方式也是家庭教育的重要内容。晏殊在《答中丞兄家书》中写道：

　　　　因信上闻，希令诸子知之。若能稍学好事，免为人所嗤笑，成立得身，父母一生放心有望矣。门前不要令小后生轻薄不著实者来往，或寻得一有年甲严谨门客教训子侄甚好……近日京师官中行公事甚多，细视多是人家子弟轻事玩狎，非类致之者，是知小儿女尤宜亲近有德，远轻薄之徒也。①

　　为人处世是家庭伦理教育的重要内容，晏殊在家书中向兄长提到京城富家子弟因"轻事玩狎"，招致匪类而官司缠身，因此为子侄的交游对象担忧，跟兄长商议寻找一位年高有德之人训诫子弟，希望他们能"亲近有德"，远离轻薄之徒。宋代是市民阶层兴起、商业发达的时代，城市经济的繁荣远远超出之前的任何朝代。这也造就了上至达官显贵、下至普通百姓，普遍喜好宴饮游乐、繁华奢侈的生活方式。这一现象必然引起一些正统儒家人士的警惕和反感，司马光曾写下著名的《训俭示康》一文，训诫儿子司马康"俭以养德"，坚守简朴的家风。

　　而宋代家书中教育子弟勤学苦读的内容则更多，诸如此类的劝学内容在宋诗中俯拾皆是，家书中的劝学内容同样丰富多彩，但是却少了诗歌的抒情色彩，语言更加质朴，目的性也更加明确。欧阳修在写给儿子欧阳奕的《诲学说》中叮嘱道：

　　　　玉不琢，不成器，人不学，不知道。然玉之为物，有不变之常德，虽不琢以为器，而犹不害为玉也。人之性因物则迁，不学，则舍君子而为小人。可不念哉。付奕。②

---

① 《全宋文》卷四六五，第19册，第219页。
② （宋）欧阳修撰，李逸安校点：《欧阳修全集》，中华书局2001年版，第917页。

宋代家庭对文化教育的普遍重视有其特定的时代背景，这类内容也最为后人瞩目，这将在后文详细论述。

5. 谈学论道

宋代出现了许多以文学、史学、经学名世的文化家族，如眉山苏氏、三槐王氏、临川王氏、金华吕氏、四明楼氏等。这些家族中家学思想的传承是靠父子兄弟自相师友、兄弟子侄共学发展壮大的，宋代家书中涉及学问切磋的内容不胜枚举。而两宋家书在学术探讨的内容上则有明显的区别，北宋家书中谈学论道的内容主要是文学，而南宋家书中主要涉及的学术问题则大多是理学，这是当时学术思潮转变的印证。家书对宋代学术思想的交流、传播和促进起到了重要的作用，也为家族文化的发展壮大起到了链接作用。

北宋家书中探讨为学之道最多的人物当属苏轼和黄庭坚二人，他们与门生弟子交流写诗作文心得的书信早已受到历代文人的重视，而家书中的这一内容同样值得重视。

黄庭坚与四洪讨论作诗的书信极多，江西诗派"夺胎换骨""点铁成金"的诗法即是出自黄庭坚与洪驹父的书信。此外还有很多，如下面这封书信：

> 所寄《释权》一篇，词笔纵横，极见日新之效。更须治经，探其渊源，乃可到古人耳。《青琐》祭文，语意甚工，但用字时有未安处。自作语最难，老杜作诗，退之作文，无一字无来处。盖后人读书少，故谓韩、杜自作此语耳。古之能为文章者，真能陶冶万物，虽取古人之陈言入于翰墨，如灵丹一粒，点铁成金也。文章最为儒者末事，然既学之，又不可不知其曲折，幸熟思之。至于推之使高如泰山之崇，崛如垂天之云；作之使雄壮如沧江八月之涛，海运吞舟之鱼。又不可守绳墨，令俭陋也。——《答洪驹父书三》①

以上这篇书信中的作诗之法历来为人所称道，之后被黄庭坚的门

---

① 《全宋文》卷二二八一，第104册，第301页。

生弟子发扬光大，通过大量的诗歌创作实践形成巨大的影响，逐渐成为"江西诗派"的不二法门。有关这方面的研究蔚为大观，兹不赘述。

宋代士人喜好品评前代文人诗歌，自欧阳修《六一诗话》后，众多的诗话、词话如雨后春笋般纷纷问世，宋代家书中这一内容也不在少数。如林光朝（1114—1178，字谦之）的《示成季》：

> 百家诗抹一过，只有孟浩然诗踏著实地。谢玄晖、陶元亮辈中人，名不虚得也。怪见杜子美每每起敬，子美岂下人者？如孟东野、刘宾客、韩、柳数家，又如韦苏州、刘长卿等辈，皆不在百家数中，却别有说。①

林光朝在这封家书中简要评论了魏晋和唐代的十位著名诗人，虽没有对他们的诗风和作品进行具体论述，但对他们推崇备至的语气则不容置疑，要求子弟认真学习他们作品的目的也十分明确。

谈学论道的内容在南宋家书中所占的比重大大增加，且不同于北宋文人的只言片语，灵感乍现，而往往长篇大论，往返数次，就一个问题展开多次论辩。在这样的过程中，不同的思想得以碰撞交流，最终促进了各个理学思想流派之间的融会合流。正所谓"独学而无友，则孤陋而寡闻"（《礼记·学记》）。正是家人、师友间的互相切磋辩论帮助学者厘清了思路，修正了他们学说中的问题。并在反复的书信论辩中促行了学术思想的传播，形成了巨大的影响力和号召力。

家书中的这部分内容虽然不能与南宋时期众多理学家之间的书信论战相提并论，但依然可以反映出当时学术界交流的活跃程度。如陈渊（？—1145，字知默）的《与十弟书》对王安石与程颐之学进行了褒贬：

> 王、程之学，是者用之，未暇趋时，此固是也。自古及今，唯有一是，若真得其是，虽孔孟何加？第恐人各是其所是，则有

---

① 《全宋文》卷四六五二，第210册，第33页。

以非为是者矣。以非为是，岂人之情哉！违道以徇私，或者未悟耳。今其言曰"据己所见"，无乃于道灼然无疑乎？不然，以非为是，恐未免也。要须参之孔孟，然孔孟岂易知者耶？谏省始论程氏之徒，有诏行下。及再有人辨明，又复颁示天下。所主者果谁耶？而学者便以王、程并论，失其旨矣。王氏自熙、丰以来发明六经，固尝以孔孟自任。然六十余年间，渎货害民，开边生事，坏已成之良法，启欺蔽之幸门，遂使夷狄乱华，二圣播越，生民涂炭，中国失守。盖自古祸乱，未有如此之酷者，谁实兆之？今其书具在，可验也。若此而犹可以为是乎？虽世无孔孟，吾恐不免于圣代之诛矣。孟子曰："管仲，曾西之所不为也。"子欲于此择其是，亦陋矣。①

陈渊在这封与兄弟讨论王、程之学的家书中，明显推尊程学，贬斥王学，甚至将北宋灭亡的罪责归罪于王安石变法，这也是南宋初期的官方定论。但从这封家书中透露出的另一重信息却是有一些学者并不认可这一结论，仍然推重王安石的学说，至少陈渊的十弟即是其中之一。王安石变法之后，实行"三舍法"的人才选拔制度，以《三经新义》作为士子学习的教材。王氏之学以官学行式传播开来，影响北宋末期近半个世纪。从这封家书可知，南宋初将王安石定为"靖康之难"的始作俑者并非整个士人群体的一致看法，许多学者甚至以"王、程并论"。也可见王氏之学至少在南宋初依然有很大的影响力。推尊程学也并非一帆风顺，信中提及的朝廷辩论就有两次，甚至在朝廷"有诏行下""复颁示天下"之后，陈渊十弟依然推崇王氏之学，写信与兄长辩论此事。这从一个侧面反映出王、程学术思想之争在当时社会受到士人的广泛关注，引起了激烈的论辩。

除对当时的学术流派进行评论外，家书中更多是对自己治学心得的阐发和对子侄在治学中所出现的问题进行答疑解惑。南宋永嘉学派创始人薛季宣（1134—1173，字士龙）在《答侄象先书》中写道："尚须力自勉励，毋以时学而小之。得失付之于天，务为深醇盛大，

---

① 《全宋文》卷三三〇〇，第153册，第294页。

以求经学之正。讲明时务，本末利害必周知之，无为空言，无戾于行，则前辈之事何远之有。学无古今，适睹时学，益人之大耳。"①薛季宣在信中强调为学之要在于"深醇盛大"，并且要求侄儿"讲明时务""无为空言，无戾于行"，都体现了他重实践，力求学以致用的思想主旨。

东莱吕氏是宋代著名的望族，从北宋至南宋绵延上百年，人才辈出，官至宰辅者就有吕蒙正、吕夷简、吕公著等人，南宋时虽然家族人员在仕途上不如前代兴盛，但却出现了许多以文学、理学名世的文学家和理学家，如吕好问、吕本中、吕祖谦、吕祖俭等人。吕祖谦（1137—1181，字伯恭）兄弟在金华创立丽泽书院，吕祖谦《与学者及诸弟书》现存 19 通，内容大多是与家人和门人弟子讨论为学过程中碰到的问题，传授学习心得和方法。"学问以致知为本，知不至则行必不力也。"② 是吕祖谦对"知"与"行"二者关系的解释。"窃尝思时事所以艰难，风俗所以浇薄，推其病源，皆由讲学不明之故。"③ 这是吕祖谦对时代风气的忧虑和所给出的解决之道，在多大程度上能起作用则另当别论。"凡做工夫，皆宜精思深体，不可略认得而遂止也……大抵为学，思索不可至于苦，玩养不可至于慢。"④这是他对为学之道的深切体悟，吕祖谦提倡对待"为己之学"要"静思深体"，循序渐进，张弛有度，不可间断。他注重持之以恒的力量，但却不主张"苦思"，认为这样无益于学，反而有害学问的精进，也损害身体健康。不仅如此，他还与兄弟和门人学子就儒家经典中的具体内容一一讨论。

> 别幅所论向来工夫，如所谓毫厘或差，而反为随之病，所谓向之多涂于此乎息，而领略之病始生。此非身亲足历，用工之实，则不能知，殊用敬服。但论天尊地卑之义，谓明乎是则复无可复，而随不失其宜，颇似畅快。此两句虽在颜子分上，犹未易

---

① 《全宋文》卷五七八七，第 257 册，第 290 页。
② （宋）吕祖谦：《与学者及诸弟书一》，《全宋文》卷五八七八，第 261 册，第 205 页。
③ （宋）吕祖谦：《与学者及诸弟书四》，《全宋文》卷五八七八，第 261 册，第 206 页。
④ （宋）吕祖谦：《与学者及诸弟书四》，《全宋文》卷五八七八，第 261 册，第 206 页。

言之。盖知至至之，知终终之，阶级历然，非一步可升，一言可断，若看得溥博亲切，则始知工夫之益无穷。仁者，其言也讱，良以此也。"顺以循序，乃体其全，利而为之，靡或不偏"，此四语工夫甚正，易所谓序者，正当精察耳。"为之蹄筌"，此句有病。末句"庶可与权"，亦似太快耳。洙泗言仁，《语》《孟》精义，常玩味，工夫自不偏。但《易传》精深稳实，孟子之后方有此书，不可不朝夕讽阅也。——《与学者及诸弟书五》①

　　这封书信中讨论的内容很多，对为学过程中每一个阶段的不同体悟，吕祖谦认为只有"身亲足历，用工之实"才能确有所得，这与他一贯强调为学以实用为本的主张相符合。之后则显然是回答学者和诸弟之前提出的疑问，就其在治学过程中出现的问题逐条加以质证。语气温和，完全是一副商讨的口吻，这也印证了吕祖谦在学术上一贯的宽厚兼容之风。

　　除了与学者兄弟讨论学术思想外，吕祖谦也很重视家庭内部的人伦亲情关系，因为这是儒家思想建立的基础。他在信中写道："大凡亲戚中有未中节，正当尽诚规劝，不可萌责望之心。若胸中有一毫责望，则声色之间，必有不可揜，而忤人者疾，此尤是紧切用工处。"②这是吕祖谦倡导的对待亲友过错的态度，要"尽诚规劝"，但是不可"萌责望之心"，因责备会带来亲友的不良情绪反应，对于规劝亲友改过无补。吕祖谦是站在"人心本善"和"人心向善"的儒家人性立场上立论的，在现实操作中的实际效果如何，恐怕是要大打折扣的。同样，在面对宗族内部的矛盾时，他的主张依然是：

　　　　大抵房族间事，只要消平收敛令小，不要展转蔓延令大。正己而不求于人，则无怨。所谓人者，指他人也，若亲昵则孟子所谓涕泣而道之，不可以已正而勿问也。正当尽诚委曲晓譬感切之，尤须防争气，若有毫发未去，则招拂激怒，所伤者多矣。若

---

① 《全宋文》卷五八七八，第261册，第207页。
② （宋）吕祖谦：《与学者及诸弟书十》，《全宋文》卷五八七八，第261册，第209页。

事果不可回，当体"不可贞"之义。此必诚意已尽，自反已至方可。——《与学者及诸弟书十一》①

宋代的大家族人口众多，事务繁杂，家人之间的矛盾必然也不少。如何处理家族矛盾是许多士大夫都要面对的问题。理学家往往从道德修养的高度入手，以身作则，约束自身的同时也约束其他人。然而且不说家族中所涉及的利益关系能否用道德说教解决，即使在某种程度上奏效，能维持多长时间也是未知。所以连吕祖谦也对"尽诚委曲晓譬感切之"的办法持保留态度，对于家族内部关系，理学家普遍的观念是维持表面的和谐，避免亲人间因为小事"招拂激怒"。这很明显是一种避免矛盾冲突的做法，但考虑到大家族内部的复杂关系，这样的办法也并非不妥。只是这样做往往使细小的问题不断累积，最终酿成无法挽回的家族灾难。这也可以解释为何当时几代同居共爨的大家族往往会在一夕之间分崩离析。

宋代家书中学术讨论的内容不仅仅限于文学和理学内容，还有宗教方面。宋代是儒、释、道三教合一的时代，佛道思想对士大夫的影响十分深远。与家人探讨佛道思想的内容在家书中也时有闪现，苏轼在与苏辙的几封家书中就有所涉及。"子由为人，心不异口，口不异心，心即是口，口即是心。近日忽作禅语，岂世之自欺者耶？欲移之于老兄而不可得，如人饮水，冷暖自知。四声可以相代，祸福可以相共，惟此一事，对面相见分付不得。"② 从这封家书可知苏辙受到禅宗思想影响，在与兄长的书信交流中不免"忽作禅语"，苏轼一方面批评苏辙"自欺"，一方面又写信谈论自己学佛的心得：

> 任性逍遥，随缘放旷，但尽凡心，别无胜解。以我观之，凡心尽处，胜解卓然。……书至此，墙外有悍妇与夫相殴，置声飞灰火，如猪嘶狗嗥，因念他一点圆明，正在猪嘶狗嗥里面，譬如

---

① 《全宋文》卷五八七八，第261册，第209页。
② （宋）苏轼：《与子由弟十五首之二》《苏轼文集编年笺注》第8册，巴蜀书社2011年版，第60页。

江河鉴物之性，长在飞砂走石之中。寻常静中推求，常患不见，今日闹里，忽捉得些子。——《与子由弟十五首之三》①

这封家书写于元丰六年（1083）苏轼被贬黄州团练期间，当时苏轼的思想世界发生了巨大的变化，深受佛道思想的影响，这封信正是这一背景的产物。

南宋是中国封建文化发展的高峰，也是思想史上的第二个高峰。各种学术思想的争论和交流十分频繁，家书中谈学论道的内容也是时代风气的反映。

6. 谈论时事

宋代士大夫参与政治的积极性很高，责任意识非常强烈，君王与士大夫共治天下已经成为全社会的共识。家书中也有许多涉及国是的内容，尽管所谈论的仅限于公开的政治事件，但依然可见当时士人的政治热情和对时局的看法。

王安石变法是北宋时期最重要的政治事件，围绕这一"国是"，当时的官员士大夫无不各抒己见，议论纷纷。很多家书中都涉及这一内容，他们对变法的态度也清晰可见。苏轼在熙宁三年（1070）变法刚刚开始时就表现出了明确的反对态度，他在给堂兄苏不疑的信中写道："近日不行青苗者，虽旧相不免。弟若外出，必不能降意委屈随世，其为齑粉必矣。以此且未能求出，聊此优游卒岁耳。"②苏轼在这封家书中透露出因为不肯推行青苗法，在地方任职的前任宰相韩琦、富弼、欧阳修等人都先后遭到贬斥。自己若是到地方任职，必然也不会为了前途违心地执行新法，一旦遭到变法派的打击，定会落得粉身碎骨的下场。为此，他不愿出任地方官，但是，他反对新法的态度是极为坚决的。在变法派内部也并非没有人认识到具体法令的问题。韩维（1017—1098，字持国）在《与三十四侄家书》也提到了免役法实施后出现的一些弊端：

① （宋）苏轼：《苏轼文集编年笺注》第 8 册，巴蜀书社 2011 年版，第 61 页。
② （宋）苏轼：《与子明兄十首之三》，《苏轼文集编年笺注》第 8 册，巴蜀书社 2011 年版，第 42 页。

　　（上缺）年则有休息之时，今岁岁出钱，无有□□，若有丁者得身充役，则家中随事旋营□□物。若官取雇钱，则需及期要。所以□□□□民间钱日益少，日益穷也。①

　　这封家书因为缺损严重，只有五十余字，但依然可以看出韩维对免役法所导致的"民间钱日益少，日益穷"的忧虑。只不过这些担忧并不足以使他们放弃变法的主张。

　　再如南宋浙学领袖薛季宣在《答侄象先书》中对当时的朝廷局势和官员行为进行了评论：

　　王枢书未欲作，方以州县窃禄自喜，姓名讵可关诸政路？悠悠之议，自非众人所谓，人情服习苟且，宜吠所怪。然道路藉藉，颇云有兵。意良工之不示人以朴，莫无是否，羸病未药，而求孟贲手拼，闻其他日之论，当不如是疏也。作事若管夷吾可矣，甚不切致主，以求欲速之功，令人多恨；况侥幸成事，必无是理。论者谓晋淝水之役以天幸，议谢文靖公父子。每思军中欲害万石，不忍于一处士，所以用众，非一日之积矣。方其命将，内拔诸不经事少年，以韩康伯与玄之疏，固已许之击贼；郗诜怨也，知其必辞；玄问计而安不应，荆援至而安不喜，方睹墅于王师之出，视捷书如无事。有孚盈缶，宁徼天之幸耶？身危死外，功弃不卒，其弊安出，亦若夷吾而已。张魏公、刘开府望实俱丧，龟鉴不远，要此一著，不容再错。前日尚可，如今大事去矣。详思朝中人物，未见其辈。观棋静处，每高当局未能忘情于物，故不能不眷眷于若人，因报及之，火之为望。②

　　薛季宣在这封写给侄子的家书中对朝廷官处置国是的失当表示不满，对于他们把东晋淝水之战的胜利归因于"天幸"，以此反战求和的态度更是坚决抵制。虽然他在信中认为张浚开禧北伐的失败教训

---

① 《全宋文》卷一〇六六，第49册，第216页。
② 《全宋文》卷五七八七，第257册，第290页。

"龟鉴不远"，但依然不满朝中凡事苟且的作风，这也体现了浙学追求实效的思想风潮。

而有些家书则几乎是一篇与长官商讨国是的奏议，如南宋末期权相史嵩之专权，导致朝政多失，朝野不满，其侄子史璟卿（生卒年不详）写信给史嵩之：

> 伯父秉天下之大政，必办天下之大事；膺天下之大任，必能成天下之大功。比所行浸不克终，用人之法，不待举削而改官者有之，谴责未几而旋蒙叙理者有之，丁难未几而遽被起复者有之。借曰有非常之才，有不次之除，酿恩异赏，所以收拾人才，而不知斯人者果能运筹帷幄、献六奇之策而得之乎？抑亦献略幕宾而得之乎？果能驰身鞍马，效一战之勇而得之乎？抑亦效罂奴仆而得之乎？徒闻包苴公行，政出多门，便嬖私昵，狼狈万状，祖宗格法，坏于今日也。
>
> 自开督府，东南民力，困于供需，州县仓卒，匮于应办，辇金帛，挽刍粟，络绎道路，曰一则督府，二则督府，不知所干者何事，所成者何功！近闻蜀川不守，议者多归退师于鄂之失。何者？分戍列屯，备边御戎，首尾相援，如常山之蛇。维扬则有赵葵，庐江则有杜伯虎，金陵则有别之杰。为督府者，宜据鄂渚形势之地，西可以援蜀，东可以援淮，北可以镇荆湖。不此之图，尽损藩篱，深入堂奥，伯父谋身自固之计则安，其如天下苍生何！
>
> 是以饥民叛将，乘虚捣危，侵轶于沅、湘，摇荡于鼎、澧。为江陵之势苟孤，则武昌之势未易守；荆湖之路稍警，则江、浙之诸郡焉得高枕而卧？况杀降失信，则前日彻疆之计不可复用矣；内地失护，则前日清野之策不可复施矣。此隙一开，东南生灵特几上之肉耳。则宋室南渡之疆土，恶能保其金瓯之无阙也。盖早为之图，上以宽九重宵旰之忧，下以慰双亲朝夕之望。不然，师老财殚，绩用不成，主忧臣辱，公论不容。万一不畏强御之士，绳以《春秋》之法，声其讨罪不效之咎，当此之时，虽优游菽水之养，其可得乎？异日国史载之，不得齿于赵普开国勋臣

之列，而乃厕于蔡京误国乱臣之后，遗臭万年，果何面目见我祖于地下乎？人谓祸起萧墙，危如朝露，此愚所痛心疾首为伯父苦口极言。

为今之计，莫若尽去在幕之群小，悉召在野之君子，相与改弦易辙，戮力王事，庶几失之东隅，收之桑榆矣。如其视失而不知救，视非而不知革，薰莸同器，骏骥同枥，天下大势，骎骎日趋于危亡之域矣。伯父与璟卿，亲犹父子也，伯父无以少年而忽之，则吾族幸甚！天下生灵幸甚！我祖宗社稷幸甚！①

史璟卿在这封信中尖锐地批评史嵩之处置朝政失策，亲小人、黜君子、开督府、轻守备。史璟卿在信中劝说伯父以社稷和家族为重，"改弦易辙，戮力王事"。可惜此信一上，史嵩之大怒，不顾亲情伦常，毒死了史璟卿，可见史嵩之的心狠手辣，也可见权力斗争的残酷。

家书中有关政事的内容虽然不多，但依然是值得注意的研究点。家书以真实的视角对政治事件做出评判，提供一种多角度的解读方式，能在一定程度上弥补宋代历史研究视角的疏漏之处。

7. 遗书

"遗书"一词最早出自《左传》，"楚左史倚相，能读《三坟》、《五典》、《八索》、《九丘》，即谓上世帝王遗书也"②。此处"遗书"指上古时代遗留的坟典，临终交代后事意义上的"遗书"大多出自汉代。"遗书"中所交代之事也多为死后的丧葬规模和仪式，如崔瑗《遗令子实》、朱宠《遗令》、范冉《遗命敕子》、张奂《遗命诸子》、李固《临终敕子孙》、梁商《病笃敕子冀》、马融《遗令》、崔瑗《遗令子寔》等，都是临终时写给子孙的遗书。

宋代的遗书分为两类，一类是写给朝廷或长官的表、奏、剳、启，相当于临终遗表，这通常是职位较高的官员，或曾经担任要职、深得皇帝信任的官员在临终时对朝廷的建言献策。或因特殊情况，在朝官员临终前无法就一些重要事宜当面交接，需要书面交代，所以它

---

① 《全宋文》卷七九二八，第 343 册，第 251 页。
② 郭丹、程小青译注：《左传》，中华书局 2012 年版，第 1764 页。

们并不能被称作家书意义上的遗书。另一类则是临终时写给家人的遗言或嘱托，可以被归入家书的范畴。宋人写给家族成员的遗书现存15 篇，分别是孙昭远于建炎元年（1127）十二月所写的《遗子书》、赵鼎《与子书》、陈东《家书》、张浚《付二子手书》和《遗令》、杨震仲《与家人书》、蔡元定《临终嘱仲默书》、查许国《遗书》、文天祥《与弟诀别书》、《狱中家书》、刘子翚《遗训》、吕祖泰《遗言》、岳珂母大宁夫人《遗训》两则。

遗书是作者与家人一种特殊意义上的告别，甚至在某种程度上是与世界的告别。现存15 篇宋代遗书的作者除刘子翚和大宁夫人外，几乎全部是在特殊时刻面临的非正常死亡。且死亡地点大多不是在自己家中，身边缺少家人陪伴，至少是全部或大部分家人的陪伴，无法当面交代后事，遗书是他们与家族和亲人的重要告别仪式。他们也许是有意，或许是仅凭直觉想把自己的行为赋予某种历史意义。想通过遗书这种特殊的书面形式为社会和家族遗留一份文献资料，提供一些重要信息，表露自己的心迹。南宋初年伏阙上书的太学生陈东在被杀前夕所写的《家书》以及文天祥的《与弟诀别书》《狱中家书》、杨震仲的《与家人书》、孙昭远的《遗子书》、吕祖泰的《遗言》等都是这种情况。

而不同的士人在写遗书时的心情也极其复杂，大相径庭。有平静坦然地面对死亡者，如查许国（生卒年不详）《遗书》中写道："七十三年，圣师之寿。许国何人，敢继其后？惟是平生，恪遵善诱。故从门人，启予手足。"[1]

再如吕祖谦从弟吕祖泰（1164—1211，字泰然），于嘉泰元年（1201）诣登闻鼓院上书，请诛韩侂胄，被杖一百，配钦州牢城收管，韩侂胄被杀后才被赦免。他的身体在这场政治事件中受到严重摧残，但对自己的行为却至死不悔。他在《遗言》中写道："吾与吾兄共攻权臣，今权臣诛，吾死不憾，独吾生还，无以报国，且未能葬吾母，为可憾耳。"[2] 写出了当时许多士大夫面对死亡时的共同心情。

---

[1]　《全宋文》卷四〇〇九，第183 册，第34 页。
[2]　《全宋文》卷六七七四，第297 册，第226 页。

在生命的尽头，只剩下对家人未尽职责的愧疚，和未能全力施展才华报国济世的遗憾。

但更多的遗书是在战争或政治斗争中被迫面对死亡时对家人的最后遗言或嘱托。这些遗书就显得分外沉重，也更加感人，无力抵抗命运的无奈和对家人的担忧成为遗书的主要内容。

赵鼎（1085—1147，字符镇）在南宋初与秦桧因和战等问题产生了极深的矛盾，绍兴八年（1138）赵鼎被罢相，次年（1139）被贬为清远军节度副使，潮州安置，三年后再贬海南岛，在临行时写下《与子书》：

> 绍圣初，吕微仲丞相谪岭南，惟一子曰景山，爱之，不令同行，而景山坚欲随去，将过岭，吕顾其子，谓曰："吾万死何恤，汝何罪，欲俱死瘴乡耶？我不若先死，犹有后耶。"吕遂纵饮而死。吾不令汝侍行，亦吕微仲意。①

这封家书当是赵鼎赴贬所时写与儿子的。他必然已料到自己无法生还，所以不愿儿子同行。不仅是害怕南方烟瘴之地会危及儿子性命，还担忧秦桧对他家人的打击。他用北宋宰相吕大防（字微仲）绍圣年间被贬岭南时不许长子吕景山随行，为保全儿子的性命宁愿"纵饮而死"的极端事例，来说明自己不愿儿子随侍左右的决心，从中可见赵鼎坚毅的个性和对儿子的舐犊深情。在得知秦桧必欲置自己于死地的决心后，赵鼎不食而死。这封遗书也见证了个人在残酷的政治环境中做出的无奈抗争，以及他们对家人深沉的关爱。

开禧三年（1207），四川宣抚使吴曦叛宋投金，为收买人心，到处招收川蜀名望之士。兴元府通判杨震仲（？—1207，字革父）素有声望，以疾辞不赴招，后服毒自尽。临终时所写的《与家人书》云：

> 武兴之事，从之则失节，何面目在世间？不从，祸立见。我死，

---

① 《全宋文》卷三八一一，第174册，第326页。

祸止一身，不及妻子矣。人孰无死，死而有子能自立，即不死。①

这封家书袒露了自己忠君爱国、为保护名节和家人宁愿牺牲自己的决心。同样的情况也发生在孙昭远的身上，他于建炎元年（1127）十二月所写的《遗子书》中，表达了报国杀敌、视死如归的无畏精神，感人泣下。

今日捍击甚难，若假一岁，庶几可保。吾四男二女，今不复念，要为忠义死耳。②

安排后事是遗书的另一个重要内容，往往涉及丧葬仪式。南宋初期的中兴名将张浚（1097—1164，字德远）在临终时写下遗书："吾尝相国家，不能恢复中原，尽雪祖宗之耻，不欲归葬先人墓左。即死，葬我衡山足矣。"③ 从张浚的遗书中，我们能看到他心中深深的遗憾。

蔡元定（1135—1198，字季通）在临终时所写的《临终嘱仲默书》则透露出他对子女的深沉关心：

吾以士人招致台评，流放如此，所谓天下罪人。不得受此邦时官故旧吊慰。盖此邦地气殊异，汝不得地上睡，若更得疾，则父子二丧，永无归理。三日而敛，入殓之后，一日而三举哀，若哀毁过多则生疾，非孝子。凡亲宾客至，却烦邱子陵（邱崇）祗祷，便书记姓名，临行皆自往谢之。汝是处丧礼之变，凡百却须少宽心，庶几处事不乱，可以保全吾骸以归也。先生老矣，汝归，终事之。④

蔡元定在遗书中安排自己的丧事，要求儿子简单办理自己的葬礼，且不得按照孝子的惯例寝苦枕块，哀毁过甚，致生疾病，安慰儿

---

① 《全宋文》卷五八〇三，第258册，第190页。
② 《全宋文》卷三〇一四，第140册，第62页。
③ 《全宋文》卷四一三三，第188册，第98页。
④ 《全宋文》卷五八一七，第258册，第397页。

子"少宽心",保全骸骨而归。最后叮嘱儿子侍奉自己的老师朱熹。蔡元定在遗书中并没有对自己的生命表示出过多关注,也未流露出死于蛮荒的凄遑,却更加担心自己死后儿子的身心健康和安危,舐犊情深,感人肺腑。

遗书是比较特殊的家书,宋代遗书不同于两汉遗书重点关注丧葬问题,大多是士大夫身处非常之变时面临生死抉择的最后交代。他们的道德操守和对家人深沉的关怀就浓缩在了短短的数句话中,语短情长,感人至深。

目前现存的 583 通宋代家书虽然较之数量庞大的宋代书信大为逊色,但其中的内容却异常丰富,涉及宋代文人家庭生活和社会生活的方方面面,家人之间问候平安,互相交流信息,倾诉内心情感,讨论家族事务,教育家庭成员,谈论学术问题,议论时事政治,安排遗言后事等各种内容无不在家书中一一呈现。宋代家书所展现的是一个立体的文人世界,既有关心庙堂民瘼的天下情怀,也有慨叹人情冷暖的生活百态。家书作为家族成员之间传递信息、沟通情感的重要媒介,能深刻和真实地展现个人和时代的风貌。家书是作者真实内心世界的缩影,透过家书这一独特视角,我们可以从内部把握宋代文人的生存情态、心路历程、家族发展、家风传承等一系列重要问题,有助于宋代文学和家族文化等问题的深入研究。

第三章　宋代家书中所反映的士人生活情态

儒家思想中"家国天下"的观念根深蒂固，这足以说明古人对家庭的重视。然而，日常家庭生活尽管是每一个人最重要最基本的生存状态，一直以来却依然被认为是一个次要的领域，长期得不到应有的重视。与家庭生活相关的社会生活情态虽然一直受到学者的关注，但往往限于宏阔的视野而无法深入细节。宋代家书为我们了解士人的生活情态提供了宝贵的资料，借助家书这一独特的视角，我们可以重新审视日常家庭生活的重要价值和意义。两宋家书中保留了许多文人士大夫家庭生活和社会生活的生动画卷，直接或间接反映出社会变迁对家族和个人的影响。

第一节　宋代家书中的士人家庭生活形态

宋代家书中涉及家族事务和家庭生活内容的共155篇，数量仅次于平安家书。宋代的许多家族往往成员众多，家中大小事宜纷繁复杂，大到婚丧嫁娶、买房置地，小到柴米油盐、寻医问药，都是家书中关注的重要内容。宋代家书的内容虽有不同时期、不同地域和不同家族的差异，但更多的是家庭生活的共同之处。所涵盖的话题几乎囊括了当时家庭生活的全部内容，其中既有婚嫁的喜悦和丧亲的悲恸，也有购置田产宅舍，为家族未来的苦心谋划；有文人士大夫身处异乡、远离家人的孤寂；也有喜得良朋同声唱和的快意；有士人金榜题名的喜悦；也有官员被贬蛮荒的痛楚；有身处官场百事烦扰的忧闷；也有罢官回乡闲居生活的适意。尽管许多家书"报喜不报忧"，但在人生遭遇困难，心情苦闷时，许多士人也直言无隐地向家人一吐胸中块垒，淋漓尽致地倾吐心中情感。家人之间互相分享生活中的喜怒哀乐，不仅使快乐加倍，更能在无形中化解忧愁痛苦，这是"家书抵万金"的真正价值所在。

一 婚嫁

在中国古人的观念中，婚姻不仅是两个成年男女的终身大事，更是合二姓之好，肩负着家族兴旺、绵延子嗣的重任。因此，婚事是每一个家族中的头等大事，"婚冠丧祭，礼之大者"[①]。要六礼齐备——纳彩、问名、纳征、纳吉、请期、亲迎，缺一不可，且每一项仪式都有相应的文书。但随着时间的推移和门阀氏族的逐渐衰落，到了宋代，六礼只剩下三礼，简化为纳采、纳币、亲迎三礼。但与礼仪相对应的文书依然不可或缺，有《求婚启》《订婚启》《回定书》《纳币启》《纳采启》等各类名目，文体格式也相对固定。婚书是书信体中的一个独特类型，尽管它不能被归入家书一类，但是透过婚书，却可以看出宋代士人的婚姻观念。

宋代文人留下了大量的婚书，南宋现存的婚书数量大大超越了北宋，仅理学家陈著一人现存的各类婚书就多达67篇，由此可知两宋时期婚礼的仪式是日趋严格的。但通观宋代婚书，有许多现象也是值得注意的，如下面的这几封：

> 惟我丘嫂，乃公仲兄。婚姻宦游将及四纪，甥侄诗礼僅同一家。请寻既好之盟，再笃宜人之庆。伏承贤第几小娘子，幽闲顺于保母，才德似其诸姑。闻之族姻，迨今笄岁。小子某，粗识嗜学，亦既胜衣。惟是革繁之共，莫助盛湘之事。率时吉卜，用告行媒。甘瓟累樛木之枝，虽惭本弱；肥泉润淇园之竹，倘及余波。敢以币将，冀承回命。——黄庭坚《问李氏亲简》[②]

---

① （宋）朱熹、吕祖谦：《近思录》卷九，《吕祖谦全集》第六册，浙江古籍出版社2017年版，第107页。

② 《全宋文》卷二三〇六，第106册，第141页。

门单地薄，实浅声浮。所通婚姻，多出平素。贤郎七先辈行义修于乡党，才华秀于士林。枝叶从仙李而来，阀阅有英公之旧。家弟之女，未闲于教，仅若而人。岂图苹蘩之求，乃及菲葑之陋。伏蒙委以书币，告之话言。泉水流于淇门，虽容比仪；女萝施于松上，实愧攀高。不获终辞，腼然拜辱。——黄庭坚《回定书》①

求婚于世姻之门，凤缘非浅，归女于通家之子，旧好愈敦。幸无齐郑之嫌，窃比潘杨之睦。约既前定，言终不渝。伏承令女乃吾家之甥，想不嫌舅氏之薄；某男辱东床之贤，况庚申之相同，亦门阑之甚偶。儿时聚戏，不殊同队之鱼；吉卜协从，是谓和鸣之凤。有币不腆，别笺以闻。——王十朋《闻诗定孙氏》②

嫁女必胜吾家，请事斯语；居今而行古道，实获我心。契蒙既积于凤逢，姻谱遂绵于新缔。——陈著《答次女洸许黄氏启》③

问竹君之谱，我爱清风；画杏村之图，今犹昔日。盖因亲戚之情话，遂缔婚姻之世盟。伏承令女姆训有闲，宁事红楼之习；而某男某父书自读，粗培绿幕之功。以类而求，我心则获……舅姑既老，喜看二妇之同归；娣姒如春，尤系一家之相好。——陈著《沦纳币竺氏启》④

从上面的这几封各类婚书来看，尽管宋人在择婚对象上已经与前代有了明显区别，"婚姻不问阀阅"⑤ 已经成为上层社会的普遍现象，但普通百姓和士绅缔结婚姻的对象依然局限于乡土熟人社会，甚至是

---

① 《全宋文》卷二三〇六，第 106 册，第 143 页。
② 《全宋文》卷四三一〇，第 208 册，第 282 页。
③ 《全宋文》卷八一〇七，第 350 册，第 386 页。
④ 《全宋文》卷八一〇七，第 350 册，第 387 页。
⑤ （宋）郑樵：《通志·氏族略第一》，《文渊阁四库全书》第 373 册，台湾商务印书馆 1986 年版，第 254 页。

姻亲世家。"所通婚姻，多出平素""求婚于世姻之门""归女于通家之子"才是宋代婚姻的实际情况。由此导致的结果必然是很多家族之间"婚姻宦游将及四纪，甥侄诗礼仅同一家"。因此，"请寻既好之盟，再笃宜人之庆"的亲上加亲就显得自然而然，"令女乃吾家之甥"也成为普遍现象，"儿时聚戏""吉卜协从"，青梅竹马的成长经历也为许多此类婚姻在某种程度上奠定了情感基础。这不仅使男女双方婚嫁的难度和花费有所降低，家族之间的联系更加紧密，也反过来促进了中国古代乡土社会的稳定，在一定程度上形成了古人安土重迁、重视血缘亲情的文化心理。

在这种择婚观念的熏染浸润下，比起门第，很多人更看重结婚对象家人和本人的性格品行。如陈瓘（1057—1124，字莹中）与兄长商量再娶的家书：

> 章氏议却不成，农师极惓惓，亦不敢就。自到官，尤觉中馈不可无人，而瑞奴等零丁益可怜，不免议同年周户曹之妹。其家清贫，其人年长，贫则不骄，长则谙事。为瑞奴等意，只欲如此。周氏虽贫，而举家好善，故就之，男女可无虑。——《与兄书》①

陈瓘于宋神宗元丰二年（1079）探花及第，诗词文章名噪一时。这样前程似锦的人在夫人亡故后必然成为很多高门显贵拉拢网罗的择婚对象，但陈瓘对此却冷然处之。"不敢就"三字道出了他不愿攀高结贵的心理，既有清高和不屑，恐怕更有恐惧和担忧。他选择家境清贫、年纪稍长、举家好善的同年之妹，既是为年幼丧母的儿女考虑，也是为自己的人生前途打算。

许多官宦世家倾向于选择人品学问优秀、仕途顺遂的青年，新科进士成为达官显贵追捧的对象。"榜下捉婿"是宋代社会的普遍风气，许多寒门士子连年苦读，贫不能娶，一旦高中，则炙手可热，被家世显赫的富贵人家倒赔妆奁，选为东床快婿。晏殊的女婿富弼即是这种情况，晏殊在《答中丞兄家书》中欣喜地向兄长地汇报女儿的

---

① 《全宋文》卷二七八四，第129册，第106页。

婚事："二娘子已商量与应茂才异等秀才富弼为亲。极有行止文艺。"① 富弼出身贫寒，通过勤学苦读考中进士，得到当时宰相晏殊的赏识，成为其东床快婿。富弼以其出众的人品和政治能力官至宰辅，从某种程度上也可见晏殊的识人之明。

宋代女子丧夫后再婚也比较普遍，范仲淹之母在丈夫去世后携子再嫁朱氏。苏轼在侄儿去世后，也曾与堂兄苏不疑（字子明）在家书中商量侄媳的再嫁问题：

> 十六媳彭寿并安。屡以兄意及君素意语之，他近日渐有从人之意，诚为稳便。然亲情颇难得全，望诸兄与措意，求佳者。——《与堂兄六首之六》②

十六媳为苏轼堂侄之妻，丈夫去世后留下两个幼子。从以上的语气中可以看出她本不愿再嫁，但经过苏轼屡次劝说，渐渐有了"从人之意"。可见当时的士大夫对于女性再嫁基本持支持态度，夫死再婚对于女性来说并非羞耻之事。且苏轼对于侄媳的再嫁也并非草草了事，随意选择，而是为其慎重选择人品才学俱佳的青年才俊。"去岁，尝领书教求访佳婿，司马君实之子丧偶，试托范景仁与说。君实之子名康，昨来明经及第，年二十一二，学术文词行检少见其比。决可谓佳婿矣（人才亦佳）。"③ 司马康是司马光的独子，跟随父亲编撰《资治通鉴》多年，才华横溢，且孝友笃实，司马光家族在当时门第显赫。苏轼为侄媳选择这样夫婿，可见他对女性持有的尊重态度，既未因为女子改嫁而批评谴责她们，更未因此贬低她们，随意草率为之。只是最后"君实亲事。托景仁问之，未有报，恐是不肯"④。侄媳也在权衡再三后，决定带着孩子生活，暂时不考虑再嫁之事。

---

① 《全宋文》卷四六五，第19册，第184页。
② （宋）苏轼：《与堂兄六首之六》，《苏轼文集编年笺注》第10册，巴蜀书社2011年版，第524页。
③ （宋）苏轼：《与堂兄六首之三》，《苏轼文集编年笺注》第10册，巴蜀书社2011年版，第513页。
④ （宋）苏轼：《与堂兄六首之四》，《苏轼文集编年笺注》第10册，巴蜀书社2011年版，第521页。

一叶知秋，这些家书中透露出当时的社会风尚，士大夫和读书人对女性再嫁持一种宽松和开明的态度，理学思想对女性的影响和束缚并未深入。甚至在女性婚姻不顺时，家族中的长辈本着为女儿人生幸福考虑的意愿，支持离婚，摆脱不幸的婚姻枷锁，家族名誉或影响倒是次要的事情。如北宋书法家蔡襄（1022—1067，字君谟）在与家人的信中写道："七娘还家，此事道理甚明，自可辩雪，襄难为发书。沈生本来无行，谁许与亲，终为小人所轻慢。寺承亦有书来，然须本房自理耳。"① 尽管缺乏相关的资料，我们很难了解整个事件的真相，但从蔡襄愤怒的语气中还是可以窥见他对这桩婚事的不满，支持家族中出嫁受屈的女子回娘家。

但是，两宋三百年间士人对女性再嫁、离婚的开明态度和观念却在发生着缓慢的变化，在北宋家书中时不时可见的女子再嫁，支持离婚的言论到了南宋则几乎绝迹。这一现象不仅反映出时代风尚的变化，也从一个侧面印证了社会思潮和理学思想对普通士人的渗透。北宋末年"靖康之难"中皇室宗亲和后妃们的悲惨遭遇激发了儒家士大夫对生命和名节孰重孰轻的思考，最终的结论自然是为保名节不惜牺牲性命，"饿死事小，失节事大"的主张直到南宋才逐渐被人们所接受。

此外，婚丧嫁娶历来就是一项花费巨大的事情，既有许多贫不能娶的士人百姓，也有不少贫不能嫁的女子。在这件涉及家族和人生的大事上，宋人对此的态度呈现出极端的两极化，既有竭尽财力而为者，也有主张量力而行，尽礼则可者。南宋理学家陈著的这封家书中就透露出当时的社会婚俗。

> 某白：比辱示以黄亲家所答一一，哥尽是真情，但此老纯朴，未知时变，吾人与之为姻，只是令岳与之一语，更无拟议。况今正是袁、曹劫昏之时，合为鸿、光归隐之计，而欲事珠翠，备服用，效骄奢之族、锬薄之风，以炫耀人目，不惟吾辈所当问，尤非今之日所当言。世人眼孔浅，利心炽，苦淡则犹可安眠

---

① （宋）蔡襄：《与三郎五郎书》，《全宋文》卷一〇一二，第47册，第74页。

善睡，稍为众所指，则是祸之门，危之道，虽身命不可保也。况闻亲家为门户事多，生计日以削，如更勉强辛苦，以华其嫁遣，于亲家既大有不便，于吾人亦将大不安矣。孰愈于荆钗疏裳，古道相成，自有余欢也？又况长儿深亦颇好古知礼，不肯从俗，何忍于娶妻面上讨便宜，废正伦？今幸有可教者。且如亲家说彼中艰关，事体如此可畏，吾里前此犹可苟活，两年来亦已甚于亲家之云云者，纵有财用，何人与办事？不是虚为此言。今惟断之曰：简之一字，乃礼之本，他又奚关轻重？亲家所谓执柯只须贤夫妇，斯言极当；若他人，徒见多事，又如何更远远应信？即非敢请。朱季四丈乃是密议，更徐决之。仍须吾人或因送令岳葬事，或特入城，约黄亲家与吾弟面说一番，庶几从简毕礼之议，不更疑贰。此等说话，都是彼此相体，变做骨肉亲看，一毫高上语不可著也。吾弟其善为我转此意于黄亲家。至祝至祝。某白。——《与伯似司门弟若论深婚书》①

　　陈著跟家人讨论婚事的家书共有四封，其主张一以贯之，就是讲求婚姻选择门当户对，"山林之气，荆布之素……决于道谊之好，以清风相扇"②。陈著认为这样是最好的婚姻。在婚事上主张量力而行，简朴为宜，坚决反对铺张奢靡，炫耀人目。陈著所在的南宋末期，正值内忧外患严重的多事之秋。在他的这封家书中提到兄长的亲家不顾时世多艰，家中"门户事多，生计日以削"，却依然耗费巨资，"勉强辛苦，华其嫁遣"。陈著虽在信中将其行为委婉地称为"纯朴，不知时变"，但不满之情溢于言表。希望兄长能找机会跟他面谈，说服他无须如此。结果如何，不得而知，但从陈著其他几封家书中不断抨击批评当时奢靡攀比的嫁娶之风，可见这是当时的普遍习俗，并已引起一些有识之士的坚决抵制。

---

① 《全宋文》卷八一〇六，第350册，第381页。
② （宋）陈著：《回侄洙为史氏请婚书一》，《全宋文》卷八一〇六，第350册，第383页。

二　丧葬

丧葬历来是中国古人生活中的大事，"国之大事，在祀与戎"①是古人的共识。到了宋代，这样的观念依然根深蒂固。亲人去世往往给人的心灵造成巨大的创伤，很多人都在家书中表达了这种巨大的悲痛。

蔡襄长子去世后，他在家书中道出了自己内心的伤痛："南归殊幸，不意有长子匀之变，动息哀痛，何可为怀！"② 黄庭坚在母亲、叔父接连去世后给外甥徐俯的信中写道："老舅穷露病羸，比经先亲练祥，追慕不逮，痛深刲割。又闻给事叔父之讣，号恸塞绝门户。陵迟一至于此，痛毒之情，殆不能堪。"③

亲人去世的悲伤过后，他们不得不忍痛料理丧事。丧葬是每个家族的头等大事，朱熹和吕祖谦在《近思录》中宣称："凡事死之礼，当厚于奉生者。"④ 但宋人对待丧事的方式却各不相同，有的极其慎重，花费巨资，耗时数年营造坟山墓穴，以表达对死者的尊崇怀念，也不排除借机经营家族产业的目的；有的摒斥厚葬之风，主张薄葬；有的迷信阴阳风水，为选择墓地数年不葬；有的对阴阳之说嗤之以鼻，大加挞伐；有的延请僧道作法事追荐亡者升天；有的恪守儒家丧葬礼仪，坚决不用僧道。而共通之处是宋人对丧事的慎重态度。

封建时代最大的丧事无疑是皇帝驾崩之后的国丧，这样的国家大事在宋代一些官员的家书中也有涉及。如北宋治平四年（1067）正月，英宗崩，神宗继位，二月，欧阳修受御史彭思永等人诋毁，三月，出知亳州。在这样的处境与心态下，他在给长子欧阳发的家书中依然与儿子商量祭奠英宗的仪式。

> 吾二十五日离颍，二十八日一行平安至亳，初二日上事。临离颍时，累有书去，约汝于递中发书，令先至亳。及至此两日，

---

① 郭丹、程小青译注：《左传》，中华书局 2012 年版，第 974 页。
② （宋）蔡襄：《与公绰仁弟书一》，《全宋文》卷一〇一〇，第 47 册，第 65 页。
③ （宋）黄庭坚：《与徐师川书一》，《全宋文》卷二二八八，第 105 册，第 107 页。
④ （宋）吕祖谦：《吕祖谦全集》第六册，浙江古籍出版社 2017 年版，第 107 页。

杳不得一字，何故何故？以此不无忧想，不知尔来汝与诸幼各安乐否……今专遣急脚子去，勾当将来山陵发引、排祭一事，汝宜用心速与问当，早令回报。盖虑后时难办也。其余事，更三两日黄清去，别有书也……今令急脚子计会王昌及杜延禧问当进奏官，及转问北京、定州进奏官，前次仁宗山陵发引时，北京、定州排祭用何仪式？其祭前排列明器、人物等，用多少数目？祭食味数、赠作钱马数目，并令一一问取今体例来。今别具画一札子，汝速召王昌、杜延禧令体问，早令此急足回来，要作准备。如杜延禧短使，即令王昌用心勾当，不管误事。此急脚子回时，买明黄罗一匹附来。——《与大寺丞发书二》①

　　排祭是中国古代特有的一种比较隆重的群体祭祀方式，指成排的置放明器、人像、食物等祭品，此信中所说的排祭明显是为英宗而设。欧阳修在给儿子的家书中四次提及此次祭奠活动，足见国丧在官员职业生涯中的分量。"山陵致祭纸钱赠作驼马等，此中可造。惟是祭前排立人物，此中做不得，须令王昌及早商量定，令人家依数做下，准辈使用，不可误事也。箔场近日如何般堕？并出买如何也？"②"排祭事，已指挥王昌也。只是祭文，不知用不用？速与问。如用时，觅一个本子寄来，盖全不知体面也。更是灵驾起时，百官皆服初丧，恐代拜要孝衣，更早擘画。"③"吾此内外各如常，今遣江从去，排祭诸事必已办。只是孝服，汝更擘画。祭文用不用？内东门别进功德疏、御衣，并早问，当报来，勿令误事。"④

　　这些家书的史料价值弥足珍贵，从中可以考证当时的丧葬仪式。但是这样的国家丧葬大事毕竟是家书中的极少数内容，而更多的是家族内部的丧事。古人对祖先的敬畏怀念不仅是重视血缘亲情的情感体

---

① （宋）欧阳修：《欧阳修全集》，中华书局 2001 年版，第 2531 页。

② （宋）欧阳修：《与大寺丞发书三》，《欧阳修全集》，中华书局 2001 年版，第 2531 页。

③ （宋）欧阳修：《与大寺丞发书四》，《欧阳修全集》，中华书局 2001 年版，第 2532 页。

④ （宋）欧阳修：《与大寺丞发书》，［日］东英寿考校，洪本健笺注：《新见欧阳修九十六篇书简笺注》，上海古籍出版社 2014 年版，第 111 页。

现，更是一种文化和精神传承的方式。

丧事的第一要务是选择葬地，古人对于丧葬之地的选择极其慎重，到了宋代，阴阳风水之说盛行。对此行为，连理学家朱熹等人也从理论上给出解释：

> 卜其宅兆，卜其地之美恶也。地美则其神灵安，其子孙盛。然则曷谓地之美者？土色之光润，草木之茂盛，乃其验也。而拘忌者，惑以择地之方位，决日之吉凶，甚者不以奉先为计，而专以利后为虑，尤非孝子安措之用心也。惟五患者，不得不慎：须使异日不为道路，不为城郭，不为沟池，不为贵势所夺，不为耕犁所及。①

尽管朱熹认为当时普遍流行的"择地之方位，决日之吉凶"的行为是"拘忌"，但他并不反对精挑细选土色光润、草木茂盛的"美地"安葬逝者。朱熹批评以"利后"为计者，认为这非孝子所为，但却正好印证了风水之说盛行在很大程度上是被利益所驱动。许多人为寻求一块风水宝地不遗余力，不断推迟亲人下葬的日期，有的甚至达数年之久。蔡襄在《与大姐书》中写出了寻找葬地的辛苦和不易："自到军城，此两日出入，兼为寻地，去一两处，然甚未安，只是疲乏。欲趁未赴任间，了却葬事，又难得地，极是萦心也。"② 因此才会有许多家族不顾经济状况耗费巨资营建祖先坟墓，购置专门用于祭祀的土地，古称祭田，田产所出用于合族上下每年四时祭扫祖先坟茔的花费。若有赢余，还能周济族中贫乏不能自振者，或兴办私塾学堂，作为教育族内子弟的费用。这在宋人的家书中也有体现，如方大琮（1183—1247，字德润）的《与诸侄书》：

> 福平祖八长者自营佳城于乌岩山，因其林木，加以手植。绍

---

① 《近思录》卷九，（宋）吕祖谦：《吕祖谦全集》第六册，浙江古籍出版社 2017 年版，第 107—108 页。
② 《全宋文》卷一〇一〇，第 47 册，第 74 页。

兴辛亥春葬郑氏婆，迨今一百一年，林木合抱者多。当来恐他姓之山林相迫近也，故买山最阔，以绝他人开凿之患。又恐吾子孙照管不到也，故存主山与肩臂为坟林，而以两臂之外分与四房，明立界至，庶几各自看管，而坟林居中，赖其外护，可无他人剪伐之患。又恐四房林木与坟木等他日卖木之无别也，故于坟林之外，同时铲平，听四房别种，而林样不齐，可无子孙混淆浸卖之患。则八祖与十三公诸位之虑，可谓周而远矣。计造坟之时，吾祖踪迹岂不遍踏至山头哉？今孙枝日蕃衍，而省坟有定员，或有终身不至者；其至者则铺设拜跪，日晷有限。彻俎亟归，何暇巡视山林？其有足迹朝夕此山，披荆陟嵬，如履平地者，则睅晲垂涎，奋发持斧之人也。向者自道旁望之，如贵人巍坐，冠服整齐，无欠缺处；今右肩伤残，遮蔽不密。谁执斧斤？言之涕下。此亦诸孙素来不点视之责。昔贤拜墓，必绕林三周者，虑牛羊之践伤，樵夫之采摘耳，岂谓祸出于子孙乎？今欲以十一日清晨帅诸侄会祖厅，偕为登山之行，备菓酌请罪于墓下。因巡视林木之见存而当籍记者，与其已伤而当栽补者。坟庵圮坏，亟议修葺，此尤不可缓者，庶犹可解祖先之怒。凡我孙枝，皆食旧德，各宜念其身之所从来，毋惮为吾祖一行。①

从这封家书来看，方氏家族在兴盛时期为营建坟山用心良苦，所费心血和钱财不遗余力，不仅"买山最阔，以绝他人开凿之患"，又将四周的坟林分给族中四房分别看管，以绝他人剪伐之患，因此"迨今一百一年，林木合抱者多"。这样庞大的坟山不仅是家族的一项重要财产，为成员提供祭祀费用和其他必要的花费，也是凝聚整个家族的重要力量。每年的祭扫活动必然是整个家族的大事，作为联络宗族情感的一种有效手段，无形中增加了家族成员对祖先的敬畏之情，起到了加强宗族内部精神联系的作用，给家族的延续和发展壮大提供了心理支持，也为每个成员提供了心灵和精神上的归属感。方大琮在另一封家书中也流露出了这一思想：

---

① 《全宋文》卷七三七三，第 321 册，第 205 页。

都官坟陇气势最大，阴阳家以为愈久愈昌。今孙枝蕃茂，聚塘垛不甚散，非特冠礼部方广房，在金紫、灵隐六房亦为甲。距饮亭松阡七里许，岁谒仅十余人，曷若听其偕来，使长少咸集，顾瞻先茔，想慕旧德，亦吾祖意也。盖上世诸坟独此为盛，独此为近，某归而与尊长谋所以为可久之策，使主祭者不以为累，而以为便，不亦可乎？——《与十四叔垻书》①

重视祖先坟墓和祭祀活动，是中国祖先崇拜的重要表现方式。这是儒家文化在社会基层的反映，而这种行为又反过来强化了以血缘亲情伦理为基础的儒家文化。南宋理学大师朱熹在长子朱塾去世后也向亲朋告借，花费巨资为儿子营建坟山，以此来表达他对爱子的深切思念。他在给陈亮的信中述说了内心实情：

亡子卜葬已得地，但阴阳家说须明年夏乃可窆，今且殡在坟庵。其妇子却且同在建阳寓舍。小孙壮实粗厚，近小小不安，然观其意气横逸，却似可望，赖有此少宽怀抱。然每抱之，悲绪触心，殆不可为怀也。五夫所居，眼界殊恶，不敢复归，已就此卜居矣。然囊中才有数百千，工役未十一二，已扫而空矣。将来更须做债，方可了办，甚悔始谋之率而也。但其处溪山却尽可观，亡子素亦爱之，今乃不及见此营筑，念之又不胜痛也。莫文说尽事情，已为宣白。哀恸之余，哽咽不能自已。此儿素知尊慕兄之文，比足以少慰之矣。更有少恳，将来葬处，欲得数语识之。此子自幼秀慧，生一两月，见文书即喜笑咿呜，如诵读状。小儿戏事，见必学，学必能，然已能辄弃去。后来得亲师友，意甚望之。既而虽稍懒废，然见其时道言语，亦有可喜者。但恐其鹜于浮华，不欲以此奖之。去年到婺，以书归云，异时还家，决当尽捐他习，刻意为己之学。私窃喜之，日望其归，不意其至此也，痛哉痛哉，尚忍言之？此语未尝为他人道，以老兄素有教诲奖就之意，

---

① 《全宋文》卷七三九○，第322册，第79页。

辄从不朽为讬。伏惟怜而许之，千万幸甚。——《与陈同父》①

　　朱熹在这封信中怀念了长子朱塾幼时的憨厚可爱，长大成人后的求学经历，以及对儿子的殷切希望。有了这样深厚的父子之情，爱子骤然离世必然给朱熹带来沉重的打击。因此，他不顾囊中匮乏，四处借贷，选择儿子生前喜爱的山水佳处为其营建墓穴。朱熹曾将儿子送往金华吕祖谦主持的丽泽书院学习，为此他写了十几封书信请求吕祖谦收留并指导朱塾，并再三叮嘱对自己的儿子痛加琢磨，严厉约束。又在给其他友人的信中慨叹教育儿子的不易，恳请他们以严为本，"小儿辈又烦收教，尤剧愧荷，但放逸之久，告痛加绳约为幸"②。但是儿子死后却痛不能已，甚至看到亡子生前所作的诗篇都心痛不已，这是一个父亲内心真实感情的流露。他不顾年迈的身体和炎热的天气，亲自为儿子营建坟墓，不顾囊中匮乏，四处借贷，请阴阳先生勘定日期。并未因自己理学大师的身份而简化丧葬仪式，反而遵从自己内心的声音。这也从一个侧面说明厚葬风气盛行并非全如学者所批评的，是因为从俗或希图祖先保佑子孙后代的兴盛，而是有它深入人心的情感基础。

　　这在刘义仲（生卒年不详，字壮舆）的《家书》中体现得更为明显：

　　　　某顷遭家难，叔父、舍弟相继不幸，迎侍老母赴官湖外。行次临湘，老母捐馆，中途孤露，无计生生，其自脱于万死一生之忧患者，以老母之大事也。贫不能归，寓居蕲春者数年乃归，谋办大事，改葬老人老母于江州龙泉山，以二弟从焉。又改葬叔父、家婶于南康军，以弟妹从焉。一举八丧，智力俱困，俯仰自悲，此情无量。③

---

　　① （宋）朱熹：《晦庵先生朱文公续集卷七》，《朱子全书》第 23 册，上海古籍出版社 2002 年版，第 4780 页。

　　② （宋）朱熹：《答蔡季通》，《朱子全书》第 22 册，上海古籍出版社 2002 年版，第 1991 页。

　　③ 《全宋文》卷七四八〇，第 133 册，第 136 页。

家人相继去世的打击令刘义仲悲痛不已，而母亲在与自己赴官的途中病逝，更令人唏嘘不已，本想家人团聚，却骤然生死相隔。在这种时刻，费心操办亲人的丧事成为他们表达哀思的唯一途径。对丧葬仪式的重视，透露出的是无法割断的亲情，并且这种情感并不会随亲人的离世而中断。王柏（1192—1274，字会之）在《上宗长书》中写出了祭祀祖先对个人和家族的重要作用：

> 某窃谓人之所以为万物之灵者，以其明天理，秉理义，不忘其本也。是故先王之制礼，自天子至于庶人，所以祭其先者，节以世代之数。今扫松之祭野祭也，古无是祭也。古无是祭，而今世俗行之，无敢废者。虽间巷小人贫无立锥，当清明之时，一陌之纸、一豆之饭，犹徘徊于火葬之所，而寓其追思之诚，何也？所以约天下归于厚，敬其所自出也。敬其所自出，则凡茔域之所可考识者，固不以世代为限，此所谓报本反始之礼。礼者节文，此天理也。吾宗亦金华之望也，其聚族之会者有二：曰月旦之会，曰扫松之会。月旦之会，所以示长幼之序；扫松之会，所以致追慕之思。月旦或有时而缺，扫松则不可缺也。虽间巷小人犹不敢缺，况吾宗，其可已乎？自始祖而下至于一府君，其茔不过七所。上世诸尊长约以三位轮掌，丞相位一年，十一府君派下共一年，三三府君与尚书派下共一年，大约所费不过用二十有余贯。故尚书位计钱十有二贯，九中散位计钱六贯。此例行之非一年矣。十八承事位下每次系三五叔三位主办，前日蒙三五叔赐访，以三七叔位窘乏辞。又蒙三九叔赐柬，欲行权免。然某人微行卑，非主宗盟者，何敢容喙？但以卑下奉承尊长之命，岂敢恝然而不报？退而念之，所费本不多，而此事之所关系甚大，不特有以启乡党之讥议，而天理之在人心者，岂可泯乎？①

王柏的这封家书为我们展示了宋人对祭祀的重视和其中所蕴含的深层伦理基础。中国古人对祖先的敬畏和崇拜，是"不忘其本""敬

---

① 《全宋文》卷七七九〇，第338册，第96页。

其所自出"的表现，每年的祭祀和扫墓活动是"报本反始之礼"，是
"天理"的体现。王柏的家族显然是金华大族，每年的祭扫活动是整
个家族的聚族之会，合族之人在一起祭祀祖先，"致追慕之思"，由
祖先规定三房子孙轮流担任，每年花费多少，由何人主办都一一做了
明确说明。但从书信中也可看出，随着家族的日益庞大和族人之间的
日渐疏远，出于各种因素的考虑，主要是经济压力，主盟之人也逐渐
有了推脱和"欲行权免"之心。然而，王柏作为家族成员之一却明
确提出了反对，并且把此事上升到了事关"天理人心"的高度，由
此可见祭祀祖先在古人心目中的重要地位。

同时随着阴阳风水之说的流行，很多人家为寻求藏风聚气、发达
子孙的风水宝地，不惜数年搁置祖先棺椁，由此引发一系列的社会、
伦理、道德问题。与此相应，自然就出现了许多儒家正统人士出来反
对这一现象。宋代最早在家书中反对阴阳风水之说的是柳开（947—
1000，字仲涂），他在《上叔父评事论葬书》中长篇大论地阐述自己
反对叔父迁葬祖茔的理由：

> 开于葬事之间，窃谓从于新茔，不如归之旧域也。旧域，祖
> 葬之地也。家本起之于彼，今将图于新而弃于旧，是若遗其本而
> 取其末者也。能固本者存，不能固本者亡，古之道也。苟本固而
> 不衰，其为末也，必蕃而大矣……
>
> 将曰以阴阳家为利而从之，即开以为若从阴阳家而求其利，
> 是弃其祖而求利于身也。果为利乎？弃其祖为不孝，求其利于身
> 为不公。不孝之与不公，苟一在于人，阴阳岂果利其不孝与不公
> 者乎？开将谓不利矣。不若以孝诚以求利之为利也。苟信其阴阳
> 者之言也，是若断其根而欲茂其枝叶者矣，未之有也。
>
> 若有复以祧庙代祭而比之，不可也。且其祧庙代祭，自有其
> 次第，谓不得其四时之祀也，非若其茔域者也。苟为茔域之若祧
> 庙代祭可行之，即弃其茔域，睹而不顾，至于发掘毁露，皆可纵
> 人为之，不可罪也。其理不为利便者，昭然可知也甚矣！
>
> 又若谓阴阳家以求吉地而葬之，彼之旧域谓无其地可以求吉
> 也。即开谓之，地固无其吉也，亦无其凶也。文公所谓"善人葬

之于不善之地，岂果不善其子孙乎"是也。开以地苟此不能为吉，而彼能为吉也，是果如是，即地为不常之物矣，岂能厚载九州与万物乎？周公、孔子皆不云有是也，惟曰"葬之"而已耳。圣人作事，咸欲利于人。苟地有吉凶，而不使后世知，而人求以利之，即周公、孔子欲利于人者，道不足为大矣。呜呼！斯皆诞妄者之为也，君子不由之矣。①

柳开是北宋倡导恢复儒家道统和古文写作传统的先驱，他的这封家书也验证了他一贯的主张和写作风格。全文近1100字，柳开从上至帝王、下至百姓所行皆从其利发端，担忧迁葬后会引起后人对祖先的疏远和扫墓的不便，尤其驳斥了从阴阳之说求吉地埋葬祖先的做法，认为这是"弃其祖而求利于身"，是不孝不公的行为，以此而求善利子孙，无异于缘木求鱼。

南宋理学家胡铨（1102—1180，字邦衡）在给外甥的信中也叮嘱他以儒家礼仪安葬祖先即可，不可惑于俗儒阴阳之说，思想与柳开一致。

须吾甥自往水北一带二三十里间寻地，但土厚水深如温公说足矣。如得地，却同泳弟卜之。已戒张成准备鞍马，此书到便下手寻地。世间人未有不死者，死未有不葬，何患无地？《礼记》云"择不食之地而葬我焉"，不云择阴阳向背也。九经十七史，老舅亦曾涉猎，并不说寿考富贵由葬地。吕才云："长平四十万人死，非葬时俱犯三刑，南阳多近亲，非葬地俱当六合。"此说甚善。俗儒不读书，不见古人议论，溺于阴阳之书，皆孔孟之道，戒之慎之。若不从吾言，勿践吾门，勿受吾教，切切。不一。——《与甥罗尚志小简》②

胡铨引经据典，认为丧葬当合乎孔孟之道，九经十七史中"并不

---

① （宋）柳开：《柳开集》，中华书局2015年版，第100页。
② 《全宋文》卷四三一〇，第195册，第194页。

说寿考富贵由葬地",阴阳之书不可信。要求外甥选择土厚水深之处为墓穴,甚至告诫他"若不从吾言,勿践吾门,勿受吾教"。

陈著在给侄子的信中也驳斥当时的厚葬之风和阴阳之说:

> 古者礼称其家,虽敛手足形而窆,礼所许可。为吾侄计,当痛绝世俗之费,但于家后之山,卜其稍稳便包藏去处合葬,砖灰石工费外,一毫不循浮议,只在一月之内能了,是足为孝……切不可为阴阳乱说所夺。有方道不利等说。若曰求利其亡者,则万万无此理。若曰欲利其后,则因父以求利,是大不孝,况必无此理。我见山泉伯不知道理,日夜以阴阳为惑,试看幡奥之域,今日其后何如?吾侄孝道,当自有所主也。——《闻伯求弟死与侄洙》①

陈著在族中兄弟死后写信给侄儿安排丧事,要求他"痛绝世俗之费",戒除不必要的浮费;更不可"为阴阳乱说所夺",认为"因父以求利,是大不孝,况必无此理"。

以上的这几封家书都出自理学家之手,无一例外反对厚葬和阴阳风水之说,认为既不合乎儒家之道,又毫无事实根据,只是世人利欲熏心,妄图依靠死者求取富贵寿考,既是对去世祖先父母的不孝,也冲击了主张"死者为大"的儒家伦理基础。

此外,尽管古人讲求叶落归根,归葬故里,但宋代也出现不少士大夫自择墓地,葬于他乡的现象。苏轼在临死前写信给苏辙:"即死,葬我嵩山下。"② 后苏辙与苏轼幼子苏过遵遗嘱,将其葬于河南省郏县。张浚(1097—1164,字德远)在《付二子手书》中也立下遗言:"吾尝相国家,不能恢复中原,尽雪祖宗之耻,不欲归葬先人墓左。即死,葬我衡山足矣。"③ 张浚一生都陷于南宋初的和战之争,既经历过出将入相的荣耀,也体味过贬窜蛮荒的凄凉。他虽为四川绵竹人,死后却想葬于衡山下,对自己的身后事表现出一种达观的态度。

---

① 《全宋文》卷八一〇六,第350册,第385页。
② (宋)苏辙:《亡兄端明子瞻墓志铭》,《苏辙集》,中华书局1999年版,第1117页。
③ 《全宋文》卷四一三四,第188册,第98页。

并在《遗令》中告诫子孙:

> 祭礼重大,以至减严洁为主。别置盘盏碗碟之类,常切封锁,以待使用。
>
> 丧礼贵哀,佛事徒为观看之美,诚何益? 不若节浮费而依古礼,施惠宗族之贫者。
>
> 宾客尽诚、尽礼可也。恣烹炮、饰器用,又群集妇女,言语无节,昏志损财,为害莫大。[1]

张浚不仅主张丧礼从简,而且不愿子孙请僧人做佛事。而陆游对此的态度则与之相反。他在《放翁家训》中对儿孙写道:"吾死之后,汝等必不能都不从俗。遇当斋日,但请一二有行业僧诵《金刚》、《法华》数卷,或《华严》一卷,不啻足矣。如此为事,非独称家之力,乃是深信佛言,利益岂不多乎?"[2] 写出了请僧道诵经等仪式已经成为丧礼中的普遍现象。

不论是主张薄葬还是厚葬,以阴阳风水之说指导葬事还是遵从儒家礼仪安葬祖先,这些家书都向我们展示了宋人对丧葬的重视,其中蕴含着对祖先的敬畏。

三 置产

一个家族要想做到长久的兴旺发展必须要有一定的物质基础,才能保证在满足成员基本生存需求的基础上,有能力延请名师,教育子孙,培养后辈,让家族发展壮大下去。因此,购置家产必然是每一个家庭的大事,并且是为子孙后代考虑的百年大计。而古代最重要的财产无疑是土地,其次是住宅。宋代家书中有许多跟家人商议购买田产、住宅的内容,从中可以窥见当时的财富观念。

北宋宰相晏殊在给兄长的家书中祝贺他购置房舍,在信中写道:

---

① 《全宋文》卷四一三四,第 188 册,第 98 页。
② (宋)陆游:《放翁家训》,《全宋笔记》第五编,第八册,大象出版社 2006 年版,第 149 页。

知置得宅子，大抵廉白受分为官，须随宜作一生计，且安泊亲属，不必待丰足……果置得一两好庄及宅地，免于茫然，此最良图。况宦游有何尽期，兼官下不可营私，魏四工部可为戒也。然须内外各且俭啬为先，方可议此。——《答赞善兄家书》①

从这封家书中可以看出，尽管晏殊身为宰相，但依然秉持宦途有尽、勤俭持家的观念，并不把做官看作一生的依靠，认为置田产宅地才是良图。

范仲淹晚年在苏州设立范氏义庄，聚族而居，经过几代人的捐助和经营，范氏家族谨守祖产，绵延八百余年不衰，人才辈出，成为中国古代和睦宗族的典范，历朝历代都受到过皇帝和地方政府的旌表和支持。范仲淹在给兄长范仲温的家书中涉及这一话题的内容很多，从中可以了解范仲淹对于为家族购置义庄的关心："在此公田不损，尽将置义庄，请选好者典买取，更托陈六一哥用心，此事难成而易因循，切记。屯田言须是开春，请更相度相度。"②"所买田如何？但置得一庄，须是高田，则久远易为照管。若在水浚侧近，则只典买田段亦得。影堂在此已买好木事造，只三小间，但贵坚久也。彼中有屋卖时，请商量要修起一位宅，上作式样，亦须看木色，要得坚牢。"③从以上家书可以看出，范仲淹买田置义庄并非一时兴起，而是为了长久之计，选择好田和坚久的房屋，就是为了方便长远照管。在购置义庄之后，对于它的经营维持也十分关心。"庄契恐又出限，余钱且据数税却。自家置少义田，不可却令漏税。所退绢，已换得好者，今将去。闻夏税倚阁，如户等该得，即将绢卖来纳田契税钱，如不该得，即且纳税。田契确实用多少钱？请细札取来。"④从此信中可知，范仲淹在设置义庄之后并未撒手不管，而是跟家人十分认真地经营产业，对田契、税钱等费用亲自核实，足见他对家族产业的重视。范氏义庄以范仲淹无私的道德感染力和人格魅力影响至深。而一般的士人

---

① 《全宋文》卷三九八，第19册，第217页。
② （宋）范仲淹：《与中舍书四》，《范仲淹全集》，凤凰出版社2004年版，第590页。
③ （宋）范仲淹：《与中舍书五》，《范仲淹全集》，凤凰出版社2004年版，第590页。
④ （宋）范仲淹：《与中舍书十四》，《范仲淹全集》，凤凰出版社2004年版，第594页。

家庭虽然不能有范仲淹这样的忧患意识和财力物力，为整个家族数百年的发展提供经济保障，但他们依然在力所能及的范围内不断为家族购置田产宅地，力求维持并增值家族的经济实力，为后代的发展创造良好的物质基础。

范仲淹的行为在当时和后世产生了巨大的影响，纷纷效仿者不绝如缕。朱长文（1039—1098，字伯原）在《与诸弟书》中就对此表示了敬意："范文正公置义田、义宅，至今四十年，而丞相、侍郎兄弟继成其志，近益增广。九族之间，莫不被其惠。况汝诸弟皆同生，守其旧业，可以同处。诗云：'高山仰止，景行行止。'"① 很明显，同为苏州人的朱长文对范仲淹的行为生出无限崇敬之情。他在分给两个弟弟财产时写道：

> 今以姑苏祖父田产，其数已具别幅，推与三弟，余更不取之，庶成辞逊之素志。惟园宅之地，于此隐居久矣，前郡守章公伯望名其坊曰乐圃，以旌幽迹，当与诸弟共守之，用传子孙，不可坏也。先畴旧产，自祖父以来，置之实艰。诸弟善治之，勿致隳损，犹可以资饮食伏腊之费，岂得忽诸！——《与诸弟书》②

朱长文在这封家书中叮咛告诫兄弟体会祖父与父亲置产的艰辛，勤俭持家，守住祖先创立的家业。

房屋土地对家庭的重要性自不待言，在古人的心目中，房屋并不仅仅是可以遮风避雨的居所，更是家的象征，是一个可以容纳亲人、安抚心灵伤痛的避难所，哪怕是短时间的居住，也会费心经营。所以许多官员在贬谪时期也需要新建住宅，购买田产，以备整个家庭衣食所出。苏轼在贬谪黄州时开垦东坡、营建雪堂，给堂兄的家书中高兴地写道："近于城中得荒地十数亩，躬耕其中。作草屋数间，谓之东坡雪堂。种蔬接果，聊以忘老。"③ 在惠州时建白鹤峰新居，甚至在

---

① 《全宋文》卷二〇二四，第93册，第148页。
② 《全宋文》卷二〇二四，第93册，第147—148页。
③ （宋）苏轼：《与子安兄八首之一》，《苏轼文集编年笺注》第8册，巴蜀书社2011年版，第32页。

贬谪儋州时也需要借助当地百姓之力建造三间房屋供自己和幼子苏过居住。贬谪生涯结束，北归常州后，尽管衰病交加，已经走到了生命的尽头，依然筹钱在常州购买宅舍以备养老之居。正反映出古人对土地宅舍的依赖。

黄庭坚在给外甥王霖的书信中写道：

> 襄邓谋居，师舍舟出陆，糜费已多，又素无根基，恐未便得成就。以老夫计之，不若且止荆南，偕弟宅暂居，稍置田园。物贱，又有通水之便，入都尽坦途，转江又易为力，更从长相度。——《与甥王霖子均四》①

黄庭坚表姐之子王霖早孤，幼年丧夫后一直跟随叔父王献可生活。当叔父去世后，王霖谋划在湖北襄邓置办田产屋宅，而黄庭坚则根据家中财产情况建议外甥居住荆南。从这封信中可见，田宅是当时许多家族在搬迁之时首要考虑的问题。黄庭坚劝说外甥节省丧葬费用，用以置办产业。"以今之势，且百事随缘省约，并力于荆南之田，为三年伏腊之计，有余亦可小作巴峡往来化居之策。人生为善，天不终困人耳。"② 王霖听从了黄庭坚的建议，决定在荆南买田安家。尽管丧葬是古代每个家庭最重要的大事之一，但为了家族成员的生存和发展，只能"百事随缘省约"，为置产节省费用。而土地更是为家族和个人提供生存基础和发展壮大的必要条件，在权衡利弊的情况下，自然得到优先考虑。

如宗泽（1060—1128，字汝霖）的这封家书《寄民师侄书》：

> 叔泽书寄民师四一侄承务：暑热计时，奉姨姨太孺人安佳，偕十六娘、四一新妇、七二秀才，以次一一平善。老叔自十二月十二日，奔走将兵，无毫发补，俯仰天地，尤可羞愧也。今误蒙朝廷录用，皆翁翁婆婆，与三哥积善所庇，但增惭愧而已。七五

---

① 《全宋文》卷二二九〇，第105册，第248页。
② （宋）黄庭坚：《与甥王霖子均五》，《全宋文》卷二二九〇，第105册，第248页。

名目已奏上，并楼三六，走到南京，得乡中消息，亦补与一承信郎。吾侄但愿老叔活得三五年，次第亦可沾及骨肉，但愿有功有德，有以仰报国恩耳。婆婆坟头，柴山与田地亦买些，所有价钱，老叔自还。翁翁坟，已托观民为买四面山种松也。投老了得这些事，死亦瞑目。五三已差二十兵士并两使臣，去取之矣。七五才得赦，便遣归拜嫂嫂也。洪都行略此报安，不一不一。叔泽书寄民师四一侄承务。①

这是宗泽现存的唯一一封家书，这封家书的具体写作时间不详，但根据其中"自十二月十二日，奔走将兵，无毫发补"等信息，可推知此信当写于南宋建炎元年（1127）宗泽任东京留守期间。尽管此时整个国家已是山河巨变、国土沦丧，宗泽的赤胆忠心和报国才能在两宋之交的战争中青史留名，但在这封家书中却让我们看到了一个不一样的宗泽，有血有肉、情感细腻。他在期望"有功有德""仰报国恩"的同时，也时刻牵挂家中亲人和父母坟墓，同时为了家中后辈的前途，"但愿活得三五年"，能够恩荫子孙，为家族购置田产。此时的宗泽，活脱脱一个为儿孙未来打算的老者。透过这封宝贵的家书，让我们理解了田宅等财产对家庭的重要性，即便是在战争中，也时刻不忘利用自身的能力为家族积累财产。

四　求仕

宋代科举取士的人才选拔机制使读书人将进士及第看成人生中极其荣耀的时刻，这种荣耀不仅是自己的，更是整个家族的。新中进士给家人的报喜书中毫不掩饰他们强烈的自豪感和兴奋之情。但是不同的文人在家书中的表述也不尽相同。

北宋时期连中三元的王曾（978—1038，字孝先），在咸平五年（1002）殿试第一后，给叔父王宗元的《登科报父书》中以平静的语气写道："曾今日殿前唱名，遂忝第一，皆先世积德，大人教训所致，

---

① 《全宋文》卷二七九六，第 129 册，第 367 页。

然此亦是世间有底事，大人不须过喜。"① 宋代高中状元的荣耀是"收复燕冀"，"献捷太庙"也不能比的，连中三元者更是凤毛麟角。王曾少时孤苦无依，由叔父抚养长大，面对这样的喜事，他却轻描淡写地认为是"世间有底事"，叮嘱叔父"不须过喜"。由此可见王曾的气度和心胸，他后来在真宗、仁宗两朝三度入相也就不奇怪了。

无独有偶，南宋王十朋（1112—1171，字龟龄）在绍兴二十七年（1157）状元及第时给弟弟写的家书中也以看似平和的语气向家人报喜：

> 今日唱名，蒙恩赐进士及第。惜二亲不见，痛不可言，嫂及闻诗、闻礼可以此示之。——《与弟梦龄昌龄》②

王十朋在家书中向兄弟吐露父母亲离世不能亲眼看见此事的遗憾。而南宋李昴英（1201—1257，字俊明）在宝庆二年（1226）探花及第后一连给家人写了五封报捷书，尽管也与王曾一样将这种荣耀归功于祖宗积德所致，但仍然掩饰不住他的激动和骄傲。只是新科进士在京城的衣食住行、迎来送往和初入仕途的花费也不少，李昴英的《丙戌科过省第二家书》向家人详细开列了自己及第后的各项花销和日常生活：

> 某顿首百拜上覆大人朝议、妈妈恭人：即辰季春，恭惟尊候动止万福。某兹者叨冒正奏第三，无非大人平日积德之验。但开榜之后，百费丛集，租一屋在学前，庶得王魁、张魁亦在左侧，某所赁之屋，一月二十券，捷人与诸人来贺亦五十券。受割之始，凡百物件，皆是新置，如买轿皂衫袍、带幞头、朝靴、一身衣服，轿番四名，每月二十余千，书司听子二名，每月亦十五千，已至借仆一日十余人。况某不谙此间新第事体，只得契张上舍德明事与之商榷，庶得适宜。日间供膳，皆是己出，出二元信

---

① 《全宋文》卷三一八，第15册，第388页。
② 《全宋文》卷四六二七，第208册，第372页。

费二十千，未用一百余券，自惟窘乏不能措，只得转假之乡人，候回日偿之。有便可报陈宅，必有钱助费，但非亲实人，不容付之来也。书铺来呈丙辰科事例，到五月中方唱名入局，以至受阙，并其他礼仪亦七月初方毕，到冬方有拜侍之期。所喜二状元相处甚得，有事必日来相报，出入皆同行。大魁台州人，三十四岁，榜眼亦台州人，六十余矣。凡见主司及朝士，皆与之同，及见邹尚书，彼再三丁宁，未要相见诸朝士，某自此不出。诸同年及乡曲相识官员，日间相见常一二十人，只得奔走报谒，不容已也。某兹者本经出王太傅定房、参详丁郎中黼、知举邹尚书应龙，论在林太傅良显，策未知在谁房。三场未经改削，未敢附去，恐有人问，但以试官所批示之。某次回例受推官，已令人寻访江西、广西诸处，自揣疏于吏事，亦须一年以上可也，亦但言其概。已至两处店主人书铺，亦须百以上千，请两人作四六，亦须百千，事体大概始末非千券不可。乡间风俗薄恶，多言某受人系着不可信，某新得一第，尚要前程久远。①

在这封近六百字的家书中，李昴英详细述说了自己及第后在京城的衣食住行、人员花费、交游对象、授官事宜等，进士的生活似乎劳心耗力。但这都是家人最关心的细节，看似琐碎，却并非微不足道。中国文化中的"亲人"，是"人互喜以所亲者喜，其喜弥扬"②。因此李昴英在五封登科报捷家书中都不厌其烦汇报自己在京城所遇到大小事情，所交往的朋友。在《丙戌科过省第五家书》中，他向家人谈及首次朝见皇帝的激动心情：

十三日上御文德殿，移御榻，临轩引见前三甲人三名，前作一班，相去才咫尺，日表龙姿，俨然在前，余四甲、五甲人只在殿门之外，不及见也。礼毕，三名前就幕次，各赐食七品，罗满几案，精美可把，累科所无也。中贵、快行、卫士来索谢恩诗，即时就换

---

① 《全宋文》卷七九四〇，第 344 册，第 47—48 页。
② 梁漱溟：《中国文化要义》，上海世纪出版集团 2005 年版，第 79 页。

袍笏，是时驾已入内，但抱敕黄拜殿门而已。三名先谢而出，即重戴乘马，所喝迎导如每科仪，但未过太庙，不审其仪也。[①]

宋代科举考试之后，皇帝照例要接见前三甲及第进士。李昂英是两宋广东番禺考取的第一位探花，面对朝廷举行的盛大仪式，以及首次近距离瞻仰"圣容"，对于来自偏远地方的士子朱说是一种极大的视觉和心理冲击。他在家书中将这种惊奇感和自豪感不加修饰地表达出来，不难想象他的家人在读到这些信息时必然与他感同身受。

从张师锡（生卒年不详）的《喜子及第》诗中我们可以了解到父母家人在得知儿子中第时的喜悦心情："御榜今朝至，见名心始安。尔能俱中第，吾遂可休官。贺客留连饮，家书反覆看。世科谁不继，得慰二亲难。"[②] 写出了"金榜题名"给父母和家族带来的荣耀。

登科报喜毕竟是家书中难得一见的内容，与此相反的是大量得知亲人落第后关怀安慰的家书。宋代参与科举的人数大大超过了前代，而中第的人毕竟是极少数，绝大多数的士子必然名落孙山，这对他们的精神和心灵都是不小的打击。亲人的关心在此时就显得极为重要。王令在《寄都下二三子失举二首》诗中道出了在京城应举士子的艰辛：

翘翘数子拔群伦，落笔文章妙有神。清世暂时藏琬琰，红尘终不卧麒麟。

淹留京国三年客，牢落江河一病身。得丧穷通虽付命，双眸忍泪已沾巾。

太学虀盐共苦辛，寒窗笔砚日相亲。梁王台畔一分袂，扬子江头三换春。

箧里黄金须买酒，鬓边白发解欺人。穷通得丧谁能定，况是男儿有此身。[③]

---

① 《全宋文》卷七九四〇，第 344 册，第 51 页。

② 《全宋诗》卷一二七，第 3 册，第 1494 页。

③ （宋）王令撰，沈文倬校点：《王令集》，上海古籍出版社 1980 年版，第 194 页。

为了前途，远离家乡亲人，淹留京城，苦读应举，生活拮据困苦，身体上也不可避免地出现一些病痛。当中举的希望落空后，不可避免地给他们的精神带来更大的打击。因此，家人在得知落第的消息后，往往会在第一时间送上安慰，期盼他们回家安抚疲惫的身心。如欧阳修在次子欧阳奕落第后写给他的家书中并未对他的科举失利表现出太多的失望，而是更加关心儿子的平安与心理状况。

> 自闻汝失意，便遣郭顺去接汝，次日又递中附书去。方忧闷次，今日刘玉自京来，得汝八日书，稍知动静。若至颍，见了大哥便先归，则今应已在路。得失常事，命有迟速，汝必会得，应不甚劳心。却是旅中不如意，渐热难行，故未免忧想。若此书到，尚在颍，则且先归，为娘切要见汝，盖忧汝烦恼也。汝切宽心求安。如过亳州，只约黎、曹二君南台相见，勿入城，千万千万。此外路中好将息。此急脚子如路中逢见，便带取回，一路使唤。二月二十六日押。付二哥奕。——《与二寺丞奕书》①

在这封家书中，父母对子女的关爱令人动容。尽管科举制度为寒门士子开辟了入仕的途径，但应举求仕的艰辛和落第后对读书人的打击却被很多人有意无意地忽略。家书中的这部分内容对于我们了解宋代科举制度下士人的心态提供了一定的依据。

婚嫁、丧葬、置产、求仕是宋代每一个家庭的主要事务，也是家书中的主要内容。通过这些家书，我们可以窥见宋代家庭的内部世界，了解宋人家庭生活的真实样貌。

第二节　家书承载的亲情文化对家族的维系作用

亲情对每一个人的重要性自不待言，而宋代社会的流动性加强，许多文人士大夫大半生处于四处奔波和漂泊之中。他们不断在诗词中抒发对亲人和家乡的思念，南宋著名的江湖诗人戴复古（1167—?，

---

① （宋）欧阳修撰，李逸安点校：《欧阳修全集》，中华书局 2001 年版，第 2538 页。

字式之）在《思家》诗中写道："湖海三年客，妻孥四壁居。饥寒应不免，疾病又何如。日夜思归切，平生作计疏。愁来仍酒醒，不忍读家书。"[1] 此时，家书的重要性凸显了出来，借助家书，远隔千里的亲人可以通过文字进行交流，传递信息，沟通情感，商讨家事，甚至可以探讨学术和国家大事。"见字如晤"的家书所承载的亲情对于维系家人情感、缓解离家之苦起到了重要作用。

一 维系亲情

平安家书中最常见的内容无非是问候亲人的起居饮食和家长里短等琐碎小事，但是从中却透露出家人之间的血脉亲情。正所谓"人情岂不各爱其父母妻子乎？"[2] 对亲人的关怀和牵挂是基于人性的本能，当亲人分别之际，情感交流无法顺利进行，家书的出现成为必然，它首要的功能是维系亲情。

如下列几通家书：

二哥监岳宣教，二嫂孺人：缅想侍旁多庆，儿女一一慧茂。儿母、儿妇、诸孙，悉附拜兴居。及伸问二哥嫂，匆匆未及别问。大哥时相闻，但未能得一相聚，为不足耳。家讯见委，适无便人，今附递以往。邓守旧识，能相周旋否？说欲趁寒食至墓下，不出此月下旬去此。积年怀抱，当俟面见倾倒，预以慰快，说再启。——吴说《书简帖一六》[3]

大哥今日计程当至颍，在路安乐否？且得一向晴明，到颍后事件，专俟回人知委细也。此中老幼各安，勿忧勿忧。余事如去时所说，勿移也。天气不常，慎护为且。今因宅兵行，附此，续别遣人也。二月十五日押。付大寺丞发。——欧阳修《与大寺丞发书四》[4]

① 《全宋诗》卷二八二〇，第 54 册，第 33609 页。

② （宋）司马光：《资治通鉴·汉纪四》，岳麓书社 2010 年版，第 197 页。

③ 《全宋文》卷三九七〇，第 181 册，第 165 页。

④ ［日］东英寿考校，洪本健笺注：《新见欧阳修九十六篇书简笺注》，上海古籍出版社 2014 年版，第 115 页。

　　叔铨告：秋爽，想与诸幼康健。领字，甚慰老抱。昨辱赠别佳句，如："南朝欲相身方上，北国闻风骨已寒。"不敢当。谨藏十革，以无忘蓼萧。数日前，传任妇违和，未的，殊在虑。叔此粗常，唯侍立修史，无暇奉讯。脱然驰想，不若是恝。未间，力职厚爱。——胡铨《与温彦任书一》①

　　以上三篇平安家书都只是向家人通报自己和亲人的近况，以慰家人对彼此的挂念之情。亲情的慰藉对于抚平心灵的焦灼无依和孤独感至关重要，是疗治精神打击和心理创伤的良药。梁漱溟在《中国文化要义》中道出了人们渴望亲情关怀的心理原因：

　　居家自有天伦乐，而因其有更深意味之可求，几千年中国人就向此走去而不回头了……与我有亲如一体的人，形骸上日夕相依，神魂间尤相以为安慰。一啼一笑，彼此相和答；一痛一痒，彼此相体念，——此所谓"亲人"，人互喜以所亲者喜，其喜弥扬；人互悲以所亲者悲，悲而不伤。盖得心理共鸣，衷情发舒合于生命交融活泼之理。②

　　梁漱溟对于中国人重视亲情的文化心理可谓理解透彻，血缘关系的亲近使得家人与自己亲如一体，日常生活中的朝夕相伴不仅使家人之间产生深厚的彼此依恋，更因为同甘共苦的经历获得心灵上的依靠和安慰。与家人共享快乐，"其喜弥扬"，而与家人共度悲伤，也可"悲而不伤"，避免了生命的孤独无依感。

　　如蒋芾（1117—1151，字子礼）的这封《得男帖》，向家人通报唯一幼子夭折后的痛苦：

　　芾屯孤多艰，举无与比，娶后十八年，方得一男，甚慰劳

---

　　① 《全宋文》卷四三一〇，第195册，第234页。
　　② 梁漱溟：《中国文化要义》，上海世纪出版集团2005年版，第19页。

落。半年之间，百病迭至，竟以不起。哀恼无聊，上状崖略，并幸照恕也。①

蒋芾在南宋绍兴二十一年（1151）科举考试中以一甲第二名及第，时年35岁，之后仕途顺利，后官至宰相。这封家书的写作时间虽不能确定，但古人20岁左右娶妻，娶妻后十八年方得子，已近不惑之年。此时唯一的幼子年仅半岁即夭折，怎能不令人"哀恼无聊"，即使仕途的顺畅也不能缓解这样的天伦惨剧。他在信中向家人告知这个悲伤的消息，心中悲痛可想而知，但是在与亲人的书信倾诉中，丧子之悲得到了某种程度的宣泄。

当面临宦海沉浮、久不得归之时，士大夫的思亲之念就更加浓厚。员兴宗（生卒年不详，字显道）在给叔父的家书中写道：

> 某去侍侧，跨三年余，梦想常在三峨。此中海气昏湿，夏中恶暑，中人摧颓如醉状，真可畏也。又饮者食者俱非蜀产，弥觉不堪耳。侄甚谋归计，若得一郡，以西为幸。近上以四朝正史未就，建置史官凡三四员，侄与仁甫各预其一。度事势未可以卒去，然麋鹿之适，当在穷山，似此不见有味也。叔寿祉愈穷，更宜服适，不当以家事介怀。棋酒养高，一切可也。——《与四叔承事小简》②

员兴宗在这封家书中描绘了离家三年在京城为官的种种不适，气候和饮食的巨大差异让他"摧颓如醉状"，不堪忍受。在与家人的交流诉说中，情感上的焦虑得到了缓解。之后他在另一封家书中写道：

> 不侍几教近五年，岁月易得如此。每念老叔及二婶今皆高寿，而劣侄又为一官所羁，思归不废，促归未能也，可奈何！而又坟墓拜扫之念梗于中，涕叹无有已时耳。此时又及三秋，海气

---

① 《全宋文》卷四六七〇，第210册，第332页。
② 《全宋文》卷四八三九，第218册，第173页。

昏昏，殊无乐态。伏想故山高明之地，尊候迩来日益万福。——
《与四叔承事小简》①

这封家书距离上一封的写作时间又过去了两年，员兴宗依然"为一官所羁"，归乡不得，既无法侍奉亲人，也无法拜扫坟墓。家书中流露出浓厚的思乡之情，只能通过书信传递到亲人手中，缓解思亲的痛苦。

两宋时期复杂的政治环境造就了很多谪臣，他们在贬谪时期的心境对文学创作产生了很大影响。尽管诗、词、文等文学作品中记录了他们的心路历程，或苦闷，或达观，或无奈，或通透，但面对家乡亲人时，很多人往往展示出他们内心深处最真实的一面，对家乡亲人的思念和往昔生活的回想成为身处蛮荒之地的谪臣最大的精神支柱。

绍圣元年（1094），51岁的黄庭坚因元祐年间编修《神宗实录》事涉讪谤神宗及新法，被责授涪州别驾，黔州安置。他在第二年到达黔州后，写给家中亲人的家书如下：

> 世因弟：得书，知奔走累年，又索连周石狱中，良不易。郭西水碓既成功，想可端居为饱暖缘矣。郭西柴场、双井水碓相望，亦相夺乎？寿安姑所苦想即平，东卿亦渐谨为治生否？六十八亦源源而来耶？世承兄今行李在何地？亦有息肩之策否？三郎、五郎读书颇有郊耶？书来都不及马新妇病，意其遂康和复常矣。重得今年十三，喜读书否？吾辈人家，但勿令书种断绝，其成功则天也。嗣文想今已到双井矣。嗣直今极解事，能官，上位甚礼之。嗣功不幸，深可痛惜，至今思之，令人气塞也。嗣深除晋城，计上官亦能盼，但道里悠邈，不得其情状耳。知命来入峡中数年，大率只在涪陵，至今犹未归也。老兄自黔迁戎，犹在黔也。衣食厚薄，随缘亦易过，岁用十千，就一民居在城南门里，差远市井，杜门少宾客，用私奴，不复借公家人，极清闲也。相望万里，忽忆往年隔篱闻急研煎豆留饮之声，如在天上。何时复

---

① 《全宋文》卷四八三九，第218册，第173页。

获双井堂上一笑耶？千万自爱。——《答世因弟》①

黄庭坚在这封长信中不厌其烦地一一问候家中亲人的近况，并向兄弟告知自己所知道的亲人消息，之后又用轻松的笔调述说自己在黔州的生活状况。结尾一句"忽忆往年隔篱闻急研煎豆留饮之声，如在天上"，读之令人心酸。家人四散飘零，自己身处蛮荒，不知何时才能回归家乡，与亲人团聚。在这样痛苦的境遇中，家人的消息是缓解苦闷的良药。

苏轼在被贬谪海南儋州时写给侄孙苏元老的家书中表达了困守海岛的艰辛和对家乡亲人的思念：

> 侄孙元老秀才。久不闻问，不识即日体中佳否？蜀中骨肉，想不住得安信。老人住海外如昨，但近来多病瘦瘁，不复往日，不知余年复得相见否？循、惠不得书久矣。旅况牢落，不言可知。又海南连岁不熟，饮食百物艰难，又泉、广海舶绝不至，药物酱酢等皆无，厄穷至此，委命而已。老人与过子相对，如两苦行僧耳。然胸中亦超然自得，不改其度，知之，免忧。——《与元老侄孙四首之二》②

苏轼在海南生活的艰辛由此可见一斑，生活必需品的匮乏让他和儿子如两苦行僧，而家人音信的断绝更让他担忧。尽管苏轼与侄孙苏元老之前并未见过面，但是依然不妨碍他们心理上所产生的亲近感。与侄孙的交流是与家乡亲人的联系，是困境中心灵深处的情感支持。

二　情感慰藉

宋代科举取士和以文治国的政策造就了一大批集政治家、文学家、思想家为一身的复合型人才，在他们从事为官、治学、文学创作的过程中必然对国家、社会和人生有着各种各样的理解和思考，由此

---

① 《全宋文》卷二二九五，第105册，第273页。
② （宋）苏轼：《苏轼文集编年笺注》第8册，巴蜀书社2011年版，第86页。

而产生的情感体验也是极其复杂深刻的。在家书中，他们卸下重重顾虑和伪装，向亲人敞开心扉，抒发对人生社会的感慨。在这样情感交流中，既纾解了内心的苦闷，也获得了精神上的慰藉。

苏轼在被贬谪黄州期间写信给远在眉山家乡的堂兄苏不疑，向他诉说在人生低谷时的人生感悟：

> 吾兄弟俱老矣，当以时自娱。世事万端，皆不足介意。所谓自娱者，亦非世俗之乐，但胸中廓然无一物，即天壤之内，山川草木虫鱼之类，皆是供吾家乐事也。——《与子明兄十首之一》[1]

这是一段被很多学者反复引用的材料，用以说明苏轼贬谪期间心态的变化。与此相似内容的还有他写给另一堂兄苏不危的家书：

> 此书到日，相次，岁猪鸣矣。老兄嫂团坐火炉头，环列儿女，坟墓咫尺，亲眷满目，便是人间第一等好事，更何所美。可转此纸呈子明也。——《与子安兄八首之一》[2]

苏不疑，子子明；苏不危，字子安，二人同为苏轼伯父苏涣之子。苏不疑"家居，不求禄仕"[3]。苏轼在家书中跟他交流安享家人团圆的温馨幸福。苏不疑则为"承议郎，通判嘉州"[4]。苏轼也曾任凤翔通判，深知底层官吏的辛苦和无奈，他在信中跟堂兄分享了遭遇挫折和磨难时的生存智慧，世间万物，皆不挂怀，即"胸中廓然无一物"。这种情感上的交流缓解了彼此心灵的苦闷，也安慰了家中亲人的担忧和煎熬，成为士人能够战胜人生苦难的重要力量。

在碰到家中亲人为各种事情烦恼时，许多文人也用自己的人生经验和智慧劝慰他们，黄庭坚在给兄弟的家书中写道：

---

[1] （宋）苏轼：《苏轼文集编年笺注》第 8 册，巴蜀书社 2011 年版，第 39 页。
[2] （宋）苏轼：《苏轼文集编年笺注》第 8 册，巴蜀书社 2011 年版，第 39 页。
[3] （宋）苏辙：《伯父墓表》，《苏辙集》，中华书局 2004 年版，第 414 页。
[4] （宋）苏辙：《伯父墓表》，《苏辙集》，中华书局 2004 年版，第 414 页。

数一日来，不平之气，想已销歇。古人云，事不如意，十常八九，况此小小，何足置怀！世间逆顺境界，如寒暑昼夜，必至之理。周公以大圣扶倾定难，远则四国流言，近则同寮不悦，而周公从容不动，而天下和平。此小小者，如蚊蚋过前耳，又何快快耶！——《与益修四弟强宗帖一》①

从上面的内容可以看出，黄庭坚并不认为兄弟所遭遇的事情有多么严重，所以用"不如意事常八九"的俗语和周公执政时面对的流言非议劝慰他，看似举重若轻，实则渗透了自己为官多年的经验和生存智慧。他在家书中将这些人生感悟与亲人交流，吐露心迹，在安慰家人的同时也得到了某种程度上的情感宣泄。

王回（1048—1101，字景深）在《与弟容季书》中原本是向兄弟倾诉仕途中的琐事烦恼，但之后却自我开解，抒发自己对人生的理解：

人生乘物而游于百年，历观古今，所逢无治乱，所托无出处，祸福之来，莫不有命。如惑者乃欲以区区之力胜之，故有邀福而福愈去，避祸而祸愈来。盖自然之祸福，常伏于万物之间，逆理而得之，故与人谋为可憾也。惟君子为循义而听命，故祸福之来无可憾者。何则？义尽于已，而命定于天也。汝之深敏，读此可以推见其余矣。②

从这封家书可见，很多人在遇到困难时给亲人写信，并不仅仅是寻求来自家庭的支持或帮助，有时只是找一个可靠又可信之人倾诉心中烦恼。在倾诉的过程中，情绪得到了某种程度的宣泄，自然而然重拾信心。并且激发作者对生活进行更深一层的思考，顺带将自己的人生经验或生存哲学记录下来，与家人共同分享。在这一过程中，作者对家人敞开心扉，仿佛让其深入自己的内心深处，与自己一起经历思

---

① 《全宋文》卷二二八八，第105册，第115页。
② 《全宋文》卷一五一五，第69册，第360页。

想的变化过程，营造出家人陪伴在旁的氛围。不仅是对自己的安慰与激励，还安抚了亲人对自己的担忧之情。

三　对抗苦难

亲情在平常的生活中不可或缺，在经历人生挫折和磨难时就更加重要，它成为很多人对抗苦难、战胜挫折的精神支柱。在发生国家巨变、家族危亡的艰难时刻，家书承载的亲情成为士人在困苦中超脱苦难的力量源泉。

南宋初太学生陈东（1086—1127，字少阳）在伏阙上书后被宋高宗下令处斩，此前宋代没有杀上书言事者的先例。在生死关头，陈东写给家人的《家书》中并没有面对死亡的畏惧和悔恨，而是以平静的口吻交代后事：

> 东百拜上覆婆婆、姆姆、十四叔婶、十八叔婶、三十叔婶：家中骨肉上下俱安？东八月十四日到南京，十五日入门，十六日具状申尚书省，十七日诣登闻检院上书，十九日又上书，二十五日又上书。当日晚忽有应天府吏人来追取。东必是得罪，恐死生未可知，然东已处之定矣。窃恐死后家中不知仔细，老儿烦恼，今特写此纸报，要知东不以他故而死也。新妇并二女，东不暇顾恤，尽教婆婆、姆姆、诸叔婶照顾处置。新妇见怀妊，或得一男，即先人之后不绝，东死无恨矣。六五弟善事六三哥，同共奉侍二老儿，勿教失所，想诸叔婶更不在叮咛也。二弟遍诸房尊长呼名起居，见姑姑亦传语四七妹，今年便可与他成结了却。死生天也，切勿念。东除随身衣服外，其余行李尽付六十郎并诸仆携去，且助二老儿使用。大娘长成，中间已许四六姐六五郎为亲，如他家不悔即与，不然则别作处之。请将此纸送与四六姐一看，其余不复言矣。秋气向冷，伏祝善加保重，不备。建炎改元八月廿五日，东百拜上覆婆婆、姆姆、诸叔婶座前。①

---

① 《全宋文》卷三八三四，第175册，第226页。

这封《家书》是陈东临终前的遗书，他并没有花过多的笔墨解释自己伏阙上书的行为，也没有对自己的命运表示不满或愤怒，只是从容不迫地安慰家人，为他们的将来作打算。可见，在生命的尽头，陈东真正牵挂的还是至亲家人，害怕自己的离世给他们带来痛苦，不愿意再因为自己的情绪波动增添父母亲人的悲苦，或使他们再受牵连。陈东为家人未来的生活忧心，不厌其烦地叮咛告诫，宛如对面长谈，看似平淡的言辞实则饱含着深厚的情义。

南宋郑刚中（1088—1154，字亨仲）在被贬封州时写给儿子的家书中充满了对家人的忧虑：

> 自许老三月来复州，众谓汝辈皆当无恙。独我自念罪犯深重，又汝所坐亦是钱物，绝无径还之理，今得信果然。柳佳郡，又去封亦不甚远，此天地造物之私也。父子须当碎首知恩。我四月十日，复州备录到省劄，十一日出门，六月九日到。到不二十日，杜方来，得妈妈安信，并汝开福寺所发书，慰喜非常。我自离复州，一路不入州郡，遇县自更易夫脚外，皆径过。止潭、衡间，暴下困乏，共迟留三四日。封守极贤明。今在半村郭间一小宅子居住，到即杜门念咎，此外一切勿以为念。妈妈得书，与骨肉若能自宽者，又未知真是如何。——《封州寄良嗣书》①

绍兴十七年（1147）九月，秦桧指使其党羽弹劾时任四川宣抚使的郑刚中"妄用官钱""奢僭""贿赂溢于私帑"等罪。绍兴十九年（1149）七月，又命人逮捕其子右承务郎郑良嗣，严刑拷打，坐实了父子二人的贪污之罪。之后，郑刚中被贬封州安置，郑良嗣柳州安置。这封家书正是郑刚中被贬封州时写给被贬柳州的儿子的。在信中，他对自己和儿子遭遇的人生磨难并未表现出愤怒怨望或焦心忧虑，对自己目前的状况表示平静接受，也宽慰儿子不用为自己和家人担忧。这既是出自真心，也是为了避祸保身。看似平静的家常语中掩藏不住对家人的担忧和挂念，郑刚中对儿子反复叮咛告诫："不得自

---

① 《全宋文》卷三九〇四，第178册，第250页。

以为言，而对他人说及"；"不得与人乱往还"；"言语自寒温之外，半字不得乱发"。① 他在信中也提及同行之人和自己的身体状况：

> 泾童已深瘴，又遍身生疮如大风，人已废物，盖往日拖拽损也。汪举亦且而已，两行却且在此。我小便犹有红沙，然今亦岂计此？饮食并身体，比相别时并减一半。谓将息得好者，非小人乱说，则知识相宽之语，实不然也。妈妈头雪白，不忍闻之。汝果足衣服，且逐日挨抵，不要归煎迫家中，盖彼实无所出，徒然生受也。②

受尽牢狱之灾后，还要面对烟瘴之地的气候环境对身体健康的摧残。在这样的打击面前，郑刚中已然预料到最坏的结局。但他依然安慰儿子无须为自己担忧，要他"逐日挨抵"，不放弃被赦免北归的希望。这从他给儿子的诗歌中也可见一斑，在《十月初梦寄良嗣诗三句云相思一载余身随云共远梦与汝同居觉而足之》诗中写道：

> 武昌分别处，江岸依篮舆。对饮三杯后，相思一载余。
> 身随云共远，梦与汝同居。何日秋风夜，灯窗听读书。③

他在被贬三年后生日之际所写的《良嗣以予生朝将至以古赋一首为寿作三绝与之勉其省愆念咎当在念亲之先》诗中写道："乾坤高厚爱无偏，罪大其如未许怜。莫向岁时加念我，共须忧畏补前愆。"④ 这首诗的前两句是否为真心，不得而知。但郑刚中担忧儿子心中怀有对朝廷或当权者秦桧的怨恨，而招致更大的灾难，写诗提醒当是目的之一，这从诗歌题目中"勉其省愆念咎当在念亲之先"就可以看出。需要特别指出的是，封州太守赵成之受秦桧之命不断折辱郑刚中，绍

---

① 《全宋文》卷三九〇四，第 178 册，第 250 页。
② 《全宋文》卷三九〇四，第 178 册，第 251 页。
③ 傅璇琮主编：《全宋诗》第 30 册，北京大学出版社 1998 年版，第 19134 页
④ 傅璇琮主编：《全宋诗》第 30 册，北京大学出版社 1998 年版，第 19104 页。

兴二十四年（1154）五月，郑刚中在封州去世，时年 67 岁。① 这是他在去世前一年所写的诗，他应该已经预料到了自己的人生结局。然而，在亲人的生死安危面前，个人的情绪是微不足道的，这是郑刚中对自己和儿子的告诫。在第二首诗中他写道："五月榴花照午时，三年知汝忆亲闱。小笺写赋随香到，信是今年已庶几。"② 在这首诗中，郑刚中流露出的父子情深令人动容。在另一首《一绝寄家》诗中，他写下了"惊枕梦回常半夜，倚楼魂断是斜阳"③ 的思亲诗句。而在家书中，他对家人的思念和担忧却是通过一连串的事实书写表达出来，既是叙事，也是抒情。

家书的功能之一是情感交流，远隔两地的家人通过书信媒介互诉衷肠，表达心声，家书承载的亲情文化对于家族的凝聚和传承起着重要作用。

第三节　家书中所反映出的士人社会生活情态

中外学者无一例外都认为宋代发生了中国古代历史上最伟大、影响最深远的经济与技术革命，宽松的政治环境、社会的安定、经济的富庶、商业的繁荣、交通的便利等，都是这一变革所带来的好处。这些变化不仅大大提高了普通人的生活质量，促进了市民阶层的兴起，"又反过来恢复了文化上的强劲活力并产生了持久的影响，其规模之大在中国历史上无与伦比"④。这种社会形态和文化上的巨大变革对士人的生活情态产生了重大影响。士人交游范围大大扩展，交往对象打破了阶层的限制，形成了"举世重交游"的社会风气。宋代社会人员的流动性较之前代增强，外出谋生、求学应考、官员流动、贬谪迁徙等各种活动为不同地域、身份、地位、家族之间的成员提供了交往的机会。除此之外，两宋时期各种节日举行的大型交游活动，东

---

① （宋）李焘：《续资治通鉴长编》卷一二八，中华书局 2004 年版，第 743 页。
② 傅璇琮主编：《全宋诗》第 30 册，北京大学出版社 1998 年版，第 19104 页。
③ 傅璇琮主编：《全宋诗》第 30 册，北京大学出版社 1998 年版，第 19159 页。
④ ［美］戴仁柱：《十三世纪中国政治危机与文化危机》，刘晓译，中国广播电视出版社 2003 年版，第 26 页。

京、杭州、扬州、益州、南京等许多大城市通宵达旦的夜市、闹市，官员、文人之间盛行的宴饮之风，以及许多社会文化名流举行的各类社团，如"真率会""九老会"等，也为"举世重交游"的社会风气起到了推波助澜的作用。交流的频繁必然促进了书信的繁荣，南宋方大琮在写给弟弟的家书中指出当时文人之间"诗简之唱酬，简牍之往还，殆无虚时"①。文人的生活理念也发生了巨变，在享受安逸生活的同时，不忘追求精神世界的超脱与美好。随着生命意识的加强，宋人的养生观也更趋于理性，摆脱了唐代以前王公贵族和文人对长生不老以及金丹的迷恋，逐渐意识到心灵和情绪对身体健康的影响，不仅关注养身，还注重养心。这些内容在家书中都有不同程度的表现。

一 诗酒自娱的文人情怀

宋代文人大多饱读诗书，热爱生活。以诗酒自娱是他们自得其乐的生活方式。黄庭坚曾有"尺璧之阴，常以三分之一治公家，以其一读书，以其一为诗酒，公私皆办矣"②的主张，受到许多文人士大夫的赞同。尤其是在人生失意之时，这种生活方式成为他们对抗现实苦难的有效手段。

苏轼是宋代文化精神的象征，他在贬谪时期的旷达生活正是文人情怀的集中体现。苏辙在为苏轼所作的《子瞻和陶渊明诗集引》中写道：

> 东坡先生谪居儋耳，置家罗浮之下，独与幼子负担渡海，茸茅竹而居之。日啖薯芋，而华屋玉食之念不存于胸中。平生无所嗜好，以图史为园囿，文章为鼓吹，至此亦皆罢去。独喜为诗，精深华妙，不见老人衰惫之气。③

① （宋）方大琮：《与九叔楫孙书》，《全宋文》卷七三七三，第321册，第205页。
② （宋）黄庭坚：《与洪氏四甥书》，《黄庭坚全集》，江西人民出版社2010年版，第580页。
③ （宋）苏辙：《苏辙集》，中华书局2011年版，第1110页。

面对生活中的磨难和打击，苏轼通过追和陶渊明的诗达到与古人交流的境界，以此对抗现实的苦难。诗歌无疑代表着一种高尚的人文情怀和精神境界，并且是文人抒发情感的完美形式。他们通过追和古代诗人的诗篇表达一种趋同的人生价值追求，用以平复内心的伤痛和现实带给他们的伤害。苏轼追和陶渊明，而宋代许多被贬南方和海南的官员纷纷效仿，追和苏轼的诗歌，这种传统一直延续到清代。除了追和古人的诗歌，他们也利用书信与自己的亲友诗词唱和，家人之间的诗词赠答成为情感交流的特殊形式，使亲情诗词也具有了某种形式上的家书意象，这将在后文详细讨论。

胡铨在反对绍兴和议被贬后写给侄儿的家书中多次提及二人之间的诗歌交流：

> 叔铨告：秋爽，想与诸幼康健。领字，甚慰老抱。昨辱赠别佳句，如："南朝欲相身方上，北国闻风骨已寒。"不敢当。——《答温彦侄书一》①

> 叔铨告：宠寄佳篇，如："已听恩波生茗碗，更看皇泽下鸡竿"，意味皆妙。"难甘不是唐工部，窃效犹堪艳绣鞍。"似觉慊然，何也？近上庠诸俊有见访者，谈吾侄不容口，董子羽参入亦称道不置，一第直涸子耳，何慊乎哉！著鞍一来，是望是望。——《答温彦侄书二》②

从这两封家书中明显可以看出胡铨侄儿对叔叔的上书行为钦佩之至，写诗赞美，胡铨谦虚"不敢当"，并对侄儿诗歌中的自谦之语进行点评。通过出现在家书中的这些只言片语的诗句，可知诗词是随着书信一起寄出传递的。以诗娱情是宋代文人生活情态的特点之一，家人之间的交流更助长了这种风气的盛行。

然而，在诗酒自娱的同时，许多士大夫也对这种生活在内心深处

---

① 《全宋文》卷四三一〇，第195册，第234页。
② 《全宋文》卷四三一〇，第195册，第234页。

生出一丝警惕。虽然写诗作文被宋代文人肯定，但在正统儒家人士的心目中，修齐治平才是真正的事业，内圣外王才是人生的终极目标。诗酒只是作为正当公事之外的一种娱乐和消遣，一旦超出了合理的度，影响了正常的人生事业，必然会受到来自各方面的批评和规劝。黄庭坚作为北宋晚期诗坛领袖，在教授亲友门生作诗法门的同时，也不忘告诫他们不可因为诗酒废王事。他在给外甥洪刍的信中写道：

> 君子之事亲，当立身行道，扬名于后，文章直是太仓之一稊米耳。此真实语，决不相欺。又闻颇以诗酒废王事，此虽小疵，亦不可不勉除之。牛羊会计，古人以养其禄。老舅昔尝亦有此过，三折肱而成医，其说痛可信也。——《与洪驹父三》①

洪刍（1066—1128，字驹父）自幼早慧好学，雅好诗词，黄庭坚对其寄予厚望，针对外甥好饮酒、赋诗词，以致因私废公的问题，黄庭坚告诫他"立身行道，扬名于后"才是君子所当追求的正途，并用自己的经历说出"文章直是太仓之一稊米"的体会，虽然此语带有元祐、绍圣党争的阴影，但依然不能忽视宋代士大夫对诗酒娱情的看法。黄庭坚在给另一个外甥徐俯（1075—1141，字师川）的信中也写道：

> 所寄吉州旧句，并得见诸贤和篇，皆清丽有句法，读之屡叹。糠秕在前，老者增愧耳。甥人物之英也，然须治经，自探其本，行止语默一一规摹古人。——《与徐师川书一》②

黄庭坚对外甥的诗歌成就表示欣喜和赞叹，但依然对其提出"治经探本"的要求，希望他能在"行止语默"等行为上效仿古人，这绝不仅仅是对其行为举止的要求，而是在品德涵养和自身道德修养上提出的目标，目的就是要纠正外甥身上过分浓厚的文人气息。黄庭坚

---

① 《全宋文》卷二二八二，第104册，第335页。
② 《全宋文》卷二二八二，第105册，第107页。

提出的"光阴三分法"中只有三分之一是留给诗酒自娱的，并且是在不影响公事、读书情况下的自我消遣。一旦有人在诗酒上面花费过多的时间精力，影响到另外两项重要事业，必然会引起他们的警惕和反对。

二　注重养身的生命意识

中国古人的生命意识十分浓厚，对生命的珍惜和健康的关注，是每一个人发自内心的本能。宋代以文治国的政策催生了数量庞大的读书人群体，他们终日与书为伍，读书写作是许多青年学子和文人的主要任务。宋代童蒙教育发达，许多读书人少年"早慧"，五六岁开蒙，十几岁下笔作文，苦读、苦吟之风盛行，劳心伤神。南宋理学盛行，更是效仿禅宗静坐默思，涵养性气，少动多静的生活方式必然对身体健康造成极大的影响。科举考试的成败又使他们的心理产生巨大的变化，两者互相影响，往往对健康不利。因此，宋代的文人士大夫极其重视养生，从《孝经》中"身体发肤，受之父母，不敢毁伤"，到宋孝宗"以佛修心，以道养生，以儒治事"[①]。三教合一的思想融合给宋代士大夫的养生理念增添了许多新的内容。同时，随着医学的发展，养生理念也不断发展，宋代出现了一系列有关保生的医药书籍，如陈直（生平无考）的《养老奉亲书》，提出"食疗大于药疗"的主张；南宋周守忠（生平无考）的《养生类纂》，汇集了三十多种有关养生的方法。许多士大夫精通医理，探索养生之道，且在不断的摸索和实践中形成了各自不同的养生经验和方法。

宋代的文人士大夫关注养生的不少，如欧阳修、苏轼、苏辙、黄庭坚、陆游等人都留下了大量有关养生之道的诗歌和文章。他们的养生之道都有一个突出的特点，即更注重"保身"，对"身体"的关注远远超过对"心灵"的关注。并写下了大量的诗文述说自己学习养生的心得体会，如陆游曾作《养生诗》：

　　昔虽学养生，所遇少硕师，金丹既茫昧，鸾鹤安可期？惟有

---

① （宋）宋孝宗：《原道辨》，《全宋文》卷五二七九，第236册，第297页。

庖丁篇，可信端不疑。爱身过拱璧，奉以无缺亏。辱不患天作，戚惟忧自诒。挛躄岂不苦，害犹在四支。二竖伏膏肓，良医所不治。衣巾视寒燠，饮食节饱饥。虎兕虽在傍，牙爪何由施？①

不仅如此，他们还在家书中与亲友探讨养生之道，苏轼在黄州时给苏辙的信中写道："或为予言，草木之长，常在昧明间。早起伺之，乃见其拔起数寸，竹笋尤甚。夏秋之交，稻方含秀，黄昏月出，露珠起于其根，累累然忽自腾上，若推知者，或辍于茎心，或辍于叶端。稻乃秀实，验之信然。此二事，与子由养生之说契，故以此为寄。"②苏辙幼时身体瘦弱，后请教道家高人，得养生之术，刻意为之，身体状况逐渐好转，并寿终七十三岁，在宋代算高寿者。他在《龙川略志》中有"养生金丹诀"一条，记载其路过仙都山遇道士传授内丹修炼之法的经历。苏轼从"草木之长常在昧明间"的自然现象出发，与养生之道结合起来，兄弟二人就如何养生的话题交流心得，相互启发，这对他们度过贬谪时期的艰难岁月大有助益。

关心亲人的身体健康是宋代家书的一个重要内容，当亲人生病或身体不适时，必然引起家人无尽的忧虑和焦心。为此，一些人在家书中不厌其烦地叮咛病者寻医问药、安心休养；嘱托家人照顾病人，小心奉养；许多人还四处寻觅药方和难得的珍稀药材寄去。家庭就像一个温暖的怀抱，不仅使患者的病痛得以缓解，也安慰了他们的心灵。

范仲淹因兄长范仲温生病忧心不已，几次三番写信劝慰他：

某再拜中舍三哥，今日得张祠部书，言二十九日，曾相看三哥来，见精神不耗。其日晚吃粥数匙，并下药两服，必然是实。缘三哥此病因被二婿烦恼，遂成咽塞，更多酒伤脾胃，复可吃食，致此吐逆。今既深病，又忧家及顾儿女，转更生气，何由得安？但请思之，千古圣贤不能免生死，不能管后事，一身从无中

---

① 《全宋诗》卷二二一六，第40册，第25283页。
② （宋）苏轼：《与子由弟十五首之一》，《苏轼文集编年笺注》第8册，巴蜀书社2011年版，第60页。

来，却归无中去，谁是亲疏？谁能主宰？既无奈何，即放心逍遥，任委来往。如此断了，既心气渐顺，五脏亦和，药方有效，食方有味也。只如安乐人，忽有忧事，便吃食不下，何况久病，更忧生死，更忧身后，乃在大怖中，饮食安得可下？请宽心，将息将息。今送关都官服火丹砂并橘皮散去，切宜服之服之。——《与中舍书二》①

范仲淹分析兄长的病情，是因为家中矛盾气恼所致，再加上酒食伤及脾胃，导致病情加重，这就需要在精神上和身体上都进行治疗。范仲淹认为兄长之病主要在心里，为儿女和家庭琐事烦恼，饮食之病倒在其次。说明宋代士大夫已经清楚意识到情绪和健康的关系，好的情绪和心态对健康有益，而各种不良情绪则有害健康。范仲温因家庭矛盾烦恼生气，为儿女焦心忧虑，范仲淹劝说他无须如此，"千古圣贤也不能免生死，不能管后事"，何况普通凡人，只管"放心逍遥，任委来往"，断除不必要的心理负担，才能饮食有味，疾病痊愈。随同书信一并附上的还有药物，叮嘱兄长服用。范仲淹对家中亲人的身体健康时时忧心，"不委六哥屯田所患进退，忧心忧心！须是多灸，仍服好药，方可图安。请切切劝他，恐气血极微，则灸亦不及也。纯仁等勿令饮酒，大底已被酒成狂疾，余者宜戒之戒之！"②范仲淹在信中嘱托兄长照顾生病的兄弟，约束子侄"勿令饮酒"，这是一个长辈对于儿孙辈身体的关心。

蔡襄（1012—1067，字君谟）在自己身体不适时，也写信与家人通报自己的身体状况，并且提出了饮食对健康的影响：

病躯不常得安，多缘饮食而致。山羊涩而无味，虽食不过三二两，鱼鳖每食便作腹疾，以此气力不强，日久必须习惯，今未调适耳。——《与宾客七兄书一》③

---

① （宋）范仲淹：《范仲淹全集》，凤凰出版社2004年版，第589页。
② （宋）范仲淹：《与中舍书十》，《范仲淹全集》，凤凰出版社2004年版，第592页。
③ 《全宋文》卷一〇一〇，第47册，第68页。

欧阳修在得知孙女生病后十分忧虑，在写给长子欧阳发的家书中嘱咐他用心调理，并且给出了曾经有效的一些药方：

> 只是闻得婆孙患脏腑后甚烦恼，盖孩儿三好两恶已多时，且须用心调理，及知道奶子乱吃物道不得，但向道候到亳州。你不得迎子，何不与青黛丸吃？此是汝小时服之得效者。前时王泽附去者豆蔻丸，亦是汝辈患脏腑时得效者，可与婆孙吃。医人药中用黄连、甘草者，与儿吃。此中日夕，惟是忧烦二孙过夏不易。且喜汝今夏一成安乐，然更须慎食生冷。吾自蔡河舟中大热，食生冷不节，所以到颍渴淋复作。——《与大寺丞发书三》①

欧阳修是一个极重亲情的人，他给长子的信中不止一次提及对孙儿、孙女的关心和挂念。因此，在孙儿们生病时，他显得无比忧心，从中可见身为祖父的欧阳修对家中后辈的亲切关爱。

黄庭坚是北宋有名的注重养身保健之人，他的书信中记载了许多有关食疗、药疗的方法，如下面这封：

> 承体中多不快，亦是血气未定，时失调护耳。少年人例多如此。某二十四五时，正如此病，因服菟丝，遂健啖耐劳。今寄方去，蜀中难得细粒菟丝，至荆南便可得也。——《与甥王霖子均三》②

黄庭坚外甥因失于调养，年纪轻轻便身体不适，对此颇为忧虑，他在信末附上养身药方，叮嘱外甥坚持服用。

吴说（1092—1170，字傅朋）在家书中写道："说衰晚骤当冗剧，触冒署毒，忽得血淋之疾，楚苦良甚，不逮亲染，为愧！"③ 从信中描述的"血淋之疾"可以推断，吴说的病情当十分凶险，而且他自己也为此承受着巨大的痛楚，可是他并没有在信中过多为自己担

---

① （宋）欧阳修撰，李逸安点校：《欧阳修全集》，中华书局 2001 年版，第 2531 页。
② 《全宋文》二二九〇，第 105 册，第 248 页。
③ （宋）吴说：《书简帖一四》，《全宋文》卷三九七〇，第 181 册，第 164 页。

忧，而是惭愧自己没有养好身体，让亲人担心。家书中"报喜不报忧"的特点也体现得淋漓尽致。

范成大（1126—1193，字至能）在《与五一兄帖》中也向兄长述说自己年纪渐长、身体日衰的悲哀，"劣弟年来多病早衰，鬓发如雪，骨瘦如柴，食少药多，如此度日，可以想见况味"①。尽管衰老是生命的自然过程，但范成大面对自己"多病早衰"的身体状况依然感到无奈和哀伤，身体的病痛必然会引起精神上的不良反应。因此，许多人都在家书中传授一些道听途说或亲自验证的养生保健之法。如朱熹就告诫儿子："年来衰病，多因饮食过度所致，近觉肉多为害尤甚。自丁巳正旦以往，早晚饭各不得过一肉。如有肉羹，不得更设肉饤。如是菜羹熟水下饭，即肉饤不得用大楪，只用菜楪大小一般。晚食尤须减少，不肉更佳。一则宽胃养气，一则节用省财，庶几全生尽年，俭德避难之方一。垫等如有爱亲之心，切宜深体此意。"②朱熹从自己的养疾经验出发，认为"饮食过度"和"食肉"对身体危害甚大，因此，告诫儿子减少肉食，既可以"宽养胃气"，又可以"节用省财"，一举两得。至于少食肉或吃素是否有助于祛病养生，用今天现代医学的视角来看，并无明确的科学依据。但放在宋代社会，则仁者见仁、智者见智，其中透露出的都是对亲人身体健康的关心，保身是家族成员之间平常最关心的话题。

宋代家书中透露出文人注重养身和关心家人健康的另一重目的，他们的身体并非属于个人，而是属于整个家族和父母亲人。"对于已为人父母的中国人而言，他是将自己的亲生骨肉（子女）包含在自我之中的。这表明，中国人常常将个体自我与所谓的'自己人或自家人'融为一体，以此区别于自己以外的其他人。"③ 在这种情况下，个体成员必然被要求为了家族的利益有意无意地消除自己的个性，融入整个家族。担任"家长""族长"的长辈也会用各种理念和方式引导或助长这一行为。范仲淹写给儿子的家书就是这样的情况：

---

① 《全宋文》卷四九八一，第 224 册，第 336 页。
② （宋）朱熹：《戒子帖》，《全宋文》卷五六一七，第 250 册，第 275 页。
③ 汪凤炎、郑红：《中国文化心理学》，暨南大学出版社 2015 年版，第 114 页。

> 青春何苦多病，岂不以摄生为意耶？门户才起立，宗族未受赐；有文学称，亦未为国家用。岂有循常人之情，轻其身、汩其志哉！——《与提点书》①

对于儿子的身体疾病，范仲淹在与亲友的书信中不止一次流露出焦虑和忧心。但在写给儿子的家书中则是一副严父形象，没有从儿子的角度关注疾病带来的痛楚，而是站在家族和国家的立场，批评他"不以摄生为意"。虽不能借此断言父亲对儿子的关注不够，但言下之意却十分明显，家族中的个人，其身体并不仅仅属于自己，而是整个家族的"财富"，担负着振兴家族的重任。

这也可以从深层次解释宋代文人对养生的重视集中在"身体"层面，而很少关注心灵或精神上的诉求。因为"个人"总是作为"家族""宗族"，甚至"国家"的一分子而存在的，他们"更强调和其家庭成员与社会群体之间的关系，而不是个体的独立或个性"②。个人的精神独立性被有意无意地抹杀了，只剩下对身体的关注。这造就了古人注重"共生"的价值取向，宋代累世同居的大家族正是在这样文化心理层面上建立起来的。"渺小"的个人与强大的家族形成了鲜明的对比，无能为力的"自我"必然对家族产生强烈的依赖感和向心力。人生中的重要决定都由父母或"家长"安排，个人不用关注复杂的外部世界，自然不会在心灵健康和精神健康方面投入太多的时间精力。而与此相反的是担任"家长""族长""尊长"的领导者，他们既享有巨大的权利，也承担着巨大的责任和压力。他们的思想和精神状态会受到一定程度的关注，但大多数时候依然是从整个家族的利益出发。有学者甚至断言："在中国文化传统里，'个人'几乎从未被真正发现与肯定过。"③虽然此论有过分偏激之嫌，但的确揭示出宋人养生偏重身体，而忽略精神的深层次原因。

---

① （宋）范仲淹：《范仲淹全集》，凤凰出版社 2004 年版，第 704 页。
② ［英］M. 艾森克：《心理学——一条整合的途径》，阎巩固译，华东师范大学出版社 2000 年版，第 786 页。
③ 汪凤炎、郑红：《中国文化心理学》，暨南大学出版社 2015 年版，第 117 页。

三 宋代女性的宗教情怀

宗教在宋代社会生活中发挥着巨大作用，许多文人士大夫都受到佛道思想的影响。学者对此现象进行了全面深入的研究，但对女性的宗教情怀则研究甚少。宋代家书中有关这方面的内容虽然寥寥无几，却也留下了一些宝贵的文献资料。从中可以探索宋代女性对宗教的态度，对教义的理解和接受程度及原因，他们在宗教中寻求心理安慰和生命价值的努力。

南宋大宁夫人（生卒年不详）是岳飞（1103—1142，字鹏举）第三子岳霖（1132—?，字及时）之妻、岳珂（1183—1243，字肃之）之母，她现存的文章仅有两篇，是写给儿子岳珂的两篇《遗训》。但其内容却跟宋代许多家训、遗书类作品大相径庭，是她与儿子岳珂的书信交流。这两篇文章被其子岳珂收入自己的文集并得以保存，《遗训》当是岳珂对其母亲手稿的敬称，后面附有岳珂的赞语。在这两篇家书性质的文字交流中，大宁夫人向儿子详细说明了自己自小学佛的经历，和自己对佛教经典的理解，以及她在宗教中探索理解到的人生意义，宗教带给她的心灵慰藉。

珂子暇日谓予佞佛，予曰："非也，非佞其佛也，爱其说也。"忆予年十二三时，博取而易信，于道、释高深惝恍之论，辄皆谛听心服之不疑。辟一室事二氏，像设甚谨。予母杨宜人雅不甚乐，谓予曰："尔必好此，当择一以休其心，毋多歧以滋惑也。"予固泛爱，不知所从。一日读《圆觉经》，有曰："幻身灭故幻心亦灭，幻心灭故幻尘亦灭，幻尘灭故幻灭亦灭，幻灭灭故非幻不灭。"则释卷而叹曰：儒不言生死之际，予不得闻，道则言之矣。上焉全形以超升，不敢言而敢疑也；中焉炼真以尸假，不敢知而敢议也；下则掇中木实，谓可幸延，盖有不足以议者矣。人一身皆不能有所思，有所为，惟心之恃。身恃心，心生尘，动息举作皆尘也。有尘必有灭，动者尘也，灭之者非尘也，无以别之，强名曰灭。凡平日所以收其放心，制其轶情，约而归之正，有所愧而不为，有所慕而愿为者，皆是物也，而皆托于幻。譬之寐然高枕而卧，百无营为，湛然若虚，不梦不觉，是心灭也。金珠在前而不顾，刀锯在后而不怵，是尘灭也。有喜有怒，以心制之，泊然无思，亦无以制，是灭灭也。而尚存出入息，何也？即非幻之比也。能存出入息，则形不死；能存非幻，即性不死矣。此佛之所谓法身常住，如海湛然者，非是经其孰能预于此哉。世之人有二说。弗之信者，以为人受体父母，以五行之禀，为五官之用，气尽而死，如膏竭灯烬；信之者以为人之死形而已，智愚仁鄙，其禀不同，其所以用是者，出入死生而莫之竟。观之人生，幼则无所知，老则耄于识，是随形而生者，必随形而灭，则前之说理也。有所思而兆于梦，无所感而息焉。死生大梦也，恶知其不出入于或兆或息之际哉？则后之说亦理也。形为性之消长，既耄矣，而不还于幼之无知，则形尽耳，性何预焉。心有疾则不能思，今刳而出之，一脔肉耳。所谓用其思者，何所托以出入耶？二说至此皆穷。予所以有感于非幻之妙，而未能至也。予既爱其说，而求其至，则固将尊其人，他日翻经问，有会心，辄为之喜而不厌。老勤难概陈，特诵其一二，以释汝惑。——《遗训一》①

从上文可知，大宁夫人接触宗教的时间很早，在十二三岁的年纪就已经对"道、释高深惝恍之论，辄皆谛听心服之不疑"。可见她并非如一般普通百姓，仅仅对佛教抱着祈求福报的功利目的，而是已经通过阅读和学习了解到佛、道的"高深"教义，这显然离不开家庭氛围的影响。她在家中"辟一室事二氏，像设甚谨"，虽然被母亲杨氏所不乐，但只是不满她同时供养二教，并未对其宗教信仰进行干涉，可见她的行为是得到家族首肯和支持的，这也足见大宁夫人娘家对宗教的态度。之后大宁夫人详细回忆了自己学习宗教典籍《圆觉经》过程中的体悟。《圆觉经》是唐宋时期禅宗、天台宗非常重视的典籍，对其进行讲解、注疏的高僧大德人数众多，对"圆觉"的解释也各不相同。大宁夫人在年少时就已经阅读此经，并且对其

---

① 《全宋文》卷六六七六，第293册，第234页。

中经文有了自己独到的见解，而且据此比较佛、道两家的优劣。而她的思考是建立在对两宗教义的理解和分析基础之上的，并非一般文人或百姓的道听途说、人云亦云。足见大宁夫人的文化修养之高，对佛学浸润之久。至此则"有感于非幻之妙"，更激发了她对佛教的浓厚兴趣和求知欲，因此才会有"予既爱其说，而求其至"的行为。而一旦学有所成，心领神会，更使她有了一种成就感，又反过来促进了探索的乐趣。这就是大宁夫人所说的"有会心，辄为之喜而不厌"。

从大宁夫人的这则《遗训》中，我们看到了一个宋代闺阁女子在学习一门专门学问时的心理反应和探索过程，以及这种求知欲带给她的巨大变化。佛教是她探索世界的一种方式，而且是一种安全的方式，不会遭到家人的反对、指责。在这种学习探索过程中，她对世界和人生有了深刻的体悟和认识，这些知识并非来自父母的灌输和社会的要求，而是通过自己的学习思考所得，自然成为她终身奉行的信仰。这是在其他以男性视角记载的史料中所忽略和遗漏的地方。大宁夫人在理论上解释了自己信佛的原因后，又解释了佛教在家庭生活中带给女性情感上的支持和慰藉。

> 予好饭僧作像法，至老不厌，然未始自为，皆以为亲耳。其次则吉凶之事，予之言曰：予于亲而不用其情，于恶乎用其情？今有人告其亲疾病于道途，其子未尝不匍匐而捄之也。二氏之说，人以为诞也，而幽明之理，圣人犹难言之。予惟惧世人之议己，而望望然避夫惑之名，不尽予心，则终不能以一日安。古人之诏祝于室，而处于祊，以为交神明之道，不可一处求也。使无是也，予不过于惑而已，而心则免于怛悢。万一有焉，是予爱费而不尽乎予亲，亦非所以教孝也。今之原庙，二氏且用焉，顾独疑于一女子，非也。予家世用伊川主法，冬至祀始祖，立春祀先祖，秋祀祢，以邵康节之议，焚楮币，予窃谓安。虽适岳氏，犹不敢不循行焉。且有则无之匹也。事之有有则有无，故谓之无者，乌知其果无而非有也？是亦不逆道途之诈，而用其情于亲者

也，予之意止此。——《遗训二》①

这篇《遗训》的文采和思想性明显不如上一篇，有一点强词夺理的味道。大宁夫人在此文中向儿子解释了自己"好饭僧作像法"的原因，完全是为父母亲人祈福消灾。对于人们对佛道二家祸福报应之说的批评，大宁夫人提出了"幽明之理，圣人犹难言之"的批驳。对于别人对她"佞佛"的质疑和诘难，她以"予惟懼世人之议己，而望望然避夫惑之名，不尽予心，则终不能以一日安"来解释。大宁夫人的这几句话道出了宗教在古代社会的两个重要功能——消除焦虑和予人慰藉。人终有一死，这是人类的共识，但这样的认识并不能消除亲人去世后的内心伤痛。中国的孝亲原则提倡子女为了父母可以舍弃生命，但事实却是很多人面对亲人的死亡无能为力，这给人的内心带来极大的焦虑和不安。尽管许多人清楚自己的崇佛行为对于亲人的疾病没有帮助，但他们在这样的宗教仪式中却抚平了内心的焦虑和沮丧，感觉到自己依然可以为亲人尽一份心力。大宁夫人举例说："今有人告其亲疾病于道途，其子未尝不匍匐而捄之也。"正是这种心理活动的真实反映。面对不可预期、不可控制的灾祸，宗教抚慰焦虑的功能发挥到了顶点。同时，几乎所有的宗教都拒绝承认生命只属于这一世，而是描绘出一个死后的世界，天堂地狱是对善恶的奖励和惩罚，佛教更是如此。对于批评此种说法的人，大宁夫人用"事之有有则有无，故谓之无者，乌知其果无而非有也？"进行反驳。承认佛教灵魂不灭，死后升入极乐世界的说法。而她的这种观点却是经过自己思考的结果，并非听信于佛教故事或鬼神传说，这是与普通信众有所不同的，因此她的信仰才会显得分外坚定。

大宁夫人面对周围人的诘难和反对，更关注的是自己的内心所想所感，而不在乎别人的看法和评价，从中可见大宁夫人的自信和坚持自我的勇气。虽然她将此归结为"孝亲"，但也离不开她从宗教探索中汲取的力量。她在后文中提到整个家族在丧葬仪式上按照伊川程氏的礼仪规范进行四时祭祀，她也遵从娘家和夫家的祭祀仪式，以此来

---

① 《全宋文》卷六六七六，第293册，第235页。

说明自己的佛教信仰并不与儒家礼仪相冲突。可见她对佛教的信仰并非执着于其仪式，而更看重其在心理和情感层面的支持。对于别人"佞佛"的非议，她辩解自己用二氏的仪式"用其情于亲者"，也是一种孝亲的表现，没有什么可羞愧的。大宁夫人的宗教情怀并非如一般研究者所认为的是源于生活的苦难或对佛教彼岸世界的向往，而是基于她对佛教教义的学习和理解，这是被许多学者所忽略的一点。

其子岳珂面对母亲基于佛教义理产生的坚定信仰时，也不得不做出让步，他在《大宁夫人二书赞》中写道：

> 释老之异，佞者惟酷喜，排者惟疾骶。死生之大，达者晦其理，昧者尚其诡。丧祭之正，徇古者失于泥，行今者溺于鄙。如遗训者，亦可以守而勿坠矣。我怀绪言，杯棬之比。子孙传家，真迹在此。①

当时士人对佛老所持的"佞""排"两种态度，岳珂都对此进行了委婉的批评。且对于佛老所关注的"死生""丧祭"两件大事，岳珂也认为有许多不妥的地方，"达者晦其理，昧者尚其诡"，"徇古者失于泥，行今者溺于鄙"都不是正确对待佛老的方式。而自己母亲从佛、道二教教义出发，服务于亲情的做法是值得肯定的。这也印证了宋代理学家排斥佛教的难度，正如程颐所言："道之不明，异端害之也。昔之害近而易知，今之害深而难辨。昔之惑人也，乘其迷暗；今之入人也，因其高明。"② 从大宁夫人的这两则《遗训》中显而易见，岳珂是反对佛教的，而面对自己母亲崇佛的行为，岳珂表现得无能为力。这是因为：

> 男女角色的分工大都是男主外，女主内。既然家庭价值在社会中有着核心地位，而在社会中，个人价值又取决于自己的家庭，即只有家庭的成功，没有个人的成功。那么我们也可以说，

---

① 《全宋诗》卷二九八三，第 56 册，第 35476 页。
② （宋）程颢、程颐撰：《二程集》，中华书局 2014 年版，第 630 页。

实际上，妇女在家庭领域的权利具有决定性意义。在私人生活的历史中很重要的一点是，家是家庭女主人的领域，这是个毫无争议的事实。对于大部分男人来说，家实际上是妻子的。在家里，妻子掌管一切……于是，在家庭之外，一个专门的男性社会形成并发展起来，随社会地位和地理位置不同，其形成原因和规则也有所不同。①

法国学者阿里埃斯在《私人生活史》中的这段言论可以用来解释大宁夫人的行为，在家中面对众人反对依然坚持信佛的深层原因。宋代女性尽管囿于性别限制，不能在社会生活领域施展才能，但却不妨碍她们掌管整个家族事务。大宁夫人少年时期学佛并未受到母亲的阻止，而父亲在她的教育中则呈现出缺失状态，可见母亲在很大程度上掌管着儿女，尤其是女儿的教育，这是古代社会女性教育的普遍现象。她在嫁入岳家后依然不改其志，体现出男性成员对女性家庭生活的干涉力量十分微小。在中国历史上，绝大多数贵族和平民家庭中的普通女性是被忽略的，她们要么默默无闻，难觅踪影；要么因为丈夫或儿子的功绩被作为贤妻良母赞颂。而很少有人会想到她们可能是一个家族的实际管理者，作为妻子，她们对家族的影响力或许不甚明显，但作为母亲，她们却可以利用儒家的孝道观念，通过儿子将自己的影响力波及整个家族。她们的行为也因为仅限于家庭而很少受到男性价值观的约束，这很可能是宋代家庭生活的真实状态。只是限于史料的缺乏，我们无法一一探查其中的究竟。大宁夫人的这两则家书为我们打开了一个窗口，看到了被人们长期忽略的事实。

总之，家书的内容纷繁芜杂，但家庭生活和亲人之间的情感交流是其中最重要的内容，同时，家书也反映了宋代文人的家庭生活和社会生活情态，两者彼此交融，互相影响，共同构成了士人生活的复杂性和多样性。

---

① ［法］菲利普·阿里埃斯主编：《私人生活史 V》，宋薇薇译，北方文艺出版社 2008 年版，第 63 页。

第四章　宋代家书中的教育思想和治家理念

宋代立国之初，门阀氏族经过五代十国战乱的打击几乎消亡殆尽，失去了唐代以前的规模和政治经济上的世袭特权，进入仕途不再依凭家世背景，而主要靠科举获取官职。要想家族能够长久兴盛下去，培养后继人才是最根本的出路。因此，宋代教育空前发展，各个阶层对教育的重视不断加强，对读书的热情和投入较之前代大大增加，整个社会的文化水平和文人素养大幅提升。宋代社会的流动性使得家书成为教育子女的重要手段。同时，宋代士人的家庭教育思想和治家理念又是一个动态发展、不断演进的过程，不同家族的教育观和家庭治理观念受到家族地位变迁和个人经历的影响，也受独特的地域特征和家族学术传统的影响。不同时期、不同地域、不同家族、不同身份的文人士大夫对于家庭教育的理解和做法既有相同之处，也有截然相反的地方。家书的教育内容体现了宋代家庭教育思想的演变，也反映了家族学术思想的传承发展过程，更记录了家族的兴衰成败。

第一节　宋代家书中的家庭教育理念

宋代士人写给兄弟子侄和后辈的家书大多与教育有关，家庭教育对人的重要性不言而喻。家庭教育是决定子女成才、家族盛衰的关键因素。北宋刘清之（1134—1190，字子澄）在《教子语》中就指出："人生至乐莫如读书，至要莫如教子。"① 然而，教育并不是一蹴而就

---

① （宋）刘清之：《戒子通录》，文渊阁四库全书本。

的事情，而是一项长久的精细工作。黄庭坚所谓："人生须辍生事之半，养一佳士教子弟，为十年之计，乃有可望。求得佳士，既资其衣食温饱，又当尊敬之，久而不倦，乃可以尽君子之心而享其功。"①一语道出了教育的耗时费力和取得成就的不易。宋代无数的家庭花费重金聘请名儒教育子弟，良好的家庭教育是这些家族得以成名和发展壮大的基石。

宋代家书中的教育内容是家庭教育思想的集中体现，主要涉及三个方面，分别是：修身为人之道、读书为学之道、廉洁为官之道。

一　修身为人之道

经过唐末五代的乱世，宋代士大夫深切体味到了道德力量对于调和文化群体精神的重要作用。因此，如何成为一个道德高尚、学识深厚、以生民家族为念的圣贤之人就成为家庭教育的核心内容。而家书中这些内容的教育却不似道德文章的空洞说教，而是从为人正直、待人和善、为官清廉、言谈举止等具体细节入手，谆谆教诲，这不仅符合儒家的道德规范，也是为人处世所应遵循的道德准则。

用家书作为教育子孙的渠道不仅是文人士大夫惯用的方式，连帝王也不例外。宋太宗（939—997，字廷宜）端拱元年（988）正月，太宗诸子晋封王爵，太宗手诏戒元僖等曰：

> 朕周显德中，年十六，时江淮未宾，从昭武皇帝南征战，屯于扬、泰等州，朕少习弓马。屡与贼军交锋，应弦而踣者甚众。太祖驻兵六合，闻其事，拊髀大喜。年十八，从周世宗、太祖下瓦桥关、瀛、莫等州，亦在行阵。洎太祖即位，亲讨李筠、李重进，朕留守帝京，镇抚都下，上下如一。其年蒙委兵权，岁余授开封尹，历十六七年，民间稼穑、君子小人真伪，无不更谙。即位以来，十三年矣。朕持俭素，外绝畋游之乐，内却声色之娱，真实之言，固无虚饰。汝等生于富贵，长自深宫，民庶艰难、人之善恶，必是未晓。略说其本，岂尽予怀！夫帝子亲王先须克己

---

① （宋）黄庭坚：《杂说》，《黄庭坚全集》，江西人民出版社2011年版，第704页。

励精，听卑纳谏。每著一衣，则悯蚕妇；每餐一食，则念耕夫。至于听断之间，勿先恣其喜怒。朕每亲临庶政，岂敢惮于焦劳，礼接群臣，无非求于启沃。汝等勿鄙人短，勿恃己长，乃可永守富贵而保终吉。先贤有言曰："逆吾者是吾师，顺吾者是吾贼。"此不可以不察也。①

宋太宗对皇子的教育非常重视，因为他们中的一人将会成为国家的君主，影响着大宋王朝未来的发展和命运。他亲自写信给他们，回忆自己与太祖皇帝南征北讨、一统天下的艰辛和不易。即位以来，亲临庶政、恭俭谦让，摒弃声色之娱，不敢怠惰国事的勤勉。以亲身经历告诫"生于富贵，长自深宫，民庶艰难、人之善恶，必是未晓"的诸位皇子，"每著一衣，则悯蚕妇；每餐一食，则念耕夫。至于听断之间，勿先恣其喜怒"。这样做的目的虽与大多数官宦人家父母对于子女的期望一致，即"永守富贵而保终吉"。然而，放在身为皇帝的父亲身上，就不仅仅是维持家族富贵权势那样简单了，而是要维持整个国家的兴盛和长久发展。皇子们个人的命运与国家的前途紧紧地联系在一起，关系之密切是普天之下任何家族都难以与之相提并论的。这也是宋太宗亲写家书教育皇子的真实心态，此时，他的帝王角色和父亲的形象融为一体，跃然纸上，他与全天下所有的父亲毫无二致。在家书中谆谆告诫，希望子女体会到父辈创业之不易，国家治理之艰难。

宋太宗不仅在书信中如此说，在实际行动中也严格要求皇子，力求让他们明白天子犯法与庶民同罪的道理。"有御史中臣劾奏开封尹许王元僖，元僖不平，诉于上曰：'臣天子儿，以犯中臣故被鞠，愿赐宽宥。'上曰：'此朝廷仪制，孰敢违之。朕若有过，臣下尚加纠摘，汝为开封府尹，可不奉法耶？'论罚如式。"② 帝王将相、王公贵族和朝廷官员由于特殊的身份地位，一个人的言行往往给整个家族带来巨大的影响。北宋庆历年间的宰相贾昌朝（997—1065，字子明）在《戒子孙文》中写道："古人重厚朴直，乃能立功立事，享悠久之

---

① （宋）李焘：《续资治通鉴长编》卷二十一，中华书局 2012 年版，第 648 页。
② （宋）李焘：《续资治通鉴长编》卷二十二，中华书局 2012 年版，第 655 页。

福。士人所贵，节行为大。轩冕失之，有时而复来；节行失之，终身不可复得矣。"① 他的这一论断让当时的许多士大夫奉为格言，从中可以看出"节行"在人们心目中的重要地位。因此，对于子女的教育就更加凸显在道德修养和为人处世方面，家族长辈从言行谈吐到交游对象无不细心指点，严格防范子侄们违背礼法的行为，以免给自己和家族招来祸患。这看似关心子女的道德修养，其实更是关心家族的安危和长远发展。

杨亿（974—1020，字大年）在《家训》中写道："童稚之学，不止记诵，养其良知良能，当以先人之言为主，日记故事，不拘今古，必先以孝弟忠信、礼义廉耻等事，如黄香扇枕，陆绩怀橘，叔敖阴德，子路负米之类，只如俗说，便晓此道理，久久成熟，德行若自然矣。"② 杨亿主张教育要从"童稚之学"开始，循序渐进，但其重点不在记诵文章，而在养其孝悌忠信等品德。

范仲淹曾给朱氏兄弟子侄写信："门户再起，独在吾仁。京师交游，慎于高议不同，当言责之地也。且温习文字，清心洁行，以自树立。平生之称，当见大节，不必窃论曲直，取小名招大悔矣。"③ 他告诫朱氏家人在京城谨慎言语，"清心洁行"，以家族荣辱为重，不能贪图一时的"小名"而招来祸患。范仲淹在另一封信中又写道："京师少往还，凡见利处便须思患。老夫屡经风波，惟能忍穷，故得免祸。"④ 从家人子侄的生活细节入手，规劝他们言行谨慎，因为这不仅体现了他们的道德修养，也是家风的传承和发展，更关系到家族的前途。之后范纯仁（1027—1101，字尧夫）继承了父亲的为人处世之道，在教育子孙时也说："人虽至愚，责人则明。虽有聪明，恕己则昏。尔曹但常以责人之心责己，恕己之心恕人。不患不到圣贤地位也。"⑤

两宋之交名臣李光（1078—1159，字泰发）在《示孙文》中也

① 《全宋文》卷四八一，第 23 册，第 84 页。
② 《全宋文》卷二九七，第 15 册，第 5 页。
③ （宋）范仲淹：《与朱氏六》，《范仲淹全集》，凤凰出版社 2014 年版，第 600 页。
④ （宋）范仲淹：《与朱氏七》，《范仲淹全集》，凤凰出版社 2004 年版，第 600 页。
⑤ （宋）吕祖谦：《少仪外传》卷上，《吕祖谦全集》第六册，浙江古籍出版社 2017 年版，第 2 页。

写道：

> 少年欲励志操，见世间膏粱子弟，当以俭素胜之，不起羡慕之心；见居处华洁过度，凉榭温室，洞房窈窕，则思颜团陋巷之安；见人之盛馔，甘脆肥浓，则思仲尼饭蔬饮水之乐；见人之佩服车舆，犀象珠玉之珍，则思子路衣敝缊袍之温。若能置吾言于座右，常作是观，庶免鄙夫陋人之称。见贤思齐，见不善惕然自省，则可入圣贤之域，古人不难到，顾力行何如耳。①

李光南宋初因与秦桧政见不和，被贬岭南18年，最后三年在海南儋州度过。近二十年的贬谪生涯必然给家人的生活带来巨大影响，李光的这篇《示孙文》正是在这样的生存境遇下所写。李光要求子孙坚持操守，不要羡慕膏粱子弟的奢靡生活，以仲尼、颜回、子路为榜样，甘于清贫，在道德上入"圣贤之域"，这是他们对抗生活苦难的生存智慧。在写文章训诫的同时，他也以身垂范，以自己不畏秦桧打击、不慕权势的实际行动感召家族子孙。他在临终前所写的《病中自赞》中豪迈地宣称：

> 今年八十，百病相攻。今夕明月，炯然当空。似我方寸，不欺为忠。得死牖下，是惟善终。虽四山相逼，五蕴皆空。唯灵光一点，穿透地狱天官。②

八十高龄，身体已然"百病相攻"，还要遭受离家万里的贬谪之苦，精神和身体受到双重打击。但李光心志坚定，不为困辱所折。也难怪陆游在《跋〈李庄简公家书〉》中赞曰：

> 李丈参政罢政归乡里时，某年二十矣。时时来访先君，剧谈终日。每言秦氏，必曰咸阳，愤切慨慷，形于色辞。一日平旦

---

① 《全宋文》卷三三七一，第154册，第246页。
② 《全宋文》卷三三七一，第154册，第246页。

来，共饭，谓先君曰："闻赵相过岭，悲忧出涕。仆不然，谪命下，青鞋布袜行矣，岂能作儿女态耶？"方言此时，目如炬，声如钟，其英伟刚毅之气，使人兴起。后四十年，偶读公家书，虽徒海表，气不少衰，丁宁训戒之语，皆足垂范百世，犹想见其"青鞋布袜"时也。①

陆游读到的家书正是李光的《示孙文》，对于其中的叮咛训诫之词，陆游并未作过多评价，而是不吝美词赞扬李光的"英伟刚毅之气"。由此可见，人格魅力才是无形中影响子孙后代的深层原因，并非被后人所看重的言辞。除此之外，李光还以砚铭的方式寄予他对子侄的殷切期望。他在给四子李孟珍的砚铭中写道：

> 端溪之英，非黑非颓。方其未用也，匣而藏之，以瑞其家庭；及其为用也，波涛汹汹，一挥而成。文字之祥，皎如日星。人皆诵咏，众所推称。老人志愿如此，汝其勉承。当务实学，毋事虚声。——《孟珍房相样砚铭》②

以砚铭的方式对子孙提出训诫是古已有之的传统，李光也在砚铭中对儿子的修身齐家提出具体要求，希望他能写出"众所推称"的文章，"当务实学，毋事虚声"，则突出了李光学以致用的务实精神。

为人之道是每一个读书人立身行事的根本，也是家庭教育的基础，但它并不是宋代家书中教育内容的主角，占据家书教育内容主要篇幅的是为学之道，指导子侄读书做学问才是宋代士人关注的焦点。

二 读书为学之道

宋代彻底打破了唐以前的贵族门阀政治体制，采取科举取士的人才选拔机制，这一政策在各个层面深刻影响了宋代的社会形态，尤其

---

① （宋）陆游撰，马亚中校注：《渭南文集校注》第三册，浙江古籍出版社 2015 年版，第 191 页。

② 《全宋文》卷三三七一，第 154 册，第 241—242 页。

是促进了教育的普及和兴盛。宋代大量的《劝学诗》就是这一时代背景的产物，教育对于每一个家族的重要性自不待言。与前代不同，宋代的世家大族多是以科举出身的文化家族，著名的如三槐王氏、苏州范氏、眉山苏氏、东莱吕氏、墨庄刘氏、四明楼氏等家族。家族文化的形成往往需要几代人的积累，在发展和传承的过程中又不断变化，有些内容被扬弃，新的内容被加入。但毫无疑问，通过各种教育手段培养人才是保证家族得以繁衍壮大的根本力量。而文化教育尤以科举为重，科举入仕是宋代绝大多数家庭和读书人的追求。南宋理学家陆九渊主持象山书院时就曾说："科举取士久矣，名儒巨公皆由此出，今为士者固不能免此。"① 朱熹甚至发出了"居今之世，使孔子复生，也不免应举"② 的感叹。读书成为许多家族为子孙规划的最佳教育途径。

　　两宋时期的各类劝学诗文不胜枚举，兹就家书为例。欧阳修在给次子欧阳奕的《诲学说》中写道："玉不琢，不成器，人不学，不知道。然玉之为物，有不变之常德，虽不琢以为器，而犹不害为玉也。人之性因物则迁，不学，则舍君子而为小人。可不念哉。"③ 范宗韩（生平无考）《责彭乘不训子弟启》也用同时代的家族为例，说明学习的重要性："王氏之琪、珪、瓘、玘，器尽璠玙；韩家之综、绛、缜、维，才皆经纬。非荫而得，由学而然。"④ 欧、韩二人都突出了学习对人物成材的重要性。陆游在《放翁家训》中也说："子孙才分有限，无如之何。然不可不使读书，贫则教训童稚以给衣食，但书种不绝足矣。若能布衣草履从事农圃，足迹不至城市，弥是佳事。"⑤ 从生计考虑，突出了读书对生活的重要性。晏殊在《答中丞兄家书》中写道："知令读书否？假如性不高，亦令读书，学诗学礼，宜亲老

① （宋）陆九渊：《白鹿书院论语讲义》，《陆九渊集》，中华书局2014年版，第276页。
② （宋）朱熹：《朱子语类》卷一三《力行》，《朱子全书》第14册，上海古籍出版社2002年版，第415页。
③ （宋）欧阳修撰，李逸安点校：《欧阳修全集》，中华书局2001年版，第917页。
④ 《全宋文》卷一〇六六，第70册，第196页。
⑤ （宋）陆游：《放翁家训》，《全宋笔记》第五编，第八册，大象出版社2006年版，第149页。

宿有德之人，所冀向后自了得一身，免辱门户也。此最日夕急切事。"① 家族子弟的文化教育是最重要的急务，且晏殊要求子侄读书，哪怕天资不高，也要学诗学礼，不仅是为了他们以后的前途考虑，更是因为读书之后能明理，不至于辱没家族的名誉。

宋代文人不仅在思想上认识到教育对个人成长和家族绵延的重要性，并且在具体的学习方法上也不遗余力地探索，或学习文坛领袖的读书为学之道，或将自己的治学经验加以总结提炼，毫无保留地传授给家族后辈。宋代出现的文化家族中，父子兄弟共学、自相师友是十分普遍的现象。因此，许多文人士大夫根据自己的亲身实践提出了诸多可行的治学方法。如北宋著名的文学家苏轼和黄庭坚，他们的读书之法、写诗之法、作文之法，都是历代文人士子们学习的典范。苏轼的"八面受敌"读书法即是在写给自己的侄婿王庠的信中提出的；而黄庭坚的"点铁成金""夺胎换骨"作诗法是在给外甥洪刍、徐俯等人的家书中首先提出的，之后成为江西诗派的创作法门。除此之外，他们的读书经验也值得注意，如黄庭坚给兄弟的家书中提道：

> 审不利秋官，得失盖有奇偶，但要偷闲不忘学耳。惟此一事，身当润泽，又为子孙之基，不可不勉也。读书要不杂，每一书自初至终，日读得一板，岁计之亦功多。杂读虽多，终无功也。汉儒多白首尊一经，皆成大儒，盖书在精不在多也。——《与弟觉民帖》②

黄庭坚安慰秋试不利的兄弟，认为读书不仅是为自身，也是为子孙后代奠定向学基础。而读书之要在于专与精，不在于多和杂，他的经验对于许多人具有启发意义。

而一些文学成就和名望不如苏、黄的文人虽不能将自己的治学经验广泛地传播开来，但他们在家书中提出的教育理论和方法依然有许多可取之处。如杨时（1053—1135，字中立）在与其从弟杨仲远的

---

① 《全宋文》卷三九八，第 19 册，第 219 页。
② 《全宋文》卷二三〇五，第 106 册，第 116 页。

信中写道：

> 夫为己之学，正犹饥渴之于饮食，非有悦乎外也，以为弗饮弗食，则饥渴之病必至于致死。人而不学，则失其本心，不足以为人，其病盖无异于饥渴者，此固学之不可已也。然古之善学者，必先知所止，知所止然后可以渐进。怅怅然莫知所之，而欲望圣贤之域，多见其难矣。——《与杨仲远书二》①

杨时在信中发表了自己对"为己之学"的理解，圣贤之道譬如饮食，不可须臾离，但在学习的过程中不能追求速成，要知其所止，这是他治学的经验。

朱熹写给子侄的家书今存 9 篇，内容几乎全部是有关身心教育和文化教育的内容。甚至细致到为儿子限定每天的课程，遇到疑问时的解决之道。如"早晚授业、请益随众例，不得怠慢！日间思索有疑，用册子随手劄记，候见质问，不得放过！所闻诲语，归安下处思省；要切之言，逐日札记，归日要看。见好文字，亦录取归来"②。这是朱熹送长子朱塾前往吕祖谦主持的金华丽泽书院学习期间写的家书，对学习细节的安排可谓用心至极，对儿子的要求之严，正透露出他对儿子的期望之高。正因为当时文人出人头地的道路仅限于读书，因此才会有家族不遗余力激发子孙向学的热情和动力。

三　清廉为官之道

宋代士大夫大多持积极入世的人生态度，"学而优则仕"既是儒家人士的理想，也是宋代社会的现状。宋代文人在现实社会中实践着与君王共治天下的理想。因此，为官之道自然也是家庭教育的一部分。

韩亿（972—1044，字宗魏）写给儿子的家书有两封，都是教育他如何为官，且儿子担任不同的官职时他教育的内容也不同。

---

① （宋）杨时撰，林海权校理：《杨时集》，中华书局 2018 年版，第 456 页。
② （宋）朱熹：《与长子受之》，《全宋文》卷五六一七，第 250 册，第 44 页。

得书，知汝受馆阁之职，深切忻慰。但服勤职业，一心公忠，何虑不达？更宜每事韬晦，惧轻言之失为妙。——《与子综书一》①

韩亿在得知儿子受馆阁之职时，感到非常欣慰。因宋代馆阁乃清要显贵之地，入阁之人大多是饱学有才之士，升迁迅速，人人称羡。韩亿此时对儿子的告诫是韬光养晦，不可轻言。当时的许多馆阁之臣往往恃才傲物，难免口出狂言，亦有因此招致祸端者。韩亿对儿子的前途很有信心，只是告诫他小心慎言即可。当儿子的官职改变，需要实际处理政务时，韩亿的告诫之词也随之而变。

知汝受府推，乍赞浩穰，庶事皆须经心熟思。毋致小有失错，至于断一笞杖，稍或不当，明则惧于朝章，幽则累于阴骘，可不戒哉。——《与子综书二》②

当儿子任职府推官时，则需要亲自处理各种大小事务，锻炼实际施政才能。韩亿此时告诫儿子遇事"经心熟思"，因为此时一个小小的错失就可能招致朝臣的弹劾，甚至"累于阴骘"。韩亿对于儿子的职业教育主要是从自身的前途和安危着想，尽管没有宋代士大夫普遍的责任意识，但却是最真实的内心流露。

范仲淹在给侄子的家书中也写道：

汝守官处小心，不得欺事。与同官和睦多礼，有事即与同官议，莫与公人商量。莫纵乡亲来部下兴贩，自家宜一向清心做官，莫营私利。汝看老叔自来如何，还曾营私否？自家好家门，各为好事，以光祖宗。——《与中舍二子三监薄四太祝二》③

---

① 《全宋文》卷四六五，第 14 册，第 68 页。
② 《全宋文》卷四六五，第 14 册，第 68 页。
③ （宋）范仲淹：《范仲淹全集》，凤凰出版社 2004 年版，第 597 页。

范仲淹告诫侄子与同僚和睦相处，清白做官，"莫营私利"，不仅是为了自身仕途考虑，更是为了光耀门楣，以显祖宗。范仲淹将子侄的仕宦与家族的荣耀联系起来，个人的前途并不仅仅是个人行为，更是关乎整个家族的大事，比起韩亿更进了一步。

而贾昌朝的《戒子孙》则几乎是一篇为官之道的行事法则，全文如下：

> 今诲汝等，居家孝，事君忠，与人谦和，临下慈爱，众中语涉朝政得失、人事短长，甚勿容易开口。仕宦之法，清廉为最。听讼务在详审，用法必求宽恕。追呼决讯，不可不慎。吾少时，见里巷中有一子弟，被官司呼召，证人詈语，其家父母妻子，见吏持牒至门，涕泗不食，至暮放还乃已。是知当官莅事，凡小小追讯，犹使人恐惧若此，况刑戮所加，一有滥谬，伤和气、损阴德莫甚焉。《传》曰："上失其道，民散久矣。如得其情，则哀矜而勿喜。"此圣人深训，当书绅而志之。
>
> 吾见近世以苛剥为才，以守法奉公为不才；以激讦为能，以寡辞慎重为不能。遂使后生辈当官治事，必尚苛暴，开口发言，必高诋訾。市怨贾祸，莫大于此。用是得进者，则有之矣，能善终其身、庆及其后者，未之闻也。
>
> 复有喜怒爱恶，专任己意。爱之者变黑为白，又欲置之于青云；恶之者以是为非，又欲挤之于沟壑。遂使小人奔走结附，避毁就誉。或为朋援，或为鹰犬，苟得禄利，略无愧耻。吁，可骇哉！吾愿汝等，不厕其间。
>
> 又见好奢侈者，服玩必华，饮食必珍，非有高资厚禄，则必巧为计画，规取货利，勉称其所欲。一旦以贪污获罪，取终身之耻，其可救哉！①

贾昌朝列举了当时官场的种种弊端，尤其是开篇即以自身亲见事例说明诉讼案件对普通百姓生活的巨大影响，以此激发族中子弟的恻

----

① 《全宋文》卷四八一，第23册，第84页。

隐之心，让他们认识到为官者的重大责任。之后又以近世为官者"以苛剥为才""专任己意""奢侈贪污"等问题和引起的严重后果告诫子孙，使他们远离这些招致祸罪或终身之耻的行为，清白为官。贾昌朝不仅为子弟们的仕宦前途担忧，更关注到了贪官酷吏对百姓造成的危害，他的家国情怀和责任意识较之只关注自身和家族荣辱的官员更加强烈。

杨简（1141—1226，字敬仲）在《送子之官》中则着重从自身修养道德方面告诫儿子：

> 尧、舜、禹皆圣人，犹相告以"执中"，又曰"惟精惟一"，又曰"安女止"，而况于后学乎？女既于道有觉，又嗜欲淡薄，不以死生为畏，甚不易得。皋陶犹曰："兢兢业业"，女切宜克艰，以守中庸。此守非思虑言语所及。可惜可惜，敬之敬之。兢业不兢业，即祸福荣辱之枢机。①

杨简在送儿子为官之时抬出尧、舜、禹三位圣人勉励儿子，无非是告诫其"兢兢业业"，勤于政事。又夸奖儿子"于道有觉""嗜欲淡薄"不畏死生，却没有提出任何明确的为官之道，明显带有南宋理学家重理论、轻实践的色彩。

而王炎（1137—1218，字晦叔）的家书则与此相反，他写给儿子的家书中教育他为官所要注意的五条原则："当官一曰廉，非此无以立己；二曰公，非此无以服人；三曰勤，非此无以办事；四曰和，非此无以交同僚；五曰敬，非此无以事上。"② 他从做官的立身原则入手，提出"廉""公""勤""和""敬"五个要求。同时又不避讳做官给自身和家人带来的实际利益，"仕宦有两说：一则为贫，凡事当要忍耐烦，姑且为禄。二则欲进身，非有才能，无以自见知于人；非耐烦受辛苦，上位安得见知之？"③ 王炎给儿子的家书道出了许多文

---

① 《全宋文》卷六二一九，第275册，第92页。
② 王炎：《付恕子》，《全宋文》卷六〇九九，第270册，第114页。
③ 王炎：《付恕子》，《全宋文》卷六〇九九，第270册，第114页。

人读书求仕的真实目的，为了追求富贵和权势，实现自身的价值。然而在南宋理学家眼中，追求利益是不符合圣贤之道的，因此往往以为国为民的理想追求替代或掩盖追名逐利的内心需求，王炎却在家书中以利益规劝儿子好好做官，也不失为一种真实有效的教育手段。此外，他还以亲身经历道出了底层官吏的不易：

> 吾初官在崇旸作官簿，一年在任所，出入乡落，傍至他郡，不曾停歇。一年在鄂州权职官，妈妈与汝兄弟姊妹皆在崇旸官所，吾独在鄂州住近一年，俸禄既薄，出入亦无人使令，或兼权县丞，或兼权司理或兼管税务，只得公勤以从事。漕使差在鄂州，岁除日独处僧舍，荷见任官二十九人于除夜借皇华驿各置酒食招吾一人守岁。吾平生饮酒不曾至醉，此夜念同官二十九人不问文武官，皆不在廨舍与骨肉饮酒，为吾一人相率到驿中相暖热，此意极厚，不觉众人痛饮，遂至大醉，明日正旦几不能起。若非吾早日与同僚相处，存心平直，不偏曲，不谗佞，不倾险，不妄语，不妒嫉，众人安恳除夜相顾如兄弟？二年在江陵府遇岁除，南轩先生为帅，无暇日，虽除夜佥厅亦有一员值日。吾适当岁除日轮次，同官午后皆出局，以吾当日相笑。其日坐到上灯时分，将谓无事，方欲上轿间，忽有坐局牌人投白纸押人上佥厅，供责了毕，又候押讫，方得归安下处。小官事上官，身从公家之役，岂得苟安，亦岂得事事如意，亦岂得般般稳便，亦岂得全无辛苦？在我当随分处之。汝幸稍通晓吏事，又幸而上官见知，有所委令。唯鞫狱一事在法不该差未经事之人自有明条外，其他有度才力所能办者即便向前，但廉勤公平，事亦可了，何所推辞？虽如此，但凡事当谦逊，不可有私意，自露锋颖。与同僚惟要和同，如此则同僚相安。世路巇险，风波可畏，若欲表表自见，则古人所谓木出于林，风必折之，堆出于地，水必荡之，不可不戒也。①

---

① 《全宋文》卷六〇九九，第270册，第114—115页。

王炎在家书中现身说法，以自身为官经历告诫儿子要忍受官场的辛苦。他在任职期间不仅要忍受与妻子儿女分离的痛苦，还要身兼数职，甚至在除夕之夜都不能回家与亲人团聚。他连用"岂得苟安，亦岂得事事如意，岂得般般稳便，亦岂得全无辛苦"四个反问句说明"身从公家之役"的无奈。但为官也并非全是辛苦，他也写到了同僚之间的深情厚谊。除夕之夜，二十九位同僚陪他共度佳节、欢饮达旦的经历令他难忘。王炎的家书读来亲切平易，为官之道也蕴含在字里行间。

从北宋到南宋家书中教育内容的变化可以看出一个明显的特点，北宋时期的士大夫在教育子侄时往往从个人行为入手，强调骄横奢侈的恶行给自身前途和家族带来的危害；而南宋时期士大夫对子侄的教育则更加关注自身修养的完善，认为这是从根本上杜绝行为失当的有效方式。这种变化说明了随着教育的普及和发展，士人对于教育理念和方法的探索也在不断深入，逐渐从行为上升到思想理论高度。在这种教育观念潜移默化的影响之下，南宋时期的教育思想已经与北宋有了天壤之别，整个社会的文化氛围也发生了质的变化。

第二节　宋代家书中的治家理念

今天学界所指的"家庭"一般指核心家庭，指以一对成年父母和他们的孩子组成的小家庭。但古人心目中的"家庭"则与之有所差别，通常是指由男性父系血缘关系组成的五代以内的直系或旁系亲属，换言之，即指整个家族或宗族。家庭的重要性自不待言，而如何治理一个庞大的家族，使其不断发展壮大下去，是每一个宋代士人考虑的问题。虽然不同的家族其家风有所不同，但依然可以从中总结出一些普遍被宋代士人所认可的治家理念，可概括为以孝治家、以俭治家和诗书传家。

一　以孝治家、和睦宗族

"孝悌"是儒家家庭伦理观的核心内容，孝悌友爱是家庭和睦的基础。道德教化最核心的内容是"孝"和"忠"，"求忠臣于孝子之门"是古代帝王的人才选拔标准之一。"孝"是中国古人的核心价值观，是人品端正、诚实可信的象征。以孝治家必然是许多家族标榜的首选治家原则。

范仲淹在《告诸子书》中写道："吾贫时与汝母养吾亲，汝母恭执爨，而吾亲甘旨未尝充也。今而得厚禄，欲以养亲，亲不在矣，汝母亦已早世。吾所最恨者，忍令汝曹享富贵之乐也。"[①] 写出了"子欲养而亲不待"的悲哀。

尽管以孝治家的理念深入人心，但是在行孝的具体细节上父子亲人之间也并非没有矛盾，司马光在《宁州帖》中写道：

> 十月五日，宁州兵士来，知汝决须赴任。十二日，程遇父来，方知汝竟不曾下侍养文字！彼交代催汝赶任，是何意？岂非要交割大虫尾？我书令汝更下一状，汝终不肯，父母年七八十岁，又多疾况，官中时有不测科率，汝何忍舍去！不意汝顽愚一至于此！汝若坚心要侍养时，更何用宁州重差人来？假使因乞侍养，获罪于朝廷，乃是孝义之事也，又何妨！何妨！今汝才去，朝旨许令侍养，若本府奏称本官已赴本任，缴回文字，则朝廷必以为厥叔强欲差它侍养，它自不愿。已到本任，直收杀不行，不惟坏却此文字深可惜，并光亦为欺君之人也。虽知骂得汝不济事，只是汝太无见识。闷！闷！闷！闷！文字若万一到宁州，于条便可离任，更休申潜台取指挥，又被留住。叔（押）报九承议。十一月廿九夜。[②]

这封家书《全宋文》没有收录，金传道自《古书画过眼要录（晋隋唐五代宋书法）》中辑出。写作时间不可考，根据书信内容可以推知当是司马光写给在宁州任职的一位侄儿的。司马光要求侄儿上"侍养文字"回家侍亲，却遭到了侄儿无声的抵触，可知家族成员在尽孝与个人仕途之间存在的冲突。中国古代的孝道观强调个人对家族

① （宋）范仲淹：《范仲淹全集》，凤凰出版社 2004 年版，第 704 页。

② 转引自金传道《北宋书信研究》，博士学位论文，复旦大学，2008 年附录部分。

和集体的无条件服从，甚至在必要的时候需要牺牲自己的利益成全家族利益。在父母的需求与自身需求发生矛盾时，更是要毫不犹豫地放弃自身利益，满足父母的需求。可是这样的道德要求在现实生活中能执行到什么程度却因人而异，既有毫不犹豫满足父母要求的孝子，也有像司马光侄儿这样为了自身仕途不愿意上"侍养文字"辞职的官员。虽然具体的事情经过由于缺乏足够的史料难以判断，但从司马光在信中严厉的口吻可知他对此事的愤怒。"不意汝顽愚一至于此""汝太无见识""闷！闷！闷！闷！""光亦为欺君之人"等话语是现存家书中绝无仅有的。这应当不会是身不由己，恐怕是司马光侄儿自己的人生选择。但是，在前程和尽孝发生冲突的时候，司马光是毫不犹豫地站到了尽孝的一边，而他的侄儿则暂时选择了仕途。事件的发展如何不得而知，但这封家书却让我们窥见了诗礼衣冠之家并非父慈子孝、一派和谐美满的景象，在表面温情和美的外衣下，内部充满着各种矛盾冲突，也许这才是大家族的常态。

由此引发的另一个治家理念就是和睦宗族，这是宋代许多士大夫不遗余力为之努力的方向。范仲淹在《告子弟书》中写道：

> 吾吴中宗族甚众，与吾固有亲疏，然吾祖宗视之，则均是子孙，固无亲疏也。苟祖宗之意无亲疏，则饥寒者吾安得不恤也？自祖宗以来，积德百余年，而始发于吾，得至大官。若独享富贵而不顾宗族，异日何以见祖宗于地下，今何颜入家庙乎？[①]

他在这封书简中表达了"敬宗收族"的观念，正是本着孝悌仁爱、和睦宗族的观念，才促使范仲淹耗尽巨资建立范氏义庄，为整个家族的延续和繁荣奠定了基础，家族的内部和谐对家庭成员的个人成长至关重要，这一点许多士人都有同感。北宋黄注（998—1039，字梦升）在《与族侄晦甫书》中写到了血缘亲情对家族的凝聚力。

> 初注在江陵，与吾侄相见，未得叙宗派。今日之会，幸露底

---

① （宋）范仲淹：《范仲淹全集》，凤凰出版社 2004 年版，第 704 页。

里。始吾高祖本东阳人，与吾侄五代祖实亲昆弟也。唐季叛乱，思避兵难，乃携持家室来分宁，卜遗种之地，伯仲非不睦也。终以占田稍艰，阻势徂饥，遂一族贾于长沙。世变事移，宗盟遂寒。我先兄游场屋，初得与先丈侍禁叙宗戚。尔来不过二十年，复得谈昭穆之旧，喜可知也。昔者晋霸天下，执牛耳盟。于曹、郑、鲁、卫罕有不睦，于齐、楚之国干戈日寻。《诗》曰"不如同姓"，此诚古人切切厚其亲也。分宁之宗，我伯仲幸五人中进士科，其他派皆泅泅与常民等，语其衣食之事，未甚堕也。长沙之宗，惟吾侄秀而不群，于长沙、分宁两宗间真贤子弟也。吾有所望，侄大振吾宗，以无忘我先君伯仲辛勤避兵之劳也。旅中苦病气，且归南阳，叙此不及款款。注奉削晦甫宗盟。①

北宋分宁黄氏家族是人才辈出的文学家族，尽管与长沙黄氏家族"五代祖实亲昆弟"，但毕竟百年来不通音信。可是古人对血缘关系的重视却让百年之后两个家族后代"叙宗戚""谈昭穆"成为可能。虽然不排除这其中的功利思想，但依然足见宗族在古人心目中的重要地位，以及它对每个个体的凝聚力之强。

方岳（1199—1262，字元善）在《与族人札》中写出了和睦宗族的重要性，对宗族乡党邻里之间的争斗诉讼表示不满。他在信中写道：

　　某辄有所怀，不敢泯嘿。某于宗派其行最卑，寻常虽有区区之愚，何由吐露！今兹族人互讼，见非于邑大夫，令某谕之，用略陈其梗概。夫一族之内有贵有贱，有富有贫，有贤有不肖，固自不齐，而长长幼幼，正不以贵贱贫富贤不肖论也。其人虽贵虽富虽贤，然而有卑幼焉；其人虽贱虽贫虽不肖，然而有尊长焉。贵者恤贱者，富者悯贫者，贤者谏不肖者，以此为尊长则卑幼敬之，以此为卑幼则尊长爱之，是为衣冠之族，是为诗书之家，是为礼义之乡，岂不甚美！而乃有相虞诈者，相扇诱者，相吞啗

---

① 《全宋文》卷四八〇，第23册，第54页。

者，相数谤者，今日一词曰幼悖其长也，明日一词曰尊欺其孤也，是为大乱之俗，是为盗贼之行，是为饕机之宗，岂不堪恶！某以为族人相与，实利害则当求直而不失其和，闲是非则当委曲而毋逞其忿，宗盟不可内叛，家丑不可外扬。若人欲炽然，天理澌尽，则赌博恶少也而我为之矣，争诉哗徒也而我为之矣，斗殴凶人也而我为之矣，污秽兽行也而我为之矣。为人类而至于此，则亦何所不至也！苟利吾居或圊其祖之墟，苟茸吾屋或赭其墓之木，一念之舛而人伦庶物之分何啻天渊，哀哉！某承命于大夫，敢为族人诵言之，如不以卑鄙而垂听焉，宗族幸甚。①

从这封书信可知，方岳是在族人之间发生"互讼"纠纷，互相讪谤，一方曰"幼悖其长"，另一方则曰"尊欺其孤"时所写的劝慰书。他并没有就具体的纠纷事件进行调解，也没有判定谁是谁非，而是对所有人进行了一番道德说教，提出自古以来圣贤尊崇长幼有序、尊卑有礼的宗族社会，"宗盟不可内叛，家丑不可外扬"是公认的原则，族人之间的内讧是让人耻笑的行为。在中国古代的民间社会，有名望和影响力的士绅、乡绅、致仕官员担任着一大部分民事纠纷调解的工作，这些人一般都是某个大家族的族长、宗长、家长，有时也担任一定的官府职责。当宗族之间或家族内部发生矛盾时，往往请他们作调解人或"法官"，因为他们的威望或经验、财富等无形或有形资产，往往形成一种比官府更有威慑力和影响力的实际效果，这反映了古代民间基层社会的自我调节功能。同时，这封书札中提到的"幼悖其长""尊欺其孤"应当不是空穴来风，大家族中人口众多，贫富不均，彼此之间产生财产纠纷和各种矛盾在所难免。黄庭坚写给儿子黄相的《家诫》中对曾经金玉满堂的衣冠大族数年之间"废田不耕，空困不给，又数年，复见之，有缧绁于公庭者，有荷担而倦于行路者"②的现象进行了思考，认为是家族人口日益增多，导致族人之间

---

① 《全宋文》卷七八九五，第 342 册，第 142 页。
② （宋）黄庭坚：《黄庭坚全集》，江西人民出版社 2010 年版，第 712 页。

"内言多忌，人我意殊，礼义消衰，诗书罕闻，人面狼心，星分瓜剖"①，并最终引起了整个宗族的败落和子孙的离散。同时，家族在为其成员提供保护和支持的同时，也不可避免地会侵害到某些个体的利益，或者造成对某些个人人性的压抑，这些因素必然导致大家族内部的矛盾，由此产生成员之间的离心力，在某种程度上成为很多大家族分崩离析的重要原因。清代赵翼在《廿二史札记》中感叹："自古家门之兴，未有不由于父子兄弟同心协力，以大其基业。及其衰也，私心下见，疑妒攘夺，恩谊绝门，祚亦随之。家国一理，应若鼓枹，此可为炯鉴也。"② 赵翼的观点印证了古人对家风的重视，因此道德伦理教育是家庭教育的重要内容。涉及忠君、孝悌、交友、为人处世、生活方式等多个层面。

二　以俭治家、涵养品德

两宋时期，社会风俗随着时间的推移和商品经济的发展不断产生了变化。总体来说，北宋初期，风俗尚俭。之后随着社会承平日久，文人士大夫生活日益奢侈，这引起了许多有识之士的警惕，他们在不同程度上提出了以俭治家的主张。但是，宋人对"俭"的认识并没有停留在生活方式或消费方式的层面，而是深入到道德修养的层次。许多人不仅认识到了奢靡生活对家族财产的浪费，更深刻地意识到财富对人心灵的腐蚀，对人格的弱化。一个人一旦沉溺于各种物质享受和感官刺激，若非一时失意，便是胸无大志或精神空虚。而且，人的欲望并不会随着财产的累积和生活的安逸而满足，反而会催生出更大的贪欲。贾昌朝在《戒子孙》中就认为："见好奢侈者，服玩必华，饮食必珍，非有高资厚禄，则必巧为计画，规取货利，勉称其所欲。一旦以贪污获罪，取终身之耻，其可救哉！"③ 贾昌朝认为奢侈的生活作风是导致巧取豪夺、贪污获罪的主要原因。宋代因为贪污被贬官、革职、流放的官员不计其数。包拯（999—1062，字希仁）甚至

---

① （宋）黄庭坚：《黄庭坚全集》，江西人民出版社 2010 年版，第 712 页。
② （清）赵翼撰，曹光甫校点：《赵翼全集》，凤凰出版社 2009 年版，第 5 页。
③ 《全宋文》卷四八一，第 23 册，第 84 页。

立下《家训》："后世子孙仕宦有犯赃滥者，不得放归本家，亡殁之后，不得葬于大茔之中，不从吾志，非吾子孙。"①

然而，与这些崇尚节俭的官员相对立的是宋代许多官员的奢靡生活，甚至到了令人瞠目结舌的地步。其中最突出的当属宰相，宋代宰相的俸禄之厚连明清两代的官员都十分艳羡。且不说蔡京（1047—1126，字元长）厨房雇有专为包子切葱的厨娘，王黼（1079—1126，字将明）提举宋徽宗应奉局期间，"中外名钱皆许擅用，竭天下财力以供费……四方水土珍异之物，悉苛取于民，进帝所者十不能一，余皆入其家"②。就连北宋名相寇准（961—1023，字平仲）的生活也十分奢侈，在那个百姓连燃油灯都要节省的年代，他家里却是"庖厨所在，必燃巨烛"③。其他中层官员的生活也大抵如此。

绍圣三年（1096），苏轼被贬惠州时，在与姻亲蒲宗孟（1022—1088，字传正）的信中写道："千乘伾屡言大舅全不作活计，多买书画奇物，常典钱使，欲老弟苦劝公。"④ 苏千乘为苏轼叔父苏涣长孙，苏不欺之子，蒲宗孟为苏千乘舅舅。绍圣二年（1095），苏千乘、苏千能不远万里前往惠州探望苏轼，当是在那时恳请苏轼劝说舅舅，早日为休官之后的归老生活打算。《宋史·蒲宗孟传》记载："宗孟性侈汰，藏帑丰，每旦刲羊十、豕十，燃竹三百入郡舍。或请损之，愠曰：'君欲使我坐暗室忍饥耶？'"⑤ 甚至日常的洗面、濯足、澡浴都有大小之别，驱使五六名婢仆方能完成每日的洗漱。除此之外，苏轼在信中还提到蒲宗孟喜好收藏书画奇物，不经营产业，以至于典当家财。这必然给整个家族和亲友带来不小的危害，也难怪苏轼以"慈"和"俭"二字奉劝他。⑥

宋代官员俸禄优厚，生活优渥，在合理的范围内追求舒适的生活并无不妥，很多有识之士反对的是超越自身经济能力允许范围之外的

---

① 《全宋文》卷五四七，第 26 册，第 68 页。
② （元）脱脱：《宋史·佞幸传》，中华书局 2014 年版，第 13684 页。
③ （元）脱脱：《宋史·寇准传》，中华书局 2014 年版，第 9534 页。
④ （宋）苏轼：《与蒲传正二首之一》，《苏轼文集编年笺注》第 8 册，巴蜀书社 2011 年版，第 2 页。
⑤ （元）脱脱：《宋史·蒲宗孟传》，中华书局 2014 年版，第 10572 页。
⑥ （宋）苏轼：《苏轼文集编年笺注》第 8 册，巴蜀书社 2011 年版，第 4 页。

过度消费，并且更加反对在不必要的奢靡生活上花费宝贵的精力和时间，不务正业，认为这是精神空虚、胸无大志的表现。他们自觉奉行"俭以养德"的生活信条，以身作则，为子孙树立勤俭持家的榜样。司马光的《训俭示康》成为宋代士人追捧的治家教子标准不是没有原因的。

宋代的许多大家族内部贫富不均，少数成员奢侈的生活是引起不满和矛盾纠纷的主要原因之一。北宋杜衍（978—1057，字世昌）在《责弟书》中写道：

> 比人到此，便嫌我家贫，云汝左右皆金钏钗钿，每婢榻上各有四五张绫被。然则汝性侈，料得亦未有许多物色，始则不信，洎闻蒋姑东下，屡出告随舟归汝家去，洎不从之，由是病日增矣，以此参验，即慕汝家富无差矣，二哥不肯尽述，恐汝不悉，故报之。[1]

杜衍身为北宋宰相，史载其为人"清介不殖私产"，致仕之后"寓南都凡十年，第室卑陋，才数十楹，居之裕如也"[2]。甚至在去世之前"戒其子努力忠孝，敛以一枕一席，小圹庳冢以葬"[3]。他生活简朴，但其弟家的奢华程度却引起亲戚的贪恋，"蒋姑"为了依附其生活，以至气病。这让杜衍十分不满，写信责备兄弟，至于这封家书能在多大程度上规劝到他的弟弟，则不得而知。

宋代社会商品经济和海外贸易极其发达，城市生活异常繁荣，对于财富的追逐不仅不像前代那样是文人士大夫耻于言说的事情，反而已经成为善于治生的象征。除此之外，追逐享乐的生活也逐渐成为整个社会的一种风尚。在这种情况下就出现了一种互相矛盾的现象，一方面官员、商贾、平民都沉浸在繁华富足的生活状态中，享受着生产力发达和经济富庶带来的好处。这在宋人笔记小说中多有记载，如

---

[1]　《全宋文》卷三一八，第 15 册，第 372 页。
[2]　（元）脱脱：《宋史·杜衍传》，中华书局 2014 年版，第 10192 页。
[3]　（元）脱脱：《宋史·杜衍传》，中华书局 2014 年版，第 10192 页。

《东京梦华录》《醉翁谈录》《武林旧事》等记载了当时普通百姓和市民的享乐生活，《清明上河图》也是例证之一。另一方面文人士大夫又对这种生活在内心深处生出一种警惕之心，认识到追求奢侈享乐生活给大到国家、小到家族和子孙后代带来的危害。正如司马光在《训俭示康》中所指出的，"由俭入奢易，由奢入俭难"①。邵雍（1021—1077，字尧夫）在《戒子孙》也说"好利饰非，贪淫乐祸"会导致"小则殒身灭性，大则覆宗绝嗣"②的危害。

　　北宋家训、家书中提倡勤俭持家的言论还仅仅停留在个人道德修养和家族长远发展的层面上。到了南宋，这一治家理念有了新的内容，士大夫对此也有了新的解释。南宋时期的许多学者和政治家无一例外把北宋灭亡的原因之一归结为社会风气的颓败，而这种颓败是由权力阶层整体的穷奢极欲、纵情声色所导致的腐化堕落。尽管南宋朝廷在最大程度上力行节俭，希望能身体力行地倡导社会风气回归北宋初质朴的面貌，但从现存的文献资料来看，这种努力收效甚微。物质生活的安逸甚至奢靡在南宋所引发的罪恶感和焦虑感是显而易见的，中原沦陷之后的深耻大辱和克复神州的希望渐渐落空，是萦绕在南宋士人心中挥之不去的阴影。励精图治的决心又被贪图安逸的生活日益消磨，给他们的精神世界造成的矛盾冲突是巨大的。回归到家庭这个相对安定的环境，他们希望自己的家族能够成为抵御奢靡之风的堡垒。这是南宋《家训》《家诫》《家规》《家范》等治家文章和书籍大大增加的因素之一，且其中不断强调以俭治家的重要性。如杨万里在《家训》中指出："竦惰乃败家之源；勤劳是立身之本。大富由命，小富由勤。"③告诫子孙："不思实效，专好虚花。万顷良田，坐食亦难保守。"④黄榦（1152—1175，字直卿）在《戒子家训》中也指出"人身至贵少有，纵欲则流而为贱，戒谨恐惧，庶几寡过"⑤。

----

① （宋）司马光撰，李之亮笺注：《司马温公集编年笺注》第五册，巴蜀书社2009年版，第257页。

② （宋）邵雍：《邵雍集》，中华书局2010年版，第549页。

③ （宋）杨万里：《杨万里集笺校》，中华书局2012年版，第5312页。

④ （宋）杨万里：《杨万里集笺校》，中华书局2012年版，第5312页。

⑤ 《全宋文》卷六五三三，第287册，第430页。

许多士人的家书中都提到了这一点。在面对生活的拮据时，他们提出从道德的高度获得一种精神上的富足感，以此来抵御对富贵膏粱子弟奢华生活的艳羡之心。

但我们也要看到事情的另一面，以俭治家的理念虽然在宋代成为许多家族的共识，同时也提出了一些具体的行为准则，但依然停留在推崇倡导和说教的层面。对于家族成员具体的许多奢侈行为并没有提出明确有效的惩戒措施，能否真实有效地起到治家的作用，则要看家族尊长的影响力以及管理能力，同时也需要家族成员的真心践履。因此，我们能看到许多勤俭持家的家族不断兴起壮大、数代绵延；但也有许多家族因贪图安逸享乐、治家无方而迅速败落，湮灭无闻。

三 诗礼传家、不坠家声

宋代崇文抑武和科举取士的国策使文人的身份地位大大提高，诗礼传家、耕读传家已经成为许多家族奉行不二的治家理念。

一些士大夫在退隐致仕或遭遇仕途挫折时，往往将归耕乡里看作最后的出路。农田稼穑不仅为读书人提供衣食所出，也可获得安身立命的物质基础。孙觌（1081—1169，字仲益）在被贬三年后遇赦回乡，买田耕种，他在与兄长的家书中写道："某三领苏杭，月得二百千，劳精神，招谤讟，祸及妻子，所丧如丘山矣。比归治田，所在皆得岁，乃知造物深意，始惧之以祸，终养之以福。桑榆之收，庶几在此也。"[1] 他将回乡治田的闲适生活与劳神费力、"祸及妻子"的官场生涯比较，突出自己对晚年归耕生活的满足。在另一封家书中他坦言道："自归耕，穰田望岁，与老农共为休戚……七夕一雨，接踵而来，得与田夫、田妇共此一饱，遂复优游卒岁矣。"[2] 耕读生活让深陷官场的士大夫有了"优游卒岁"的闲暇时光。郑刚中（1088—1154，字亨仲）即使在官场忙碌之时，也不忘农田收成，他在家书中表达因旱情严重而产生的忧虑："第大暑异常，肌理灼烂。金石视之欲流，

---

① （宋）孙觌：《与四二兄内翰帖二》，《全宋文》卷三四五九，第 159 册，第 324 页。
② （宋）孙觌：《与五九兄提举帖三》，《全宋文》卷三四四六，第 160 册，第 156 页。

况田畴乎？乡里苦至今未得雨，雨至，早禾亦发矣。"① 干旱导致禾苗不发芽，而暴雨同样令人忧虑，郑刚中在另一封家书中不住询问："雨多损麦，人情安否？"② 陆游也告诫子孙："吾家本农也，复能为农，策之上也。杜门穷经，不应举，不求仕，策之中也。安于小官，不慕荣达，策之下也。舍此三者，则无策矣。"③ 尽管宋代的商业发展迅速，但依然无法替代农业在社会和家庭中所占据的重要地位。这是宋代耕读传家的治家理念得以风行的根本原因。

其次，读书也是许多家族坚持的原则。耕田稼穑是家族生存的基础，而读书入仕才是家族得以发展壮大的出路。南宋舒邦佐（1136—1181，字辅国）在《训后》中写道："后世子孙，优必闻于诗礼，勤必苦于耕读。"④ 更是明确地表明了这种态度。许多士人都认识到，子孙的资质有高低，学业有优劣，但读书学礼是每一个小儿辈都要做的。这是为善去恶，立身成人的唯一途径，否则不免为人所耻笑，让父母忧心。此乃宋代许多文化家族传承久远的重要原因，家族人才培养的首要任务是修身立德，学诗学礼，保持家声不坠。

黄庭坚在《与七兄司理书》中写道："相虽醇良，终未好书。"⑤ 面对儿子黄相不爱读书的情况，黄庭坚的做法是为其选择良师益友，用涵养熏陶的方式影响他。他在给兄长的家书中继续写道："此司理谭存之，忠州人，两儿皆勤读书，一已十七岁，一与相同岁，延在斋中令共学，差成伦绪。日为之讲一大经、一小经，夜与说老杜诗，冀年岁稍见功耳。"⑥ 可见，很多文人士大夫并非没有意识到家族子弟在读书一事上表现出的个体差异，有的天资不高，有的生性愚鲁，有的则对读书不感兴趣，他们并没有奢望个个成才，高中进士，而是公认为读书是教化和明理的重要手段，诗礼传家、耕读传家是家族延续和发展壮大的有效方式。

---

① （宋）郑刚中：《与叔义书一》，《全宋文》卷三九〇四，第178册，第247页。
② （宋）郑刚中：《与念二将仕二》，《全宋文》卷三九〇四，第178册，第249页。
③ （宋）陆游：《放翁家训》，《全宋笔记》第五编，第八册，大象出版社2006年版，第150页。
④ 《全宋文》卷六〇八二，第269册，第238页。
⑤ 《全宋文》卷二二八八，第105册，第113页。
⑥ 《全宋文》卷二二八八，第105册，第113页。

除为家族子孙延聘名师、招揽贤俊之士同游共学外，许多家族还以丰富的藏书作为财产遗留子孙，以此形成浓厚的学术氛围，一些家族因此人才辈出，如山阴陆氏，金华吕氏，四明楼氏等。陆游在《跋子聿所藏〈国史补〉》中写道："子聿喜蓄书，至辍衣食，不少吝也。吾世其有兴者乎？"[①] 对儿子喜爱藏书的习惯，陆游赞赏不已，并且将此与家族的兴旺联系起来。宋代文人不仅重视收藏历代典籍，而且喜爱阅读收藏同时代文人的文集。陆游的另一则题跋《跋陆子强家书》正反映了这一时代风尚：

> 吾友伯政持其先君子《家问》来，读之累日不厌，使学者皆能如此，孰得而訾病之？虽有訾者，吾可以无愧矣。乃令子聿抄一通，置篋中，时览观焉。[②]

陆子强是南宋著名理学家陆九渊之兄陆九思（1115—1196，字子强），陆游的好友"伯政"是陆九渊长子陆焕之（1140—1203，字伯章，一字伯政）。陆焕之将父亲的文集《家问》悉心保存，陆游见到后"读之累日不厌"，并且让儿子抄写之后保存，以便时时观览。这样的情况在宋代是十分普遍的现象，丰富的藏书为耕读传家的治家理念提供了保障。

除此之外，很多学者也将自己的治学心得撰写成书，作为教材教授家族子弟，在很大程度上促进了家族学术思想的完善和传承。如南宋第一位注释《近思录》的理学家叶采在《近思录集解序》中写道：

> 采年在治学，受读是书，字求其训，句探其旨，研思积久，因成《集解》。其诸纲要，悉本朱子旧注，参以升堂记闻及诸儒辩论，择其精纯，刊除繁复……朝删暮辑，逾三十年，义稍明

---

① （宋）陆游撰，马亚中校注：《渭南文集校注》第三册，浙江古籍出版社 2015 年版，第 262 页。

② （宋）陆游撰，马亚中校注：《渭南文集校注》第三册，浙江古籍出版社 2015 年版，第 261 页。

备，以授家庭训习。或者谓寒乡晚出，有志古学而旁无师友，苟得是集观之，亦可创通大义。[1]

叶采在这篇序言中详细记录了自己三十年来潜心注解《近思录》的过程，他也明确指出自己这样的做的目的是"以授家庭训习"，将此作为家族子弟的学习教材在家族中传播，必然成为叶氏家学的组成部分。之后逐渐行于乡里，并在社会上流传，产生广泛的影响力。以至于后来引起朝廷的注意，于淳祐二年（1242）"遽命缮写以送官"，[2] 这是家族学术思想走向社会的明证。

宋代士大夫深知家庭管理的重要性，他们通过各种方式探索、思考合适的治家理念。家族内部的和睦融洽保证了良好的家风，以孝治家，营造孝悌仁爱的家庭氛围是家族发展的基础。用勤俭持家的理念对抗商品经济和奢靡生活对家族内部的冲击。同时，通过诗礼传家、耕读传家的方式为家族培养优秀的后继者，期望其中的佼佼者能够通过科举入仕为家族的繁荣壮大提供契机。宋代家书保留了这些宝贵的治家理念，许多思想和具体做法对今天的家庭教育依然具有借鉴意义。

---

① （宋）吕祖谦：《吕祖谦全集》第六册，浙江古籍出版社 2017 年版，第 153—154 页。

② （宋）吕祖谦：《吕祖谦全集》第六册，浙江古籍出版社 2017 年版，第 154 页。

第五章　宋代学术思想在家书中的传播

"传播是传播者通过媒介传递和交流信息的过程",① 在本质上是一种信息共享活动。书信对学术思想的传播具有重要意义,尽管宋代社会的流动性大大加强,文人之间进行面对面请教问学、讨论切磋的机会增多,但书信依然是最为常用的学术交流方式。尺牍、家书是信息传递的媒介,很多人的学术思想是在书信交流的过程中得以保存并流传开去的。从关系较近的人群逐渐向关系较为疏远的群体扩散,并最终在社会上形成较大的影响。宋代学者之间通过书简尺牍共享已知的各种信息,或探讨自己目前的思想状态,交流治学心得,其目的在于建立彼此之间对某一问题在认知上的共同性。宋代583篇家书中涉及谈学论道内容的共105篇,占家书总量的18%。其中所论及的学术问题纷繁复杂,有许多值得研究的地方。

第一节　家书中学术思想的传播特点

家书是信息传递的载体,追求时效是它的价值所在。因此,家书的写作不像诗词文赋等正统文体需要花费较多的时间进行思考或修改润色,大多是临时性的书写结果。这就导致家书中的学术思想缺乏系统性,有些分散琐碎,大多没有深入论证或阐述的过程。而是就家人治学中存在的疑惑进行点拨或启发,有时是就某一个特定的问题进行解答,有很强的针对性和总结性。家书在一定程度上记录了家族成员之间就某一个问题进行讨论和思索的过程。

---

① 雷鸣:《关于传播定义的再思考》,《新闻研究导刊》2014年第8期。

一 分散琐碎

分散性和琐碎性是家书的特点，在学术问题的讨论上也不例外。家书中的学术讨论和交流往往是对家族成员的问题而发。因此，在一封家书中往往针对一个或很少几个小问题进行阐发，许多士人的学术观点分散在不同的家书中，需要综合他们的所有家书，并且参照其他作品，才能全面了解其学术思想。家书对于保存许多学者的学术观点有重要作用，但是其分散琐碎的特点也十分明显。

心学创始人陆九渊并没有像朱熹、吕祖谦那样把自己的学术思想著书立说，他的思想观点散落在与亲友、学者、门人的交往书信中，往往一封信中讨论的问题不止一个。他给侄孙的家书共五封，内容全部为自己的学术思想和治学经验，且篇幅较长，大多为数百字的长信，故其中的内容也较多，这也是长者教育家族后学时常见的情况。在《与侄孙濬》中，陆九渊首先感叹孔孟圣人之道不传之久，之后向侄孙阐述自己理解的治学之道，从"三人行必有我师"到"仁者先难而后获，夫道岂难知哉？所谓难者，乃己私难克，习俗难度越耳"。最后立足于"为国为身一也"[①]。涉及的内容虽多，但大多点到为止，并没有深入展开论述。

再如吕祖谦写给兄弟的家书现存 19 篇，对照宋代书仪的格式，其中有一半书信内容残缺不全，具礼、时间、署名等部分几乎都缺失，只剩下谈学论道的只言片语。如"持养察识之功，要当并进，更当于事事物物试验学力。若有窒碍龃龉处，即深求病源所在而锄去之"[②]。而在另一封家中又曰："知犹识路，行犹进步，若谓但知便可，则释氏一超直入如来地之语也。"[③] 之后的另一封信中对于理学家所推崇的"敬"，他的看法是"'敬'之一字，固难形容，古人所谓心庄则体舒，心肃则容敬，此两语当深体也。须令胸次开阔舒泰为

---

① （宋）陆九渊：《与侄孙濬》，《陆九渊集》卷十四，中华书局 1980 年版，第 190 页。
② （宋）吕祖谦：《与学者及诸弟书七》，《全宋文》卷五八七八，第 261 册，第 208 页。
③ （宋）吕祖谦：《与学者及诸弟书八》，《全宋文》卷五八七八，第 261 册，第 208 页。

佳"①。这些家书中其他的内容极有可能是在流传的过程中被人为地忽略了，剩下的自然是书信中最重要、最精华的部分。

二　针对性强

鉴于家书的篇幅有限，致信者往往只能在书信中讨论极少的问题，通常是根据一些疑问和质疑给出回答，或者进行启发性的点拨引导。因此，学者在家书中所写的往往是自己主要的治学心得，学术精华所在。如陆九渊在《与致政兄》一书中阐述自己的心学思想：

某拙钝不敏，岂不自知。然物莫不各有所长，各有所短。若其深思力考，究事理之精详，造于昭然而不可昧，确然而不可移，则窃自信其有一日之长。家信中详言事为者，非是矜夸，正欲以情实达于长上耳。

某尝谓三代而下，有唐、虞、三代遗风者，唯汉赵充国一人而已。宣帝问曰："谁可使者？"则曰："无逾老臣。"其客劝其归功朝廷与诸臣，则曰："兵之利害，当为后世法，老臣岂嫌伐一时事以欺明主哉？"皋陶曰："朕言惠可底行。"禹曰："予暨益播庶鲜食艰食，烝民乃粒，万邦作乂。"又曰："予决九州，距四海，濬畎浍距川。"又曰："予创若时，娶于涂山，辛壬癸甲，启呱呱而泣，予弗子，惟荒度土功。"夔曰："予击石拊石，百兽率舞，庶尹允谐。"此等皆非矜夸其功能，但直言其事，以著其事理之当然。故君子所为，不问其在人在己，当为而为，当言而言，人言之与吾言一也。后世为不情之词者，其实不能不自恃。古之君臣朋友之间，犹无饰辞，况父兄间乎？唐、虞、三代盛时，言论行事，洞然无彼己之间。至其叔末德衰，然后有"尔有嘉谋嘉猷，入告尔后于内，尔乃顺之于外，曰斯谋斯猷，惟我后之德"。前辈之论，以为太甲卒为商太宗，追配成、汤，无愧而

---

① （宋）吕祖谦：《与学者及诸弟书十三》，《全宋文》卷五八七八，第 261 册，第 210 页。

有光，以其善恶是非灼然明白，非成王比也。成王卒为中材之主，以流言疑周公，此难以言智。自此而降，周德不竞矣。入告出顺之言，德不竞之验也。后世儒者之论，不足以著大公，昭至信，适足以附人之私，增人陷溺耳。铢铢而称之，至石必谬，寸寸而度之，至丈必差。石称丈量，径而寡失。后世人君亦未尝不欲辨君子小人，然卒以君子为小人，以小人为君子者，寸寸而度，铢铢而称之过也。以铢称寸量之法绳古圣贤，则皆有不可胜诛之罪，况今人乎？今同官皆尽心力相助，人莫不有才，至其良心固有，更不待言。但人见理不明，自为蒙蔽，自为艰难，亦蒙蔽他人，艰难他人，善端不得通畅，人心不亨，人材不得自达，阻碍隔塞处多，但增尤怨，非所以致和消异。今时人臣逢君之恶，长君之恶，则有之矣，所以格君心之非，引君当道，邈乎远哉！重可叹哉！①

陆九渊在这封信中针对三代而下世道人心之变和"君子""小人"之别，对家兄发表了自己的看法。从家书中的口气可知，这封信完全是针对兄长对自己的质疑进行解说，并非散漫无边的泛泛而谈。

吕祖谦在给诸弟的家书中就他们治学中出现的疑问进行解答和点评：

别幅所论向来工夫，如所谓毫厘或差，而反为随之病，所谓向之多涂于此乎息，而领略之病始生。此非身亲足历，用工之实，则不能知，殊用敬服。但论天尊地卑之义，谓明乎是则复无可复，而随不失其宜，颇似畅快。②

从以上内容可知，吕祖谦是在收到诸弟"别幅"中讨论的内容之后，写信予以指点。家书往复的过程记录了彼此之间疑惑产生和解决

① （宋）陆九渊：《与致政兄》，《陆九渊集》卷十四，中华书局1980年版，第218页。
② （宋）吕祖谦：《与学者及诸弟书五》，《全宋文》卷五八七八，第261册，第207页。

的过程，这是针对具体的治学问题所写，其内容必然也具有极强的针对性。

家书对于宋代学术思想的保存和传播起到了重要作用，但是泛泛而谈依然很难深入了解这一过程发挥作用的机制，在本章后两节中，将分别以吕大钧和阳枋的家书为例，以个案研究的视角具体分析家书对家学传承和学术交流发挥的媒介作用。

第二节　家书对学术思想的传播作用

家书中探讨学术思想的内容比较常见，尤其是一些在文坛和学术界有影响力的人物，他们的治学心得和学术思想往往会通过家书的形式传授给家中子孙后辈，被后代以家族文献的方式保留下来，逐渐成为家族的文化传统，并传播至全社会。每个人学术思想的形成是一个动态发展的过程，家人之间的书信往来在一定程度上记录了这种变化，对于家族学术思想的传承发展具有重要意义。

一　诲学育人、传承家学

宋代出现了一大批影响深远的学术家族，原本的学术积累使他们在后代子女的教育中格外占有优势，许多家族都有自己独树一帜的家庭教育理念和家学传统。重视家族学术传承，父子兄弟共学、自相师友、兄弟联科等现象非常普遍，如南丰曾氏、金陵王氏、东莱吕氏、眉山苏氏等。苏辙《历代论引》谈及少年读书时的经历说："予少而力学。先君，予师也；亡兄子瞻，予师友也。父兄之学，皆以古今成败得失为议论之要。"[1] 通过这种方式逐渐形成了独特的家族文化。宋代家书中谈学论道的内容大多是写给子孙后辈的，一般都是作者长时间的治学心得或思想精华，他们的目的大多是启发教诲子侄。因此，家书在某种程度上成为家族文化的传承载体。

苏轼诗、词、书、画、文章成就名满天下，对于后辈诗文素养的

---

[1] （宋）苏辙：《苏辙集》第三册，中华书局 2004 年版，第 958 页。

培养非常重视。他在家书中指导子弟读书作文的方法，成为历代文人效仿的典范。苏轼不止一次在家书中要求子侄熟读史书，"勤学自爱。近来史学凋废，去岁作试官，问史传中事，无一两人详者。可读史书，为益不少也"①。甚至在他被贬海南时仍不忘教诲侄孙苏元老："侄孙近来为学何如？想不免趋时。然亦须多读史，务令文字华实相副，期于适用，乃佳。务令得一第后，所学便为弃物也……侄孙宜熟看《前后汉史》及韩柳文章。"②苏轼父子三人对史学极为重视，无一不熟读经史，他们的文风健雄、议论酣畅，纵谈古今、任意驰骋，受史学论著的影响极大。蒙文通在论及蜀学时云："北宋三家（新学、洛学、蜀学），惟苏氏能不废史学。二苏自述家学，皆谓以古今成败得失为议论之要。故所作史论，固多明逐情状之言……苏氏延北宋一线史学之传，俾蜀之史著，风气云蔚，其为教亦宏矣。"③ 至于读书之法，广为人所传颂的"八面受敌"法正是苏轼在与侄婿王庠的信中提出的：

> 卑意欲少年为学者，每一书，皆作数过尽之。书之富如入海，百货皆有，人之精力不能尽取，但得其所求者尔。故愿学者，每次作一意求之。如欲求古之兴亡治乱、圣贤作用，且只以此意求之，勿生余念。又别作一次，求实迹故实，典章文物之类，亦如之他皆仿此。此虽似迂钝，而他日学成，八面受敌，与涉猎者不可同日而语也。甚非速化之术！④

曾季狸（生卒年不详，字裘父）在《艇斋诗话》中引用了苏轼信中"八面受敌"读书法，并认为"此最是为学下功夫快捷方式。予少时亦颇窥见此术，然不能以此告人，及见东坡所言，犁然当人

---

① （宋）苏轼：《与千之侄二首之》，《苏轼文集编年笺注》第 7 册，巴蜀书社 2011 年版，第 82 页。

② （宋）苏轼：《与侄孙元老四首之三》，《苏轼文集编年笺注》第 8 册，巴蜀书社 2011 年版，第 87 页。

③ 蒙文通：《蒙文通文集》第三卷《经史抉原》，巴蜀书社 1995 年版，第 317 页。

④ （宋）苏轼：《与王庠书》，《苏轼文集编年笺注》第 8 册，巴蜀书社 2011 年版，第 12 页。

心，善为学者，不可不知也"①。曾季狸为曾巩（1019—1083，字子固）弟弟曾宰（1022—1068，字子翔）之孙，生活在南宋初期的江西地区，诗名显扬于宋孝宗乾淳年间。此时距苏轼辞世已逾半个多世纪，曾季狸不仅熟知此读书之法，并且将它写进诗话，可见这种读书方法传播之广，影响之远。之后，针对子侄辈有意模仿自己文风平淡的做法，苏轼又写信指点道：

> 凡文字，少小时须令气象峥嵘，采色绚烂，渐老渐熟乃造平淡，其实不是平淡，绚烂之极也。汝只见爷伯而今平淡，一向只学此样，何不取旧日应举时文字看，搞下抑扬，如龙蛇捉不住。且当学此，只书字亦然，善思吾言。②

苏轼向侄子指出，年轻时的文章应该"气象峥嵘，采色绚烂"，如此，方不失气魄，平淡并非有意为之所能达到的境界，而是绚烂至极的返璞归真。子侄们正面临着科举考试，苏轼让他们熟读自己当年的应举时文，细心揣摩，力求使文章气势磅礴，纠正他们在文章写作上所走的弯路。

朱熹在送长子朱塾前往吕祖谦处求学之时，写长信对他的为人处世、学习方法进行指导，其中保存了朱熹对于少年日常教育方式的思考：

> 见人嘉言善行，则敬慕而纪录之；见人好文字胜己者，则借来熟看，或传录之而咨问之，思与之齐而后已！不拘长少，惟善是取！③

当时投入朱熹门下求学的士子不在少数，这封家书不仅是他对自己儿子治学之法的指导，也是他在教导其他学子时的经验总结。朱熹的读书之法和教育思想已经有不少学者进行探讨，此不赘述。

---

① （宋）曾季狸：《艇斋诗话》，文渊阁四库全书本。
② （宋）苏轼：《与二郎侄一首》，《苏轼文集编年笺注》第 10 册，巴蜀书社 2011 年版，第 509 页。
③ （宋）朱熹：《与长子受之》，《全宋文》卷五六一七，第 250 册，第 44 页。

　　除此之外，吕祖谦、陆九渊、阳枋、陈著等人的家书中都涉及文学和理学思想的治学心得，随着这些家书的保存和流传，他们的学术思想也随之传播开去，形成了日渐广泛的影响。

二　切磋讨论、完善思想

　　独学无友必然孤陋寡闻，因此古人极其重视与良师益友的相互讨论。宋代的大家族几乎都是文化家族，几代人世守家学传统，父子兄弟共学现象极为普遍。家书往来交流切磋的过程帮助很多人厘清了思路，意识到了他们学说的优缺点，完善并修正了学术思想中存在的不足。南宋理学家阳枋（1187—1267，字正父）在给侄儿的信中就道出了与学者切磋的重要性："苦思与侄相远，不能日夕相近，动著便说。有时合当商量处甚多，过时又多忘去，纸上写归的能几何乎！然心中所言，笔端亦莫得而尽。甚觉此地孤单，只须良朋数人，相与订议，庶道有所开广，则乐何可言。"① 与良师益友的讨论不仅是促进学术思想成熟的重要手段，也是一种愉快的经历。"在经过一段时间的互动后，会逐渐形成对某些术语和行动的共享意义，从而以某种特定的方式来理解事物和现象。"② 他们的学术思想也随着家书的传播从家族的小群体中传扬开去，在社会上形成了大小不一的影响。接受者对于家书中所探讨的学术内容往往要进行一个思考并回应的过程，之后，可能原有的问题得到了解答，也可能没有，之后再次回信质疑，或提出新的问题。通过这样的往来切磋，促进了思考，梳理了思路，对于完善彼此的学术思想都起到了良好的作用。

　　黄庭坚在给外甥洪刍的信中写道："自作语最难，老杜作诗，退之作文，无一字无来处。盖后人读书少，故谓韩、杜自作此语耳。古之能为文章者，真能陶冶万物，虽取古人之陈言入于翰墨，如灵丹一粒，点铁成金也。"③ 黄庭坚作诗主张"无一字无来历""点铁成金"

---

① （宋）阳枋：《与谊儒侄昂书》，《全宋文》卷七四八一，第325册，第361页。

② ［美］李特约翰：《人类传播理论》，史安斌译，清华大学出版社2009年版，第94页。

③ （宋）黄庭坚：《与洪驹父七》，《黄庭坚全集》，江西人民出版社2011年版，第733页。

"夺胎换骨"，而这些作诗方法大多是在与洪氏、徐氏等外甥的家书中提到的，只有在教育家族子侄和亲戚子弟之时，才会把自己多年的写诗经验一一列出，希望他们能够细心体悟。

> 寄诗语意老重，数过读不能去手，继以叹息，少加意读书，古人不难到也。诸文亦皆好，但少古人绳墨耳，可更熟读司马子长、韩退之文章。凡作一文，皆须有宗有趣，终始关键，有开有阖。如四渎虽纳百川，或汇而为广泽，汪洋千里，要自发源注海耳。老夫绍圣以前，不知作文章斧斤，取旧所作读之，皆可笑。绍圣以后，始知作文章。但以老病情懒，不能下笔也。外甥勉之，为我雪耻。《骂犬文》虽雄奇，然不作可也。东坡文章妙天下，其短处在好骂，慎勿袭其轨也。甚恨不得相见，极论诗与文章之善病。——《答洪驹父书二》①

黄庭坚在这封家书中对洪刍的诗文作品进行点评，指出其不足之处，并提出改进的方法。他的作诗法也随着家书的传递播之四方，成为江西诗派的作诗法门。

同时，"传播者不仅仅与其他人和社会性事物进行互动，他们还要与自己进行交流"②。吕祖谦在 10 封《与学者及诸弟书》中分别讨论了为学之道、治家之道、对理学思想的理解，评论朝中人物的言论得失等，在互相切磋辩论中也促进了自己思想的进一步完善和成熟。他在其中一封家书中写道：

> 别幅所论向来工夫，如所谓毫厘或差，而反为随之病，所谓向之多涂于此乎息，而领略之病始生。此非身亲足历，用工之实，则不能知，殊用敬服。但论天尊地卑之义，谓明乎是则复无可复，而随不失其宜，颇似畅快。此两句虽在颜子分上，犹未易

---

① 《全宋文》卷二二八一，第 104 册，第 300—301 页。
② ［美］李特约翰：《人类传播理论》，史安斌译，清华大学出版社 2009 年版，第 95 页。

言之。盖知至至之，知终终之，阶级历然，非一步可升，一言可断，若看得溥博亲切，则始知工夫之益无穷。仁者，其言也切，良以此也。"顺以循序，乃体其全，利而为之，靡或不偏"，此四语工夫甚正，易所谓序者，正当精察耳。"为之蹄筌"，此句有病。末句"庶可与权"，亦似太快耳。洙泗言仁，《语》《孟》精义，常玩味，工夫自不偏。但《易传》精深稳实，孟子之后方有此书，不可不朝夕讽阅也。①

从上文可知，吕祖谦是根据学者和诸弟书信中提出的疑问进行解答，在短短的三百余字中吕祖谦点评了学者和诸弟在上一封信中的疑惑和治学所得。此外，从其他的家书中也可见他们书信往来切磋讨论的频繁：

> 颖叔所谕谢语甚当，凡做工夫，皆宜精思深体，不可略认得而遂止也。德锐所问已批去。大抵为学，思索不可至于苦，玩养不可至于慢。纯夫所问，第能专心致志，久久自然，须渐有趣向也。叔源所苦已无事否？②

信中提及的"颖叔""德锐""纯夫""叔源"等人都是与吕祖谦兄弟有书信往来的学者或门人弟子，他们之间并不一定总是有机会进行面对面请教或讨论，但通过书信，可以就求学过程中的疑问困惑进行讨论切磋。吕祖谦在给诸弟的家书中一一点评了他们优点，并解答了所问。书信往来虽不如当面讲学清晰明白，但依然是当时重要的学术交流手段。

陆九渊在写给侄孙的家书中就提道："汝质性本不昏滞，独以不亲讲益，故为俗见俗说埋没耳。其后二三信，虽是仓卒，终觉不如初信。岂非困于独学，无朋友之助而然？"③ 从这几句话可知，陆九渊

---

① （宋）吕祖谦：《与学者及诸弟书五》，《全宋文》卷五八一七，第261册，第207页。
② （宋）吕祖谦：《与学者及诸弟书四》，《全宋文》卷五八七八，第261册，第206页。
③ （宋）陆九渊：《与侄孙濬一》，《陆九渊集》，中华书局2014年版，第12页。

一直通过家书了解侄孙的进学情况，并随时掌握侄孙为学的动态，指出他不能取得进步的原因在于独学无友，缺少朋友之间的讨论助益。因此他在家书中针对侄孙的问题一一进行回答。在另一封家书中，陆九渊批评侄孙写文章时用词不当，口气甚为严厉：

> 汝文字意旨皆不长进，如所谓"士论翕然宗之"，所谓"尽公乐善，人无间言"，斯世何幸乃有斯人耶？①

陆九渊对侄孙在家书中随意品评朝廷官员和身边士人的做法十分不满，乃至发出了"岂汝所交之士皆不足以为士，而所见之人皆非其人耶"②的疑问。陆九渊对家族后辈在学习上细心指导，甚至连一些语词含义的理解有误也为其指出，如他在家书中写道：

> "沈鸷"二字，史家多以称人之长，关雎亦鸷，非恶辞也。向来家书中亦时有此等旨趣，此非特辞语之病，甚可畏也。其他用字下语差错不安者甚多，已令汝尊后便，逐一告汝。③

尽管是通过书信交流，但陆九渊依然从侄孙书信的措辞中敏锐地捕捉到其为学过程中存在的问题，不仅在家书中为其随时指出，还告知其父当面教导。在互相讨论的家族学术氛围中，促进了后辈子侄学术思想的成熟和完善。陆九渊在之后的家书中鼓励侄孙："汝气质外似柔弱而中实不弱，自向者旨趣未得其正时，固已有隐然不可摇挠之势矣。能于此深思痛省，大决其私，毅然特立，直以古圣贤为的，必居广居、立正位、行大道，则谁能御之？"④可见他对侄孙的期望之厚，不肯让他随众趋俗，浪费宝贵的才华和精力，希望他能"深思痛省"，以"古圣贤为的"，达到儒家所期望的圣贤境界。并在之后的信中要侄孙经常阅读自己写给他的家书，"汝亦当时一阅之，毋谓已

---

① （宋）陆九渊：《与侄孙濬二》，《陆九渊集》，中华书局2014年版，第189页。
② （宋）陆九渊：《与侄孙濬二》，《陆九渊集》，中华书局2014年版，第189页。
③ （宋）陆九渊：《与侄孙濬二》，《陆九渊集》，中华书局2014年版，第189页。
④ （宋）陆九渊：《与侄孙濬二》，《陆九渊集》，中华书局2014年版，第190页。

尽知之矣。观汝前一书，亦未深解吾说。若有疑，不妨吐露，当尽为汝剖白也"①。从这几句话可知陆九渊对侄孙学问的重视，祖孙二人通过家书交流，陆九渊不仅为侄孙解答他在读书治学中碰到的问题，而且还根据他的回信随时了解他的理解程度。

南宋理学家詹体仁（1143—1206，字元善）在给侄儿詹初（生卒年不详，字以元）的家书中也写道："使以元能教以养心之法，不使放诞，他日必能继家学，不坠家声也。来寄诸作，皆深见道体，探极渊微，足见心得之法，非区区口耳者所能到也。"② 之后他针对詹初的治学主张，提出不同的看法，把自己的"为学心得"写在信中，认为"为学固贵心得，而博学之功，尤不可后"③。之后委婉地提醒詹初，"使以元更能先以宏博，而后会以吾心，则孔、孟正脉不外是矣"④。这封家书中詹体仁就二人在治学之道上产生的分歧进行讨论，提出"博学广问"的方法，而委婉批评詹初"贵心得体悟"的主张。孰对孰错不是本书的讨论内容，只是以此可见学术思想辩难在家书中的频繁和普遍。

尽管从整个宋代学术发展的角度来看，家书对于学术思想的促进作用有限，但是聚焦于一个个具体的家族，则家书对家学的传承功不可没。在家族成员的书信互动中，家族学术思想通过文字保存并传播开去，成为后辈子侄学习的指导或参考。致信者的思想也得以由近及远地散播开去，在当时或后世产生深浅不一的影响。

三 传播学术、扩大影响

宋代许多家书并不仅仅限于家族内部流通，许多在文坛和学术界有影响力的重要人物，他们的家书往往成为一种公开或半公开的信息来源，被人广为传阅。尤其是其中涉及学术思想和治学经验的内容，更是被人互相点评、抄写，有意或无意地散播开去。在这种流传的过程中，他们的学术思想也随之被人广泛讨论，得到同仁或称赞或批评

---

① （宋）陆九渊：《与侄孙濬二》，《陆九渊集》，中华书局2014年版，第191页。
② （宋）詹体仁：《答族侄以元书》，《全宋文》卷六三五三，第280册，第252页。
③ （宋）詹体仁：《答族侄以元书》，《全宋文》卷六三五三，第280册，第252页。
④ （宋）詹体仁：《答族侄以元书》，《全宋文》卷六三五三，第280册，第252页。

的评价。家书流通的过程，也是他们学术思想的传播过程。

上文中提到的苏轼"八面来风"读书法，"少时文字彩色绚烂"作文法，黄庭坚"点铁成金""夺胎换骨""无一字无来历"作诗法，都是他们自己读书作文的心得，在指导家族后辈学习时自然而然地提出来。但是通过家书的流通和文人之间的交流，他们的学术思想得以不断传播，受到许多人的赞同和追捧，成为历代文人效法的典范。苏黄二人并没有专门的诗论文章或《诗话》《词话》《文话》一类的文论，他们的诗学理论正是通过家书的传播得以保存并传承下来的。

吕祖谦写给兄弟的 19 封家书同时也是写给学者的，其中涉及学者来信中的许多问题。吕祖谦的这些家书显然是在自己的门人弟子之中广泛传阅的，因此，必然将自己的学术思想传播了出去。

陆九渊在给侄孙的信中提道："有书与胡学录，问曾尽见去年吾所与汝书否？若有未见，汝当尽以示之。"① 陆九渊在给侄孙的家书中针对侄孙在学习中出现的不同问题一一进行分析解答，"胡学录"显然也面临着一些同样的困惑，因此，请求阅读这些书信。陆九渊要侄孙把家书"尽以示之"，书信中的内容自然也流传开去。陆九渊在给侄孙写家书时虽没有在社会上传播的打算，但是书信的内容却引起了同道的注意，自然是在以陆九渊为中心的学术小圈子中已经形成了一定的影响力。

詹体仁给詹初的信中也写道："不见以元又二年矣。近观所与直卿书，足见迩来学问大进，吾道有人。如仆潦倒，何足言也。闻杨□与以元书，深论德性之说，颇明而尽，不知可能寄我一观否？"② 这段话中提到与二人有书信往来的人就有两位，而且詹体仁请求阅读他们与詹初的往来书信，并从中看出詹初学问的进展。

书信中的学术交流在某种程度上是一种说服活动，不管其目的如何，但在客观效果上往往会对受书者施加某种影响，使其承认或接受自己的观点，这在学术地位和影响力相差巨大的两个人身上表现得更加明显。家书的致信者和受信人之间存在的血缘亲情关系，在孝道文

① （宋）陆九渊：《与侄孙濬五》，《陆九渊集》，中华书局 2014 年版，第 191 页。
② （宋）詹体仁：《寄以元书》，《全宋文》卷六三五三，第 280 册，第 253 页。

化的影响下，遵循尊长的学说观点被称为世守家学传统，受到鼓励和赞赏。这样逐渐在家族内部和亲友之间形成一定的影响，并像水波一样扩散开去，在社会上形成较大的影响力。家书中学术思想的传播特点可以作为宋代学术发展的一个佐证。

第三节 《吕氏乡约》成书过程在家书中的反映

北宋陕西蓝田吕氏兄弟在创立中国历史上第一部乡约——《吕氏乡约》的过程中，以家书形式互相讨论辩难，几经修改，家书记录了《乡约》的成书过程。

陕西蓝田吕氏家族为关中望族，兄弟四人皆为当时豪俊，受人推重。吕大忠（1020—1096），字进伯，宋仁宗皇祐三年（1051）进士及第，宋哲宗绍圣年间官至宝文阁直学士，是北宋关学的代表人物之一，西安碑林的创立者。吕大防（1027—1097），字微仲，皇祐元年（1049）进士，宋哲宗元祐元年（1086）升任宰相。吕大钧（1029—1080），字和叔，嘉祐二年（1057）进士，先后在秦州、延州、福建后供等地担任底层官职，师从张载，是《吕氏乡约》的主要订立者。吕大临（1040—1092），字与叔，以恩荫入仕，官至秘书省正字。与兄长吕大忠、吕大临同时投入张载门下，张载去世后拜程颐为师，是程门四君子之一。兄弟四人被誉为"蓝田四贤"。《宋史·吕大防传》记载："（吕大防）与大忠及弟大临同居，相切磋论道考礼，冠昏丧祭，一本于古，关中言《礼》学者推吕氏。尝为《乡约》曰：'凡同约者，德业相劝，过失相规，礼俗相交，患难相恤，有善则书于籍，有过若违约者亦书之，三犯而行罚，不悛者绝之。'"[1] 可知《吕氏乡约》虽由吕大钧主要执笔，却是兄弟四人相互协作的结果。

一 《吕氏乡约》成书过程

吕氏兄弟中只有吕大钧现存家书三封，其他人的书信均已佚，这些家书全部是有关《吕氏乡约》（以下简称《乡约》）的讨论，第一

---

[1] （元）脱脱：《宋史·吕大防传》，中华书局2014年版，第10844页。

封如下：

> 《乡约》中有绳之稍急者诚为当，以逐旋改更从宽。其来着
> 亦不拒，去者亦不追，固如来教。——《与伯兄》①

这是吕大钧写给兄长吕大忠的家书，从信中可知吕大忠对于《乡约》中的内容提出了一些中肯的建议，认为一些惩治措施"稍急"，吕大钧虚心接受了兄长的建议，"旋逐改更从宽"，这也符合《乡约》"过失相规"的宗旨。吕大钧与兄长吕大防同样就《乡约》的内容进行了一系列的讨论。

> 《乡约》事，近排祭人回，已具白。人心不同，故好恶未尝
> 一，而俱未可以为然。惟以道观之，则真是真非乃见。若止取在
> 上者之言为然，则君子何必博学。所欲改为《家仪》，虽意在逊
> 避，而于义不安。盖其间专是与乡人相约之事，除是废而不行，
> 其间礼俗相成，患难相恤，在家人岂须言及之乎？若改为《乡学
> 规》，却似不甚害义，此可行也。所云置约正、直月，亦如学中
> 学正、直日之类，今小民有所聚集，犹自推神头、行老之目。其
> 急难自于逐项内细说事目。止是遭水火、盗贼、死丧、疾病、诬
> 枉之类，亦皆是自来人情所共恤，法令之所许。敕条：水火盗
> 贼，同村社自合救捕。鳏寡孤遗，亦许近亲收恤。至于问疾吊
> 丧，并流俗常行。约中止是量议损益，劝率其不修者耳。今流俗
> 凡有率敛济人，皆行疏聚集，并是常事。汉之党事，去年李纯之
> 有书，已尝言及。寻有书辨其不相似，今录本上呈。党事之祸，
> 皆当时诸人自取之，非独宦者之罪。不务实行，一罪也；妄相称党
> 傲公卿，二罪也；与宦者相疾如雠，三罪也；其得用者，遂欲诛灭
> 宦者，四罪也。不知《乡约》有何事近之？——《答仲兄一》②

---

① 《全宋文》卷一〇六六，第78册，第194页。
② 《全宋文》卷一〇六六，第78册，第195页。

在这封家书中，吕大钧与吕大防主要商讨的问题有三：一是《乡约》的名称，吕大防认为不妥，有民间组织结社之嫌，提议改为《家礼》。吕大钧则认为不妥，虽然《家礼》之名"意在逊避，而于义不安"，提议改成《乡学规》。二是对于《乡约》的内容加以探讨，主要涉及乡间"遭水火、盗贼、死丧、疾病、诬枉之类"时，乡里组织人员对于急难事件的处置，其目的在于建立一种民间基层社会的自我调节机制，维护乡村社会的安定。中国古代的村落大多是由数个或数十个有血缘关系的家族逐渐定居形成的，村民之间大多存在着或近或远的血缘亲情，身处其中的成员共同构成了一种熟人社会。乡村社会的管理互助和矛盾调解并不依赖于政府机构，而是由族长、宗长或有影响力的士绅、乡绅承担。通过"人情所共恤，法令之所许"的互助、规约、惩戒行为，发挥着基层社会的保障功能。三是针对吕大防提出的担忧加以解释。吕大防是吕氏四兄弟中仕途最顺遂者，元祐元年（1086）至八年（1093）高太后垂帘听政时期任宰相。吕大防特殊的身份自然使得他对待弟弟创立《乡约》之事顾虑颇多，甚至以东汉党锢之祸为喻，表达其内心的忧虑。而吕大钧则提出东汉党祸乃当时人咎由自取，并列举四条罪状，且直接诘问兄长："不知《乡约》有何事近之？"从中可见吕大钧大胆果敢的个性，与他同年中进士、亦师亦友的张载称赞他"能自信力行"，每叹其"勇为不可及"。[①] 作为地方社会的精英，吕大钧有意识地行使文人士大夫在地方基层社会的话语权。正如有学者所指出的那样："士阶层在粘合上下两层组织的时候主要是依赖对于话语的主导，士阶层在领袖地方事务的时候也主要是以话语的方式行使其权力。"[②] 因此，《吕氏乡约》的创立并施行是宋代士人的一种自觉行为，这也是吕大钧面对兄长的反对，一再坚持并辩解的原因之一。范育（生卒年不详，字巽之）在《吕和叔墓表》中称赞他：

> 明善至学，性之所得者尽之于心，心之所知者践之于身……

---

① （元）脱脱：《宋史·吕大钧传》，中华书局 2014 年版，第 10847 页。
② 陈宣良：《中国文明的本质》（卷四），上海人民出版社 2016 年版，第 332 页。

性纯厚易直，强明正亮，所行不二于心，所知不二于行。其学以孔子下学上达之心立其志，以孟子集义之功养其德，以颜子克己复礼之用厉其行。其要归之诚明不息，不为众人沮之而疑，小辨夺之而屈，势利劫之而回，知力穷之而止。其自任以圣贤之重如此。①

范育的这段话揭示了吕大钧深受儒家思想的熏陶，并自觉践行士大夫的职责，这跟张载"四为"之说如出一辙。而且也提到了他坚毅自信、不轻易为人所屈的个性，这对《乡约》从编写成书到施行过程至关重要。此书遇到各种质疑反对，吕大钧在给友人刘平叔的信中写道："乡人相约勉为小善，顾惟鄙陋，安足置议？而传闻者以为异事，过加论说，以谓强人之所不能，似乎不顺；非上所令而辄行之，似乎不恭。退而自反，固亦有罪。盖为善无大小，必待有德有位者倡之，则上下厌服而不疑。今不幸出于愚且贱者，宜乎诋訾之纷纷也。"② 可见，不仅是自己兄长对此书的编写表示疑虑反对，乡里许多人也对此议论纷纷。他给吕大防的信中尽管对兄长疑虑的内容做了解释，但《乡约》的编写并未因此而一帆风顺。吕大防显然并未因此解除担忧，这在吕大钧的另一封家书中显而易见：

> 《乡约》事，累蒙教督甚且，备喻尊意。欲令保全，不陷刑祸，父兄之于子弟，莫不皆然。而在上者若不体悉子弟之志，必须从己之令，则亦难为下矣。盖人性之善则同，而为善之迹不一。或出或处，或行或止，苟不失于仁，皆不相害，又何必以出仕为善乎？又自来往复之言，辞多抑扬，势当如此，惟可以意逆之，则情意可得。若寻文致疑，则不同之论，无有已时。如谓杀身成仁者，盖孔子谓时多求生害仁者。既难得中庸之人，且得杀身成仁者，犹胜求生害仁之人，岂谓孔子务为杀身以成仁乎？前书行老、神头之说亦类此。向蒙开喻，志诸侯之说亦类此。处事

---

① 《全宋文》卷一六五九，第76册，第111页。
② （宋）吕大钧：《答刘平叔》，《全宋文》卷一七〇四，第78册，第196页。

有失，已随事改更，殊无所惮。即今所行《乡约》，与元初定甚
有不同，乡人莫不知之。亦难为更一一告喻流传之人耳。——
《答仲兄二》①

吕大防的回信今天已不可见，但从这封家书可知，吕大防对兄弟
修定《乡约》之事"教督甚且"，甚至涉及许多具体的细节。尽管吕
大钧体量兄长对自己"欲令保全，不陷刑祸"的关爱，但依然不满
兄长不体谅自己为善乡里的良苦用心，且以"在上者若不体悉子弟之
志，必须从己之令，则亦难为下矣"的言语表达对于兄长的失望。又
对兄长提出的以仕途为虑不以为意，以"为善之迹不一。或出或处，
或行或止，苟不失于仁，皆不相害，又何必以出仕为善乎？"反驳兄
长的顾虑。吕氏兄弟四人中，吕大临只做过知县一类的小官，吕大钧
则潜心学问，绝意仕进，因此，对兄长提出的为宦途打算不以为意。
从这封家书可见，兄弟二人对于《乡约》的修改意见不尽相同。但
从信中结尾的言语来看，吕大钧依然根据吕大防的意见对《乡约》
作了非常多的修改，当时通行的版本已经"与元初定甚有不同"。吕
大钧最终以"乡人莫不知之。亦难为更一一告喻流传之人耳"为理
由，拒绝了兄长要求进一步修改的要求。

二 《吕氏乡约》成书原因探析

《吕氏乡约》的成书对中国乡约制度的形成产生了深远的影响，
它的出现是一系列重要的历史事件和学术思潮的双重作用所致。熙宁
年间，王安石变法时在关陕前线等地推行保甲制度，其目的在于改革
军制，增强军队战斗力，节省军费开支，减轻财政压力，同时加强中
央对地方基层的控制。然而实行的结果则是"扰民""害民"，保甲
法在元祐元年（1086）司马光主政期间被废除，但加强民间基层自
我管理和调节的理念却被一些有识之士继承了下来。正是在这样的历
史背景下，吕氏兄弟萌生了创立乡约制度的想法。而陕西地区是北宋
关学的发源地，理学家张载的家乡和讲学之地，许多地方精英人物都

① 《全宋文》卷一〇六六，第 78 册，第 196 页。

有跟随张载学习的经历，蓝田吕氏兄弟也不例外。范育《吕和叔墓表》中记载吕大钧虽与张载为同年，但"一言而契，往执弟子礼问焉"①。张载教之以"始学必先行其所知而已，若夫道性命之际，正惟恭行礼义，久则至焉……且谓君勉之当自悟。君乃信己不疑，设其义，陈其数，倡而行之，将以抗横流、继绝学，毅然不恤人之非间己也"②。这些都写出了吕大钧受张载关学思想的影响之深。他在处理父亲丧事时"衰麻殓丧祭之事，悉捐俗习事尚，一仿诸礼。后乃寖行于冠昏、饮酒、相见、庆吊之间，其文节粲然可观，人人皆识其义，相与起好矜行，一朝知礼义之可贵"③。足见吕大钧通过自己的亲身践履，对地方风俗产生的影响。《宋元学案·吕范诸儒学案》也记载："吕大钧……于横渠为同年友，心悦而好之，遂执弟子礼，于是学者靡然知所趋向。横渠之教，以礼为先。先生条为乡约，关中风俗，为之一变。"④ 这样的学术背景在制定《乡约》的过程中起到了奠基性质的作用，通观《吕氏乡约》，处处体现出理学思想在乡村基层教化中的渗透。

而吕大钧的三封家书则记录了乡约制度产生的艰难过程，它自始至终面临着来自吕大防所代表的权力阶层的质疑和反对。宋代科举取士的初衷之一正是要消弭世家大族在地方的影响力，消除对于皇权和中央政府产生威胁的地方豪强势力。而吕大钧兄弟创立《乡约》的初衷有二：一是自觉或不自觉地抵制皇权对于民间社会的过度干预，造成扰民；二是弥补官府对地方管控的不足和疏漏，发挥乡村社会家族血缘关系的优势，推行理学的教化功能。这并非偶然出现的现象，而是门阀氏族消亡之后，宋代民间社会自我调节机制产生的自然诉求。南宋初吕皓（生卒年不详，字子阳）的《白乡人》这封信中向我们展示了宋代乡村社会的解形态：

　　　　窃闻县有县官，乡有乡长，里有里正，各谨本分，不相侵

---

① 《全宋文》卷一六五九，第 76 册，第 111 页。
② 《全宋文》卷一六五九，第 76 册，第 112 页。
③ 《全宋文》卷一六五九，第 76 册，第 112 页。
④ （清）黄宗羲：《宋元学案·吕范诸儒学案》，中华书局 2013 年版，第 1094 页。

綦，故上下俱安。士既穷居，不能高飞远举，固当与乡曲周旋上下。昔后汉陈实之居乡也，乡人有不平，不讼于有司，而争诉于其门，时人尽称其美，而青史又夸言之。余虽生乎千载之下，岂不慨慕其人？无奈风俗与古先别，间一二奉公而行，略警薄俗，便辄造谤，指为雄断乡曲，欲嫁祸于吾身，亦甚惨矣。日夜思念，固已深切痛戒。不意尚有过听，复及吾门者，甚至终日不肯去，亦使吾深居不敢出。两相伺视而不相安，亦何以乡居为乐哉？况余穷居山谷，姓名既不达于时官，又无以结讬公吏，何能使枉者直、冤者伸耶？惟是亲邻骨肉之际，或欲得微言相劝勉，则不敢自爱，或乏日给，有乖孝养；或较毫毛，至伤和气，得少资助，则其事平，亦不敢自爱。外此，或争虚气、饰虚辞相欺罔，虽吾亲族，尚付之无可奈何，况外人乎？然而十室必有忠信，邻里岂无公平好善之人？以义理劝和，且面前无非亲故族党，出入相见，宁不厚颜？切不可因一时之忿，轻至吾前，论长说短。一分曲直，便有胜负，因此或成仇隙，则是吾居是乡，无分毫益于人，徒能斗乡人，且以自结怨。此余深所不愿也，用是历布忠诚，凡我同类，相与共成美意，为万万之幸。云溪遗老谨白。①

值得注意的是，吕皓在信中提出了宋代社会的基层调解机制遭遇的一些危机。古代的士绅、乡绅、辞官回乡的官员往往是地方领袖，担任地方矛盾的调解官。吕皓显然是这样的一类人物，也自觉地担任着地方调解员的职责。"无奈风俗与古先别"，吕皓在调解乡里矛盾的过程中自认为"奉公而行，略警薄俗"，却被乡人目为"雄断乡曲"，甚至有些不服之人徘徊于吕皓门前，"终日不肯去"，致使他"深居不敢出"。尽管吕皓在信中反复表明心迹，劝说乡人不要意气用事，结怨邻里亲党，但是效果显然并不明显。由于缺乏足够的史料信息，今天我们无法判断吕皓在乡里所作所为究竟如何。但却可以推知，在皇权和地方官府与普通的乡民之间存在着一个权力的真空，这

---

① 《全宋文》卷六五二三，第287册，第245页。

可能给一些地方富户、豪强掌控乡村社会的机会，必然也给宋代底层文人、士绅发挥影响力的机会。他们自觉或不自觉地弥补了官府留下的真空，并有意识地把自己所学的儒家思想渗透进乡村社会的管理和乡民的教化之中，他们是理学思想在社会基层逐步推行的中坚力量。黄榦在听闻故乡友人之子兄弟分家之事后，写信指出分家的"七不可"理由，之后着重指出兄弟不睦对家庭的危害。他并没有从财产纷争的角度去调解，而是从人伦孝悌的角度对其进行了批评。"名贤之家，弟悖其兄，兄之子又悖其叔父，下至婢仆之属亦得以谩骂其主之兄弟，所谓诗礼安在耶？"① 这也足见当时士大夫在乡村管理中的自觉。

从上述这些事例可知，吕氏兄弟身为朝廷官吏和乡贤的双重身份，使得他们成为连接皇权与地方的使者。《吕氏乡约》的创立对于宋代之后的中国社会产生了巨大影响。吕大钧的家书记录了这一重要事件发生和完成的过程，其史料价值弥足珍贵。

第四节　阳枋学术思想在家书中的交流传播

四川合州阳氏家族是南宋末期朱熹易学思想的主要传承者，阳氏祖籍四川涪州（今涪陵），后迁至合州巴川县（今重庆合川）。阳枋（1187—1267，字正父）早年与其弟阳房（？—1256，字全父，号全庵）跟随朱熹门人徐侨、度正学习理学，后与其侄阳岊（生卒年不详，字东翔，号存斋）师从朱熹晚年易学思想的主要传人蔂渊，后世称莲荡先生，尽得其所学。阳枋与阳岊勤敏好学，精于易理，成为朱熹学术思想在巴蜀地区的主要传承者，被后人尊称为大阳先生和小阳先生。阳房、阳岊早卒，阳氏家族后辈跟随阳枋学习理学，尤其专注于《周易》，易学逐渐成为合州阳氏家学，绵延五代不绝。现存阳枋家书二十通，为南宋理学家现存家书之最，其内容全部是与子侄讨论理学和易学思想。具体情况如下表。

---

① （宋）黄榦：《答或人》，《全宋文》卷六五四九，第288册，第227页。

表 5 – 1 阳枋家书列表

受书者	数量	与阳枋关系
阳少箕（1217—?）	1	阳枋长子，景定三年（1262）进士
阳炎卯（1222—?）	3	阳枋次子，淳祐七年（1247）进士
阳昂（生卒年不详），字谊儒	14	阳枋侄，景定三年（1262）进士
阳恪（生卒年不详），字伯强，号以斋	3	阳岊长子，阳枋侄孙，景定三年（1262）进士
子侄	1	

上表只是列出了与阳枋有家书往来的亲属，阳氏家族还有许多学术水平出众的成员，家学传统深厚，人才辈出。上表中书信相加为22封，因其中一封家书是同时写给阳少箕、阳炎卯和阳昂的。阳枋写给阳昂的家书最多，对其教诲也最为用心。阳昂为阳枋堂兄阳元泽（1182—1207，字昌临）次子，阳元泽不求仕进，潜心易学，壮年而亡，阳枋遂教诲其二子。阳昂尽得阳枋所传，成为阳氏易学在阳枋之后最主要的家族传人。阳枋在这些家书中有意识地将自己平生所学传授给家族子侄，其内容包括两个方面：一是对理学思想的理解；二是对易学思想的体悟与学习之道。20篇家书中谈论理学的11篇，探讨易学的9篇，全部是写给阳昂的，有几篇家书涉及的内容不止一项，还有教育子侄为学之道的方法和践行的原则。

一 阳枋家书中的理学思想

阳枋的理学思想得自度正、徐侨、嫠渊，基本继承了朱熹理学思想的精髓。注重克己内省功夫，他在与阳恪的家书中写道：

> 收书熟读，无非切己，实见得义利公私之判。但其间限界，欠倒断割截。所谓十二时中无违道伤义之事，颇觉大快。如曾子"吾日三省"，亦须自觉有克不尽处，深自省察。学者当于念虑一萌之初，剪绝私意，只令向中正一脉里行。莫待到事上方觉，便

是悔亡意思。①

阳枋针对阳恪"书"中的问题，提醒他注重内心的审察，分辨"义利公私"之界限，在私心萌动的一刻，及时"剪绝私意"。至于如何在日常的行为中践行这样的思想，阳枋在给阳恪的另一封信中详细作了说明：

> 屡蒙言收放心之说，足以见自觉已私为累，欲克去之，而力行求至如此。予向从性善游，诲以读程氏及洛中诸贤性理之学，及朱文公提撕惺惺之说。继从莲荡学《易》，诲以只于日用常行求之。由是见得功名富贵，诚身外事，惟性中天理是靠实合从事处。其初甚觉走作间断，有时不知不觉又入他处去，元是心中私意未尽所致。觉得入此学须以思无邪为先，然后继之以毋不敬的功夫。盖心应万事，天下无一件不是自家当为的，只喜、怒、哀、惧、爱、恶、欲易以移人，须要见得此七件如何是正，如何是邪，如何是酌中的道理，觑得分晓，方可主一无适。每事做教彻头彻尾，才思量不到，便差错行去不好处了。最关系利害处，是一己一家亲旧所识穷乏势要，不可断绝，极要照顾，令合于中。才无情便是木石死灰，才有情亦易走窜去不好处。所以圣人说："人心惟危，道心惟微，惟精惟一，允执厥中。""惟危"处是要审思精一，"允执"是要主一无适而力行，孟子"存心"，存此者也，"求其放心"，求此者也。②

这封家书长达六百多字，阳枋在信中为族孙阐述了"收放心"的次第。与当时的理学家一样，他也认为"理"是一种弥漫在天地万事万物中的根本之道，与人心相通。并着重强调了"心"的作用与"七情"对人心的影响，阳枋强调"践履"的重要性，要偳孙在日常生活中不断涵养，最终达到"顺万事而无心""溥万物而无情"的境

---

① （宋）阳枋：《与族孙恪书》，《全宋文》卷七四八一，第 325 册，第 343 页。
② （宋）阳枋：《与族孙恪书》，《全宋文》卷七四八〇，第 325 册，第 355 页。

界。阳枋的思想明显受到陆九渊"心学"的影响，由此可知，当时学术交流的影响之广，许多学者并非仅仅服膺一家之说，或虽然师从一家，却并不完全排斥其他思想流派的学说。

对于侄儿提出的"思无邪"之难，阳枋在家书中给出的解决之道是：

> 此不过念头初萌时著功夫……万事万物，皆有善恶存乎其间。天理人欲，同行异情，循天理处便是善，徇私欲处便是恶也。可欲为善，欲善而民善，欲诚意正心修身齐家治国平天下，欲无言，欲行王政，何往非欲，何欲非善。夫子言："我欲仁，斯仁至矣。"只欲得好处，便皆善已。所以七情不可去一，只要在道心惟微上著意也。[①]

从以上的言论便可清晰看出，阳枋并不主张摒弃七情六欲，因为那会让人陷入"木石死灰"的境界，而是在欲念萌动的那一刻就去体悟自省，是善是恶，如果都是善念，那就是天理，所谓"只欲得好处，便皆善"；如果是恶念，那自然是人欲，需要抛弃。阳枋理解的"天理""人欲"与"善""恶"二者紧密相连，"善""恶"实际上成为判断起心动念是遵循"天理"还是屈服于"人欲"的标准。

此外，阳枋继承了朱熹将理学思想渗透在日常生活中体悟践行的主张，他认为"当于日用常行，泛应曲当，件件物物，以当然之理酬酢，令无愧于心，即便是学"[②]。主张把理学思想的领悟用于实际的生活中，推行其教化功能，从根本上改变社会风气，挽救颓靡的世道人心。"体认践履，须十分下功夫，初学非十年不见效。"[③] 由此鼓励家族后辈"致知力行，兢兢朝夕"[④]。这是当时主张"为己之学"的理学家一致的观点。

---

① （宋）阳枋：《与谊儒侄昂书二》，《全宋文》卷七四八一，第 325 册，第 372 页。
② （宋）阳枋：《与谊儒侄昂书二》，《全宋文》卷七四八一，第 325 册，第 379 页。
③ （宋）阳枋：《与族孙恪书》，《全宋文》卷七四八〇，第 325 册，第 355 页。
④ （宋）阳枋：《与族孙恪书》，《全宋文》卷七四八〇，第 325 册，第 343 页。

二　阳枋家书中的易学思想

阳枋最负盛名的是他的易学思想，他是朱熹易学思想在南宋末期的主要传人，而阳昂是他着重培养的家学传承者，他给阳昂的家书几乎都是有关易学的理解和体悟以及学习之道。首先，阳枋对《周易》的理解基本上继承了程颐、朱熹的思想，他说："《易》学二百余家，当只详看伊川、晦翁所言，便有八九分明了。"① 他认为"易，变易也，随时变易以从道也。道即易，易即道，如何随时变易，却从道。"② 很明显阳枋把《周易》中的变化之理与理学家的"道""天理"联系起来，并且认为二者并不矛盾，互为表里。

对于《易经》中的卦爻，阳枋的理解是："六十四卦三百八十四爻，无非《乾》之为。虽改头换面，取象取义，各自不同，只是一个乾道变化得恁地。所以一爻便有一天理，才天理处，便只是乾。两间万物万化，虽阴阳四时，山河大地，辗转生出，然都是乾健为主。"③ 这是阳枋对于宇宙起始的理解，也是当时理学家争论的问题之一。同时又具体细微地写出自己对六十四卦循环往复的解释："六十四卦，只言九六，不言七八，盖九六则能变，七八变不得了。元下半截属亨，亨上半截属元，下半截又属利。利上半截属亨，下半截又属贞。贞上半截属利，下半截又属元。"④ 概括起来就是"循环无端，不见其始"⑤ 八个字。但是阳枋却不赞成当时流行的图书象术之学，他告诫阳昂："某见今时煞有图象讲说了，此学极是支离散漫，后学必多讹误，甚为斯道忧。如今玩圣人之言，惟日孜孜，犹未见其当来本心是如何。才见些子小小路径，便跃如其中，欢喜叫呼，作天来大世界，唤人共看。回视数千年上，圣人在何处？某日夜为此惧，所以不欲赘一辞于圣人经书，只求为深造之学耳。"⑥ 可见，阳枋是把

---

① （宋）阳枋：《与前人书》，《全宋文》卷七四八一，第325册，第378页。
② （宋）阳枋：《示侄昂书》，《全宋文》卷七四八一，第325册，第380页。
③ （宋）阳枋：《示侄昂书》，《全宋文》卷七四八一，第325册，第380页。
④ （宋）阳枋：《示侄昂书》，《全宋文》卷七四八一，第325册，第381页。
⑤ （宋）阳枋：《示侄昂书》，《全宋文》卷七四八一，第325册，第381页。
⑥ （宋）阳枋：《与谊儒侄昂书》，《全宋文》卷七四八〇，第325册，第362页。

《易》看作圣人思想的一部分，是"天理""道"的体现，而把图象之学看作易学思想的旁枝末流，认为其"支离散漫"，有碍于对圣人本心的深刻理解。但他对图象之学并非全无了解地盲目批评，而是在看到当时学者研究的著述之后对其进行理性思考的结果。他在给阳昂的家书中曾列举赵传之、黄都运、宋寿卿《反乾坤二卦图说》、戴主簿伪书《麻衣易》等图象之学中存在的问题，① 担忧他们陷入这些"小路径"中，却遗忘了圣人作《易》的初衷。

面对博大精深的易学思想，学者如何体悟学习，并运用于生活实践之中，是阳枋在家书中重点指导阳昂的内容。首先是熟读朱熹和程颐解《易》的经典，在阳枋看来，这就像是"直截去源头坐定了，徐徐纵观四方八面，尽不劳心劳力，便是登东山而小鲁，登太山而小天下气象"②。他在给侄儿的信中提到了当时学者的《易》学著作，并一一指出其中的优缺点，提醒阳昂"看《易》不可拘执，当以类推"③。其次，阳枋重视易学思想在实际生活中的指导作用，他曾对侄儿阳昂感叹："学者只大概说得《易》，而终不能用《易》也。"④认为"当初圣人教人，自扫洒应对学去，此是教初学小孩时事。只缘孩童未有大知觉，所以教他且恁地习去。到他强壮解悟时，自与至道相会"⑤。阳枋注重易学思想的教化功能，认为可以用于日常生活和待人接物中。

> 须于事物纷扰轇轕之中，观之会通，以行典礼。春夏秋冬，生养敛藏，富贵贫贱，浮沈利达，少壮衰老，饮食起居，凡人情之所不能免者，都一般一件与他接应酬酢，令各得其宜，各适其所。而于应事接物处，把前日高明广大道理牢守坚执，随宜区处，而终不为他事物牵引带累，方是裁制得宜。⑥

---

① （宋）阳枋：《寄示谊儒侄昂》，《全宋文》卷七四八一，第325册，第368页。
② （宋）阳枋：《与前人书》，《全宋文》卷七四八一，第325册，第378页。
③ （宋）阳枋：《示侄昂书》，《全宋文》卷七四八一，第325册，第380页。
④ （宋）阳枋：《与谊儒侄昂书一》，《全宋文》卷七四八一，第325册，第378页。
⑤ （宋）阳枋：《诲少箕炎卯侄昂》，《全宋文》卷七四八〇，第325册，第359页。
⑥ （宋）阳枋：《诲少箕炎卯侄昂》，《全宋文》卷七四八〇，第325册，第359页。

在纷繁芜杂的生活琐事中，坚守圣人"高明广大"之道，能令事务人情"各得其宜，各适其所"，这是最高的境界，也是学易的终极目标。他在给侄孙阳恪的家书中主张以易学思想指导官员的为政措施：

今时长官，未必至于大无道，不过催科聚敛，开利源，重征役，损下益上，此等要在平时忠告善道，使心志相孚。或有委折宛转曲言利害，然后斟酌而行。又须善谕小民，使知所行之事，大非得已，若汝不从，恐别有不恤之人，务行一切，必重受害。人非木石，宁不感动？由是中行告公，便是宽得一分处也。荆公行新法，明道至诚恳劝，愿公勿做不顺人心底事，荆公曰："感贤友诚意。"使明道久于世，新法必可谏止，惜乎！诸公攻激太甚，遂使荆公一切执拗，贻祸当世。《易》中"酌损之""纳约自牖"两句，诚万世事长恤民之要法，要在熟玩而力行之也。①

阳枋将易学思想用于为官之道是当时理学家普遍的意愿，但是面对南宋末年宋蒙对峙的危机，阳枋却没有任何具体的解决方案，依然教育在朝为官的子侄在圣人经书中寻求出路。

当详悉讨究九经一遍，观圣贤心法治法，立经陈纪，规模法度，所以防人情，立人极，与世迭迁迟降，不拘不执，曲尽古今事物之变，与夫天文地理风俗之异，物产之宜。其间推迁更改，淳漓厚薄，治乱兴亡之故，一一看过，使自心通贯晓解，然后见得为国为邦，致理制治，自有时措之宜。如此方为有用之才，有用之学。不然，只做得个谈经说史秀才，与坐禅入定一般，有事到面前，便排遣不去。圣人谓观其会通，以行其典礼。不是观会通便了，须要行其典礼，方得系辞焉，以断其吉凶。不只系辞便了，须要断其吉凶方可。②

---

① （宋）阳枋：《与族孙恪书》，《全宋文》卷七四七九，第325册，第344页。
② （宋）阳枋：《与谊儒侄昂书三》，《全宋文》卷七四八一，第325册，第373页。

他希望通过熟读经史，把易学思想用于治国经邦，能达到"断其吉凶"的地步。尽管阳枋也反对读书人"只做得个谈经说史秀才"，事到临头却束手无策。他从圣人经书中寻求解决之道的方式能起到多大的作用，连阳枋自己也不无怀疑。阳枋并不对儿子的仕途抱有多大的期望，甚至认为官事对于潜心治学是一种障碍，他在给侄儿的另一封家书中抱怨：

> 去年黔中收侄书，说小儿资质固好，只恐为官事累。今到此观之，果有此意思。此皆是未做官时，学力不充，见识未定，一旦登仕版，便随波逐流，莫知主持。今日日为他点检病痛，颇磨得分数，将来也是四十岁，方说得成就。只令他就两考，求教官远阙而归，十分下精神读书，数年必有自得，亦趁某未甚冬烘，可与讲究耳。①

从阳枋的这封家书中就可见他思想的矛盾之处，尽管他主张把自己所学用于实际生活和治国理政当中，但是又没有认识到实际才能的培养与理学家所要求的理想境界之间存在的差距。南宋当时面临的内忧外患十分严重，这是每一位官员都能感受到的危机。而阳枋却并不希望自己的儿子在官场涉世过深，"恐为官事累"，导致"随波逐流"，只希望他作"教官"一类远离政事和权力中心的小官，把家族学术思想传承下去。他在给儿子阳炎卯的家书中写道："吾祖宗世世积累，故浑厚善良之气，钟萃接续，子孙多有贤质。汝与开二亦可人意，只是要力学力行，诣彼道真，入见圣贤，了当己身，复以传子孙而及他人，此亦是仲尼、颜子乐处一件事也。"② 这是阳枋对家族子侄的期望，也是当时许多学术家族的希望。因此，尽管阳枋主张在日常生活中践行所学，但也认识到了仕宦生活对人思想道德的不良影响，对家族成员的出仕表现出消极的态度。

阳枋的家书是宋代理学家中现存家书数量最多的，且大多数都是

---

① （宋）阳枋：《与谊儒侄昂书》，《全宋文》卷七四八〇，第 325 册，第 361 页。
② （宋）阳枋：《贻炎卯书》，《全宋文》卷七四八一，第 325 册，第 375 页。

长达数百字的长信，其中保存了阳枋理学和易学思想的精华，为我们了解合州阳氏家学的传承和影响提供了重要依据。

宋代家书中谈学论道的内容尽管并不是家书的主流，但其对学术思想的保留、传播却起到了重要的作用。许多学者思想的形成是一个动态发展的过程，学术家族内部成员之间通过家书进行的交流讨论、辩论切磋促进了彼此思想的完善成熟，并在家书的流通和传播过程中促进了家族学术的传播，扩大了在社会上的影响力，在很大程度上促进了宋代学术思想的繁荣。

第六章　宋代家书的文体特征与艺术风格

　　从家书的发展历史来看，家书的出现远远早于各种纯文学文体，这说明古人对信息交流的需要早于对文学作品的需要。书信的产生和存在是为了传递信息，并非作为文学文本供人欣赏阅读。那么问题来了，家书是如何从信息交流的实用文体转变为兼重文采的文学形式的呢？如何从文学的角度去解读家书的文学价值，是本文要解决的一个重要问题。

　　家书作为书信体文本的一种，同样遵循各种文体的基本写作要求，即要兼顾内容和文采。从第一封战国家书可以明显看出，写信者关注的重点是内容，而非文采。但随着时代的发展，两汉时期的许多家书已经出现注重文采的倾向，如司马相如的《与妻书》，秦嘉、徐淑的夫妻家书等。魏晋时期，随着"文学"概念的确立和文人对文学价值的重视，书信和家书的辞采也更加华美，篇章结构更加完整合理。魏晋南北朝是书信作品文学色彩最浓厚的时期，后代学者大多认为"笺妙于魏晋，盛于六朝，妙音天度，隽味神腴，气高体亮，辞恻情深"[1]。甚至出现了一批不以信息交流为目的，而将重点放在展示文学才华上的家书作品，最著名的当属《登大雷岸与妹书》。

　　而宋代是一个权利下移、平民阶层兴起的时代，家书也体现了这一时代特色。宋代家书的内容已经在前几章分类论述，本章将着重分析其艺术特色、写作风格、文体特征、语言特色、抒情方式等内容。

---

　　[1]　（清）王之绩：《铁立文起》，王水照编：《历代文话》第四册，复旦大学出版社2007年版，第3783页。

宋代家书大多用口语化的语言传递信息，书写情感，一扫两汉、魏晋到唐代家书中所用的骈体写作方式。情感的表达掩藏在对日常生活的琐碎描写中，语短情长。家书的内容也更加丰富随意，一封不长的家书往往涉及几件事情，随意转换，宛如亲人之间的闲谈，亲切自然。金代学者杜仁杰在《欧苏手简序》中写道：

> 自科举利禄之学兴，则百艺俱废，此理之自然，无足怪者。夫文章翰墨，固士君子之余事，如将之用兵，苟无旗帜钲鼓，其何以骇观听哉！至于尺牍，艺之最末者也。古人虽三十字折简，亦必起草，岂无旨哉！今观新刊《欧苏手简》数百篇，反覆读之，所谓但见性情，不见文字。盖无心于奇，而不能不为之奇也。①

从这段话可知古人对书信的重视，从书信中可见作者的性情才学。家书的艺术特色和文体特征也十分突出，写作范式大多遵循唐宋以来的书仪体例，但也有许多变化发展的地方。

第一节　宋代家书的文体特征

家书的文体特征历来遵循书简尺牍的写作规范，书信在很早以前就成为我国古代散文中的重要组成部分。早期"书信"的概念是比较模糊、不甚明确的，章表、奏启、议对等所有书写的文字，从广义上都可以纳入"书信"的范畴。刘勰在《文心雕龙·书记》中云："三代政暇，文翰颇疏；春秋聘繁，书介弥盛。"② 随着书信概念的不断发展和文体样式的逐渐细分，"书信"的概念也越来越明确。明代吴讷《文章辨体序》云："昔臣僚敷奏，朋旧往复，皆总曰'书'。近世臣僚上言，名为'表奏'，唯朋旧之间，则曰'书'而已。"③

---

① 夏汉宁：《〈欧苏手简〉校勘》，中山大学出版社2014年版，第6页。
② （梁）刘勰撰，范文澜注：《文心雕龙注》，人民文学出版社1958年版，第455页。
③ （明）吴讷撰，于北山校点：《文章辨体序说》，人民文学出版社1962年版，第41页。

这就把向上进言陈词的公牍和亲朋间往来的私人信笺两大类区分开来，进一步明确出书信的概念。后来为了对公文和私人信函加以区别，将书信定义为亲朋间交往的私人信函，大大缩小了"书信"概念的范围，成为现代意义上所谓的书信了。

至于书信的文体特征，刘勰也对它的功能做了概括。"书者，舒也，舒布其言，陈之简牍，取象于夬，贵在明决而已。"① 随之列举历代书信名篇依次加以品评。然后作一总论："详总书体。本在尽言，言以散郁陶托风采，故宜条畅以任气。文明从容，亦心声之献酬也。"② 他认为书信用以自由地表达心声，畅达地抒发性情，从容地叙说内心的喜悦，是情感交流的重要手段，突出了书信的实用性特征。

一　家书体例范式

古人尺牍书简的写作格式严谨，遵循固定的体例范氏，家书的文体特征与书信相同。到唐代已经出现许多汇编前人或当时名人书信作品、供人模仿套用的工具书，统称为"书仪"，即书札尺牍的写作礼仪规范，概括来说就是书信的写作范本和具体实例，供人参考、学习、模仿。据学者统计，有关史料记载的隋唐五代各类书仪共 11 种，21 卷，③ 宋初各类朝廷上书和官场应酬的表状笺启，以及私人往来的吉凶庆吊、朋友平交书信等写作范式都参照这些书仪规范。但随着时代的发展和风俗礼仪的变化，书信的写作格式和规范体例也不断发展。旧有的书仪并不能满足宋人的需要，因此，宋代出现了大量的书仪，数量上甚至有泛滥的趋势。宋人制作的书仪如下表所示：

表 6-1　　　　　　　　　　宋代书仪列表

序号	作者	名称	卷数	备注
1	胡瑗	《吉凶书仪》	2	又名《胡先生书仪》
2	司马光	《书仪》	10	又名《温公书仪》

---

① （梁）刘勰撰，范文澜注：《文心雕龙注》，人民文学出版社 1958 年版，第 455 页。
② （梁）刘勰撰，范文澜注：《文心雕龙注》，人民文学出版社 1958 年版，第 455 页。
③ 金传道：《北宋书信研究》，博士学位论文，复旦大学，2008 年，第 80 页。

续表

序号	作者	名称	卷数	备注
3	无名氏	《启札锦语》	7	今佚
4	无名氏	《启札云锦裳》	8	
5	刘应李	《翰墨大全》	134	又名《事文类聚翰墨全书》
6	无名氏	《启札青钱》	51	又名《新编事文类要启札青钱》
7	叶棻	《圣宋名贤四六丛珠》	100	
8	无名氏	《圣宋千家名贤表启翰墨大全》	140	今存23卷
9	刘子实	《翰苑新书》	70	
10	杨万里①	《四六膏馥》	41	今存40卷
11	无名氏	《启札渊海》	2	今佚
12	任广	《书叙指南》	20	

　　如上表所示，宋代所存书仪类作品汇编集12种，共计585卷，现存10种，共458卷，数量庞大，这还不包括两宋各类笔记和文集中所存的书札类资料。家书是"私书"中非常重要的一类，以司马光《书仪》为例，除列举表奏、公文之外，还写了私书、家书的各种写作范式，家书部分包括："上祖父母父母附上外祖父母（上外祖父母改孙为外孙着姓余同）""上内外尊属（谓伯叔祖父母伯叔父母姑舅妗母姨夫姨母妻之父母）""上内外长属（谓兄姊表兄姊及姊夫妹与嫂亦同）""与妻书""与内外卑属（谓弟妹表弟妹）""与幼属书""与子孙书""与外甥女婿书（谓弟妹表弟妹）""妇人与夫书""与仆隶委曲附仆隶上郎主"十种范式，每一种都有封皮样式。家书的封缄可分为两类：一类用信封，封皮上写明受信人姓名官职，相对而言比较郑重；另一类不用信封，直接将信件折卷封合，在背面写上收书人姓名，比较随意。

　　下面以"上祖父母父母书"与"与子孙书"为例，看其具体的写作格式。

---

① 四库馆臣认为此书作者杨万里当是书坊商贾托名。

上祖父母父母（上外祖父母改孙为外孙着姓余同）

某启：孟春犹寒（时候随月）。伏惟某亲尊体起居万福（述先时往来书云云）。某在此与新妇以下各循常（若有尊长在此，则于与新妇字上添侍奉某亲康宁外字）。乞不赐远念（凡此皆平安之仪，若有不安者，即不用此语。后准此下述事云云）。未由省侍，伏乞倍加调防，下诚不任瞻恋之至。谨奉状，不备，孙（子男则称男女则称女）某再拜上。

某亲（几前）。

（封皮）谨上某亲（几前）　孙（男女同）某状封。

与子孙书

告名（子孙名也），春寒（寒暄随时），想汝与诸防（卑防随事）吉健。（述先时往来书）。吾此与骨肉并如常（述事云云）。不具翁（父同）。告名（省）

（封皮）委曲付名翁（父同）封①

两宋三百年间，书札的写作体例也越来越规范、严谨，具体来说包括九部分内容，分别为：具礼、称谓、题称、前介、本事、祝颂、结束、日期、署押，家书的写作同样遵循这样的体例。下面以陆九渊写给陆九韶（字子美）的家书为例，具体讨论：

九渊拜覆六九哥座前：即日季春和畅，伏惟尊侯起居万福。九渊每思去年六九哥泛舟之兴，可惜不遂，此番能乘兴一行，甚善。向时闻有拉五九哥同游名山之言，心甚奇之，今可遂此行矣。恐家事要人管领，宁留百一哥。若处之有条，又六三哥势必不出，则虽使俱行可也。此间士大夫皆一体人物，其势必有藏于草野市肆者，拘于官守应接，无缘搜访。若得长上从容其间，闻见自不止今日，不胜大愿。见有一二人，知前此湖广寇盗本末曲折之详者在此，以衮衮不暇咨问之，若遂此

---

① （宋）司马光：《司马氏书仪》卷一，《丛书集成初编》本。

行，时至时其人犹未去，亦可相聚也。今时惟妇女小儿不宜在外，若丈夫有意斯世，则于世不无补也。偶脏毒作，倦甚，拜覆不备。三月五日，九渊拜覆六九哥座前。——《与六九哥书二》①

1. 具礼：致信人表示对受书人尊敬之语，如"顿首""拜覆""再拜"等，上文中陆九渊信中首句"九渊拜覆六九哥座前"即为具礼之一种。

2. 称谓：表示致信人与受书者之间的长幼亲疏关系，家书中的称谓有"大人"（称呼父母），如王曾《登科报父书》中写道"大人不须过喜"② 即是如此。此外还有"伯""伯父""伯母""叔""叔父""叔母""舅""妗""兄""嫂""哥""弟""郎""姐""妹""娘""侄""甥""婿""孙""侄孙"等。与子侄的家书大多直呼其名，如范仲淹写于范纯仁的家书，"纯仁：书来，知家中平善"③。即是直呼其名。上文中"六九哥"即是称谓。

3. 题称：表示对收信人尊敬的辞令。如"阁下""足下""座前""台座""膝下""左右"等。上文中第一句最后的"座前"即是题称。

4. 前介：信件正文之前的寒暄问候语，多为起居、台候、万福、间阔、寒温、时令等语，如"尊侯安侯""起居万福""甚慰倾仰""佳福兼承""夏暑暄浊，不审何如"④ 等语，上文中"即日季春和畅，伏惟尊侯起居万福"即为前介。

5. 本事：家书的主要内容，这部分内容包罗万象，大多数缘事而发，有的纯为问候之语，简洁明了；有的则长篇累牍，再三陈说。写作风格和内容因人、因事而异。上文中从"九渊每思去年六九哥泛舟之兴"至"则于世不无补也"为家书本事。

6. 祝颂：信末对收信人的祝福之词。如"千万加爱""千万以时

---

① 《全宋文》卷六一四四，第 272 册，第 93 页。
② 《全宋文》卷三一八，第 15 册，第 388 页。
③ （宋）范仲淹：《与仲宣公》，《范仲淹全集》，凤凰出版社 2004 年版，第 596 页。
④ （宋）黄庭坚：《与胥彦回朝请三》，《全宋文》卷二二九九，第 105 册，第 345 页。

自厚""所冀安辅神明""更冀眠食自厚"等。上文中的祝颂之语缺失。

7. 结束：信件结束之词，如"不宣""不备""不次""不罪""谨状"等。上文中"拜覆不备"即为结束。

8. 日期：家书写作时间，宋代家书通常只纪月日，因此往往需要根据书信内容考察写作年份。但也有一些家书纪年，如陈东《家书》中的"建炎改元八月廿五日"，① 但这种情况十分罕见。上文"三月五日"即为写信日期。

9. 署押：信末写信人的签名或书押，名后还多附有行礼，表示郑重或尊敬，如"某上""某顿首""某再拜""某拜覆"。上文中"九渊拜覆六九哥座前"即为署押。

至于家书的封皮则差距较大，有些比较郑重，大多数较为随意，甚至有些家书没有封皮。陆游《老学庵笔记》中记载了封皮的产生和随着时代变化的过程：

> 元丰中，王荆公居半山，好观佛书，每以故金漆版书藏经名，遣人就蒋山寺取之。人士因有用金漆版代书帖与朋侪往来者。已而苦其泄露，遂有作两版相合，以片纸封其际者。久之，其制渐精，或又以缣囊盛而封之。南人谓之简版，北人谓之牌子。后又通谓之简版，或简牌。予淳熙末还朝，则朝士乃以小纸高四五寸、阔尺余相往来，谓之手简。简版几废，市中遂无卖者。而纸肆作手简卖之，甚售。②

陆游这则笔记记载了宋代信封的变化历程，从王安石率先使用的"金漆牌"被士人争相效仿，到为了防止信件内容泄露发明密封的"简版""简牌"，到最后使用小纸"手简"，信封的样式不断改进。只是这样的封皮很容易被人拆看，因而南宋时期又发明了用火漆或蜡封缄的方式，"凡书之郑重秘密者，辄以火漆封之，而钤以印章。古

---

① 《全宋文》卷三八三四，第 175 册，第 226 页。
② （宋）陆游：《老学庵笔记》，中华书局 1979 年版，第 37 页。

人则不用火漆而以蜡。《岳飞传》有'蜡书驰奏'等语"①。这种现象在南宋战争时期非常普遍，朝廷接到各类官员将领的蜡书数量庞大。这在家书中虽不见明确记载，但并不能排除用"蜡书""蜡丸"传递家书的情况，因为许多官宦家庭父子、兄弟、叔侄同朝为官、共赴国难的现象十分普遍。至于封皮的署名则比较固定，根据致信人与受书者之间的关系，分别有不同的格式。上文已经详细列出"上祖父母父母书"与"与子孙书"的封皮样式，其他家书封皮与此大致类似。

二　家书格式变化

实际上家书的写作格式远远没有这般烦琐复杂，往往三言两语说明写信之意，因是亲人之间的简牍交流，所以随意亲切，很多家书都是一封小简，读来轻松自如，如下面这几封书简：

相别后，只得扬州一书，及汴上人来，又一书外，方知弟已到京，不知在甚处住？差遣有何次第？递中早附来一字。忙中大暑，为十二郎今夕成结，递中且此为问。——钱勰《与弟书一》②

韩郎密校：经夕想同廿六娘佳安，明黄赵丝浅色纱四匹，绣衣一袭，羊酒等送去，聊为暖女之仪，幸检留，不笑浅鲜，诸留面话不次。丈母同此意。二十四日，绍彭祇白。钱十缗，与廿六娘食钱等用。——薛绍彭《书简帖二》③

十七妹太君：八一甥知与二兄学不辍，安居罕出，积念必忧，想见永嘉默喜。——陈瓘《与妹书》④

以上三封家书都没有严格遵循司马光《书仪》中所要求的写作规

---

①　郑逸梅：《尺牍丛话》，上海古籍出版社2010年版，第46页。

②　《全宋文》卷一七九三，第82册，第285页。

③　《全宋文》卷二七七七，第128册，第265页。

④　《全宋文》卷二七八四，第129册，第107页。

范，第一封只有"前介""本事"两项，其他书信所要求的体例具无；第二封具礼、称谓、题称、前介、本事、日期、署押都有，而"祝颂""结束"则无；第三封具礼、称谓、题称、前介、本事都有，而祝颂、结束、日期、署押具无。第一封和第三封不排除部分内容丢失的可能性，而第二封则明显是一封完整的家书，且在信件结尾后又随手写上忘记交代之事，可见家书写作的随意性。将家书与当时普通书简的写作做一比较，就可以看出二者之间巨大的差异。

北宋初期的尺牍书启写作比较简单随意，往往较多流露出致信者的真情实感。但随着时间的推移和时代风气的变化，尺牍越来越陷入刻板的程式化写作，甚至成为很多人逞才炫技的手段，在书启中使用很多新异难懂之词，或生僻冷涩的典故，造成一些不良的影响。洪迈在《容斋四笔》卷九"书简循习"条批评当时的这种风气：

> 近代士人，相承于书尺语言，浸涉奇猥，虽有贤识，不能自改。如小简问委，自言所在，必求新异之名。予守赣时，属县兴国宰贻书云："潋水有驱策，乞疏下。"潋水者，彼邑一水耳，郡中未尝如此，不足以为工，当言下邑、属邑足矣。为县丞者，无不采《蓝田壁记》语云"负丞某处"，"哦松无补"，"涉笔承之"，皆厌烂陈言。至称承日"蓝田"，殊为可笑。初赴州郡，与人书必言"前政颓靡，仓库匮乏，未知所以善后"，沿习一律。正使真如所陈，读者亦不之信。予到当涂日，谢执政书云："郡虽小而事简，库钱仓粟，自可枝梧，得坐啸道院，诚为至幸。"周益公答云："从前得外郡太守书，未有不以窘冗为词，独创见来缄如此。"盖觉其与它异也。此两者皆纽熟成俗，故纪述以戒子弟辈。①

洪迈在笔记中记载了当时文人之间书信交流的种种陋习，只是因循沿袭，不见真情实感。也可见当时的士人交游尽管如火如荼，热闹非凡，其实彼此之间并不见得有多少真心话说。钱锺书在《谈艺录》中

---

① （宋）洪迈：《容斋随笔》，上海古籍出版社1978年版，第722页。

对洪迈的言论进行了点评，认为这种不良风尚的始作俑者当属黄庭坚：

　　《容斋四笔》卷九《书简循习》条指摘当时笔札之奇僻而"求雅反俗"。山谷或难辞作俑之咎耶？山谷散文每有此病。《朱子语类》卷一百三十云："山谷使事，多错本旨。如作人墓志云：'敬授来使，病于夏畦。'本欲言惶恐之意，却不知与夏畦关甚事。"窃揣山谷心事，当以"夏畦"必"锄禾日当午，汗滴禾下土"，大可借之道"战战皇皇，汗出如浆"。不徒使事运古，亦复曲喻旁通。诗或骈文中对仗韵脚苟如是，信属牵强迂远，却未得遽斥为"错"。作古文碑版，乃捃撦割裂，以歇后之隐语，代叙事之直书，则非止"不关宏旨"，几于不通文理。①

　　钱锺书将当时文人尺牍中的不良风尚归咎于黄庭坚，并列举朱熹批评黄庭坚替人作墓志铭中的不当言语为证。但钱锺书并没有指出当时文人纷纷效仿黄庭坚的根本原因。除了黄庭坚的文坛名气和影响力之外，之所以会形成这样的风气，清人孙梅在《四六丛话》中一针见血地指出，这是因为"簪裾辏集，三读流声；珠玉纷投，一言改价。高可以俯拾青紫，下不失得利齿牙。由是竞费工夫，弥精制作。换清衔于校字，盈篇皆形声点画之奇"②。因为书信的流传范围很广，在一定程度上成为文化传播的重要工具之一。尽管宋代交通发达，为文人的出行交游提供了很大便利，但相隔千里的士人想要当面交流依然存在着巨大的困难。因此，很多人的学问名声是随着书信的交流传扬开去的。书信传递的不仅仅是信息，更是作者的学识文采，甚至关系到前途荣辱，以至于"高可以俯拾青紫，下不失得利齿牙"。这才造成很多人不事他业，着意为此的局面。但导致的弊端就是"或隶事多冗，或使才太过，真意不存，缘情转失"。③家书与此相比，则显

────────────

① 钱锺书：《谈艺录》，中华书局1984年版，第345页。
② （清）孙梅：《四六丛话》卷十七，王水照编：《历代文话》第五册，复旦大学出版社2007年版，第4524页。
③ （清）孙梅：《四六丛话》卷十七，王水照编：《历代文话》第五册，复旦大学出版社2007年版，第4524页。

得情真意切，毫无做作。这也是家书从传递信息的实用文本转化为被人们欣赏的文学作品的主要原因。在这个意义上，分析家书的文学价值和特点就有了坚实的文本依据。

第二节　宋代家书的语言风格

家书的主要作用是竹报平安、传递信息、交流情感，这就决定了家书文体的实用性和及时性特点。因此，所用的语言必然也体现出平实自然、亲切随意、坦诚率真、毫不讳饰的口语化特征；同时在讨论具体事情时又表现出言约旨丰、灵活自如的特点。"到了某一时刻，这些琐碎的内容因其能以优雅的传达全然日常的信息，从而开始为人所欣赏。这里，一种独特的美学观发挥了影响，人们能在这些看似自然、简短的日常事务信函中发现某种未经雕琢的优美。"① 许多文人在家书中表现出性格中诙谐生动的一面，语句儒雅洗练、妙语连珠。从宋代文人的家书中可领略到作者的语言艺术风格和精深的文学修养。

苏轼是宋代尺牍大家，他的书简受人追捧，学者对此多有论述，民国时期学者郑逸梅总结道：

> 东坡为简牍圣手，人咸推重之。如宗子相云："东坡尺牍擅场，无论宛折得情，即调笑语，俚俗语，转有奇趣。"元植云："坡公简牍，萧然下笔，即事成韵，如天未道人，风神隽远。每拈一二，味赏不能自已。"吕雅山云："坡公书翰，恣情纵笔，极潇洒变态之妙。"鹿门云："子瞻上执政书，其所自持处犖然。"梅圣俞云："答少游书疏率有高韵。"②

从以上这些对苏轼尺牍的称赞中，可见宋人对尺牍书信文采的重

---

① ［美］宇文所安编：《剑桥中国文学史》，刘倩译，生活·读书·新知三联书店2013年版，第516页。

② 郑逸梅：《尺牍丛话》，上海古籍出版社2010年版，第79页。

视。清人孙梅在《四六丛话》中对于古人书启的语言特色有一段精彩的描述：

> 今夫人密迹所亲，晤言一室；旧雨被其行迹，清风喻其故人。及云雨一乖，音尘不嗣。惟开缄可以论心，即千里宛如规面。是以叙山川之妙丽，则刻画兼图绘之长；溯欢谶之流连，则管颖挟歌吟之致。述绝域之悲，飒然如风沙之满目；谈行旅之困，凄兮叹霜雪之交侵。感物何工，乃贤于荆轲之十部；缀词何巧，乃贵于安石之碎金。故知明衷曲，披款诚，释幽忧，慰思忆，莫且于书。风人之义，讽喻犹以比兴而见；书笔之旨，肝胆直以一二而陈……或默或语，每旷世而相怜；有情无情，亦闻声而兴慨……抑书之为说，直达胸臆，不拘绳墨。纵而纵之，数千言不见其多；敛而敛之，一二语不见其少。破长风于天际，缩九华于壶中。或放笔而不休，或藏锋而不露。①

孙梅概括的是整体书信的语言特色，但用之于家书也并无不妥。尽管家书中所写无非日常生活的点滴，但其"独特的美学观"首先体现在家书的语言艺术中。

一　亲切自然、坦诚率真

家书是亲人之间的书信交流，追求"见字如面"的表达效果，往往体现口语化的特点，亲切自然又随意坦率，没有与上下级书信交流时的顾忌，因此不用刻意遣词造句。宋末元初文人白珽（1248—1328，字廷玉）在《湛渊静语》中记载：

> 陈同甫名亮，婺州人，淳熙癸丑大魁，作报家书云："我第一，滕强恕第二，朱质第三，乔行简第五。"其时三魁与第五名皆婺人，盛哉！《谢朝士启》有云："众人之所不乐，置在二三；

---

① （清）孙梅：《四六丛话》卷十七，王水照编：《历代文话》第五册，复旦大学出版社 2007 年版，第 4586 页。

主上以为无他，擢居第一。"①

从这则史料可知，陈亮在家书中汇报自己状元及第时完全是日常白话用语，而在给朝廷官员的谢启中则用四六骈文，庄重典雅。平易浅近、明白如话、自然率真是宋代家书最突出的语言特色。

如下面这几封平安家书：

焘再拜：昨夕幸得侍坐，早来廷中瞻望颜色，不款奉告。伏审晚刻尊候万裕，改月自当至左右。适自局至家，亲宾纷然，逮今未定。旦夕专得面拜，使还，不备。焘再拜五伯父大夫、伯母县君座前。——刘焘《昨夕帖》②

二哥监岳宣教，二嫂孺人：缅想侍旁多庆，儿女一一慧茂。儿母、儿妇、诸孙，悉附拜兴居。及伸问二哥嫂，匆匆未及别问。大哥时相闻，但未能得一相聚，为不足耳。家讯见委，适无便人，今附递以往。邓守旧识，能相周旋否？说欲趁寒食至墓下，不出此月下旬去此。积年怀抱，当俟面见倾倒，预以慰快，说再启。——吴说《书简帖一六》③

仙乐□□，上下均休。行之辱书勤甚，偶冗未及报。须向日千文，为好事者持去。久久相见，当为书也。十哥、十一哥为学必长茂有可观者。六嫂一房，闻移出何宅，是否？知向来新盖厅事极雄丽，旦夕归，顾假馆三数日，如何？无咎再拜。——杨补之《与人书》④

未闲，一味瞻想而已。今略此通问，三哥不及别书，且善将

① （元）白珽：《湛渊静语》，王水照编：《历代文话》第五册，复旦大学出版社2007年版，第4563页。
② 《全宋文》卷二七九四，第129册，第211页。
③ 《全宋文》卷三九七〇，第181册，第165页。
④ 《全宋文》卷四一四九，第188册，第351页。

息，凡事勤谨。三嫂、侄孙安胜，大姐且安迹，不说亲否？未闲，将爱为祝，不备。——范成大《与五一兄帖一》①

以上四封平安家书的主要内容都是问候家人，询问家中近况，似与家人对面而谈，故而语言平易自然，直白浅近，大多用口语化的表达方式。"积年怀抱，当俟面见倾倒"，将与家人离别多年、对家人的思念和见面的期盼传神地表达出来，"且善将息，凡事勤谨"等语句仿佛是在对家人的当面叮嘱和关心。这样的语句在家书中比比皆是，与宋人给长官和朋友的书信作一比较，则更能体现出家书语言的口语化特征。《东轩笔录》卷六记载：

曾鲁公（曾公亮）识度精审，练达治体。当其在中书，方天下奏报纷纭，虽日月旷久，未尝有废忘之者。其为文尤长于四六，虽造次简牍亦属对精切。曾布为三司使，论市易事被黜，曾公有柬别之，略曰："塞翁失马，今未足悲；楚相断蛇，后必为福。"曾赴饶州，道过金陵，为荆公诵之，亦叹爱不已。②

这则史料记载了曾公亮给曾布别柬中的劝慰之语，因为用典精切，属对和谐，连文章大家王安石都赞叹不已。宋代士大夫之间的尺牍书信极其重要，甚至关系到仕宦前途。《游宦纪闻》记载："秦会之当轴……士夫投献必躬自批阅……有蜀士投启千阙，其间一联云：'乾坤二百州，未有托身之所；水陆八千里，来归造命之司。'秦尤称道之，遂得升擢。"③ 一位寂寂无名的四川士子，就因为在给秦桧的书启中有一联得到称赏，遂被升擢。可见书信成为文人士大夫向长官展示才华的重要途径，甚至发展到在写信之时专门写作骈俪对偶书信的情况出现。陆游《老学庵笔记》记载："宣和间虽风俗已尚谄谀，然犹趋简便，久之乃有以骈俪笺启与手书俱行者。主于笺启，故

---

① 《全宋文》卷四九八一，第 224 册，第 336 页。
② （宋）魏泰：《东轩笔录》，中华书局 1983 年版，第 70 页。
③ （宋）张世南：《游宦纪闻》，中华书局 1997 年版，第 51 页。

谓手书为小简，然犹各为一缄。已而或厄于书史不能俱达，于是骈缄之，谓之双书。"① 可见北宋末年已经出现用四六骈文形式写作的笺启与普通书信并行的情况。四六文形式的书信之所以出现，与当时的社会风气紧密相关，宋徽宗喜好奢靡，"风俗已尚谄谀"，文风也随之一变，不可避免地影响到尺牍书信的写作。但是，纵观北宋末年南宋初期的家书，谄谀华靡的风格并不明显，可见，家书的性质决定了它的语言受到当时文风的影响较小。

二 言约旨丰、灵活自如

家书的主要作用是交流信息，与家人商量并安排家族事务，因此在语言表达上言约旨丰、灵活自如，很多时候点到即止，很少长篇大论。家书谈论的虽是生活寒温，却见人性情，在平淡朴素、不动声色中道尽人情冷暖和生活百态。

范成大在与兄长的信中写道："劣弟年来多病早衰，鬓发如雪，骨瘦如柴，食少药多，如此度日，可以想见况味。"② 短短二三十字，就把自己身体的衰弱和心中的伤感一览无余地描写出来。

杨万里在给族弟的《与材翁弟书》中写道：

> 某老谬不死，三忤济翁矣。自丙午之秋，济翁自吉州入京，是时某为都司。济翁欲求作亲弟笺试，某不敢欺君，以疏族为亲弟。济翁大怨，一忤也。戊午之春，济翁又来，求以假称外人不相识，而以十科荐。某不敢欺君以族人为外人，济翁又大怨，二忤也。今又有奸党累人之怨，三忤也。某虽已挂冠，然威赖之师，若未快其意，可无惧乎？况三子未免薄宦，宦涂相遭，大忧未艾也。愿吾弟以一言解老谬妄言之罪，或缴此纸以呈似焉。临纸足如履冰，背如负霜。诛之释之，皆不敢自必也。③

---

① （宋）陆游：《老学庵笔记》，中华书局 1979 年版，第 37 页。
② （宋）范成大：《与五一兄帖一》，《全宋文》卷四九八一，第 224 册，第 336 页。
③ （宋）杨万里：《杨万里集笺校》第六册，中华书局 2007 年版，第 2849 页。

这封家书是杨万里写给族弟杨梦信（字材翁）的家书，信中的提到的济翁名杨炎正，于庆元二年（1196）52 岁高龄进士及第。济翁虽年事已高，但仍然汲汲于进取，所以几次三番请求族兄杨万里违背朝廷律令推荐自己。杨万里屡次拒绝，济翁怀怨，甚至迁怒于杨万里长子杨长孺。此次又因为庆元党禁，杨万里被视为伪学逆党，济翁必然受到牵累，更使杨万里心中不安。因此，他写信给济翁兄长材翁，请求他为自己剖白心迹。虽是家人之间，也难免发生猜忌嫌隙。杨万里的这封家书言约旨丰，意味深长，对于自己"三忤济翁"的经过一笔带过，两次以"某不敢欺君"为自己辩解，解释自己不肯帮助济翁的原因，并没有对族弟有任何的批评。结尾为自己在朝廷为官的三个儿子担忧，害怕兄弟之间的矛盾会牵连到后辈子侄。杨万里在这封家书中晓之以理、动之以情，委婉曲至，激而不迫，层层铺叙，却不觉其言之烦，给人以极强的感染力和说服力。

吕祖谦在《与学者及诸弟书》中写道："凡事有龃龉，必在我者有所未尽，此其形而彼其影也。于此观省，最为亲切。"① 短短两句话就把他"反观内省"的主张表达了出来。

王炎在教育儿子为官之道时写道：

> 吾起身孤苦，自立门户，当官不曾取人一钱，不曾曲断一事，此必人未知，惟我自知，天地知之，鬼神知之，日月照之，吾言不欺。所以家中今日田园微薄，财物无积聚。——《付恕子》②

王炎向儿子表明自己清廉为官的人生准则，用"天地知之，鬼神知之，日月照之"这样类似誓言的语句叙心曲之事，一腔赤诚之心俱出于自然，短短数十字写尽了自己为官多年的理想和操守。这也是当时许多有道德追求的中下层官吏的人生写照。

方大琮（1183—1247，字德润）在与兄弟的家书中写道："某与蒙仲相从久，无数日不一聚，非独建上相朝夕也。乃使老者深入平生

---

① 《全宋文》卷五八七八，第 261 册，第 210 页。
② 《全宋文》卷六〇九九，第 270 册，第 114 页。

所未尝辙迹之地，每至原野荒迫与山川秀美处，可悲可喜，不能着语，未尝不忆吾蒙仲也。"① 这几句话把兄弟二人多年的深厚亲情表现得淋漓尽致，从小朝夕相处，却在为官后兄弟分离，每当遭遇人生中"可悲可喜"之事，未尝不触景生情，怀念兄弟相从之乐。行文虚实相生、浓淡相宜，用昔日相聚衬托今日形单影只，看似写事，实则抒情，词约旨远，感人肺腑。

三 儒雅洗练、妙语连珠

家书是家人之间的文字交流，语言大多浅近自然、平易琐碎。也因为家人之间交流的轻松自如，反而催生出许多妙趣横生、儒雅洗练的语句，虽不刻意修辞炼句，而清新秀逸之词、典雅润泽之语常见。"意思到时，只须直写胸臆。家常说话，都是精光闪烁。"② 正所谓不锤炼而语自精。宋代家书中这样的例子比比皆是。如舒璘（1136—1199，字元质）在《与家人书》中写道："弊床疏食，总是佳趣。栉风沐雨，反为美境。"③ 短短十来字营造出宋代士大夫甘于贫贱、潇洒自如的生活情态，清雅秀丽、意味隽永。杨简（1141—1226，字敬仲）写给儿子的家书如下：

> 吾向日有数语，曰：吾两目散日月之光，四体动天地之和。步步欲风生云起，句句若龙吟凤鸣。其间周还中规，折还中矩，珠玑咳唾，兰蕙清芬。此岂人力所能为哉！天机妙运，道体变通，我犹不得而自知，人又安得而诘我？——《恪请书》④

杨简的这封短信骈散相间，对仗工整，声律和婉，辞采华美，自信中透出豪迈之气。魏了翁（1178—1237，字华父）的《昭待亲友帖》则用凝练的语句传递出亲人离世后的悲伤：

---

① （宋）方大琮：《与方蒙仲书六》，《全宋文》卷七三八八，第322册，第43页。
② （清）唐彪：《读书作文谱》，王水照编：《历代文话》第四册，复旦大学出版社2007年版，第3472页。
③ 《全宋文》卷五八四九，第260册，第138页。
④ 《全宋文》卷六二一九，第275册，第94页。

中兴勋德之家，令子贤孙相继零谢，况于事变错出、人物眇然之时，而善人云亡，关系匪浅，岂惟一家之私。①

这封信是魏了翁在家族亲人去世后写给亲友的回信，在亲人去世这样哀伤的时刻，更容易勾起各种复杂的情感，身世之感和对国事的忧虑交织在一起，悲慨陈郁的心情倾泻而出，低徊跌宕，看似不经意间写出，实则句句渗透着真情实感。

张孝纯（？—1144，字永锡）在靖康元年（1126）死守太原城近一年，面对救兵不至、生死存亡的危局，写给儿子的家书中满是焦急不安的心情："医久不至，今膏肓矣，可奈何？然而忍死以俟，尚冀灵丹速投，起此危症也。"② 他用病入膏肓比喻危如累卵的战事，在必死之地依然期盼朝廷能派遣援兵，"起此危症"。短短数语，写尽了一个守将在面对强敌之时的无奈和焦急。

南宋郑毅（1080—1129，字致刚）在建炎三年（1129）苗、刘之变中独立不惧，于国难之际写给兄长的家书中表达了自己一心为国的理想，感人肺腑：

　　毅当此艰危，身任言责，不敢爱死；竭力向前，颇亦有济，其事非一。自谓无愧古人，不负父兄之训……然时方艰危，负责益重，身既许国，亦不能他顾。遣二子归，乃留种也。行一不义以偷生，毅必不为。若得兵戈稍息，获保首领以归，尽于牖下，盖出往外也。——《与六十七兄帖》③

郑毅在北宋灭亡、百官逃散之时，挺身而出，之后遭遇苗、刘兵变，居中调停，竭力平定叛乱。在这样国破家亡的危急时刻，他将个人的生死安危和国家存亡联系在一起，并且以"无愧古人""不负父兄之训"自许，向家人表明了自己为国事不顾身死的决心，"行一不

---

① 《全宋文》卷七〇七七，第309册，第458页。
② 《全宋文》卷二八七九，第133册，第284页。
③ 《全宋文》卷三四〇〇，第158册，第33页。

义以偷生，毅必不为"。郑毅的这封家书直抒胸臆，典雅厚重，在急迫中自有一种从容镇定的气势，正是作者真情流露的表现。

北宋末南宋初文人孙觌（1081—1169，字仲益）以文辞华美著称，《墨庄漫录》记载：

> 孙觌仲益尚书四六清新，用事切当。宣和中，与家兄子章同为兵部郎。未几，子章出知无为军，仲益继迁言官，自南床亦出知和州。时淮南漕俞酮以无为岁额上供米后时，委知州取勘无为当职官吏。仲益得檄，漫不省也，置而不问，亦不移文。已而米亦办。子章德仲益，以启谢之。仲益答之，有云："苞茅不入，敢加问楚之师；辅车相依，自作全虞之计。"人颇称赏，以为精切也。[1]

孙觌在给家兄的家书中也用属对精切的四六韵语，甚至得到时人称赏。他在贬谪时期的家书中写道：

> 惟冥鸿之在寥廓，下视百千蚊蚋聚一器中，啾啾狂闹，可付之一笑也。某尝见世人学佛者，皆愿生极乐世界。极乐世界安在哉？如兄清心寡欲，澹然无求，一出火宅，便是极乐国。——《与五九兄提举帖四》[2]

孙觌在北宋灭亡之际变节降金，为金国草拟亡宋诏书，人品为人所不齿，南宋立国初被贬南蛮。但他在被贬三年时间里所写的家书中却表现出一副视生死荣辱于度外的高尚情怀，对身体遭受的病痛折磨和生活困苦泰然处之，又体现了宋代士大夫普遍的理想追求。上面的这封家书只是其中之一，通篇意到笔随，旷达洒脱的文字背后隐然有遭际升沉之感，意味深长，耐人寻味。

---

[1] （宋）张邦基：《墨庄漫录》，王水照编：《历代文话》第五册，复旦大学出版社2007年版，第4542页。

[2] 《全宋文》卷三四六六，第160册，第156页。

四　议论说理、任意而行

谈论学术、议论国事虽不是家书的主要内容，但依然值得注意。家书中探讨学术的内容往往是与家人就某一个问题进行讨论，往复辩论、有感而发。论述多为心中所见，集义顺理，一旦展开讨论往往波澜横溢、不可遏止，任意而行。

薛季宣（1134—1173，字士龙）在《答侄象先书》中议论朝政，直抒胸臆，行文随意所致：

> 悠悠之议，自非众人所谓，人情服习苟且，宜吠所怪。然道路藉藉，颇云有兵。意良工之不示人以朴，莫无是否，嬴病未药，而求孟贲手拼，闻其他日之论，当不如是疏也。作事若管夷吾可矣，甚不切致主，以求欲速之功，令人多恨；况侥幸成事，必无是理。论者谓晋淝水之役以天幸，议谢文靖公父子。每思军中欲害万石，不忍于一处士，所以用众，非一日之积矣。方其命将，内拔诸不经事少年，以韩康伯与玄之疏，固已许之击贼；郄诜怨也，知其必辞；玄问计而安不应，荆援至而安不喜，方睹墅于王师之出，视捷书如无事。有孚盈缶，宁徼天之幸耶？身危死外，功弃不卒，其弊安出，亦若夷吾而已。张魏公、刘开府望实俱丧，龟鉴不远，要此一著，不容再错。前日尚可，如今大事去矣。详思朝中人物，未见其辈。观棋静处，每高当局未能忘情于物，故不能不眷眷于若人，因报及之，火之为望。①

薛季宣在这封家书中对朝廷政事表示不满，对于议论者认为"淝水之役以天幸"的论断表示批评，援用史实进行批驳，承接断续，一气呵成，并非有心为之，却合理中节。神情飞动，胸中未尝犹豫，足见面对家人时的轻松自如、毫无保留。

陆九渊的学说思想大多保存在他与亲朋好友的书信往来中，他的《与侄孙濬》长达一千一百多字，是一篇对自己心学思想的阐述，同

---

① 《全宋文》卷五七八七，第257册，第290页。

时又委婉批评了当时其他的理学流派：

> 道之将坠，自孔孟之生，不能回天而易命。然圣贤岂以其时之如此而废其业、隳其志哉？恸哭于颜渊之亡，喟叹于曾点之志，此岂梏于蓁然之形体者所能知哉？孔氏之辙环于天下，长沮桀溺楚狂接舆负蒉植杖之流，刺讥玩慢，见于《论语》者如此耳。如当时之俗，揆之理势，则其陵借侵侮，岂遽止是哉？宋、卫、陈、蔡之间，伐木、绝粮之事，则又几危其身，然其行道之心，岂以此等而为之衰止？"文不在兹"，"期月而可"，此夫子之志也。《春秋》之作，殆不得已焉耳。"然而无有乎尔，则亦无有乎尔"，此又孟子之志也；故曰"当今天下，舍我其谁哉"？至所以袪尹士、充虞之惑者，其自述至详且明。
>
> 由孟子而来，千有五百余年之间，以儒名者甚众，而荀、扬、王、韩独著，专场盖代，天下归之，非止朋游党与之私也。若曰传尧舜之道，续孔孟之统，则不容以形似假借，天下万世之公，亦终不可厚诬也。至于近时伊、洛诸贤，研道益深，讲道益详，志向之专，践行之笃，乃汉唐所无有。其所植立成就，可谓盛矣！然江汉以濯之，秋阳以暴之，未见其如曾子之能信其皜皜；肫肫其仁，渊渊其渊，未见其如子思之能达其浩浩；正人心，息邪说，诎诐行，放淫辞，未见其如孟子之长于知言，而有以承三圣也。
>
> 故道之不明，天下未有美材厚德，而不能以自成自达，困于闻见之支离，穷年卒岁而无所至止。若其气质之不美，志念之不正，而假窃傅会，蠹食蛀长于经传文字之间者，何可胜道？方今熟烂败坏，如齐威秦皇之尸，诚有大学之志者，敢不少自强乎？于此有志，于此有勇，于此有立，然后能克己复礼，逊志时敏，真地中有山、谦也。不然，则凡为谦逊者，亦徒为假窃缘饰，而其实崇私务胜而已。比有一辈，沈吟坚忍以师心，婉娈夸毗以媚世，朝四暮三以悦众狙，尤可恶也。不为此等所炫，则自求多福，何远之有？
>
> 道非难知，亦非难行，患人无志耳。及其有志，又患无真实

师友，反相眩惑，则为可惜耳。凡今所以为汝言者，为此耳。蔽解惑去，此心此理，我固有之，所谓万物皆备于我，昔之圣贤先得我心之所同然者耳，故曰"周公岂欺我哉"？①

这封家书完全是一副代圣贤立言的论调，穷理论文，其言如行云流水，波澜壮阔、姿态横生，是典型的学者之言。

两宋家书的语言风格极其突出，琐碎平易的口语化特征既体现了家书的信息交流功能；同时又不乏儒雅洗练、妙趣横生极具美学色彩和文学艺术风格的语言。而议论国事和学术讨论的内容则直抒胸臆，意之所至，文亦随之，表现出一种波澜壮阔、不可遏止的行文风格。

第三节　宋代家书的抒情特色

宋代社会的流动性大大加强，离家谋生、游历、干谒、求学、应举、做官、贬谪等已经成为当时每一位读书人社会生活的重要部组成分。在这样大规模长时间的流动过程中，家书成为维系亲情、交流情感的重要媒介。宋代家书中的抒情色彩较之魏晋南北朝时期大大降低，很少出现鲍照《登大雷岸与妹书》那样声情并茂、辞采华美的作品，但其中的抒情色彩依然比较浓厚。宋代家书的情感表达多潜藏在对家人的关心问候中，琐碎平常的家事安排渗透着对亲人的深厚情感，对子侄的训诫教诲中饱含着长辈的殷切希望。

一　语短情长

宋代家书的情感表达相较于诗词显得平淡素朴，温暖真实，很少有激情浓烈或铺陈华丽的言辞表达。家人之间的温情多渗透在对彼此的关心问候中，对家庭生活的温馨回忆中。看似平淡的言语中渗透着浓浓的亲情，许多不可言说的复杂情感也在这些家常语中得到了慰藉和释放。

吕陶（1028—1104，字符钧）在《与十弟书》中用"久别，思

---

① （宋）陆九渊著，锺哲校：《陆九渊集》，中华书局1980年版，第12页。

念之深，欲一相见，终不得"①。短短十几字写出了兄弟离别之久和相见之难；周敦颐（1027—1073，字茂叔）在《上二十六叔书》中写道："周兴来，知安乐，喜无尽。"② 几个字表达了自己得知家人安好之后的欣喜心情。韩维（1027—1098，字持国）在《与十二侄家书》中则用"相别几一年，思渴"，③ 几个字言简意赅地表达了对家中侄儿的思念。欧阳修在与儿子欧阳发的家书中写道："急脚子回时，于张永寿处觅些止泻和气药，要与翁孙吃。向迎子、婆孙道莫斯争，翁翁婆婆忆汝。"④ 几句话写出了孙子孙女的天真烂漫和欧阳修对他们的疼爱之情。南宋理学家阳枋（1187—1267，字正父）在给侄儿的家书中抱怨自己独学无友的孤独之感："甚觉此地孤单，只须良朋数人，相与订议，庶道有所开广，则乐何可言。"⑤ 黄庭坚在母亲去世后给外甥的书信中屡屡提及自己心中的哀痛："老舅哀悴荼毒，扶护艰勤，水行略已半年，经此岁序，哀摧感咽，殆不自胜。今日入分宁界，溪山草木，触事痛心，奈何奈何！"⑥ 丧母之痛并未随着时间的流逝而减轻，"溪山草木，触事痛心"八个字写尽了黄庭坚扶柩回乡时的心情。宇文虚中（1079—1146，字叔通）在北宋灭亡被困金国之时所写的《寄内书》感人肺腑："自离家五年，幽囚困苦，非人理所堪。今年五十三岁，鬓发半白，满目无亲。惟期一节，不负社稷，不愧神明。至如思念君亲，岂忘瘝寐？俯及儿女，顷刻不忘。"⑦ 篇幅虽短，却内涵丰富，既有身陷敌国、离家万里、孤独凄凉、思亲念远的无奈，也有以忠君、名节自励的信念，短短的家书饱含着作者复杂深厚的情感。孙觌在南宋初被贬南蛮时写的《与元寿侄帖》中抒发了乱世中亲人相继离世的悲苦："某谪中哭老妇，比归哭幼女，又闻伯寿承事、信寿提举相继下世，农先叔亦属疾而亡。去家三年，

① 《全宋文》卷一〇六六，第73册，第338页。
② （宋）周敦颐撰，陈克明点校：《周敦颐集》，中华书局2014年版，第57页。
③ 《全宋文》卷一〇六六，第49册，第216页。
④ （宋）欧阳修：《与大寺丞发书》，［日］东英寿考校，洪本健笺注：《新见欧阳修九十六篇书简笺注》，上海古籍出版社2014年版，第114页。
⑤ （宋）阳枋：《与谊儒侄昂书》，《全宋文》卷七四八〇，第325册，第361页。
⑥ （宋）黄庭坚：《与洪甥驹父二》，《全宋文》卷二二九〇，第105册，第175页。
⑦ 《全宋文》卷三三五三，第156册，第128页。

中外之丧凡五。门户之哀，悲恸不可忍。"① 贬谪三年，在忍受身体痛楚的同时，还要承受亲人接二连三去世的打击，北归的喜悦依然无法消释心灵的痛苦，"悲恸不可忍"五字描写出了心中深重的悲痛之情。文天祥在被元朝囚禁大都后给妹妹的家信中写道："收柳女信，痛割肠胃。人谁无妻儿骨肉之情，但今日事到这里，于义当死，乃是命也，奈何奈何。"② 之后附上了他在被俘北上途中所写的《邳州哭母小祥》《过淮》《乱离歌六首》等诗，兹选取其中的一首诗如下，比较家书与诗歌在情感表达上的差异：

> 有妹有妹家流离，良人去后携诸儿。北风吹沙塞草萋，穷猿惨淡将安归？去年哭母南海湄，三男一女同欷歔，惟汝不在割我肌。汝家零落母不知，母知岂有瞑目时。呜呼，再歌兮歌孔悲，鹡鸰在原我何为？③

从这首诗中可以看出文天祥面临国破家亡、亲人生离死别时的痛苦，可是在家书中这些情感的表达却是以真实质朴的言语出口。文天祥在信中对妹妹说："读此三诗歌，便见老兄悲痛真切之情。"④ 他认为途中所作的诗歌真实表达了他的情感体验，而在书信中则不能尽情表露所思所感。但是家书的情感更加深沉厚重，他在这封信的结尾叮嘱道："可令柳女、环女好做人，爹爹管不得。泪下哽咽哽咽！"柳女、环女是文天祥的两个女儿，在战乱中失散，文天祥曾托亲旧故友在民间寻访。⑤ 从这些简短的话语中能体会到文天祥心内巨大的悲痛和对家人的牵挂担忧。

家书是亲人之间的文字交流，平易亲切的家常用语中饱含着浓浓的亲情，语短情长，真实自然，也最动人心弦。

---

① 《全宋文》卷三四四六，第 159 册，第 321 页。
② （宋）文天祥：《与妹书》，《全宋文》卷八三〇九，第 358 册，第 407 页。
③ （宋）文天祥：《与妹书》，《全宋文》卷八三〇九，第 358 册，第 408 页。
④ 《全宋文》卷八三〇九，第 358 册，第 408 页。
⑤ （宋）文天祥：《遗所知书》，《全宋文》卷八三〇九，第 358 册，第 405 页。

二 寓情于事

家书中大多涉及家族事务，举凡婚丧嫁娶、购置田宅、训诫子侄、宦途风波等大小琐事无不被文人写进家书。他们的情感也在这些事件的安排和描绘中或隐或现地流露出来，寓情于事是宋代家书中情感表达最普遍的方式。

苏轼在被贬黄州时写给堂兄苏不危（字子安）的信中道：

> 此书到日，相次，岁猪鸣矣。老兄嫂团坐火炉头，环列儿女，坟墓咫尺，亲眷满目，便是人间第一等好事，更何所羡。——《与子安兄八首之一》①

苏轼怀念故乡日常生活的温馨和全家团圆的天伦之乐，对照他在黄州的境况，情感的复杂不言而喻。方岳（1199—1262，字巨山）的《与吾兄札》则写道：

> 某投老山林，已是春蚕欲茧时矣。有山一片，荷锸自随，不问阴阳家者流，手自基鉴。贱生之日，饮少辄醉，山翁邻叟，押勒赋诗，乃作水调，聊以奉寄。②

短短的信笺中谈及三件事情，对生命流逝的感慨和身后葬事的安排都用温暖真诚的语调向兄长娓娓道出，最后几句把生日时的热闹场景展现无余，把自己即席所作的诗词寄给兄长，是为了让他分享自己生活的快乐。这些琐事中渗透着日常生活的亲切真实，作者在与亲人的交流中也得到了情感上的慰藉。

朱长文（1039—1098，字伯原）的《与诸弟书》用直白的语言写出了自己与父亲多年相伴的感人亲情：

---

① （宋）苏轼：《苏轼文集编年笺注》第 8 册，巴蜀书社 2011 年版，第 32 页。
② 《全宋文》卷七九〇六，第 342 册，第 314 页。

　　某自幼稚，知以事亲养志、好古读书为乐。生十年既代先人笔札，十五能代书启，挟策执笔，日侍左右，一日不见，则悒然不乐。先人于予也亦然，以此跬步未见尝辄去膝下。先人尝曰："前哲有云'祖孙更相谓命'，吾与尔之谓也。"嘉祐中，侍行之彭州，与成都漕台荐，将赴礼部，父子相视不忍别。是时先人初为正郎，当任子，而遵义弟始生。余因白曰："使某偶得科名，则恩可以官一弟。"先人亦曰："起吾家者必汝，其勉行。"明年，果擢第，而遵义以荫得官。余既登第，不俟赐宴，归省于彭。未遑仕进，既而还都，偶坠马伤足。尝叹曰："吾因是疾，可以脱遗轩冕，专事温清，此人子之至乐也。"先人倅东平，守定陶，居姑苏，治同安，往还二十年，皆侍焉。在同安，会郊禋，先人愍余久不仕，欲以任子恩丐除一幕职官，且曰："吾将从汝之任。"余固辞不肯，刬奏愿以荐季弟。先人不得已而从之，拊季弟曰："兄以官畀汝，汝长当善事汝兄。"因名之曰"从悌"，使其顾名而思义也。熙宁末，奄丁大祸，自睢阳走吴门，首治大葬。奉终之礼，敢不曲尽，重椁巨橙，要之无悔。①

　　在这封家书中，朱长文回忆自己与父亲多年相伴的父子深情，娓娓道来，感人肺腑。父子二人的深厚感情在朝夕相处、互相理解、彼此支持的日常生活中凸显出来。

　　曾肇在《五十郎帖》中叮嘱后辈：

　　且须倍自谨慎，每事三思，不可因循自肆，取诮乡里也。爱汝至切，故及此言，能相听否？余惟与诸弟多爱。②

　　在对儿侄的日常生活教育中渗透着长辈的关怀和殷切希望，这也是父母表达对儿孙疼爱的一贯方式，虽无甚新意，却朴素动人。家人之间的情感交流极其重要，一些士大夫在家书表达自己的政治

---

① 《全宋文》卷二○二四，第93册，第146页。
② 《全宋文》卷二三八○，第110册，第73页。

理想和追求。晏殊在给兄长的书简中就家人听闻的"建节之说"解
释道：

> 建节之说，皆虚传也。今边事尚未息，须当他委重任，乃建
> 节，或兼见命。必不于优闲处用此职。况须因干求经营方受。殊
> 一生不曾干求，况今位极人臣，更何颜求觅？是以须待出于特
> 命，且不能效人干请结托，以至势须恬静，若非久特差，则远近
> 高下，应难推避。不然，则必不可求请。凡虚传者，但请勿信。
> 古今贤哲有识见知耻者，量力度德，常忧不能任者。不佞当负以
> 重愧，畏重责，是以终无幸求。其更识高者，非亲耕不食，非亲
> 蚕不衣，徐孺子之类是也。盖功利不能及人，而坐受窃其膏血，
> 纵无祸，亦须愧赧也。殊从来多介僻者，理在此。——《答赞善
> 兄家书》①

晏殊向兄长表达了自己为官的理想和遵守的原则，在对"建节"
之事的评论中，情感也自然而然流露出来。而吕皓（生卒年不详，字
子阳）的《弃家入山示殊》则完全是另一种心情：

> 我命奇蹇多艰，岂堪思量自五十年后，便自怀弃家入山之
> 志。缘尚健，欲得汝及时理官业，欲得孙及时究学业，因循不觉
> 过了。今事变至此，世念俱息，尚复何为？汝趁此便好管了家
> 事，在我一身有实利害，可以息影遁形，修养余年。在人则素怀
> 忌嫉不相乐者，得于声传，知我不与世事，亦不我虞。日者每言
> 五行中犯了虎啸虚威，不曾有心怒一个人，便道怒他，更晓不
> 得。想只是平昔嫉恶过甚，形于辞色，所致如此。不是时节，如
> 何与世接，只当退藏于密，以待尽耳。因书两传，以见微意。②

吕皓在这封家书中解释了自己出家的原因，很明显不是为求佛了

---

① 《全宋文》卷三九八，第19册，第217页。
② 《全宋文》卷六五二三，第287册，第246页。

道，而是为了"息影遁形"，逃避对自己愤怒不满之人。信中连续交代了几件事情，但无不透露出一股抑郁不平之气，"事变至此，世念俱息，尚复何为"，则写出了自己出家的无奈。

崔与之（1158—1239，字正子）在《与弟书》中向弟弟诉说了自己为国事不顾安危前途的心情：

> 昨来面对，拳拳爱君忧国之诚，只得直言时事，庙堂大不乐。后来又因两淮分置制帅，复入文字力争，以为非便，相忤益深。大抵官职易得，名节难全，及兹末路，正要结果分明。有如翱翔蓬莱道山之上，平生梦寐所不到，尚复何求。若得脱去，徜徉归隐，以终天年，此莫大之幸。屡次丐祠，尚未得请，纵有谴责，不遑恤也。①

崔与之在南宋末年金国侵宋期间，先后任职淮东和四川，组织抗金。他为国家不顾自身荣辱安危，与史弥远就对金国应采取的措施数次发生争论，宁折不弯。但在这封家书中，却让我们看到他内心的矛盾挣扎。尽管为国尽忠是臣子的本分，但依然无法排遣受权臣打压的苦闷。"官职易得，名节难全"，说出了崔与之的人生追求，而"及兹末路"则写出了他对国家前途的担忧。这封家书看似在述说自己与"庙堂"的争论，其实是在向家人诉说自己的心事。

家书中的情感表达往往是通过一连串的事实书写传递出来，即是叙事，也是抒情。两相比较，我们不难发现家书寓情于事的抒情特色。

三　寓情于理

宋人好说理、好议论的特点在家书中也体现得非常明显，这不仅仅是在跟家人亲友谈论文学或理学时才有，有时是在特殊时刻或某一个特定情境下有感而发。看似是在对某一人物、事件或社会现象发表评论，实则是自己感情借助外物的不经意表露。

----

① 《全宋文》卷六六八一，第293册，第326页。

如王回（1048—1102，字景深）在《与弟容季书》中本是谈论自己目前在朝为官的难处，在简单交代了事件过程后就开始抒发人生感慨：

> 人生乘物而游于百年，历观古今，所逢无治乱，所托无出处，祸福之来，莫不有命。如惑者乃欲以区区之力胜之，故有邀福而福愈去，避祸而祸愈来。盖自然之祸福，当伏于万物之间，逆理而得之，故与人谋为可憾也。惟君子为循义而听命，故祸福之来无可憾者。何则？义尽于已，而命定于天也。汝之深敏，读此可以推见其余矣。①

乍一看，王回似乎已经看淡了生死荣辱和祸福，实则是在表达自己因为上书言事触怒当权者的忧虑和不安，但在家书中却不好向兄弟和盘托出，只能把无法言说的情感潜藏在议论当中，安慰家人的同时也激励自己。

林光朝（1114—1178，字谦之）在《与林晋仲》一书中写道：

> 人生一世，稍稍如所欲，便可做得数件好事。不然读尽天下书，亦是生来分得此券，不漫过此一生也。前不到村，后不到店，乃是怅然而活着。某老矣，所志愿在读书，不当如此扰扰，过却白日。②

林光朝曾师从龟山杨时，之后讲学授徒，他虽自谦说："授徒三十年，不过为场屋举子之习，学问一事，虽稍涉其崖，而所以作语及所以传授于人，唯是一律，岂敢辄出场屋绳尺之外也。"③ 实则对于理学思想浸润极深，因此，他在家书中抒发人生感慨，表达对自己读书讲学理想生活的自信和热爱。

---

① 《全宋文》卷一〇九九，第69册，第360页。
② 《全宋文》卷四六五二，第210册，第29页。
③ （宋）杨时：《与杨次山》，《全宋文》卷四六五二，第208册，第26页。

薛季宣在《答侄象先书》中对侄儿谆谆告诫，议论中充满了他对理学思想的理解和对侄儿的殷切期望：

> 仍闻肆业湖上，挹山泉之清秀，以资涵养，供笔力之助，甚善。尚须力自勉励，毋以时学而小之。得失付之于天，务为深醇盛大，以求经学之正。讲明时务，本末利害必周知之，无为空言，无戾于行，则前辈之事何远之有。学无今古，适睹时学，益人之大耳，位中上下皆安。①

薛季宣对侄儿的学问提出了几条要求，希望他能在为学上做到"深醇盛大""讲明时务""无为空言"，这也是永嘉之学讲求学以致用的学术宗旨，不希望他过于看重得失。这些言简意赅的议论中渗透着他对学术思想的理解，和对后辈的教育理念。

胡铨在绍兴八年（1138）因上书反对秦桧与金求和，触怒宋高宗和求和派，被贬昭州，后改监广州盐仓，四年后被贬新州，七年后再贬吉阳军。他在《与振文兄小简》中对自己的行为发表议论道：

> 谬兄生事，良荷主谋。遂手足之助，固当竭尽心力，然世俗方观望权势，万钧之压，追逐时尚，不顾平昔，害厚义而废大伦，滔滔者皆是。而吾弟独不畏罪诟之累，亦人所难。②

他在信中对当时"观望权势""追逐时尚""害厚义而废大伦"的求和派表示强烈不满，对自己的上书行为尽管自称为"生事"，但其中的自豪之情却溢于言表。而这不是他在被贬之初所写的家书，而是被贬近十年后所写。到此时，胡铨依然不悔当初，也没有放弃北归的希望，他在信中继续写道：

> 每念通判兄七十尚生还乡里。苏子卿十九年归汉，万里辽东

---

① 《全宋文》卷五七八七，第257册，第190页。
② 《全宋文》卷四三一〇，第195册，第190页。

亦归管宁。犬马之齿比通判兄少二十年，自戊午被放及今，比李挨多一年，比子卿欠二年，比姜庆初欠三年，比东坡多十年，他不足论也。倘厄运渐满，如子卿则更二年耳，如庆初则更三年耳，岂可便作死汉看，谓不生还待下哉？如厄运未满，更展十年，不然更宽展二十年，尚得如通判兄七十还乡，有何不可？但不知更二十年后，和尚在、盍盂在也？此理甚明，天理亦甚明。世间人但只暗室间低头做事，不抬头觑天，将谓李太伯渴睡，不知道李太伯自晓彻夜不曾睡著也。聊发万里一笑。乞将此纸呈老兄，同发一笑。①

从这封家书的议论中可见胡铨豪迈的个性和不屈的精神，看似在议论历史上被困囚多年却最终归乡的人物，其实是在抒发自己期盼回乡的坚定希望。他并没有在信中流露出一丝一毫的哀怨愁绪，也没有对自己的行为表示出丝毫悔恨。反而以达观幽默的态度对待人生的苦难，其人格魅力令后人钦佩。

情感交流是家书的主要内容和目的之一，以情动人是家书的抒情特点，寓情于事、寓情于理是宋代家书的两大抒情特色。情感表达多掩藏在琐碎平常的家庭生活中，或有感而发的议论中。

家书具有实用性和文学性的双重特质，它的写作体例遵循书信文本的写作规范，但更加灵活自由。内容和形式的完美统一，使家书从传递信息的文字媒介逐渐成为文人重视收藏的文学作品，其文学价值也引起了世人的关注。毫无疑问内容是宋代家书的灵魂，而文采和抒情特点则是点睛之笔。亲切平易、坦诚率真的口语化特点是宋代家书最突出的语言特征，同时又不乏言约旨丰、儒雅洗练的如珠妙语。情感的表达隐藏在家人的互相关心和琐碎的日常生活中，温暖深沉。这些都体现了宋代家书的文学价值。

---

① 《全宋文》卷四三一〇，第195册，第189页。

第七章　宋代家书的特殊样式

宋代社会经济繁荣，人员往来频繁，读书求学、上京赶考、辗转各地做官、贬谪迁徙、外出经商等原因，使得社会的流动性较之前代大大增强。家书作为家庭成员之间互通信息，交流情感的载体，也随之在宋代进入了繁盛时期。除书信体家书之外，以家训、家诫、字序等特殊文体代替书信交流情感，以诗代书、以词代书、以序代书、以物代书、以书（书法）代书、以画代书等各种特殊形式的"家书"也极为丰富。

第一节　宋代家书的变体形式

古人文字交流的形式繁多，并不仅仅限于书信。家人之间的文字交流更是如此，送给亲人的诗、词、文、赋、书、画、题跋等作品，不仅是抒发情感的载体，也是信息交流的重要方式。长辈写给子侄的字说、砚铭、家训等更是寄托着父辈对子孙的殷切期望；随信附寄的书画、衣物、食物、礼物则寄托着家人之间的关怀和亲情。缺少这些家书的变体形式，必然使家人之间的交流缺少真实的生活气息，因此有必要对其现象加以关注。

用各种文字形式代替家书传达信息是宋人常用的方式，其中包括家训、家诫、字说、砚铭、诗序、画赞、题跋等形式。一般情况下，这些多为长辈写给晚辈的告诫教诲之词，其中透露出家族文化的特征，一个家族的家风传统往往通过这些方式传承下去。而诗序、画赞等形式则透露出文人士大夫的生活情态和审美风尚。

一　家训、家诫

宋代流传至今的家训数量不少，学者对此的研究也十分丰富，此不赘述，本文仅关注其中的家书意象。宋代家训大多是写给整个家族成员的，其语气正式严谨，透露出家长的威严。也有少量的家训仅仅是写给家中某个特定人员，往往是近亲儿侄或孙辈，此时家训中的口气往往充满了慈爱之情，似与儿孙闲话家常，有了家书的意味。

《训俭示康》是历代传颂的教子名篇，在这篇文章中，司马光从自身不喜奢华生活起首，向司马康一一列举了勤俭兴家和奢侈败家的世家大族，完全没有家训一类文体的严肃沉闷，仿佛是在与儿子进行书信交流，亲切平易又感人肺腑，透露出浓厚的亲情。与之相比，杨万里的《家训》就显得严肃许多：

> 世间破荡之辈，懒惰之家，天明日晏，尚不开门，及至日中，何尝早食。居常爱说大话，说得成，做不成；少年多好闲游，只好吃，不好作。男长女大，家火难当。用度日日如常，吃着朝朝相似。欠米将衣去当，无衣出当卖田。岂知浅水易干，真实穷坑难填。①

这篇家训是写给家族后辈的，全用口语化的语气。杨万里通过日常生活中观察到的败家行为，对其子孙提出"竦惰乃败家之源，勤劳是立身之本"②的主张，对子孙的告诫之中又流露出对他们的殷切期望。杨简的《训语》同样言简意赅，涉及读书、修身、仕宦、交游等几个方面：

> 腹不饱诗书，甚于馁。目不接前辈，甚于瞽。身不远声利，甚于窘。骨不化俗气，甚于痼。仕宦以孤寒为安心，读书以饥饿

---

① （宋）杨万里：《杨万里集笺校》，中华书局 2012 年版，第 5312 页。
② （宋）杨万里：《杨万里集笺校》，中华书局 2012 年版，第 5312 页。

为进道。居家以无事为平安，朋友以相见疏为久要。①

这篇家训语言简洁，没有过多的修辞，口气中透露出威严庄重，与亲切随意的家训有较大差异，这也是当时严父形象在家训中的集中反映。

南宋末年王元甲（生卒年不详，字士迁）的《家训三戒》并未像当时许多的家训、家诚那样向子孙后代传授治家修身之道，而是将自己多年总结的养生经验传授给子孙，在家训中可谓独树一帜。他提出"人之所以致寿有三，而形格不与焉：一曰戒贪害，二曰戒禄尽，三曰善摄养"②。他把当时公认的"善摄养"排在第三位，而把道德修养和心理健康放在更重要的地位，这在当时的士大夫中并不多见。而他对"戒贪害"的解释是：

> 凡人于富贵之时，其志必骄夸，骄夸必轻人，轻人必残忍，无所不至。甚有贪得无厌者，惟知利己，凡某市某行，可以利己者无不为，日侵日夺，可以害人者无不用。生钱收债，息中展息。迫于枷锁，则卖田及妻奴不恤也。蓄积稍多，享用既足，方拟祈神与佛以求福报，不知恶毒既盈，神人共愤，造物灵炳，岂宜掩饰？近则亡身败家，远则覆宗绝祀，理所必然也。③

王元甲身处南宋末年的乱世，连年征战，目睹百姓的大量逃亡，必然使他对伤残生命的任何行为都产生深深的痛恨。他认为不仅不当害人，就连自然界的一切生命都不能伤害，为了口腹之欲杀生害命是招祸之道。而"戒禄尽"则继承了古人"知足不辱，知止不殆"的观念，指出"上天之命有限，而人之生有节，故过亢则倾，禄尽则歇，富贵不止则身随而危亡者有之，子孙不得其享而困穷者有之。故识盈虚之道者，用不尽而身常存，享不尽而子孙荫庇"④。王元甲在南宋末年将这一点写在家诚中，不仅仅是告诫子孙不可贪恋高官厚禄

---

① 《全宋文》卷六二四一，第276册，第19页。
② 《全宋文》卷八三四〇，第360册，第147页。
③ 《全宋文》卷八三四〇，第360册，第147页。
④ 《全宋文》卷八三四〇，第360册，第147页。

那么简单，他列举了李德裕、范蠡、张良三人的例子，从正反两方面说明在乱世贪图权势和功成身退的不同结局。言下之意，不仅是告诫子孙不可身仕敌国，也隐含着对投降仕元官员的批评。而"善摄养"也并非谈及日常保生延年之法，而是严厉批评"疲于奔走应接，驰骋征逐""饮则尽斗，宴则达曙""负气眩智，好讼尚争"① 等行为，认为简直是"人道湮灭，天理尽丧，与禽兽相近，去死无日矣。"② 从他这些明显带有厌恶口气的语言中，可以看出他对这些行为的痛恨。联系当时蒙元入侵之时的社会习俗，不能不怀疑他是有所暗指。纵观王元甲的养生之道，更多的是从道德修养方面入手去完善人格，保持家族的延续，而不是从生理层面保养身体。他通过家训这种特殊的方式向家族成员传递他不愿子孙入元朝为官的心情。

　　家训是一种特殊的交流方式，写作者不仅是与当时的家族成员进行交流，还可以通过这种方式向将来的子孙传递信息。尽管这种交流是单向度的，但依然不妨碍后代子孙因为对祖先人品、道德、学问的敬仰所产生的思慕之情。此时，这些特殊的家族文献传递的不仅仅是亲情，更是精神文化遗产，它所产生的精神力量在不同程度上激励着家族后辈谨守"祖宗家法"，延续家族传统。从这个意义上说，家训、家诫是一种家书的变体形式。

二　字说、字序

　　古人二十而冠，冠礼是古代男子的成年礼，标志着他可以入仕、征战、交游，是人生的开始。《礼记·冠义》中记载："已冠而字之，成人之道也。"③ 在冠礼中为成年之人命名取字寄予着亲友美好的祝福和期望，也隐含着家长对其的劝诫和勉励。明代《文章辨体序说》中对字说的解释是："按《仪礼》，士冠三加三醮而申之以字辞，后人因之，遂有字说、字序、字解等作，皆字辞之滥觞。"④ 字说、字序、字

---

① 《全宋文》卷八三四〇，第 360 册，第 148 页。
② 《全宋文》卷八三四〇，第 360 册，第 148 页。
③ （清）孙希旦：《礼记集解》，中华书局 2015 年版，第 1412 页。
④ （明）吴讷、徐师曾撰，于北山、罗根泽校点：《文章辨体序说·文体明辨序说》，人民文学出版社 1962 年版，第 147 页。

解、名说等是对所取名、字加以解释的文体，其中往往透露出家族文化的特征，有时甚至隐含着时代的风尚和人们价值观念的变迁取舍。

宋代现存字说、字序、名说共 462 篇，[①] 写字说最多的是黄庭坚，共 55 篇，[②] 为家族成员所写的字说只占其中一小部分。在子女的成年礼上为其命名取字，并写一篇寓意深刻、寄托期望的名说、字说，不仅显示了冠礼的隆重，更向宾客亲朋展示了家族的文化内涵和品位。这些作品中为后人所称道的为数不少，著名者如苏洵《名二子说》、苏轼《文骥字说》、苏辙《六孙名字说》、黄庭坚《洪氏四甥字说》、胡铨《季怀侄三子乞名序》等。都选取美名对子孙的才华和前途寄予厚望，期盼他们能立身扬名，光耀后世。因此，在这个意义上说，字说也是一种特殊的文字交流方式，可以算作家书的一种变体形式。正如黄庭坚在《洪氏四甥字说》中指出，写这篇字说的缘由是："尝以义训甥之名曰朋、刍、炎、羽，其友为之易名，往往不似经意，舅黄庭坚为发其蕴而字之。"[③] 之后详细说明了洪朋字"龟父"、洪刍字"驹父"、洪炎字"玉父"和洪羽字"鸿父"的寓意。之后勉励四人："二三子舍幼志然后能近老成人，力学然后切问，学问之功有加，然后乐闻过。乐闻过，然后执书册以见古人，执柯以伐柯，古人岂真远哉？"[④]

黄庭坚的这篇字说还透露出宋代文人对古代圣贤的态度，他们不再认为古圣先贤是高高在上，普通人难以企及的神秘人物，而认为他们一样是由凡人通过修身立德、勤学好问所达到的一种人生境界，"人人皆可为尧舜"成为时代共识。这种思想集中体现在名说、字说中，相比其他文体，家族文化和时代风尚的影响更加突出。

通过比较北宋和南宋字说，我们可以看出学术思潮对这一文体的影响。北宋的字说偏重文学性，许多字说不仅文采斐然，辞藻华美，而且内容也多侧重受名字之人的文学才华。而南宋的字说偏重理学

① 张海鸥：《宋代的名字说与名字文化》，《中山大学学报》（社会科学版）2013 年第 5 期。

② 张晓婷：《宋代"名字说"研究》，山东大学，博士学位论文，2017 年，第 43 页。

③ 《全宋文》卷二三二〇，第 107 册，第 108 页。

④ 《全宋文》卷二三二〇，第 107 册，第 108 页。

性，语言朴实，且偏重于道德修养。正如陆游所谓："字所以表其人之德，故儒者谓夫子曰仲尼，非嫚也。"① 因此，许多长辈写给子侄的名说、字说就成为一封郑重其事的"家书"，以隆重的态度和严肃的口吻使命名者和接受者产生某种仪式感，增强了名字意义的重要性。通过名说、字说这种特殊的文体，家人之间也完成了一次重要的文字交流。这一点在许多人的字说中都得到了印证，如李吕（1122—1198，字滨老）的《与六七弟命子名序》：

> 余从弟季嘉年四十三实始生子，为伯祖父提举公之曾孙。公在元祐间以论事得罪，入党入籍，去年八十许年，而尔之子始生，谒名于予。予命之曰挺，字以嗣直，取魏郑公古之遗直，其后魏薯挺挺而有祖风烈之意。愿吾弟勿以贫故，谨教而成立之，则薯之事业将复见于吾家。兄老矣，所以期待于尔父子者不浅，尚克念之。庚戌十一月七日长至，澹轩翁述。②

李吕的这篇字序充满感情，对"六七弟"父子的遭遇饱含同情，对来之不易的孩子寄予希望，对兄弟的谆谆告诫更是发自肺腑，看上去更像是一封情真意切的家书。楼钥（1137—1213，字大防）的《从子渢改字景刘说》也是如此：

> 渢数岁时，伯兄尚无恙，既奉名于二亲而立名，使钥字之。是时取季札观乐歌魏曰："美哉，渢渢乎！大而婉。"故字曰"大之"。伯兄下世且久，嫂氏鞠三子如一日。渢既冠，将授室，上则欲其干母之蛊，下则欲其教率二季，因阅《南史·刘君传》，实有感焉，改字渢曰"景刘"，而告之曰：刘君之事可谓难矣。后母不以为子而孝益甚，濂非其同产而爱益笃，又况奴婢从而困苦之？惟其至行不移，母反慈爱，而弟亦终能敬于事兄，此天

---

① （宋）陆游撰，李剑雄、刘德权点校：《老学庵笔记》，中华书局1979年版，第26页。

② 《全宋文》卷四八八七，第220册，第281页。

理也。①

楼钥在侄子成年后娶亲之前为其改字"景刘"，是鉴于其家族内部的具体情况而发，希望他能以南朝刘沨为榜样，和睦家庭，抚爱幼弟。刘沨之事出自《南史·孝义传》，史载：

> 刘沨字处和，南阳人。父绍仕宋，位中书郎。沨母早亡，绍纳路太后兄女为继室。沨年数岁，路氏不以为子，复为奴婢辈所苦。路氏生潇，兄沨怜爱之，不忍舍，常在床帐侧，辄被驱捶，终不肯去。路氏病经年，沨昼夜不离左右，每有增加，流涕不食。路氏病差，感其意，慈爱遂隆。路氏富盛，一旦为沨立斋宇，筵席不减侯王。潇有识，事沨过于同产，事无大小，必谘而后行。②

刘沨在面临后母的嫌弃刁难时不仅心无怨言，反而以孝悌之心打动后母，不仅消除了家人之间的芥蒂，也成为当时和后世所称赞的孝义典范。楼钥正是对刘沨为人的钦佩，才将侄儿的字由"大之"改为"景刘"，训诫之义十分明了。

南宋时期为女子所作的字说现存六篇，这是在北宋不曾出现的现象。分别是游九言的《黄氏三女甥名说》《上官氏女甥名说》；陈著的《名女洸字汝玉说》《内子友良字说》《名女冲字汝和说》《名女清字汝则说》。关于女子取名与字的缘由，游九言（1142—1206，字诚之）在《黄氏三女甥名说》中指出：

> 古之女子罕用名著，若姒、任、姜、姬皆氏也，大略不名。再思，如曰姜嫄、曰简狄、曰戴己，说者固已为名号，则是古尝有之矣。汉以后，若班氏女昭，蔡氏女琰，苏氏女蕙，以其通习文墨，又皆有字焉。去古既远，古礼渐废，况今世乎？名而字

---

① 《全宋文》卷五九六五，第264册，第358页。
② （唐）李延寿撰：《南史·孝义传》，中华书局1983年版，第1823页。

之，或存训诫，亦可也。①

可见他也跟当时的许多文人士大夫一样，认为名字中蕴含着家长对子女的训诫之意，给女性取名字则更是寓意如此。从现存的这六篇女性字说中，可以看出宋代士人对女性在社会和家庭中所具有的品德所怀有的期望。给女性的名说、字说是家族长辈跟女性一种正式的文字交流，这在游九言的《上官氏女甥名说》中体现的较为明显。

> 上官氏女甥适黄氏子炜，而炜亦余家出也。既嫁矣，见其舅而求名与字于余。余尝命名于黄氏三女甥，固曰古之女子不以名字著矣，然后世命之实多，亦可言之。而迺翁好谈《易》，汝于兄弟之次在三，尝以《兑》之三索命汝矣，而犹阙其义。夫兑，说也。初九曰："和兑吉。"释经者谓以和为说，而无所偏私，说之正也。女之适人能以和说其家，刚中柔外，既不失正，又不过严，则用之辑闺门，睦姻族，孚内外，其为吉也孰大焉！为名以贵和，而字曰吉卿。汝岁时归宁也，见迺翁而问之。②

游九言的这篇字说尽管是对外甥女的名字释义，但读起来亲切平易，好像是与外甥女的书信交流。尽管在名字中也饱含着对其家庭责任和义务的叮嘱教诲，但更多的是长辈对子女的关怀。而南宋理学家陈著的《内子友良字说》则更像是夫妻之间多年情感的见证，其意义早已超出了字说的范围，赋予其更深刻的内涵。

> 吾内氏赵名必兴，字友良。《诗》云："言念君子，载寝载兴，厌厌良人，秩秩德音。"谓其夫为国事在外，故思之不置，既寝又兴，且赞美其人如此其良也。氏之及笄，其亲庭所取诸此，而名而字以归于我，渊乎其味哉！吾于方欲仕，以行其志，惟主馈为急，庶几善体斯义，相成以道，则吾所大愿。既而走州

---

① 《全宋文》卷六三一一，第278册，第365页。
② 《全宋文》卷六三一一，第278册，第366页。

县，躔班出入二十余年，不跋不踬，厥助惟多。吾之无良，姑置言外，而氏之友良，可谓无忝所命矣。暇日相与之恰，因举酒属之而歌曰："险艰兮更尝，淡薄兮悠长。翁与张兮何常，如友良何兮友良。"乃赓而歌曰："往事兮浮云，偕老兮天伦。乐莫乐兮吾真，如良人何兮良人。"歌阙，吾因书之以授氏。吾，陈某也。时癸巳五月望日。①

尽管这篇文章以"字说"为名，但看起来更像是夫妻之间的情感交流。陈著赞美了妻子二十余年对自己事业的支持和对整个家族的付出，夫妻二人深厚的感情也从相与对酒而歌的乐事中自然流出。尽管字说中蕴含着当时社会对女性角色的定位，但从其妻子的歌中也可见其不凡的文化修养和审美品位，很显然，作为理学家的陈著对此是甚为欣赏的。宋代女性家书的匮乏虽然有其社会和时代因素，但并不妨碍像这篇字说一类的文字交流方式。

三　铭文、题跋

铭文本是上古时期刻在各种器物上用以歌功颂德或规谏约束自身的文字，随着时间的推移，各类铭文的劝诫之义成为其主要的功能。《礼记》中记载了商汤的《盘铭》，周武王也有《机铭》《鉴铭》《杖铭》《剑铭》《弓铭》《带铭》等各类铭文。随着时间的推移，颂扬帝王功德的铭文日渐仪式化，一般出现在国家的重大场合或典礼中。而刻在日常生活用品上，用以表现自己审美情趣或精神追求的铭文日渐增多。如砚铭、笔铭、琴铭、几铭、座右铭、衣铭、杖铭、斋铭、屋铭等，不一而足。且很多铭文也非真正刻于器物之上，而是借题发挥，写一篇寓意深刻的文字，寄托作者的人生体悟。宋代文人在赠予亲友物品之时附上铭文，规谏警戒之义一目了然。而家族亲人之间的砚铭、笔铭、琴铭等文字多是长辈赠予晚辈，其中寄托着他们对子孙的训诫和教诲之义。除此之外，许多文人会在赠送亲人的书画、诗词、家谱、画谱等物品上题词，画赞、题跋等特殊文体也承载着信息

---

① 《全宋文》卷八一一四，第351册，第78页。

交流的内容。这些铭文、画赞、题跋等特殊文体在某种意义上可以看作"家书"的变体形式。

元丰七年（1084），苏轼在长子苏迈出任饶州德兴县尉时送他一方砚台，并铭曰："以此进道常若渴，以此求进常若惊。以此治财常思予，以此书狱常思生。"① 这四句言语是苏轼对儿子在做人为官方面提出的要求和期望。楼钥在《族兄德润砚铭》中写道："惟端溪下岩之石，藏古丽州之楼氏。用以射策阅三世，孙子相传宝千祀"② 从砚铭中流露出他对楼氏家族的自豪感，通过这样的方式与族兄进行交流，互相勉励，拉近了彼此间的心理距离。

除此之外，宋代文人雅好在名人书画上题词，而在自己家族亲人的画像上题词则往往寄托着深厚的情感，如楼钥的《叔韶弟画赞》：

> 是何为者？独立突兀。目视云汉，若书咄咄。江山数千里而气益增，斋盐十九年而志不屈。故能起连桂之坠续，收青毡之故物。今既渐失布衣之高，是将敛江湖之豪，而归寻理窟者耶？③

这篇画赞写得气势豪迈，对兄弟的赞美之情溢于言表，所涉及的不仅是生活层面上的交流，而是深入到人生选择的深度。这样深度的交流往往集中体现在字说、画赞、题跋等特殊文体中。楼钥另一篇《从子泽修净业以弥陀像求赞》也同样如此：

> 汝以色相，欲见如来。一念或差，万里悬隔。惟此世尊，众称慈父。汝能供养，忏悔皈依。家有慈母，与佛无二。事母与佛，其毕此生。④

---

① （宋）苏轼：《迈砚铭》，《苏轼文集编年笺注》第 3 册，巴蜀书社 2011 年版，第 31 页。

② 《全宋文》卷五九七五，第 265 册，第 110 页。

③ 《全宋文》卷五九七五，第 265 册，第 113 页。

④ 《全宋文》卷五九七五，第 265 册，第 116 页。

楼钥在这篇画赞中委婉地批评了侄子期望通过供养画像见佛的错误思想，指出佛乃西方伟人，要学习佛教的义理，而不是流于供养的形式。并且把母亲与佛相提并论，告诫侄儿事母如事佛，才是真正的修行。再如杨简的《冯甥请书屏》：

> 学如不及，犹恐失之。冯甥请书于屏，警戒深意，殊慰老怀。微意云兴，日月亏照。古圣犹兢业，吾甥其戒之。①

古人在屏风上书写警戒激励之词本是为了时刻提醒自己，杨简的这篇"书屏"却更像是亲戚之间的简短交流，信手拈来，随意亲切。这些形式多样、风格各异的特殊文体构成了"家书"的变体。

四　诗序、文序

宋代许多文人在创作诗词文章之时，往往会在序言中交代写作时间，发生的事件，以及当时的心境。宋代亲情诗数量众多，其中一小部分诗歌有序言加以说明背景，很多情况下这些序言成为解诗歌内容的最佳注解。也是家人之间文字交流的重要形式之一。

李流谦（生卒年不详，字无变）在《送兄长之官洋川叙》中写道："先君三男子，皆奉家法惟谨，而性小异……兄弟之间，互为其师友，庶乎其寡过。"②写出了兄弟之间的深情厚谊。王炎的《赠侄彝卿序》是一篇长文，因侄儿王彝卿"挟琴书往海宁，不可无辞以告。"③文中回顾了自己指导侄儿为学作文过程中可喜的进步，并进一步向其提出学习要注意的三点：一为"夫学以师友为重，师固吾所当敬，友尤当胜己者"④。二为"文以理为主，理必讲学而后明"⑤。三为"前辈读人文字，不当看其佳处，当看其失校落节处"⑥。并一

---

① 《全宋文》卷六二四一，第 276 册，第 19 页。
② 《全宋文》卷四九〇三，第 221 册，第 227 页。
③ 《全宋文》卷六一〇七，第 270 册，第 262 页。
④ 《全宋文》卷六一〇七，第 270 册，第 262 页。
⑤ 《全宋文》卷六一〇七，第 270 册，第 263 页。
⑥ 《全宋文》卷六一〇七，第 270 册，第 263 页。

一指出这样做的理由和具体方法。他提出读古人文章应注意其"失校落节处",极有启发:

> 夫失校落节固人之病,学者为文病不在此,宜自察其病而矫之。病在浮冗,宜读文之精密者;病在卑弱,宜读文之高古者;病在生涩,宜读文之圆熟者;病在气短,宜读文之逶迤详缓者。①

之后王炎指出,应该向宋代著名文章大家张耒、曾巩、苏轼、欧阳修等人学习,分别揣摩他们文章的长处,"识其步骤开合,更加陶练隐括之功,其特可以鼓行场屋哉!"② 然后自信地告诉侄儿:"古人亦人耳,未有不可学者。"③ 这是王炎作为一个当时知名的文学家对侄儿的教诲。而南宋理学家陈宓(1171—1226,字师复)对文学则持完全相反的态度,这在他的《送诸葛表侄》中表现得十分明显:

> 子春秋鼎盛,文艺不患不精,妥先立其远且大者,庶几而立之义。所谓立者,非伉健固执,如告子之不动心,必于道有得,如圣贤之门达坚确不移,实足于公平正大之域,祸福利害不足以动吾心,惟道是殉,惟义是归。成名而归,吾当验子学力进否?若夫寓意翰墨,特儒者之一小技,何足尽力从事此哉。④

他对表侄诸葛琏留心于文学不以为意,认为此乃"儒者之一小技",无异于舍本逐末,对修身进学无益。所以在文中劝说诸葛琏以圣贤"道""义"为本,以此成名。这篇文章充满了对年轻人的训诫教诲之义,陈宓对文学的轻视,代表了当时理学家的普遍观念,体现了时代的特色。

除此之外,一些特殊的序言相当于一份变相的书信,如李昌的《会族讲礼序》,就是一份写给整个家族的通告:

---

① 《全宋文》卷六一〇七,第270册,第263页。
② 《全宋文》卷六一〇七,第270册,第263页。
③ 《全宋文》卷六一〇七,第270册,第263页。
④ 《全宋文》卷六九六二,第305册,第139页。

  某比见吾宗生聚日蕃，至讲理之时，特不过冬年两节而已。惟会面之期如是之疏，所以异于路人无几……今欲每遇冬年就族人之家稍宽广者，设廷评、光泽及三祖之位，供以香灯酒果。纠合族党，上自吾兄弟，下及诸曾，其日巳刻咸具盛服，相率毕集，尊卑以列，荐献如仪。然后自尊及卑，逐行讲拜，就坐茶汤，成礼而退。于以尊祖，于以合族……则事长慈幼之道不下席而得，而亲睦之风将不劝而自厚矣。①

  李吕在这篇序言中指出家族日益庞大造成族人之间的疏离，因此打算通过"会族讲礼"的仪式加强宗族内部的亲和力和凝聚力，并由此制定了具体的执行办法，希望能起到"尊祖""合族"的目的。从这封类似《告族人札》似的文章可以看出当时家族内部的诸多端倪，尽管处于同宗同族，但是随着时间的推移和血缘关系的疏远，族人之间"形同路人"的情况也屡见不鲜。能否通过这种表面的仪式真正起到"亲睦之风不劝自厚"的效果，是令人怀疑的。

  上文这些特殊的文体都是宋代士大夫与家人之间进行交流的方式，从某种程度上可以算作家书的变体形式。在交流的深度上和广度上，砚铭、字说、名说、题跋、画赞、诗序等文体往往超越家书，但是也缺少家书的生活气息和脉脉温情。宋代家书的变体形式很多，其中最引人瞩目的是亲情诗中以诗代书的现象。

第二节 以诗代书——宋代亲情诗中的"家书"意象

  以诗代书——用诗歌形式代替书信传递信息、交流情感是亲情诗中值得注意和研究的现象。亲情诗是中国古代诗歌创作中的一个重要母题，其主要内容是描写亲人之间的情感交流和生活信息沟通，抒发彼此的关心问候或劝慰告诫。亲情诗写作的情感基础和伦理基础是中国古代根深蒂固的"家庭"观念，即以血缘关系和婚姻关系建构起

---

  ① 《全宋文》卷四八八七，第220册，第280页。

来的世代共同生活的家庭聚居体。儒家社会所有的人伦关系都可以被由亲到疏、由近及远地纳入这一系统中。在这样的社会生活环境中，亲情被纳入诗歌的写作范畴顺理成章。

亲情诗的书写源远流长，最早可以追溯到《诗经》，其中的部分篇章因为描写家庭生活、爱情婚姻生活，或抒发对亲人的怀念，而被学者定为亲情诗加以关注和研究，如《小雅·棠棣》《邶风·凯风》《小雅·蓼莪》等。汉代的《古诗十九首》中也有不少描写亲情的内容，如《明月皎夜光》《行行重行行》等。东汉末年诗人夫妻秦嘉、徐淑的互答诗词情感真挚，辞采华美，是亲情诗中的精品，而且具有明确的"家书"意象，即通过诗歌的形式与家人进行情感和信息交流。到了魏晋时期，写作亲情诗和亲子诗的诗人大大增加，名篇辈出，如陶渊明的《命子》《责子》，左思的《娇女诗》等。唐代是亲情诗的繁荣兴盛期，不仅数量大大增加，而且诗歌的内容也更加丰富，艺术感染力更强。很多亲情诗都可以看作用诗歌体式写就的家书，如李白的《秋浦寄内》、白居易的《寄江南弟兄》、孟浩然的《入峡寄弟》、韦应物的《寄诸弟》、崔融的《塞上寄内》等。其中很多诗歌的题目中明确指出"以诗代书"，如权德舆的《祗役江西路上以诗代书寄内》《病中寓直代书题寄》等。由此可见，亲情诗经过上千年的发展，已经逐渐从单方面抒情发展到亲人之间的互动交流，家书意象变得十分普遍。

到了宋代，用诗歌的形式在亲人之间传情达意已经成为时代风尚。举凡送别、节日、祝寿、生子、家中重大事务等，统统被写入亲情诗。流传至今的亲情诗数量众多，本书检索《全宋诗》，发现亲情诗的数量多达两万多首。许多诗歌情感真挚动人，艺术感染力强烈，家书意象是宋代亲情诗的一大特点。亲情诗的写作对象、内容、情感表达方式既有与家书重合的地方，也有明显的差异，这是书信与家书两种不同的文体形式在写作和流传过程中造成的必然结果。家书意象是亲情诗中的一大特点，用诗歌形式传达家书中难以言表的复杂情感；借用叙事诗的创作手法在亲情诗中安排家族事务；用借景抒情、夸张想象、烘托渲染等诗歌写作技巧丰富并深化作者内心的感受。这是亲情诗的家书意象在写作对象、诗歌内容、情感表达等方面的突出特点。

一　亲情诗的写作对象

宋代亲情诗的写作对象几乎涵盖了所有的家族成员，父母、叔伯、兄弟、姐妹、妻妾、儿孙、子侄，以及姻亲戚里，这与家书的写作对象几乎重合。从写作对象的数量分布上看，兄弟之间的亲情诗数量最多，其次是父亲写给儿子的，再次是长辈写侄子、外甥、叔伯、舅舅等亲属的，这也与宋代家书的情况相吻合。

但亲情诗与家书的写作对象也有一些明显的差异，宋代文人写给妻妾的家书几乎绝迹，写给母亲、姐妹、女儿、孙女或其他女性亲属的书信也寥寥无几。而亲情诗中这一类的诗歌则不在少数。如王安石写给姐妹、女儿的诗歌共 17 首，有《寄虔州江阴二妹》《寄朱氏妹》《自州追送朱氏女弟宿木瘤僧舍明日度长安岭至皖口》《别鄞女》《示四妹》等，但王安石写给她们的书信则无一存留；黄庭坚送别出嫁的妹妹也写有《寄别陈氏妹》等诗，但家书则寥寥无几。

宋代是教育十分发达的朝代，许多官宦家庭的女子都受到了良好的文化教育，不仅饱读诗书，而且能写诗填词。她们与家族中的男性亲属和丈夫互相诗词唱和，留下了许多优秀的文学作品。因此宋代文人也创作了不少的寄内诗，如欧阳修的《班班林间鸠寄内》《行次寿州寄内》；梅尧臣的《往东流江口寄内》；苏辙的《雪后小酌赠内》《春日寄内》；贺铸的《初见白发示内》；张耒的《在告家居示内》《十月十二日夜务宿寄内》；陈著的《怜猫示内》《示内》；王洋的《冬节日疾作不能亲祀事但具礼不拜戏作示内》；苏颋的《春晚紫微省直寄内》；刘兼的《江楼望乡寄内》；陈子全的《军中寄内》等诗。这些寄内诗是宋代文人士大夫与妻子情感交流的重要方式之一，而他们给妻子的家书则没有留存下来。

出现这样的情况，主要是书信与诗歌两种不同的文体导致文人对它们区别对待的结果。诗歌是古代的正统文体形式，正所谓"诗者，志之所之也，在心为志，发言为诗"（《诗大序》）。诗歌以凝练传神的语言表达作者丰富难言的情感与想象，对于情感的表达得心应手。相对于诗歌，家书则显得琐碎通俗，它的主要作用是传递信息，情感的交流往往隐藏在竹报平安、谈论家族事务、教育子侄的字里行间。
文人往往把诗歌看作自己的重要作品，收入文集认真保存，并刊刻流
传，家书则不被重视，在自己的文集中也不会收录。甚至一些家书中
因为涉及某些敏感话题，还遭到了作者的刻意焚毁。

二　宋代亲情诗的内容

宋代亲情诗的内容十分丰富，上至国家大事，如时局变动、战争
外交；下至生活百态，如婚丧嫁娶、养生保健，无不在亲情诗中一一
呈现。问候家中亲人、通报彼此近况，抒发羁旅在外的思乡情怀、训
诫家中子侄、交流治学心得，也是亲情诗的重要内容。

亲情诗在内容上与家书既有相同的地方，也有明显的差异。问候
亲人、交代家事、情感交流是亲情诗的主要内容，许多的亲情诗几乎
就是一封用诗体写就的家书，如欧阳修的《班班林间鸠寄内》：

> 高堂母老矣，衰发不满栉。昨日寄书言，新阳发旧疾。药食
> 子虽勤，岂若我在膝。又云子亦病，蓬首不加𫶕。书来本慰我，
> 使我烦忧郁。思家春梦乱，妄意占凶吉。却思夷陵囚，其乐何可
> 述。前年辞谏署，朝议不加乞。孤忠一许国，家事岂复恤。横身
> 当众怒，见者旁可栗。近日读除书，朝廷更辅弼。君恩优大臣，
> 进退礼有秩。①

这首诗长达五百多字，在寄内诗中是比较罕见的。诗歌的内容也
极为丰富，有听闻母亲和妻子生病后的忧心焦虑，有对自己在朝为官
近况的汇报，在这首诗的最后，诗人花了很多篇幅向妻子倾诉自己为
官多年的理想抱负和宦海沉浮的无奈，字里行间流露出欧阳修对妻儿
家人的挂念和对亲情的珍视。而欧阳修写给妻子的书信则无一存留。

再如王安石的这首《寄吴氏女子一首》：

> 伯姬不见我，乃今始七龄。家书无虚月，岂异常归宁。汝夫

---

① （宋）欧阳修撰，李逸安点校：《欧阳修全集》，中华书局 2001 年版，第 32 页。

缀卿官，汝儿亦缙绅。儿已受师学，出蓝而更青。女复知女功，婉嫕有典刑。自吾舍汝东，中父继在廷。小父数往来，吉音汝每聆。既嫁可愿怀，孰知汝所丁。而吾与汝母，汤熨幸小停。丘园禄一品，吏卒给使令。①

　　王安石的这首长诗是写给长女的，她嫁与当时宰相吴充之子吴安持，这是一桩门当户对的婚姻。但自女儿出嫁后，父女七年不见，女儿对父母和娘家亲人的思念之情可想而知。王安石在诗中用女儿夫贵妻荣、儿女双全的幸福生活劝慰她，之后告知她两位叔父的生活近况，最后用自己和妻子平安无忧的生活宽慰女儿，让她不必牵挂家中父母，在夫家好好生活。从这首诗中，我们可以看见王安石这位"拗相公"温和亲切、舐犊情深的另一面。

　　宋代以文治国和科举取士的政策使得教育十分普及，不论是世家大族还是贫寒之家都十分重视对子侄的教育，劝学、诲学思想也成为亲情诗中的重要内容。宋诗中大量的《示儿诗》《诫子诗》《劝学诗》都是这一时代特征的反映。

　　苏轼在被贬惠州时所作的《送千乘千能两侄还乡》诗中写道："治生不求富，读书不求官。譬如饮不醉，陶然有余欢。"② 这是苏轼在晚年经历了宦海浮沉和党争倾轧之后对人生经验的总结，也是对家中子侄的谆谆教诲。程珌（1164—1242，字怀古）在《勉子侄》诗中写道："外物不足恃，翻覆百年间。唯有万卷书，可以解我颜。男儿贵立志，达人得大观。"③ 诗人希望子侄立志读书、建功立业。王安石在《赠外孙》诗中也写道："年小从他爱梨粟，长成须读五车书。"④ 这些亲情诗都强调了立志读书的重要性。

　　宋代写作《示儿诗》最多的诗人当属陆游，共二百多首，其中最主要的内容是教子读书和作诗之法，这也是最为后人所重视的部分。

---

① （宋）王安石：《王安石全集》，上海古籍出版社 1999 年版，第 376 页。
② （宋）苏轼撰，孔凡礼点校：《苏轼诗集》，中华书局 2012 年版，第 1604 页。
③ 傅璇琮主编：《全宋诗》第 53 册，北京大学出版社 1995 年版，第 33010 页。
④ （宋）王安石：《王安石全集》，上海古籍出版社 1999 年版，第 486 页。

"纸上得来终觉浅，绝知此事要躬行。"① "功夫在诗外"② 等诗句早已成为后人学诗的准绳。此外，南宋时期许多教子诗中涉及理学思想的学习心得和体会，如洪咨夔（1176—1236，字舜俞）在《示诸儿》中写道："道大两仪小，身寡万物众，此心能砥柱，斯文即隆栋。书从羲孔来，字字济世用。愈穷理逾邃，如探无底洞。"③ 诗人用理学思想发端依然是为了劝学。

许多教子诗中也涉及为官之道的内容，如杨万里的《大儿长孺赴零陵簿示以杂言》："汝要作好官，令公书考不可钻。借令巧钻得，遗臭千载心为寒。汝要作好人……高位莫爱渠爱了，高位失，丈夫老，则老官职不要讨。白头官里捉出来，生愁无面见草莱。"④ 杨万里在诗中告诫儿子要"作好官""作好人"，不要因为贪恋权势和高位，而招致身败名裂的下场。

议论时政在家书中是一个重要的内容，但在亲情诗中几乎绝迹，这与诗歌的正统地位有关，诗是被历代文人认可的正统文体形式，流传范围之广与家书不可同日而语。宋代发生的几次"文字狱"事件在文人士大夫群体中造成了深远的影响，北宋时有蔡确的"车盖亭诗案"、苏轼的"乌台诗案"、文彦博之子文及甫的"同文馆之狱"，以及后来的"崇宁党禁"。南宋初年，"秦桧赞成和议，自以为功，惟恐人议己，遂起文字之狱，以倾陷善类。因而附势干进之徒，承望风旨，但有一言一字稍涉忌讳者，无不争先告讦，于是流毒遍天下"⑤。其中涉及诗歌的就有"茶陵县丞王庭珪作诗送胡铨，坐谤讪停官，辰州编管……大理寺鞫太常主簿吴元美谤诗狱……李光以忤和议，谪藤州，守臣言其作诗风刺，再移琼海。吕愿中又告光与铨作诗讥讪，乃

① （宋）陆游：《冬夜读书示子聿》，钱仲联注：《剑南诗稿校注》，上海古籍出版社1985年版，第4332页。

② （宋）陆游：《示子通》，钱仲联注：《剑南诗稿校注》，上海古籍出版社1985年版，第4263页。

③ 傅璇琮主编：《全宋诗》第55册，北京大学出版社1995年版，第24545页。

④ （宋）杨万里：《杨万里集笺校》，中华书局2012年版，第1459页。

⑤ （清）赵翼：《廿二史札记·秦桧文字之祸》，《赵翼全集》，凤凰出版社2009年版，第481页。

又移昌化军"①。尽管上述事件的主要人物和被牵连者真正得罪的原因并非因为诗歌，而是执政者有意清除政敌，在他们的作品中刻意穿凿附会，利用文字罗织罪名、打击报复，但是这种做法却给文人的精神和思想上造成了巨大的打击和压力，使他们在作诗时不敢随意谈论时事。所以在家书中存在的这一内容，在亲情诗中却极为罕见。

三　家书与亲情诗情感表达的异同

情感交流是亲情诗的主要目的，家书中的情感交流往往直接具体，用直白浅近的口语化语气表达对家人的关心和挂念。如欧阳修在写给长子欧阳发的家书中写道："急脚子回时，于张永寿处觅些止泻和气药，要与翁孙吃。向迎子、婆孙道莫斯争，翁翁婆婆忆汝。"②欧阳修在信中用日常口语叮嘱儿子照料孙儿、孙女，尤其是结尾的"翁翁婆婆忆汝"，把一位老人对家中儿孙辈的挂念和关心之情表现得淋漓尽致。家书中情感的表达直接而真挚，而亲情诗中的情感交流则与之有明显的差别。诗歌更加注重借景抒情、烘托渲染等技巧，借以加深情感的力度和感染力。

如陈师道（1053—1102，字履常）这首著名的《示三子》：

> 去远即相忘，归近不可忍。儿女已在眼，眉目略不省。
> 喜极不得语，泪尽方一哂。了知不是梦，忽忽心未稳。③

元祐二年（1087），陈师道与分别四年的妻儿团聚，这首诗用朴实的笔触写下了当时的内心感受，毫无矫揉造作，至情无文，却感人肺腑。

再如孔平仲（1044—1111，字毅父）的《寄内》："试说途中景，

---

① （清）赵翼：《廿二史札记·秦桧文字之祸》，《赵翼全集》，凤凰出版社2009年版，第482页。

② （宋）欧阳修：《与大寺丞发书》，［日］东英寿考校，洪本健笺注：《新见欧阳修九十六篇书简笺注》，上海古籍出版社2014年版，第111页。

③ 傅璇琮主编：《全宋诗》第19册，北京大学出版社1995年版，第12635页。

方知别后心。行人日暮少，风雪乱山深。"① 此诗语短情长，借景抒情，用沿途所见的风景述说别后凄凉孤独之感，日暮时分，诗人行走在冬日风雪交加的深山之中，对妻子和家人的思念与旅途的孤寂跃然纸上，情感表达的深刻和丰富是家书所无法比拟的。再如刘兼（生卒年不详）的《江楼望乡寄内子》："独上江楼望故乡，泪襟霜笛共凄凉。云生陇首秋虽早，月在天心夜已长。魂梦只能随蛱蝶，烟波无计学鸳鸯。蜀笺都有三千幅，总写离情寄孟光。"② 诗人用"独上江楼""霜笛""早秋""长夜"等意象烘托出游子在外的孤单无依，对于家乡和亲人的思念呼之欲出。接下来诗人连用"蛱蝶""鸳鸯"等表现男女相思之情的意象表达对妻子的深情和思念。结尾用夸张的手法写出了离情之长、之苦，三千幅的蜀笺也不能写尽。诗歌抒情的特点使亲情诗中情感的交流有了更丰富的内涵。王炎在《寄德莹弟》中写道："秋风白发欺来日，夜雨青灯忆往年。"③ 仅仅两句就写出了诗人对岁月流逝的无奈和对往昔美好时光的眷恋，这样的情感在家书中是很难用恰当的文字准确表达的，但用诗歌却可以借助用典、夸张、渲染、烘托等手段传达出内心深处无法言说的复杂深厚的情感体验。

宋代数量众多的亲情诗作为家族成员之间交流情感的重要方式，其意义和价值不容忽视，家书意象是亲情诗中最引人注目的特点。亲情诗的写作对象涵盖了几乎全部的家族成员，尤其是在家书中缺席的女性成员，在亲情诗中却大放异彩。亲情诗的内容也丰富多样，问候平安、交流情感、训诫子侄等都在诗歌中一一呈现，情感的表达也更加复杂深厚。

第三节　以词代书——宋词中的"家书"意象

除亲情诗之外，亲情词中的家书意象也值得关注。用词的形在家人之间传递情感是宋代才出现的现象，相较于亲情诗，宋词的生活气

---

① （宋）孔文仲、孔武仲、孔平仲：《清江三孔集》，齐鲁书社 2002 年版，第 446 页。
② 傅璇琮主编：《全宋诗》第 1 册，北京大学出版社 1995 年版，第 237 页。
③ 傅璇琮主编：《全宋诗》第 48 册，北京大学出版社 1995 年版，第 29824 页。

息更加浓厚，情感表达更加直白真挚。充斥在宋诗中的家国情怀和内圣外王等理想追求在宋词中褪色，亲情诗中随处可见的道德说教和宏大议论也黯然失色，充盈在宋代亲情词中的是一幅幅充满人伦情怀和家庭温情的画卷。相较于亲情诗的含蓄蕴藉，亲情词情感浓烈真挚。在诗文等雅正文体中显得苍白单调甚至缺失的爱情、冶游、宴饮等市民生活内容在亲情词中大放异彩，透露出宋代士人对普通生活的价值取向。他们在家庭亲情中享受生活的乐趣，体验生命的温暖，以此对抗政治险恶带来的内心苦闷，也用以消解无法掌控命运的无奈，这是宋代亲情词中最明显的特点，也是其他形式的家书变体中极为罕见的现象。

一　宋代亲情词的内容

宋词经过欧阳修、苏轼、柳永、辛弃疾等人的改革，无论在内容的丰富、境界的开阔或情感的深厚上都有了巨大的提升。用词的形式在家人之间传递信息、表达情感、感慨时事也成为常见的现象。家庭生活中的节日欢宴、婚嫁丧葬、相聚离别、添丁庆生、宴饮郊游等都是亲情词的主要内容。文人士大夫的生活细节很大一部分保留在词中，家庭生活构成了社会生活的血肉。

亲情词的接受对象包括所有的家庭成员，父母、夫妻、兄弟、姐妹、子女、亲戚等，这与家书和亲情诗的情况基本重合。但亲情词与家书和亲情诗内容上的差距十分明显，在家书和亲情诗中常见的家族事务、教育子女等内容在亲情词中却难得一见，而谈学论道、议论时政等严肃主题则完全绝迹。相反，家庭生活的种种细节却成为亲情词的突出亮点。亲情词的创作往往与节日和家庭中的重要事件联系在一起，在元夕、中秋等团聚的日子，与亲人欢度佳节或思亲念远是亲情诗词永恒的主题。宋词中还有数量庞大的祝寿词，与一些应酬阿谀之作不同，亲人之间的寿词充满了对彼此的真诚祝愿，对幸福生活的美好期盼。除此之外，离别之时以诗词赠别是宋代常见的习俗，也是亲情词中充满伤感情调的内容之一。而最令人瞩目的是寄内词，宋诗中难得一见的夫妻爱情在寄内词中却十分普遍，这也成为我们了解宋代文人内心情感世界的一个窗口。

1. 节日词, 阖家团圆与思亲念远

宋代亲情词的一大部分写于各种重要节日, 中秋、上元、重阳、端午、寒食等举家团圆的日子往往是"倍思亲"的时节, 也是亲情词的创作高峰。词中既有亲人团聚、尽享天伦的温馨, 也有思亲念远、旅途孤独的惆怅。比起亲情诗, 词的严肃性明显降低, 温情化解了严酷的社会现实和对人生的无奈感叹, 家人之间的亲情成为对抗命运的心灵慰藉。

亲情词中出现最多的节日是中秋, 在这个为团圆所设的节日中, 感受家庭温暖和思念亲人是永恒的主题。苏轼著名的《水调歌头·明月几时有》是这类题材千古传颂的名篇。黄庭坚所写的中秋词也不少, 同样表达了这一情感, 尤其是绍圣年间被贬谪黔州时所写的中秋词, 充满了政治失意的悲哀和对温暖亲情的留恋。《减字木兰花·用前韵示知命弟》中写道:

> 当年夜雨, 头白相依无去住。儿女成围, 欢笑尊前月照之。
> 阿连高秀, 千万里来忠孝有。岂谓无衣, 岁晚先寒要弟知。①

黄庭坚绍圣元年（1094）十二月被贬涪州别驾, 黔州安置, 次年四月抵达黔州, 同年秋, 黄庭坚弟黄叔达（字知命）携家人前来看望他。在蛮荒之地与家人团聚是难得的喜事, 相聚的喜悦暂时抵消了党争的倾轧和政治的残酷。黄庭坚用"对床夜语""白头相依"等典故突出兄弟情深。儿女环列, 欢笑尊前, 共赏明月, 这样的人生乐事在人生顺遂时节十分平常, 而在前途未卜、命与仇谋的犯官身上就显得难能可贵。他在同时所作的另外两首中秋词中用"苦淡同甘谁更有"② 突出家人与自己共患难的深情, 还以"诸儿娟秀, 儒学传家渠自有"③ 自我宽慰, 用家庭的温暖和儿孙成才来缓解政治上的失意苦闷。

---

① 唐圭璋编:《全宋词》, 中华书局 2018 年版, 第 506 页。
② （宋）黄庭坚:《减字木兰花》, 唐圭璋编:《全宋词》, 中华书局 2018 年版, 第 505 页。
③ （宋）黄庭坚:《减字木兰花·戏答》, 唐圭璋编:《全宋词》, 中华书局 2018 年版, 第 505 页。

宋代文人主张情感含蓄内敛，很少热烈直白地表达情感，这必然造成亲人之间深度交流的不畅。许多亲情词中所表露出的情感往往是家人面对面交流时难以开口言说的，宋人通过词的形式，弥补了这一缺憾。

2. 寿亲词，美好祝愿与人生慨叹

用词的形式祝寿在北宋中期开始出现并逐渐流行，成为南宋的时代风尚。据学者统计，两宋现存寿词共两千多首，[①] 寿亲词只是其中的一小部分。在生日筵席上填词侑酒，称觞祝寿有一定的应酬性。但寿亲词中很少游戏应酬之语，往往充满了对亲人的真诚祝愿，以及对美好生活的向往和期盼。

史浩（1106—1194，字直翁）在《清平乐·枢密叔父生日》中写道："一曲齐称千岁寿"，[②] 表达了对叔父健康长寿的祝福；张孝祥（1132—1170，字安国）《鹊桥仙·为老人寿》则以"共携甘雨趁生朝，做万里、丰年欢喜"[③] 期盼老人笑口常开，生活安乐。廖行之（1137—1189，字天民）在《凤栖梧·寿长嫂》中写道：

> 吾母慈祥赓上寿。福庇吾家，近世真希有。丘嫂今年逾六九。康宁可嗣吾慈母。
> 我愿慈闱多福厚。更祝遐龄，与母齐长久。鸾诰聊翩双命妇。华堂千岁长生酒。[④]

这首词以母亲和长嫂二人的长寿福厚为喜，两位老人对整个家族的"福庇"令人高兴。尽管词中充满了"康宁""遐龄""千岁""长生"等千篇一律之词，但依然可以读出词人发自内心的祝福和对家庭亲情的眷恋。

丘崈（1135—1209，字宗卿）的《感皇恩·庚申为大儿寿》是为数不多的父亲为儿子祝寿之词，内容不仅仅是祝贺生日，还有父子

---

① 刘彩霞：《两宋寿词研究》，扬州大学，硕士学位论文，2017年。
② 唐圭璋编：《全宋词》，中华书局2018年版，第1653页。
③ 唐圭璋编：《全宋词》，中华书局2018年版，第2195页。
④ 唐圭璋编：《全宋词》，中华书局2018年版，第2375页。

之间深层次的交流，显得有些严肃。

> 时节近中秋，桂花天气。忆得熊罴梦呈瑞。向来三度，恨被一官萦系。今朝称寿，也休辞醉。
>
> 斑衣戏彩，薄罗初试。华发双亲剩欢喜。功名荣贵，未要匆匆深计。一杯先要祝，千百岁。①

丘崈为南宋名臣，仕孝、光、宁三朝，官至同知枢密院事，其长子丘寿隽官至刑部尚书，父子二人俱以德行政事显。在这样的官宦家庭，父子之间的亲情表达必然少不了对仕途的关注。在这首祝寿词中，丘崈不免流露出身处官场的不自由，并以"功名荣贵，未要匆匆深计"劝慰儿子，似是有感而发。但整首词的主旨依然是为亲人祝寿，尽享当下的欢乐，体味天伦之乐。通过祝寿的形式父子之间进行了某种情感交流，这对聚少离多的官宦家庭是一种重要的心理安慰。

寿亲词中最引人注目的是夫妻寿词，宋代现存夫妻寿词共63首。② 内容较为丰富。为妻子祝寿只是其中的功能之一，很多士人利用寿词向妻子表达伉俪深情，夫妻之间的爱情在寿妻词和寄内词中成为常见的现象，填补了夫妻家书的空白。宋代士人写给妻子的家书数量极少，几乎是讨论家族事务或治家教子之类的严肃内容，对妻子的关心牵挂等情感表达踪迹全无。而在亲情词中，这些内容则十分常见，许多文人在词中毫不避忌地表达了对妻子的依恋之情和白头偕老的愿望。如向子諲（1085—1152，字伯恭）《西江月·老妻生日因取芎林中所产异物作是词以侑觞》中的"齐眉偕老更何疑"③；杨无咎（1097—1171，字补之）《渔家傲·十月二日老妻生辰》中的"人生最要常为伴"④。陈亮（1143—1194，字同甫）《天仙子·七月十五日寿内》中"百年长共月团圆"⑤ 的期盼。杨无咎的另一首寿妻词《渔

---

① 唐圭璋编：《全宋词》，中华书局2018年版，第2257页。
② 骆新泉：《宋代夫妻寿词探讨》，《南阳师范学院学报》2011年第7期。
③ 唐圭璋编：《全宋词》，中华书局2018年版，第1245页。
④ 唐圭璋编：《全宋词》，中华书局2018年版，第1547页。
⑤ 唐圭璋编：《全宋词》，中华书局2018年版，第2708页。

家傲·十月二日老妻生辰》更是这一情感的集中体现：

> 昨日小春才得信。明宵新月初生晕。又对寿觞斟九酝。香成阵，欢声点破梅梢粉。
>
> 琪树长青资玉润。鸳鸯不老眠沙稳。此去期程知远近。君休问，山河有尽情无尽。①

杨无咎这首词当是在离别之前所作，他在词中对妻子的容貌进行赞美，用"鸳鸯不老"形容夫妻之间感情之深，最后一句"山河有尽情无尽"，则用浓烈直白的言语表达了对妻子的爱情。

此外，许多文人在向妻子祝寿的同时表达了对其操持家务、和睦宗族、相夫教子的感激之情。如郭应祥（1158—?，字承禧）《谒金门·己巳为内子寿》中"鬓绿颜朱不老，女嫁儿婚将了。四世团栾同一笑，人间如此少"②用四世同堂的大家庭赞美妻子治家有方。曹彦约（1157—1228，字简甫）的《满庭芳·寿妻》表达了同样的情感：

> 老子今年，年登七十，阿婆年亦相当。几年辛苦，今日小风光。遇好景，何妨笑饮，依前是、未放心肠。人都道，明明了了，强似个儿郎。
>
> 幸偿。婚嫁了，双雏蓝袖，拜舞称觞。女随夫上任，孙渐成行。惭愧十分圆满，无以报、办取炉香。频频祝，百年相守，老子更清强。③

人生七十古来稀，更何况夫妻二人相守白头，儿孙满堂，这是引人称羡的美满人生。曹彦约显然对此十分自得，他认为自己的一生"十分圆满"，对于妻子的"几年辛苦"表示感念，不禁对老妻发出

---

① 唐圭璋编：《全宋词》，中华书局2018年版，第1547页。
② 唐圭璋编：《全宋词》，中华书局2018年版，第2875页。
③ 唐圭璋编：《全宋词》，中华书局2018年版，第2834页。

"百年相守"的祝愿。

许多词人在为妻子祝寿时不免流露出人生坎坷带来的伤感之情，世态炎凉愈加衬托出家庭生活的温暖，对妻子的感念之情也油然而生。如陈著的《恋绣衾·寿内子》：

> 梅窗归坐几岁寒。老生涯、寂寞自便。最喜得、双双健，与粗茶、淡饭结缘。
> 眉前把酒深深劝，这时光、惟有靠天。看许大、痴儿女，且随宜、笑到百年。①

陈著在词中对妻子多年陪伴自己度过粗茶淡饭的生涯表示感激，也欣喜二人身体健康，儿女环列的家庭幸福，严肃方正的理学家在寿妻词中流露出浓浓的人情味。

周紫芝（1082—1155，字少隐）的《点绛唇·内子生日》虽不脱尊前应酬之作的嫌疑，但其中表露的真情实感依然引人注目：

> 人道长生，算来世上何曾有。玉尊长倒。早是人间少。
> 四十年来，历尽闲烦恼。如今老。大家开口。赢得花前笑。②

周紫芝在这首祝寿词中毫不掩饰自己的情感，直抒胸臆，省去了一般寿词"龟龄""千秋"等祝颂之词。"四十年来，历尽闲烦恼"，一句写尽了人生的无奈和不易，他也不相信长生不老之说，因而更加凸显出诗酒年华、笑口常开的可贵。

为亲人祝寿是人生乐事，也是用亲情抵抗生活侵袭的集中反映，在这一点上，节日词与之有许多重合之处。通过写词祝寿与亲人进行情感交流，虽然不是寿亲词的主要目的，但是却成为客观存在、无法忽视的现象。

---

① 唐圭璋编：《全宋词》，中华书局 2018 年版，第 3870 页。
② 唐圭璋编：《全宋词》，中华书局 2018 年版，第 1162 页。

3. 赠别词，叮咛嘱托与离愁感伤

宋代社会的流动性之强是学界公认的事实，士人在离别之时用词表达伤感留恋之情是宋代的普遍风俗。亲人之间的赠别词尽管数量不多，但情感真挚，是宋代亲情词中极具感染力的一类。赠别词中的情感以分别的缘由不同而呈现出巨大的差异，面对送亲友赴考、赴官等愉快事件，词中往往流露出豪迈积极的情绪，暂时的离别并不会令人十分难过；而在国事艰难、仕途不顺时，与亲人的离别就显得难以忍受，仿佛人生的打击接踵而来，却又不得不独自面对，此时词中弥漫着悲伤忧郁的气息，将词的抒情功能发挥到了极致。

葛胜仲（1072—1144，字鲁卿）在《减字木兰花·公弼侄初授官以此劝酒》中以喜悦的心情表达了侄儿进士及第授官给家族带来的荣耀：

> 辛勤场屋。未遇知音甘陆陆。诏录遗忠。一札天书下九重。
> 鹅城初命。此去青云应渐近。解褐恩新。今岁吾家第四人。①

多年苦读，一朝成名，这是科举时代每一位读书人的理想，葛胜仲在词中同样流露出这样想法。他在词的下阕以骄傲的口吻夸耀诗书世家人才辈出的盛事，并以青云直上祝福侄儿仕途顺利。虽然严格意义上来说，这并不能算一首赠别词，但是授官后面临着立刻起身上任，与家人离别，可是在这首词中丝毫不见对离别的担忧。虽然与即席书写、劝酒应酬有一定关系，但离别是为了个人和家族更好的发展，这是词作感情基调欢快积极的缘由。

王之道（1093—1169，字彦猷）的《折丹桂·送遽著迈三子庚辰年省试》也是同样的情况：

> 照人何处双瞳碧。欲去江城北。过江风顺莫迟留，快雁序、飞联翼。
> 西湖花柳传消息。知是东君客。家书须办写泥金，报科名、

---

① 唐圭璋编：《全宋词》，中华书局 2018 年版，第 937 页。

题淡墨。①

送三子前往京城参加科举考试，不仅是儿子人生中的大事，更是整个家族的大事。因此，尽管面临着骨肉分别，但词中没有丝毫的伤感情绪，而是充满了对三人一举中第的美好祝愿和期盼。

与这些充满希望和豪情的赠别词相反，在人生失意时与亲人的分别则令人难以承受，词中弥漫着伤感忧郁的气氛。如黄公度（1109—1156，字师宪）在写给从弟黄童的《卜算子·别士季弟之官》，充满了兄弟分离的伤感和前途未卜的忧愁：

> 薄宦各东西，往事随风雨。先自离歌不忍闻，又何况，春将暮。
> 愁共落花多，人逐征鸿去。君向潇湘我向秦，后会知何处。②

黄公度绍兴八年（1138）状元及第，因受到赵鼎赏识而触怒秦桧，仕途坎坷，后因事罢官，直到秦桧死后才被起复。南宋初年国事飘摇，政局动荡，词人身处其间，无法掌控个人命运的悲哀不言自明。在这样的心境下与兄弟别离更令人伤感，"后会知何处"写出了词人身处乱世的悲痛和无奈。黄童（生卒年不详，字士季）与黄公度不仅是堂兄弟，而且同榜进士及第，感情深厚。他收到此词后，不胜悲感，在与其兄的和词中表达了同样的情感。

> 不忍更回头，别泪多于雨。肺腑相看四十秋，奚止朝朝暮暮。
> 何事值花时，又是匆匆去。过了阳关更向西，总是思兄处。③

兄弟二人四十年相知相伴，一朝分离，不知何时再见。黄童与黄公度的这两首赠别词情感浓烈哀伤，用白描的手法将心中所思所感毫无保留地倾泻而出，相较于家书和亲情诗，其抒情特色更加突出。

---

① 唐圭璋编：《全宋词》，中华书局 2018 年版，第 1498 页。
② 唐圭璋编：《全宋词》，中华书局 2018 年版，第 1720 页。
③ （宋）黄童：《卜算子·和思宪兄韵》，唐圭璋编：《全宋词》，中华书局 2018 年版，第 1723 页。

4. 寄内词，伉俪情深与婚姻生活

据学者统计，宋代的寄内词共计 110 首，[①] 数量众多，寄内词弥补了宋代夫妻家书散佚的空缺。很多寄内词直言无隐地表露了对妻子的爱情，写得柔情旖旎，余韵悠长，甚至一些词有浓重的艳情色彩，这在寄内诗中是不曾有的现象。而更多的寄内词则对妻子诉说心中的复杂情感，有对生活艰辛的慨叹和对离别的哀伤。寄内词让我们看到了宋代夫妻之间可贵的交流情况，并不仅仅限于家族事务或相夫教子，而是触及灵魂和情感深处。研究者大多将宋代文人的爱情生活归之于歌妓、舞妓，认为宋代士大夫与妻子之间的关系仅仅限于家庭责任和义务，几乎不涉及情感交流，尤其是爱情生活。但寄内词却让我们看到了与此相反的情形，士人不仅与妻子进行深刻的情感交流，而且对妻子的爱情相比于歌妓、舞妓之间的游戏态度，显得更加真挚庄重，这充分说明人性深处对真情实感的渴望和留恋。

毛滂（1056—1124，字泽民）所作的寄内词数量为北宋之冠，词中充斥着对妻子的爱情和眷恋，如《殢人娇·约归期偶参差戏作寄内》：

短棹犹停，寸心先往。说归期、唤做的当。夕阳下地，重城远样。风露冷、高楼误伊等望。

今夜孤村，月明怎向。依还是、梦回绣幌。远山想像。秋波荡漾。明夜里、与伊画著眉上。[②]

毛滂因不能按约定日期回家，特意写词给妻子告知此事。他在词中想象妻子"高楼等望"的惆怅，和自己独卧孤村"梦回绣幌"的孤独，抒发对妻子的思念之情，尤其是结尾的"明夜里、与伊画著眉上"，写出了夫妻感情的浪漫纯美。陈著的《惜分飞·吴氏馆寄内童氏》虽没有毛滂词的情思婉转，但依然向妻子表达了出门在外的不易和对家人的思念。

---

① 骆新泉：《试论宋代寄内词的七种感情模式》，《南阳师范学院学报》2012 年版第 2 期。

② （宋）毛滂撰，周少雄点校：《毛滂集》，浙江古籍出版社 1999 年版，第 115 页。

筑垒愁城书一纸。雁雁儿将不起。好去西风里。到家分付眉 翠底。

落日阑干羞独倚。十里江山万里。容易成憔悴。惟归来是归 来是。①

陈著是南宋著名的理学家，他的家书中充满了勤俭治家、和睦宗 族的理念，深受理学思想影响。而在寄内词中却透露出人性的另一 面，满是对妻儿的思念和家乡的留恋。如果缺了亲情词，宋代的"家 书"必然少了许多的人情味。杨泽民（生卒年不详）的《六么令》 小序云："壬寅四月，扶病外邑催租，寄内。"② 全文如下：

道骨仙风，本自无寒燠。谁教勉从人事，风雨充梳沐。酒病 从来屡作，汤药宜谙熟。五穷难逐。折腰升斗，辜负当年旧 松菊。

今岁重更甲子，已是难题目。那更频陪俎宴，几度山颓玉。 扶病奔驰外邑，宛转溪山曲。蛛丝应卜。音书频寄，止酒加餐不 须嘱。③

这是一篇用词写就的"家书"，杨泽民在词中向妻子诉说自己身 体病弱、长期服药的麻烦，以及"频陪俎宴""扶病奔驰外邑"的痛 苦。一般情况下，文人出门在外总是报喜不报忧，免得让家中亲人为 自己担忧，徒增伤感。但杨泽民却毫不避讳地向妻子发牢骚，抱怨自 己在外生活的不易，由此可见他对妻子的信任和坦诚。

当然，寄内词中也不仅仅都是温情脉脉的夫妻深情，也不乏家庭 不和、夫妻反目的内容，向滈（生卒年不详，字丰之）的《卜算 子·寄内》就是这样一个特例：

---

① 唐圭璋编：《全宋词》，中华书局 2018 年版，第 3852 页。
② 唐圭璋编：《全宋词》，中华书局 2018 年版，第 3816 页。
③ 唐圭璋编：《全宋词》，中华书局 2018 年版，第 3816 页。

休逞一灵心，争甚闲言语。十一年间并枕时，没个牵情处。四岁学言儿，七岁娇痴女。说与傍人也断肠，你自思量取。①

关于此词的写作背景，元代无名氏《湖海新闻夷坚续志》"去妻复回"条记载：

向丰之，宋后之裔也，才调绝高，贫窭则甚，有"人情甚似吴江冷，世路真如蜀道难"之句……一日妇翁恶其穷，夺其妻以嫁别人。丰之听其去，作卜算子一词在其箧内……闻之令人鼻酸。后其妻见其词，毅然而归，与之偕老，亦可谓义妇。②

从这首词的内容来看，夫妻二人虽相伴十一年，却情感淡漠，丈夫对妻子的不满溢于言表。此词题下原有序："士平四岁解言，道庆七岁犹痴，皆病损，又是孺人所奶，故特及之耳。"③"士平""道庆"当是向滈的一双儿女，因病夭折，这对夫妻二人都是巨大的打击。从词作看，向滈与妻子并没有互相安慰、互相扶持渡过难关，而是互相指责，积怨已深。虽然《湖海新闻夷坚续志》中记载妻子父亲是嫌弃向滈"贫窭"才将女儿领回再嫁，但词中却透露出二人真正的矛盾是儿女夭折导致的夫妻感情不和。这首词可以看作向滈写给妻子的一封"家书"，也许日常生活中无数的"闲言语"已经让二人无法心平气和进行面对面交流，而向滈也并没有打算原谅妻子或放下成见。其妻看到这首词后"毅然而归，与之偕老"，则令人感佩，足见妻子内心依然无法割舍与丈夫的感情。由此可见，家庭生活不仅是人们心灵的家园，有时也是痛苦的根源。正是有了这样的词作，才让我们得以窥见宋代家庭生活的全貌。

---

① 唐圭璋编：《全宋词》，中华书局 2018 年版，第 1792 页。

② （元）无名氏：《湖海新闻夷坚续志》，施蛰存、陈如江辑录：《宋元词话》，上海书店出版社 1999 年版，第 710 页。

③ 唐圭璋编：《全宋词》，中华书局 2018 年版，第 1792 页。

二 亲情词的情感表达特色

亲情词的主要目的并非报平安，送消息，或安排家族事务，教育子孙后辈，而是情感交流，抒发人生感慨。虽然一些词不乏应酬游戏之作，但总体上来说，在家书中无法言明的细腻情感在词中却发挥得深入透彻，因此亲情词的情感表达是值得注意的地方。词相较于诗文，写作更加轻松自如，也更能表现生活中琐碎平易的小事所带来的乐趣。同时，"词是艳科"的文体性质也决定了词在表达男女爱情时更加游刃有余。受此影响，亲情词中不乏柔婉细腻的情感表达，很多亲情词也写得浓烈感伤，透露出相思离别的痛苦和个人命运的无奈。

1. 轻松琐细

词在宋代依然没有脱离樽前侑酒的功能，许多亲情词也是在家人欢宴时所作，轻松幽默，许多词中细数居家生活的画面，琐碎又不失亲切，透露出文人对家庭生活的留恋。如南宋仲并（生卒年不详，字弥性）的《浣溪沙·示孟氏女》：

> 举案家风未肯低。清心端自秀深闺。芝兰玉树宁馨儿。
> 早岁安禅灵照女，静中经卷手常携。声名要与断机齐。[1]

这是一首赞美女子品德学识的作品，词中所写的内容全部是孟氏女的日常生活，从她"举案齐眉""清心端庄""教子有方"等品德称颂她的妇德与对家庭的贡献，不难看出作者对她的深情厚谊。再如无名氏的《踏莎行·寄妹》：

> 孤馆深沉，晓寒天气。解鞍独自阑干倚。暗香浮动月黄昏，
> 落梅风送沾衣袂。
> 待写红笺，凭谁与寄。先教觅取嬉游地。到家正是晚春时，
> 小桃花下拼沉醉。[2]

---

[1] 唐圭璋编：《全宋词》，中华书局 2018 年版，第 1664 页。
[2] 唐圭璋编：《全宋词》，中华书局 2018 年版，第 4840 页。

隆冬时节乘马归乡，难免愁绪涌上心头，但此词中却不见丝毫难过之气，哪怕是阑干独倚，也不乏欣赏风送落梅的闲情逸致。究其原因，是因为即将回家见到久别的亲人。"先教觅取嬉游地"一句流露出对过往快乐生活的温暖回忆，"小桃花下拼沉醉"则写出词人对相聚的期盼。

宋词中留存下来为数不多的女性寄夫词，元代无名氏《湖海新闻夷坚续志》"送夫入学"条记载："宋嘉熙戊戌，兴化陈彦章混补试中，次年正月往参太学时，方新娶，其妻作《沁园春》以壮其行。"① 词的下阕为："送郎上马三杯。莫把离愁恼别怀。那孤灯只砚，郎君珍重，离愁别恨，奴自推排。白发夫妻，青衫事业，两句微吟当折梅。彦章去，早归则个，免待相催。"② 陈彦章妻在此词中想象夫妻二人离别后各自的生活，并以"白发夫妻"表达与丈夫偕老之愿，尤其是结尾"彦章去，早归则个，免待相催"，将丈夫的名字填入词中，以口语化的语言叮嘱丈夫早归，亲切感人，也难怪会"一时传播，以为佳话"③。

再如韩淲（1159—1224，字仲止）的《卜算子·生朝次坐客韵呈四叔》

> 花底醉东风，好景宜同寿。海角天涯今几春，邂逅新丰酒。
> 内集记高阳，南渡闲回首。但愿长年饱饭休，一笑风尘表。④

韩淲才华横溢却仕途不顺，不到 50 岁即隐居不仕。在这首词中他暂时放下了对国家和政治的关怀，与家人一起享受家居生活的乐趣和闲适，"南渡闲回首"，在轻松中又透露出一丝悲哀，正是词人当时心境的写照。

---

① （元）无名氏：《湖海新闻夷坚续志》，施蛰存、陈如江辑录：《宋元词话》，上海书店出版社 1999 年版，第 712 页。
② 唐圭璋编：《全宋词》，中华书局 2018 年版，第 4476 页。
③ （元）无名氏：《湖海新闻夷坚续志》，施蛰存、陈如江辑录：《宋元词话》，上海书店出版社 1999 年版，第 712 页。
④ 唐圭璋编：《全宋词》，中华书局 2018 年版，第 2884 页。

家庭生活脱离不了烦琐复杂的大小事务，亲人之间的血缘亲情让人感到温暖，但家庭并非永远宁静的港湾，争执矛盾在所难免。而在亲情词中，许多人都用轻松愉快的语调将家庭生活细节记录下来，看似平淡无华，甚至有些千篇一律，却是最真实动人的内容。

2. 柔婉细腻

儿女情长和相思离别是宋代亲情词的两大主题，许多词人在词中对所见山水景物进行了细致的描绘，借景抒情，将各种深刻的情感体验用细腻的笔触写入词中，增强了词的感染力。

刘过（1154—1206，字改之）在《天仙子·初赴省别妾》中写道：

> 别酒醺醺容易醉。回过头来三十里。马儿只管去如飞，牵一会。坐一会。断送杀人山共水。
>
> 是则青衫终可喜。不道恩情拼得未。雪迷村店酒旗斜。去也是。住也是。烦恼自家烦恼你。①

这首词写离别之后的相思之情，离情伤人，别酒易醉，与爱人的距离日渐遥远，转而埋怨马走如飞。山水也不再是平时模样，而是触目皆愁，行住坐卧皆因牵挂心上人伤感烦恼。

宋代许多官宦女子接受过良好的教育，写诗填词，传为美谈。除去歌伎、舞伎，普通女性的活动范围只限于家族之内，因此他们的赠答词几乎都是写给家人的。词中所描绘的景物不脱庭院、深闺、绣房，所写内容也大多是梳妆、赏花、登楼、望夫，所表达情感离不开对夫妻白头偕老的向往和空闺寂寞的愁怨。柔婉细腻的抒情特点在女性亲情词中表现得尤其突出。如刘鼎臣在赴省试临行前，其妻所作的《鹧鸪天》中写道："听嘱付，好看承。千金不抵此时情。"②用直白的语言写出了妻子对情感的珍视。再如太学生郑文之妻写给久别不归的丈夫的《忆秦娥》：

---

① 唐圭璋编：《全宋词》，中华书局2018年版，第2773页。
② 唐圭璋编：《全宋词》，中华书局2018年版，第4477页。

花深深，一钩罗袜行花阴。行花阴。闲将柳带，细结同心。

日边消息空沈沈。画眉楼上愁登临。愁登临。海棠开后，望

到如今。[①]

郑文妻在词中用日常生活中百无聊赖的情绪表达自己对丈夫的思念，"闲将柳带，细结同心"的举动写出了女子的娇憨神态，登楼眺望是宋词中最常见的意象，透露出女子心中无数次希望又失望的情感变化。李甫《古杭杂记》中记载了另一则士子游学不归，妻子作词相寄的事例：

易祓，字彦章，潭州人，以优校为前廊，久不归，其妻作《一剪梅》词寄之，云：染泪修书寄彦章。贪做前廊。忘却回廊。功名成就不还乡。铁做心肠。石做心肠。红日三竿懒画妆。虚度韶光。瘦损容光。不知何日得成双。羞对鸳鸯。懒对鸳鸯。[②]

与郑文妻只叙相思离情不同，易祓妻的词中则明显带有怨望之意，抱怨丈夫"功名成就不还乡"，却让妻子独守空闺，"虚度韶光"，不啻于铁石心肠。而自己日上三竿依然"懒画妆"，女为悦己者容，夫君不在，也不愿费心打扮。此词的情感表达细腻婉转，将闺中少妇的一腔愁绪用白描手法直言无隐地表露出来，不同于男性词人对女子心境的揣摩和想象。这些词将女子在家书中无法言说的思夫之情和怨望情绪用词的形式淋漓尽致地表达出来。

3. 浓烈感伤

亲情词虽有一大部分写于家庭宴饮团聚的欢乐之时，但也有许多作于离别孤寂之时，这样的词作中往往流露出浓厚的感伤情调。

黄庭坚在被贬黔州时所写的《谒金门·戏赠知命》中云："山又水，行尽吴头楚尾。兄弟灯前家万里，相看如梦寐。"[③] 兄弟二人在

---

① 唐圭璋编：《全宋词》，中华书局 2018 年版，第 4476 页。

② （宋）李甫：《古杭杂记》，施蛰存、陈如江辑录：《宋元词话》，上海书店出版社 1999 年版，第 660 页。

③ 唐圭璋编：《全宋词》，中华书局 2018 年版，第 512 页。

贬谪之地相逢，惊喜之余又不敢相信。词中化用杜甫"夜阑更秉烛，相对如梦寐"（《羌村》）的诗句，用感伤的笔触写出了家人分离团聚在诗人心中引起的情感变化。南宋末年名臣吴潜（1195—1262，字毅夫）在《江城子·示表侄刘国华》中用"一品高官人道好，多少事，碎心田"① 表达自己身处蒙古入侵的乱世，还要面临贾似道排挤陷害的痛苦心情。苏轼表兄程之才之孙程垓（生卒年不详，字正伯）所作的《凤栖梧·送子廉侄南下》中用充满悲伤意象的景物烘托离情之苦："九月重湖寒意早。目断黄云，冉冉连衰草。惨别临江愁满抱。酒尊时事都相恼。"② 这些词或用白描于法直抒胸臆，或借景抒情，烘托渲染，将浓烈感伤的意绪抒发得淋漓尽致。

欧阳珣（1081—1127，字全美）在靖康元年（1126）调官入京时所作的《踏莎行·寄内》中更是充满了悲怆之情：

> 雁字成行，角声悲送，无端又作长安梦。青衫小帽这回来，安仁两鬓秋霜重。
>
> 孤馆灯残，小楼钟动，马蹄踏破前村冻。平生牵系为浮名，名垂万古知何用。③

曾敏行《独醒杂志》中记载了欧阳珣写作此词的背景：

> 欧阳全美名珣，庐陵人，登崇宁进士第。靖康初，全美调官京师，时金人欲求三镇，全美行次关山，以乐府寄其内曰……全美至京，有诏许上封事，论御戎之策。全美应诏陈利害。……全美奏曰："割地敌亦来，不割亦来，特迟速有间，今日之策，惟有战耳。"④

这则资料为我们更好地理解词中的情感提供了依据，与一些词人寄

① 唐圭璋编：《全宋词》，中华书局 2018 年版，第 3479 页。
② 唐圭璋编：《全宋词》，中华书局 2018 年版，第 2575 页。
③ 唐圭璋编：《全宋词》，中华书局 2018 年版，第 1026 页。
④ （宋）曾敏行：《独醒杂志》，施蛰存、陈如江辑录：《宋元词话》，上海书店出版社 1999 年版，第 327 页。

内词中表达的思乡怀人之情不同，欧阳珣作为北宋官员，此时更加担心的是国家的命运。因此词中的景象充满了衰飒悲凉之感，几乎没有任何意象表明他对家人的思念，甚至怀疑自己入仕求取"浮名"的人生选择，足见词人内心的忧愤。这样的情感交流是家书难以企及的。

而戴复古妻写给丈夫的绝笔词《祝英台近》就更加令人感伤：

> 惜多才，怜薄命，无计可留汝。揉碎花笺，忍写断肠句。道旁杨柳依依，千丝万缕，抵不住、一分愁绪。
>
> 如何诉。便教缘尽今生，此身已轻许。捉月盟言，不是梦中语。后回君若重来，不相忘处，把杯酒、浇奴坟土。①

关于此词的写作缘由，元代陶宗仪《辍耕录》记载详细：

> 戴复古未遇时，流寓江右武宁。有富家翁爱其才，以女妻之。居二三年，忽欲作归计。妻问其故，告以曾娶。妻白之父，父怒。妻宛曲解释，尽以奁具赠夫。乃饯以词云……夫既别，遂赴水死，可谓贤烈也矣。②

戴复古妻在被骗婚之后，依然不忘旧情，以妆奁资助丈夫回乡，却在丈夫走后赴水而死。站在封建时代的男性立场，戴复古妻的做法是"贤烈"之举，受人称扬。而通过词作，却可以看出戴复古妻赴死的真正原因是情感上遭受的巨大打击。"无计可留汝"一句透露出她想方设法挽留丈夫却无果的悲痛心情，而她已经在词中表露出轻生之念，却依然无法阻挡丈夫离去的脚步，足以说明戴复古对她的恩情已绝。"哀莫大于心死"，正是丈夫的绝情导致了她的赴死之举。这首词中的伤感情绪力透纸背，是理解宋代亲情词抒情特色的最好注脚。

宋词中的家书意象在内容虽上不如家训、名说、题跋、各类序言

---

① 唐圭璋编：《全宋词》，中华书局2018年版，第2972页。

② （元）陶宗仪：《辍耕录》，施蛰存、陈如江辑录：《宋元词话》，上海书店出版社1999年版，第744页。

和宋诗中丰富，但依然弥补了宋代家书的诸多缺憾。各类节日聚会、庆贺生辰时的即席之作虽不脱游戏应酬之嫌，但流露出的真情实感依然是家庭生活的重要内容，而寄内词和寄夫词更是弥补了家书在这一方面的空白。亲情词的主要功能是进行情感交流，抒发人生感慨，因此它的抒情特色自然是重点关注的对象。轻松琐碎、细腻柔婉和浓烈感伤是亲情词最突出的抒情特点。总之，亲情词是家人之间交流的形式之一，可以作为家书研究的重要补充予以关注。

家人之间的文字交流并不仅仅限于家书，家训、家诫、字说、名说、画赞、题跋、诗序、文序、亲情诗词等文体都可以作为家人之间的书面交流方式。它们与家书在内容和情感层面既有重合的地方，也有巨大的差异。因这类文体的特殊性，宋代文人在其中所写的内容具有很强的针对性，亲情诗词在情感表达的深度和广度上也超越了家书。家书的内容尽管包罗万象，但信息交流始终是它的主要目的。而家书变体的主要目的是情感交流，或寄托期望。写作目的的不同，造成了家书与各种带有家书意象的文体之间最大的区别。

余论　家书在宋代以后的发展历程简述

　　家书是家人之间传递信息、沟通情感的载体，在古代的人际交往中发挥着重要作用。经过两汉到唐代的不断发展，家书在宋代呈现出繁荣的局面。而后家书的发展经历了元代的萎缩萧条，在明清时期达到鼎盛。出现了许多著名的家书大家，如郑板桥、曾国藩、李鸿章、左宗棠、梁启超等人，他们的家书不仅记录了治家理念和为人处世之道，而且成为了解其仕宦经历和心路历程的重要补充资料。其中影响最大的是曾国藩家书，因作者的身份地位和曾氏家族在晚清和近代对中国历史的巨大影响被后人重视。曾氏家风的传承和发展有赖于曾国藩家书的保存，曾国藩家书中的伦理思想和家庭教育方式被后人推重。梁启超家书也是学术界研究的热点，身处清末民国的历史巨变中，如何面对中西方两种文明的交流与冲突，如何寻求适合中国发展的未来之路，是当时一批有识之士最关心的问题。这些探索和产生的困惑也不免在家书中有所流露，对子女的成长产生了深远的影响，也反映出社会生活的巨大变迁。

　　民国时期是家书的又一繁荣期，许多文化名人和政界要人的家书被后人悉心保存，得以整理出版。如胡适、陈独秀、鲁迅、郁达夫、梁思成等人，以及许多民国将领的家书都已问世，为我们了解作者的生活经历和当时的社会巨变提供了重要的资料印证。中华人民共和国成立后，一批开国元勋的家书被悉心保存，如毛泽东、周恩来、陈毅、朱德等人的家书先后结集出版，《红色家书》《抗战家书》等作品收录了上至解放军高级将领，下至普通士兵的家书，汇集了战争背后鲜为人知的故事，展示出那个时代普通人经历的悲欢冷暖，以及被时代洪流裹挟之下的无奈和抗争，其史料价值不容忽视。此外，文化名人的家书依然是最受关注的部分，《傅雷家书》以其优美的文笔，深厚的情感，独特的教育理念，以及傅雷对音乐和艺术的精深造诣影响甚广。

随着 20 世纪八九十年代电话在家庭的普及，书信的交际功能被电话取代，家书也迅速走向了凋零。进入 21 世纪，手机和各类社交媒体软件的迅速普及，使家人之间的联系变得异常迅速便捷，这更是让书信成为难得一见的古董。家书几乎难觅踪影，零星出现在网络媒体上的家书也是为了一些特殊目的所作，带有某种强烈的仪式感，更多是作者某种情感的宣泄或表达对一些事件的看法，逐渐失去了家书的交际功能。家书已经完成了它的使命，逐渐消失在历史的长河中。

2016 年 10 月 26 日，中国人民大学成立了国内首个家书博物馆，共收藏家书五万余封，涵盖了从明末到 21 世纪近 400 年间的家书作品，为我们深入发掘家书的价值和进行研究提供了便利。

附录 宋代家书一览表

序号	作者	数量	题目	文献出处
1	宋太宗	1	《手诏戒元僖等》	《续资治通鉴长编》卷21
2	柳开	3	《上叔父评事论葬书》 《报弟仲甫书》 《请家兄明法改科书》	《柳开集》卷7
3	韩亿	2	《与子综书》一 《与子综书》二	《全宋文》卷277
4	杨亿	1	《家训》	《全宋文》卷297
5	杜衍	1	《责弟书》	《全宋文》卷318
6	王曾	1	《登科报父书》	《全宋文》卷318
7	范仲淹	40	《与中舍书》（一——十六） 《与忠宣公》 《与中舍二子三监薄四太祝》（一、二） 《与朱氏》（一——十五） 《与指使魏佑》 《与提点书》 《告诸子书》 《告子弟书》	《范仲淹全集》
8	晏殊	2	《答赞善兄家书》 《答中丞兄家书》	《全宋文》卷398
9	胡宿	1	《夫人谢贺封启》	《全宋文》卷465
10	黄注	1	《与族侄晦甫书》	《全宋文》卷480
11	贾昌朝	1	《戒子孙》	《全宋文》卷481
12	包拯	1	《家训》	《全宋文》卷547

续表

序号	作者	数量	题目	文献出处
13	富弼	1	《儿子帖》	刘正成：《马承名为〈中国书法全集〉提供9件北京惊世珍品》，
13	富弼	1	《儿子帖》	2003年5月11日发布于"中国书法在线"网站论坛。转引自金传道《北宋书信研究》附录，复旦大学，博士学位论文，2008年
14	欧阳修	31	《与十四弟书》（一—七） 《与十二侄通理书》 《与十二侄书》 《与十三侄奉职书》 《与大寺丞发书》（一—十五）、 《与二寺丞奕书》 《与十三侄奉职帖》 《晦明说》 《诲学说》 《牡丹记跋尾》、 《李晟笔说》	《欧阳修全集·文集》卷三；［日］东英寿考校，洪本健笺注《新见欧阳修九十六篇书简笺注》，上海古籍出版社2014年版
15	邵雍	1	《戒子孙》	《邵雍集》
16	蔡襄	18	《龙游监寺硕德札》 《与郎中尊兄书》 《与公绰仁弟书》（一、二） 《与宾客七兄书》（一—三） 《与著作叔叔书》 《与大娘书》（一、二） 《与谢郎书》（一、二） 《与林郎书》 《与二郎三郎札》 《与三郎五郎书》 《与大姐书》 《与一哥制干书》（一、二）	《全宋文》卷1020
17	韩维	7	《回谢伯父商州太博书》 《冬至回宗室书》 《与十二侄家书》 《与三十四侄家书》 《与三哥家书》 《与三十四侄家书》 《家书》	《全宋文》卷1066

序号	作者	数量	题目	文献出处
18	周敦颐	2	《上二十六叔书》 《与仲章侄书》	《全宋文》卷 1073
19	王回	1	《与弟容季书》	《全宋文》卷 1066
20	范宗韩	1	《责彭乘不训子弟启》	《全宋文》卷 1527
21	吕陶	1	《与十弟书》	《全宋文》卷 1066
22	吕大钧	3	《与伯兄》 《答仲兄》（一、二）	《全宋文》卷 1066
23	蒋之奇	1	《与九兄知府郎中帖》	《全宋文》卷 1705
24	钱勰	3	《与弟书》（一—三）	《全宋文》卷 1793
25	章惇	1	《与叔安仁令书》	《全宋文》卷 1797
26	司马光	3	《训俭示康》 《与侄帖》 《宁州帖》	《司马温公集编年笺注》；金传道《北宋书信研究》附录
27	苏轼	73	《与子由弟十五首》 《与子明兄十首》 《与史氏太君嫂一首》 《与圣用弟三首》 《与千乘侄一首》 《与千之侄二首》 《付迈一首》 《付过二首》 《与侄孙元老四首》 《与胡郎仁修三首》 《与外生柳闳一首》 《寄子由三法》 《与堂兄六首》 《与堂兄一首》（残） 《代侄媳彭寿与其二伯母一首》 《书付过》 《跋追和黄字韵诗示过》 《与某亲帖》 《与堂兄六首》 《与子安兄八首》 《迈砚铭》 《追砚铭》	《苏轼文集编年笺注》第八册；第十册。
28	唐坰	2	《与彦远启》（一、二）	《全宋文》卷 1663
29	朱长文	1	《与诸弟书》	《全宋文》卷 2024

序号	作者	数量	题目	文献出处
30	黄庭坚	88	《与济川侄》 《与洪甥驹父》（一—十三） 《与徐师川书》（一—十） 《与六姨》 《与甥王霖书》（一—八） 《与洪氏四甥书》（一—四） 《与七兄司理书》 《与嗣深节推十九弟书》 《与声叔六侄书》（一、二） 《答荆州族人颜徒帖》 《与益修四弟强宗帖》（一—三） 《与润甫贤宗书》（一—三） 《与周甥惟深》 《与怀道弟》 《与圣弼》（一—四） 《与六娘》（一、二） 《答叔震》 《答世因弟》 《与闻善二兄》 《与通叟姨夫》 《与顾之八舅》 《与胥彦回朝请》（一—五） 《报云夫七弟书》 《谪赴黔州时家书》 《与宗儒亲友简》 《与弟天民知命书》 《与七兄长官书》 《与弟觉民帖》 《答靖国司法简》 《与鸿范七舅简》（一—七） 《答持国简》 《与天民嗣文二弟书》 《与才卿法曹仁弟书》	《全宋文》卷2281—2305
31	曾布	3	《答弟肇书》（一、二） 《与宋亲启》	《全宋文》卷1836；《续资治通鉴长编纪事本末》卷一三〇
32	曾肇	2	《与兄布书》 《五十郎帖》	《全宋文》卷2380

序号	作者	数量	题目	文献出处
33	米芾	11	《书简帖》（一—九）、 《与寺承仁亲帖》 《适意帖》	《全宋文》卷 2599
34	杨时	6	《与杨仲远书》（一—六）	《全宋文》卷 2678
35	薛绍彭	3	《书简帖》（一—三）	《全宋文》卷 2777
36	陈瓘	5	《与兄书》 《书简帖》 《仲冬严寒帖》 《责沈文贻知默侄》 《谕子侄文》	《全宋文》卷 2784
37	刘焘	1	《昨夕帖》	《全宋文》卷 2789
38	宗泽	1	《寄民师侄书》	《全宋文》卷 2796
39	张读	1	《贱息失教帖》	《全宋文》卷 2862
40	刘义仲	1	《家书》	《全宋文》卷 2870
41	张孝纯	5	《与男灏书》（一—五）	《全宋文》卷 2879
42	孙昭远	1	《遗子书》	《全宋文》卷 3014
43	尹焞	1	《遗书》	《全宋文》卷 3053
44	罗从彦	1	《晦子侄文》	《全宋文》卷 3060
45	米友仁	2	《与人简》（一、二）	《全宋文》卷 3082
46	徐俯	1	《书简帖》	《全宋文》卷 3143
47	胡安国	3	《与子寅书》（一、二） 《稍疏奉问帖》	《全宋文》卷 3143
48	叶梦得	2	《与季高帖》（一、二）	《全宋文》卷 3143
49	刘锜	2	《书简帖》（一、二）	《全宋文》卷 3220
50	陈渊	2	《与十弟书》 《与李外甥书》	《全宋文》卷 3300
51	李光	1	《示孙文》	《全宋文》卷 3317
52	宇文虚中	4	《寄内书》 《与家人书》 《寄弟书》 《答家人书》	《全宋文》卷 3353

序号	作者	数量	题目	文献出处
53	郑毅	1	《与六十七兄帖》	《全宋文》3400
54	王庭珪	1	《与百八娘》	《全宋文》卷3400
55	孙觌	31	《与敦义兄帖》（一、二） 《与吏书兄帖》 《与元寿侄帖》 《与四二兄内翰帖》（一、二） 《与叔诣内翰兄帖》（一—七）《与七九侄帖》 《与宗寿侄帖》 《与五十兄帖》 《与无逸兄朝议帖》（一、二） 《与临安宰兄仲龄帖》 《与孚寿帖》 《与内翰兄帖》（一、二） 《与五九兄提举帖》（一—六）《与绍兴倅一侄删定帖》 《与八十侄司户帖》	《全宋文》卷3443
56	朱敦儒	2	《幸会贴》 《将爱帖》	《全宋文》卷3502
57	边知章	1	《与平江诸弟书》	《全宋文》卷3504
58	蒋璨	1	《书简帖》	《全宋文》卷3804
59	赵鼎	1	《与子书》	《全宋文》卷3811
60	陈东	1	《家书》	《全宋文》卷3834
61	郑刚中	16	《寄亲家里》 《与叔倚》（一、二） 《与某书》 《与巨济书》 《与人书》 《与叔义书》 《与叔倚书》 《与念二将仕》（一—三） 《封州寄良嗣书》 《与德和书》（一—三） 《与邦直书》	《全宋文》卷3904
62	洪皓	1	《使金上母书》	《全宋文》卷3926

续表

序号	作者	数量	题目	文献出处
63	吴说	6	《书简帖》（一——六）	《全宋文》卷3970
64	查许国	1	《遗书》	《全宋文》卷4009
65	邓肃	1	《诫子》	《全宋文》卷4014
66	张浚	2	《付二子手书》 《遗令》	《全宋文》卷4134
67	杨补之	1	《与人书》	《全宋文》卷4149
68	刘子翚	1	《遗训》	《全宋文》卷4260
69	吴璘	1	《与兄玠书》	《全宋文》卷4296
70	胡铨	9	《与南彦侄小简》 《与斗南侄小简》 《与安国小简》（一、二） 《答温彦侄书》（一、二） 《与甥罗尚志小简》 《遗从子维宁书》 《与振文兄小简》	《全宋文》卷4310
71	王刚中	1	《帅蜀家书》	《全宋文》卷4384
72	王十朋	1	《与弟梦龄昌龄》	《全宋文》卷4310
73	林光朝	7	《与林晋仲》 《与林之美充》（一、二） 《与林元美襃》 《与东之》（一、二） 《示成季》	《全宋文》卷4652
74	蒋芾	1	《得男帖》	《全宋文》卷4670
75	员兴宗	4	《与四叔承事小简》（一——四）	《全宋文》卷4839
76	洪迈	1	《与族伯提刑书》	《全宋文》卷4915
77	范成大	5	《与五一兄帖》（一、二） 《中流一壶帖》 《尊姈帖》 《玉候帖》	《全宋文》卷4981
78	何耕	1	《示子辞》	《全宋文》卷5003
79	杨万里	2	《与材翁弟书》 《与南昌长孺家书》	《杨万里集笺校》卷六七

序号	作者	数量	题目	文献出处
80	朱熹	8	《与长儿书》 《与子在书》 《与侄六十郎帖》 《训子帖》（一、二） 《戒子塾文》 《戒子书》 《戒子帖》	《朱子全书·朱子遗集》卷二、卷三、卷四
81	张孝祥	4	《书简帖》 《书简帖》 《岁晏苦寒帖》 《勉过子读书》	《全宋文》卷5700—5702
82	薛季宣	1	《答侄象先书》	《全宋文》卷5787
83	杨震仲	1	《与家人书》	《全宋文》卷5803
84	蔡元定	3	《训诸子书》 《临终嘱仲默书》 《戒子孙珍藏族谱题辞》	《全宋文》卷5817
85	舒璘	1	《与家人书》	《全宋文》卷5849
86	吕祖谦	19	《与学者及诸弟书》（一—十九）	《全宋文》卷5878
87	陈傅良	1	《与举国兄家书》	《全宋文》卷6036
88	舒邦佐	1	《训后》	《全宋文》卷6082
89	王炎	1	《付恕子》	《全宋文》卷6099
90	陆九渊	9	《与侄孙濬》（一—五） 《与致政兄》 《与侄麟书》 《与六九哥书》（一、二）	《全宋文》卷6144
91	杨简	3	《送子之官》 《过庭书训》 《恪请书》	《全宋文》卷6219
92	詹体仁	2	《答族侄以元书》 《寄以元书》	《全宋文》卷6353
93	吴琚	3	《急足帖》 《伏自帖》 《与寿父帖》	《全宋文》卷6412

序号	作者	数量	题目	文献出处
94	吕皓	2	《白乡人》 《弃家入山示殊》	《全宋文》卷 6523
95	黄榦	1	《戒子家训》	《全宋文》卷 6533
96	大宁夫人	2	《遗训》（一、二）	《全宋文》卷 6676
97	崔与之	1	《与弟书》	《全宋文》卷 6681
98	吕祖泰	1	《遗言》	《全宋文》卷 6774
99	魏了翁	1	《昭代亲友帖》	《全宋文》卷 7077
100	方大琮	18	《与十致兄书》 《与诸侄书》 《与方蒙仲澄孙书》（一——六） 《与九三叔书》 《与念一兄书》 《与六四弟书》 《与万四叔逢吉书》 《与小五叔书》 《与九二叔安行书》 《与九叔楣孙书》 《与三十八弟克时书》 《与千一叔君采书》 《与十四叔壎书》	《全宋文》卷 7373—7390
101	张即之	4	《衰病帖》 《溪庄帖》 《上问帖》 《与人贴》	《全宋文》卷 7471
102	阳枋	20	《与族孙恪书》 《答伯强侄孙恪书》 《与子侄言浩气章》 《与族孙恪书》 《诲炎卯》 《诲遗儒侄书》 《与谊儒侄昂书》 《寄示谊儒侄昂》 《与谊儒侄昂书》（一——三） 《答谊儒侄昂书》（一、二） 《贻炎卯书》 《寄谊儒侄昂书》 《与前人书》 《与谊儒侄昂书》（一、二） 《示侄昂书》	《全宋文》卷 7479—7481

续表

序号	作者	数量	题目	文献出处
103	王柏	1	《上宗长书》	《全宋文》卷7790
104	方岳	2	《与族人札》 《答吾兄札》	《全宋文》卷7906
105	史璟卿	1	《贻伯父嵩之书》	《全宋文》卷7928
106	李昴英	5	《丙戌科过省第一捷书》 《丙戌科过省第二家书》 《丙戌科过省第三家书》 《丙戌科过省第四家书》 《丙戌科过省第五家书》	《全宋文》卷7940
107	陈著	11	《与侄洙书》 《闻伯求弟死与侄洙》 《与胡甥幼文书》 《与廷玉书》 《与伯似司门弟若论深婚书》 《回侄洙为史氏请婚书》（一、二） 《馈妗氏生日小札》 《答梅山弟莒馈筑室小札》 《馈竺甥禾女弥月小札》	《全宋文》卷8106
108	文天祥	5	《狱中与弟书》 《与弟诀别书》 《遗所知书》 《与妹书》 《狱中家书》	《全宋文》卷8308
109	王元甲	1	《家训三戒》	《全宋文》卷8340

参考文献

（汉）班固撰，（唐）颜师古注：《汉书》，中华书局 1962 年版。

（梁）刘勰撰，范文澜注：《文心雕龙注》，人民文学出版社 1958 年版。

（刘宋）范晔：《后汉书》，中华书局 1965 年版。

（明）陈懋仁：《续文章缘起》，《丛书集成新编》本。

（明）贺复徵：《文章辨体汇选》，文渊阁《四库全书》本。

（明）王世贞编：《尺牍清裁》，美国哈佛大学燕京图书馆藏中文古籍善本影印本。

（明）吴讷著，于北山校点：《文章辨体序说》，人民文学出版社 1998 年版。

（明）徐师曾：《文体明辨》，《四库全书存目丛书》本。

（明）徐师曾著，罗根泽校点：《文体明辨序说》：人民文学出版社 1962 年版。

（清）董诰等编：《全唐文》，中华书局 1983 年版。

（清）何文焕：《历代诗话》，中华书局 1981 年版。

（清）黄以周等辑校，顾吉辰点校：《续资治通鉴长编拾补》，中华书局 2004 年版。

（清）厉鹗：《宋诗纪事》，上海古籍出版社 1983 年版。

（清）梁启超：《梁启超家书》，中国青年出版社 2008 年版。

（清）孙梅：《四六丛话》，人民文学出版社 2010 年版。

（清）王夫之：《宋论》，舒士彦点校，中华书局 1964 年版。

（清）徐松辑：《宋会要辑稿》，中华书局，1957 年版。

（清）严可均辑：《全上古三代秦汉三国六朝文》，河北教育出版社

1997 年版。

（清）曾国藩：《曾国藩家书》，长江文艺出版社 2015 年版。

（清）赵翼：《廿二史札记校正》，王树民校正，中华书局 1984 年版。

（清）郑板桥：《郑板桥家书》，外文出版社 2012 年版。

（清）左宗棠：《左宗棠家书》，知识产权出版社 2012 年版。

（宋）晁公武：《郡斋读书志校证》，孙猛校证，上海古籍出版社 2011
年版。

（宋）陈淳：《北溪字义》，熊国珍、高流水点校，中华书局 2011
年版。

（宋）陈傅良：《止斋先生文集》：《四部丛刊》初编本。

（宋）程颢、程颐撰，王孝鱼点校：《二程集》，中华书局 2004 年版。

（宋）范仲淹：《范仲淹全集》，（清）范能濬编集，薛正兴校点，凤
凰出版社 2002 年版。

（宋）范仲淹：《范仲淹全集》，李勇先、王蓉贵校点，四川大学出版
社 1986 年版。

（宋）范仲淹：《文正公尺牍》，《四库全书存目丛书》本。

（宋）费衮：《梁溪漫志》，金圆校点，上海古籍出版社 1985 年版。

（宋）洪迈：《容斋随笔》，上海古籍出版社 1978 年版。

（宋）胡仔撰，廖德明校点：《苕溪渔隐丛话》，人民文学出版社 1962
年版。

（宋）黄庭坚：《黄庭坚全集》，刘琳、李勇先、王蓉贵校点，四川大
学出版社 2001 年版。

（宋）孔平仲：《孔氏谈苑》，《丛书集成新编》本。

（宋）黎靖德编：《朱子语类》，中华书局 1986 年版。

（宋）李焘：《续资治通鉴长编》，中华书局 1979 年版。

（宋）刘克庄：《后村诗话》，王秀梅点校，中华书局 1983 年版。

（宋）柳开：《柳开集》，李可风点校，中华书局 2015 年版。

（宋）陆九渊：《陆九渊集》，锺哲点校，中华书局 2014 年版。

（宋）陆游：《老学庵笔记》，李剑雄、刘德权点校，中华书局 1979
年版。

（宋）陆游撰，马亚中、涂小马校注：《渭南文集》，浙江古籍出版社

2015 年版。

（宋）吕祖谦：《吕祖谦全集》，浙江古籍出版社 2017 年版。

（宋）罗大经：《鹤林玉露》，王瑞来点校，中华书局 1983 年版。

（宋）梅尧臣：《梅尧臣集编年校注》，朱东润编年校注，上海古籍出版社 1980 年版。

（宋）欧阳修：《欧阳修全集》，李逸安点校，中华书局 2001 年版。

（宋）欧阳修：《新五代史》，中华书局 1974 年版。

（宋）欧阳修撰，〔日〕东英寿考校，洪本健笺注：《新见欧阳修九十六篇书简笺注》：上海古籍出版社 2014 年版。

（宋）任广：《书叙指南》，《丛书集成初编》，中华书局 2011 年版。

（宋）任渊、史容、史季温：《山谷诗集注》，黄宝华点校，上海古籍出版社 2003 年版。

（宋）邵伯温：《邵氏闻见录》，王根林点校，上海古籍出版社 2014 年版。

（宋）邵雍：《邵雍集》，郭彧整理，中华书局 2014 年版。

（宋）司马光：《司马氏书仪》，《丛书集成初编》，中华书局 2011 年版。

（宋）司马光：《温国文正司马公集》：《四部丛刊》初编本。

（宋）司马光：《资治通鉴》，中华书局 1956 年版。

（宋）苏轼撰，孔凡礼点校：《苏轼文集》，中华书局 1986 年版。

（宋）苏轼撰，李之亮笺注：《苏轼文集编年笺注》，巴蜀书社 2011 年版。

（宋）苏洵：《嘉祐集笺注》，曾枣庄、金成礼笺注，上海古籍出版社 1997 年版。

（宋）苏辙撰，陈宏天、高秀芳点校：《苏辙集》，中华书局 2004 年版。

（宋）王安石：《王安石全集》，上海古籍出版社 1999 年版。

（宋）王安石撰，李之亮笺注：《王荆公文集笺注》，巴蜀书社 2005 年版。

（宋）王辟之：《渑水燕谈录》，吕友仁点校，中华书局 1981 年版。

（宋）王应麟：《困学纪闻》，孙通海校点，辽宁教育出版社 1998

年版。

（宋）王铚：《默记》，朱杰人点校，中华书局 1981 年版。

（宋）魏泰撰，李裕民点校：《东轩笔录》，中华书局 1983 年版。

（宋）徐梦莘：《三朝北盟会编》，上海古籍出版社 2008 年版。

（宋）薛居正：《旧五代史》，中华书局 1976 年版。

（宋）杨时撰，林海权校理：《杨时集》，中华书局 2018 年版。

（宋）杨万里撰，（宋）周公恕辑：《诚斋四六发遣膏馥》，《四库全书存目丛书》本。

（宋）杨万里撰，辛更儒笺校：《杨万里集笺校》，中华书局 2012 年版。

（宋）杨仲良：《续资治通鉴长编纪事本末》，北京图书馆出版社 2003 年版。

（宋）叶棻编：《圣宋名贤四六丛珠》，《续修四库全书》本。

（宋）叶梦得：《避暑录话》，《丛书集成》初编本。

（宋）叶梦得：《石林燕语》，侯忠义点校，中华书局 1984 年版。

（宋）岳珂撰：《宝真斋法书赞》，《丛书集成》初编本。

（宋）张耒撰，李逸安等点校：《张耒集》：中华书局 1990 年版。

（宋）张世南撰，张茂鹏点校：《游宦纪闻》：中华书局 1981 年版。

（宋）赵彦卫撰，傅根清点校：《云麓漫钞》：中华书局 1996 年版。

（宋）郑樵撰，王树民点校：《通志二十略》，中华书局 1995 年版。

（宋）周敦颐，陈克明点校：《周敦颐集》，中华书局 2014 年版。

（宋）朱牟：《曲洧旧闻》，孔凡礼点校，中华书局 2002 年版。

（宋）朱熹：《朱子全书》，上海古籍出版社 2002 年版。

（唐）杜佑撰，王文锦等点校：《通典》，中华书局 1988 年版。

（唐）段成式撰，方南生点校：《酉阳杂俎》：中华书局 1981 年版。

（唐）李延寿：《南史》，中华书局 1975 年版。

（唐）徐坚等：《初学记》，中华书局 1962 年版。

（元）脱脱：《宋史》，中华书局 2014 年版。

《宋大诏令集》，中华书局 1962 年版。

《宋元尺牍》，上海书店出版社 2000 年版。

包伟民：《宋代城市研究》，中华书局 2014 年版。

褚斌杰：《中国古代文体概论》，北京大学出版社 1990 年版。

丁福保：《历代诗话续编》，中华书局 1983 年版。

丁振宇编：《中华名人家书》，北京工业大学出版社 2015 年版。

方建新、徐吉军：《中国妇女通史（宋代卷）》，九州出版社 2011 年版。

傅雷、朱梅馥、傅聪：《傅雷家书》，译林出版社 2018 年版。

傅璇琮、龚延明：《宋登科记考》，江苏教育出版社 2005 年版。

傅璇琮主编：《全宋诗》，北京大学出版社 1998 年版。

顾易生、蒋凡、刘明今：《中国文学批评通史·宋金元卷》，上海古籍出版社 1996 年版。

顾逸点：《宣和书谱》，上海书画出版社 1984 年版。

郭英德：《中国古代文体学论稿》，北京大学出版社 2005 年版。

郭英德主编：《中国古代文学与教育之关系研究》，北京大学出版社 2012 年版。

何忠礼：《南宋全史》，上海古籍出版社 2011 年版。

胡适：《胡适家书》，金城出版社 2013 年版。

胡玉缙撰，王欣夫辑：《四库全书总目提要补正》，上海书店出版社 1998 年版。

黄宝华：《黄庭坚评传》，南京大学出版社 1998 年版。

黄侃：《文心雕龙札记》，中华书局 2006 年版。

黄宽重：《宋代的家族与社会》，国家图书馆出版社 2009 年版。

姜广辉主编：《中国经学思想史》，中国社会科学出版社 2003 年版。

蒋维钱编著：《蔡襄年谱》，厦门大学出版社 2000 年版。

蒋竹荪主编：《书信用语词典》，上海辞书出版社 2002 年版。

孔凡礼：《三苏年谱》，北京古籍出版社 2004 年版。

孔凡礼：《苏轼年谱》，中华书局 1998 年版。

李国玲：《宋人传记资料索引补编》，四川大学出版社 1994 年版。

李一飞：《杨亿年谱》，上海古籍出版社 2002 年版。

梁漱溟：《中国文化要义》，上海世纪出版社 2005 年版。

林语堂：《苏东坡传》，张振玉译，百花文艺出版社 2000 年版。

刘德清：《欧阳修纪年录》，上海古籍出版社 2006 年版。

刘焕阳、刘京臣：《宋代巨野晁氏家族文化研究》，中华书局 2013 年版。

刘琳、沈治宏编著：《现存宋人著述总录》，巴蜀书社 1995 年版。

刘尚荣：《苏轼著作版本论丛》，巴蜀书社 1988 年版。

刘欣：《宋代家训与社会整合研究》，云南大学出版社 2015 年版。

刘正成主编：《中国书法全集·苏轼卷》，荣宝斋出版社 1991 年版。

刘子健：《欧阳修的治学与从政》，台北：新文化出版社 1963 年版。

马海音：《杨万里书启序跋文研究》，中国文史出版社 2015 年版。

苗书梅：《宋代官员选任和管理制度》，河南大学出版社 1996 年版。

庆振轩：《两宋党争与文学》，敦煌文艺出版社 1993 年版。

屈守元，皮朝纲主编：《华夏家书》，成都出版社 1990 年版。

任继愈主编：《中国哲学史》，人民出版社 2014 年版。

沈松勤：《北宋文人与党争》，人民出版社 1998 年版。

施懿超：《宋四六论稿》，上海古籍出版社 2005 年版。

水赉佑主编：《中国书法全集·黄庭坚卷》，荣宝斋出版社 2001 年版。

四川大学中文系唐宋文学研究室编：《苏轼资料汇编》，中华书局 1994 年版。

唐圭璋编：《全宋词》，中华书局 2018 年版。

陶尔夫、诸葛忆兵：《北宋词史》，黑龙江人民出版社 2005 年版。

陶晋生：《北宋士族——家族婚姻·生活》，台北："中央研究院"历史语言研究所专刊之一二，2001 年版。

汪凤炎、郑红：《中国文化心理学》，暨南大学出版社 2015 年版。

王德毅等编：《宋人传记资料索引》，台北：鼎文书局 1977 年版。

王水照：《宋代文学通论》，河南大学出版社 1997 年版。

王水照：《苏轼研究》，河北教育出版社 1999 年版。

王水照、朱刚：《苏轼评传》，南京大学出版社 2004 年版。

王水照编：《历代文话》，复旦大学出版社 2007 年版。

魏峰：《宋代迁徙官僚家族研究》，上海古籍出版社 2009 年版。

夏汉宁：《〈欧苏手简〉校勘》，中山大学出版社 2014 年版。

徐邦达：《古书画过眼要录（晋隋唐五代宋书法）》，湖南美术出版社

1987 年版。

徐邦达：《古书画伪讹考辨》，江苏古籍出版社 1984 年版。

徐吉军：《南宋临安工商业》，人民出版社 2009 年版。

徐吉军：《南宋临安社会生活》，杭州出版社 2011 年版。

徐培均：《秦少游年谱长编》，中华书局 2002 年版。

杨开道：《中国乡约制度》，商务印书馆 2015 年版。

杨庆存：《黄庭坚与宋代文化》，河南大学出版社 2002 年版。

杨渭生：《宋代文化新观察》，河北大学出版社 2008 年版。

余嘉锡：《四库提要辨证》，中华书局 2008 年版。

余欣然主编：《中国历代家书精华》，中国社会出版社 2005 年版。

俞兆鹏、俞晖：《文天祥研究》，人民出版社 2008 年版。

曾枣庄：《三苏研究》，巴蜀书社 1999 年版。

曾枣庄：《宋代文学编年史》，凤凰出版社 2010 年版。

曾枣庄、刘琳主编：《全宋文》，上海辞书出版社 2006 年版。

曾枣庄、舒大刚主编：《三苏全书》，语文出版社 2001 年版。

曾枣庄主编：《中国文学家大辞典·宋代卷》：中华书局 2004 年版。

张帆：《苏轼教育思想研究》，四川大学出版社 2015 年版。

张国刚主编：《中国家庭史》，广东人民出版社 2013 年版。

张建东：《民间的力量——宋代民间士人的教育活动研究》，华中科技
    大学出版社 2015 年版。

张锦鹏：《南宋交通史》，上海古籍出版社 2008 年版。

张小艳：《敦煌书仪语言研究》，商务印书馆 2007 年版。

张兴武：《两宋望族与文学》，人民文学出版社 2010 年版。

赵和平：《敦煌写本书仪研究》，台北：新文丰出版公司 1993 年版。

赵树功：《中国尺牍文学史》，河北人民出版社 1999 年版。

郑颐寿主编：《辞章学辞典》，三秦出版社 2000 年版。

郑逸梅：《尺牍丛话》，上海古籍出版社 2004 年版。

郑永晓：《黄庭坚年谱新编》，社会科学文献出版社 1997 年版。

中国历史大辞典编纂委员会编纂：《中国历史大辞典》，上海辞书出
    版社 2000 年版。

周勋初主编：《宋人轶事汇编》，上海古籍出版社 2016 年版。

周一良、赵和平：《唐五代书仪研究》，中国社会科学出版社 1985
年版。

朱东润：《梅尧臣传》，《朱东润传记作品全集》第二卷，东方出版中
心 1999 年版。

诸葛忆兵：《宋代宰辅制度研究》，中国社会科学出版社 2000 年版。

祝尚书：《宋人别集叙录》，中华书局 1999 年版。

祝尚书：《宋人总集叙录》，中华书局 2004 年版。

邹同庆、王宗堂：《苏轼词编年校注》，中华书局 2002 年版。

邹志方：《陆游研究》，人民出版社 2008 年版。

［法］菲利普·阿里埃斯主编：《私人生活史》，宋薇薇译，北方文艺
出版社 2008 年版。

［美］卫三畏：《中国总论》，上海古籍出版社 2014 年版。

［美］宇文所安编：《剑桥中国文学史》，生活·读书·新知三联书店
2013 年版。

［英］葛瑞汉：《中国的两位哲学家——二程兄弟的新儒学》，程德祥
译，大象出版社 2006 年版。